OKO JELENIA
PAN WILKÓW

fabryka słów
WWW.FABRYKA.PL

ANDRZEJ PILIPIUK

OKO JELENIA

PAN WILKÓW

Ilustracje
Rafał Szlapa

fabryka słów

Lublin 2009

Bergen, noc z 10 na 11 grudnia 1559

Hans biegł po dachach. Wąskie kładki wzdłuż kalenic uginały się pod stopami. Pokryte śniegiem gonty były przerażająco śliskie. Szczyty domów przypominały skalne granie. Zaułki otwierały się niczym przepaści. Patrzył wkoło i widział czyhającą śmierć... Lodowaty wiatr przybyły z gór przenikał na wskroś. Prószący delikatnie śnieg ograniczał widoczność. Najgorsze zaś było to, że chłopak nie wiedział, dokąd iść. Wraz ze śmiercią pryncypała poczuł się niczym psiak wyrzucony za drzwi. Będzie musiał wrócić do rodziny. Tylko jak tego dokonać? Jego miasto leży za morzem. Peter Hansavritson udzieliłby pomocy, lecz teraz jest w Visby. Hans znał jeszcze dwa adresy. Dwóch ludzi: jeden w kantorze, drugi w mieście. Oni mu pomogą. Ale na razie trzeba przeżyć do rana.

Ceklarze i duńscy żołnierze buszowali po dzielnicy hanzeatyckiej. Stąd, z góry, widział ich pochodnie. Musieli już wcześniej dostać rozkazy, bo aresztowali ludzi najwyraźniej według jakiegoś planu. Gdzieś w dali huknął samopał, niektórzy kupcy próbowali stawiać opór. Dobiegł do końca i zeskoczył ciężko na podest leżący dużo niżej. Krótsza, słabsza noga bolała coraz bardziej. Galeryjka, schodki w dół i po chwili zatrzymał się w ciemnym pasażu. Z trudem łapał oddech. Zawinął się dokładniej w cienki sukienny płaszcz.

I w tym momencie poczuł na ramieniu ciężką rękę.

– I co my tu mamy? – burknął ktoś po duńsku. – Popatrz, Alv, to chyba ten smarkacz, co u Edwarda służył.

Drugi siepacz wyjął latarkę, do tej pory ukrytą pod połą peleryny, i poświecił dzieciakowi w oczy.

– Ani chybi ten – mruknął. – Namiestnik się ucieszy.

Hans szarpał się rozpaczliwie, co poskutkowało tylko dodatkowymi razami. Obficie brocząc krwią z rozbitych ust i nosa, czuł, jak mężczyźni pętają mu dłonie rzemieniem. Zgubił gdzieś czapkę. Wyższy ceklarz boleśnie chwycił go za włosy.

– Idziemy – warknął.

Nie chciał. Zaparł się. Znowu bili. Czuł uderzenia coraz słabiej, jakby przez poduszkę. Zdołał z trudem capnąć zębami przedramię jednego.

– Dosyć! – usłyszał głos kogoś trzeciego. – Bo jeszcze zdechnie przed czasem!

Zmusił się, żeby otworzyć oczy. Coś zimnego spoczęło na jego dłoni. Śnieżynka... Znowu zaczęło prószyć. I naraz zrozumiał, że musi zapamiętać jak najwięcej. Poczuć chłód śniegu, wciągnąć w nozdrza pachnący mrozem wiatr. To ostatnia okazja. Niebawem przyjdzie

Boże Narodzenie, a on spędzi je pod ziemią, zamknięty w lochach zamku... O ile w ogóle dożyje świąt.

– Nie macie prawa – powiedział głośno po niemiecku. – Bóg was pokarze...

Kopniak w podbródek był tak silny, że chłopak zobaczył wszystkie gwiazdy. Potrząsnął głową, by dojść do siebie. Leżał w błocie. W pierwszej chwili sądził, że śni. Z bramy wychynęła ciemna sylwetka. W świetle świecy zalśniła stalowa głownia. Zamarła na chwilę, po czym zaśpiewała w powietrzu i uderzyła jak żmija. Siepacze jeszcze przez moment stali. Z pozoru nic się nie działo. Tylko latarka wysunęła się z bezwładnych palców. Czyjeś gardło ze zduszonym gulgotem wypełniło się krwią. Ucięta ręka z mlaśnięciem upadła w śnieg. A potem wszyscy trzej jak na komendę zwalili się z nóg. Powietrze już nie pachniało mrozem. Dusząca metaliczna woń posoki i smród treści jelitowej przysłoniły wszystko niczym opona.

Hans poruszył dłońmi. Rzemień przecięto. Ktoś delikatnie poklepał go po policzku.

– No, dzieciaku, wstawaj wreszcie – usłyszał słowa wypowiadane po niemiecku z dziwnym, śpiewnym akcentem. – Masz gdzie się skryć, by rana doczekać?

– Tak. Dziękuję...

– Uciekaj. To dobra noc dla mężczyzny, ale zła dla młodzika.

Hans, korzystając z pomocnej dłoni, podniósł się. Zagadkowy wybawca stał przed nim z zakrwawioną szablą w ręce. Chłopak obejrzał się i poczuł nieprzyjemne mrowienie na plecach. Trzej ceklarze spoczywali w błocie, śnieg powoli tajał na ich policzkach, ale nad ustami nie było widać mgiełki oddechu. Twarz dowódcy patrolu zastygła w wyrazie zdumienia. Obcy trącił nieboszczyka butem, odetchnął pełną piersią i wsłuchał się w odległe odgłosy walki.

– Noc jeszcze młoda – ocenił. – A dobrą klingę trzeba często krwią poić, by nie rdzewiała... Tak u nas na Siczy powiadają. – Odwrócił się do Hansa.

Ale chłopak już zniknął.

Tknięty jakimś przeczuciem spojrzałem w stronę miasta. Coś małego zbliżało się do „Łani". Skakało po nieruchomych falach. Odbiło się od stwardniałej nagle powierzchni wody. Wbiegło po burcie i jednym susem wylądowało na moim ramieniu. Ina!

Nie tylko ja ją spostrzegłem. Wszystkie oczy zwróciły się w moją stronę. Borys sięgnął do boku po tasak, ale zwierzę tylko spojrzało i rękojeść broni rozsypała się w pył, odsłaniając błyskawicznie korodujący trzon klingi. Z kilku gardeł wyrwały się okrzyki zgrozy. Zrozumieli. Karmieni po knajpach opowieściami o straszliwym stworze, teraz ujrzeli demona na własne oczy.

– Sługa łasicy! – wykrztusił Artur, cofając się o kilka kroków. – A więc to prawda! – Przeżegnał się.

Pobladł, ale bardziej uderzył mnie chłód w jego oczach. W jednej chwili utraciłem przyjaciela. Stałem, bojąc się poruszyć, a zwierzę na moim ramieniu najwyraźniej coś knuło. A może delektowało się sytuacją?

– Mieszkańcy Bergen – odezwało się po niemiecku – czeka was zagłada!

Milczeli przerażeni.

– Mogę was uratować – przemówiła ponownie Ina.

– Nie oddamy czci demonowi! – krzyknął starzec siedzący na skrzyni. – Wolimy śmierć niż zatracenie dusz w piekle!

Przechyliła głowę, jakby nad czymś myślała.

– Wasze pokłony nie są mi potrzebne – oświadczyła. – Nie jestem demonem, ale jeśli wygodniej wam sądzić, że jestem, nie będę się o to obrażać.

Mało nie parsknąłem śmiechem. Kretynka. Idiotka... Kosmiczna wiewióra, tfu, łasica, bezskutecznie próbująca zrozumieć, czym właściwie jest człowiek...

– Moja propozycja, jeśli rozpatrzymy ją z punktu widzenia katolickiej lub protestanckiej teologii, nie naraża na zagładę waszych nieśmiertelnych dusz. Mnie w każdym razie nie są one potrzebne. Nie będę ich od was kupować za cenę życia. Uratować was mogę i po prostu mi to odpracujecie.

– Czego zatem żądasz w zamian? – zapytał Sadko.

Nerwowo rozglądał się wokoło. Czas nadal stał w miejscu. Statek tkwił nieruchomo, jak wmarznięty w pole lodowe, zatrzymany w połowie ruchu wraz z zamarłą falą.

– Żądam przewiezienia moich sług na wyspę Bornholm. A co do was, jeśli kiedyś będę potrzebować pomocy, będziecie mieli obowiązek mi jej udzielić.

Zgłupieli. Wszyscy patrzyli na Inę w kompletnym zdumieniu. Borys ocknął się pierwszy.

– Wykonamy twój rozkaz, eee... pani.

– Padnijcie na pokład – poleciła. – Znajdźcie coś, czego moglibyście się trzymać. Ty też – zwróciła się do mnie. Wykonaliśmy polecenie. Nastąpił straszliwy wstrząs, plusk i zapadła ciemność. Księżyc diabli wzięli? Nie, to tylko chmury.

Zrozumiałem później. To był drugi punkt zwrotny. Wcześniej, ratując życie Petera i Mariusa, ocaliłem Bractwo Świętego Olafa oraz lwią część intryg dyplomatycznych Hanzy. Teraz, ratując skazaną na zagładę „Łanię", Ina ocaliła fortunę mieszkańców Bergen, dokumenty zapewniające trwałość istnienia kantoru oraz ludzi, którzy upokorzeni przez Rosenkrantza poprzysięgli wieczną nienawiść wobec Danii.

Było mi dziwnie dobrze... To idiotyczne, ale leżąc i patrząc w niebo, czułem się naprawdę szczęśliwy.

– Jesteście w śmiertelnym niebezpieczeństwie. Stawaj za sterem – usłyszałem głos Iny. – Zwrot dwa rumby w lewo, natychmiast.

Mówiła po rosyjsku. Myślałem, że chodzi o mnie, więc poderwałem się na równe nogi, lecz wtedy spostrzegłem, że wydaje te rozkazy Sadce. Drobny Rosjanin bez mrugnięcia okiem spełnił jej polecenie.

„Srebrna Łania" w ostatniej chwili minęła paskudną rafę sterczącą z wody. Usłyszałem zgrzyt desek poszycia trących o skałę, ale dwusetletni kadłub wytrzymał.

– Cztery rumby w lewo!

Ludzie dochodzili do siebie i dobiegło mnie kilka okrzyków przestrachu. Nie dziwiłem im się. Jeszcze przed chwilą byliśmy pośrodku zatoki Vågen, teraz znajdowaliśmy się przy brzegu wąskiego, głębokiego fiordu. Księżyc przeskoczył na nieboskłonie, wcześniej był po lewej, teraz mieliśmy go za plecami.

– A niech mnie, teleportacja – szepnąłem.

– Teleportacja – potwierdziło zwierzę. – Dwadzieścia siedem kilometrów w linii prostej. Wezwij Helę na pokład – rozkazała.

Nie było potrzeby. Agata w towarzystwie mojej przyjaciółki wychodziła właśnie z kasztelu. Wdówka przerażona rozglądała się wokoło.

– Znamię – wykrztusiła, wyciągając ręce przed siebie. – Panie Marku, nie wiem, co się stało, mam znamię nie na tej dłoni... I pierścień jakoś przeskoczył...

Zrobiła jeszcze krok i zatrzymała się, widząc tłum w milczeniu patrzący na mnie. A potem ujrzała łasicę znowu siedzącą na mym ramieniu. Zrozumiała w jednej chwili. Przeżegnała się odruchowo i zamarła.

– Anomalie poprzemieszczeniowe – powiedziało zwierzę. – To się zdarza. Aby dokonać teleportacji, upakowałam statek i ludzi w pakiet mniejszy o rząd wielkości od pojedynczego protonu. Materia nie zawsze wraca do stanu pierwotnego.

– To znaczy? – zapytałem.

– Odbiło cię niczym w lustrze – łasica zwróciła się do zmartwiałej dziewczyny. – Zdrowiu to nie zagraża, tylko serce masz teraz po prawej stronie, natomiast ślepą kiszkę po lewej.

Agata zbladła, a potem zemdlona osunęła się w tył. Na szczęście Artur zdążył doskoczyć i podtrzymał siostrę. Chciałem mu pomóc, lecz mnie odepchnął.

– Nie dotykaj jej, ty upiorze! – warknął.

Wiedziałem, że choć się boi, gotów jest ze mną walczyć. Przerażony, ale jednocześnie zdeterminowany, był zdecydowany chronić siostrę, nawet stawiając czoła koszmarom z najbardziej ponurych hanzeatyckich legend. Cofnąłem się. Zresztą wdówka dochodziła już do siebie. Nadal dygotała ze strachu.

– Co będzie z nami, pani? – zapytał Borys łasicę.

Widziałem, że panicznie boi się przemawiać do zwierzęcia, jednak wysiłkiem woli przełamuje opór.

– Nie obawiajcie się – powiedziała. – Wasza pomoc jest mi przydatna. Nie mam potrzeby was unicestwiać. Zapewnijcie bezpieczeństwo moim sługom. Jeśli ktoś ich tknie, zrobię z nim rzeczy tak okropne, że przez kolejne dwieście lat ludzie będą tym straszyć małe dzieci. Gdy wypełnicie zadanie, daruję wam wolność.

– Będziemy posłuszni – mruknął Borys.

– Włos im z głowy nie spadnie – dodał Sadko.

Agata wstała. Odzyskiwała już swoją naturalną energię. Skinęła dłonią na Helę.

– Chodź, moja droga – poleciła. – Poszukamy jakiegoś miejsca na spoczynek.

– Pani... – Moja towarzyszka zaczerwieniła się. – Ja też... – Wykonała gest w moją stronę.

Wdówka zrozumiała w ułamku sekundy. Wymierzyła dziewczynie siarczysty policzek, a potem odwróciła się od nas i zeszła pod pokład.

– Ty...! – zacząłem.

– Dajcie spokój, panie Marku – powiedziała Hela przygaszonym głosem. – Miała prawo...

– Co ty pleciesz?

– Zataiłam przed nią ten sekret. Służącej nie wolno mieć takich tajemnic.

Objąłem ją delikatnie i pogładziłem po plecach.

– Przyłożymy coś zimnego, zaraz przestanie boleć – zaproponowałem. – Co za głupi świat...

– Lód będzie najlepszy – odezwała się Ina.

Uniosła przednie łapki. Coś między nimi zamigotało błękitem i podała poszkodowanej sporą kulkę śniegu.

– Pani, nie znam tych wód – odezwał się Sadko. – Nie potrafię po nich nawigować. Czy mam spuścić szalupę i wyznaczyć ludzi do sondowania dna?

– To zbyteczne. Widzę dno przez wodę i deski poszycia. Płynąc środkiem fiordu, ominiesz podwodne głazy – wyjaśniła. – W odległości trzech mil będzie rozgałęzienie. Kierując się w lewo, niebawem wyprowadzisz okręt na pełne morze.

– Dziękuję, pani. Czy zechcesz poprowadzić mnie dalej?

– Pojawię się, gdy zajdzie potrzeba – ucięła.

Stanął za sterem, my zaś we trójkę weszliśmy do kajuty zajmowanej kiedyś przez Kowalika. Szukałem w kieszeni krzesiwa, ale powietrze tylko kląsknęło i świece w obu latarkach zapłonęły. Zamknąłem drzwi. Ina wskoczyła na półkę, zapewne by górować nad nami wzrokiem.

– Dlaczego zawróciłaś z drogi? – zwróciła się do Heli.

– Zabili Staszka... Chińczycy.

– Wiem. Co z tego?

– No, ja...

– Śmierć towarzysza to żaden powód. Zachowałaś się nieracjonalnie.

– Chyba ci odbiło! – parsknąłem rozeźlony. – Piętnastolatka, samotna, zimą w górach, bez ekwipunku! W takich warunkach nie miała żadnych szans przeżycia!

– On ma rację – szepnęła Hela. – Samodzielnie nie przebyłabym tych dzikich ostępów...

Twarz dziewczyny nagle skrzywiła się w grymasie bólu. Oczy zastygły, ale powieki drgały. Ina patrzyła na nią nieruchomym wzrokiem. Sczytywała dane ze scalaka?

– Rozumiem – powiedziała wreszcie. – Mylisz się, oczywiście, błędnie oceniłaś wytrzymałość swojego organizmu, zdołałabyś dotrzeć do Uppsali o własnych siłach. Nie będę cię jednak karać za ograniczenia wynikające z twojej głupoty i niewiedzy.

Przeniosła spojrzenie na mnie.

– Nie mam zastrzeżeń do twojej pracy. Wypełniłeś w Bergen wyznaczone ci zadanie.

– Co z tymi cholernymi Chińczykami? – zapytałem. – I co z naszą misją? Oni też szukają Oka Jelenia.

– Chińczycy muszą zostać wyeliminowani. Spróbuję wam w tym pomóc.

– Musimy ich namierzyć. Czy wiesz, gdzie jest ich baza?

Zawahała się.

– Stamtąd uciekłam – powiedziała niechętnie.

Wymieniliśmy z Helą zdumione spojrzenia. A więc to dlatego nie było jej tak długo.

– Nie potrafię dokładnie ustalić koordynat – ciąg-nęła. – To na północ od Sztokholmu. Wydostałam się, przyczepiwszy do podwozia helikoptera.

– Mają jeszcze jeden?

– Nie wiem. To był śmigłowiec, który zniszczyliście. Nie przewidziałam mrozu. Mój mechanizm nie wytrzy-mał takiego spadku temperatury. Zamarzłam i spadłam w górach. Leżałam wiele dni, zachowując świadomość, ale nie potrafiłam pokonać bezwładu ciała. Wreszcie szczęśliwym trafem napatoczył się niedźwiedź, głodny, przebudzony ze snu zimowego. Sądząc, że ma przed sobą padlinę, pożarł mnie. Ciepło w jego żołądku pozwoliło mi odzyskać zdolność ruchu.

Wyobraziłem sobie łasicę wyrywającą się z miśka jak jakiś alien... Makabra.

– Chińczyk, którego udało nam się przesłuchać... Z ludźmi kapitana Petera zdołaliśmy wziąć jednego żywcem.

– Wiem. Sczytałam z twojego scalaka. To dziwne, ale na ile znam Skrata, brzmi całkiem prawdopodobnie.

– Co należy robić w tej sytuacji?

– Odzyskam zapis z Oka. Wrócę do przyszłości i tam będę sprawy wyjaśniać.

– Czyli można wrócić? – Spojrzałem na Inę dziko.

– Wy nie – ucięła.

– A nasze scalaki? Dałabyś radę nas tam odtworzyć?

– Nie.

– Mamy pozabijać Chińczyków – powiedziała Hela. – Zadanie to trudnym mi się wydaje. Pomożesz nam ich uśmiercić?

– Nie. Tylko wskazówki.

– Dlaczego nie? – prychnąłem.

– Moje wpojone zasady... wzorce... oprogramowanie... – szukała analogii. – Zabraniają mi zabijania ludzi.

– To wiesz, co teraz zrobię? – syknąłem, pokazując Inie gest Kozakiewicza.

– Wy stanowicie wyjątek. Mam prawo unicestwiać tych, których powołuję do życia.

Spokorniałem w jednej chwili.

– Posłuchajcie uważnie. Moje rezerwy są na wykończeniu. Mechanizm tego ciała znajduje się w stanie kompletnego rozregulowania i jego kompleksowa regeneracja jest już niewykonalna. Ogniwa paliwowe zdołałam odtworzyć.

– Co zatem... – zacząłem.

– Jestem zmuszona się zrestartować. Odbudować całą strukturę. Dlatego też płyniemy na wyspę Bornholm.

– Rosną tam mchy kumulujące ciężką wodę – domyśliłem się.

– Tak. Na Bornholmie rosną odpowiednie mchy. Musicie wyekstrahować z nich ciecz, następnie odzyskać tlenek deuteru. Znajdziecie naczynie o pojemności czterech litrów, umieścicie w nim moje ciało i zalejecie ciężką wodą. Zapewnicie mi ochronę i nie podejmiecie żadnych akcji mogących zakłócić proces. Odrodzę się w ciągu około siedemdziesięciu godzin.

– A jeśli tego nie zrobimy?

– Za dwa miesiące umrzecie. Przewidując taką sytuację, umieściłam zawczasu niewielkie ładunki wybuchowe w pobliżu pni waszych mózgów.

– Blefujesz.

– Czemu tak myślisz?

– Bo gdyby tak było naprawdę, nie musiałabyś szukać Alchemika, tylko spokojnie czekałabyś, aż mu łeb rozsadzi.

– Te ładunki normalnie są nieaktywne. Uruchomię zegary bezpośrednio przed operacją.

Zagryzłem wargi. Przewidziała wszystko. Nawet jeśli kłamie, nie mam jak tego zweryfikować. Rozległo się ostrożne pukanie: w drzwiach stanął Sadko.

– Pani...

– O co chodzi? – Przechyliła pytająco łebek.

– Wyszliśmy na morze. Problem w tym, że mgła bardzo widoczność utrudnia. Nie znam tych wód. Nie rozpoznaję, w którym miejscu wybrzeża się znajdujemy. Czy pozwolisz, abym rzucił kotwicę? Moim zdaniem, należy poczekać do rana.

– Nie. Spieszy mi się. Pokieruję tobą.

– Widzisz, pani, poprzez mgłę jak przez deski? – zdumiał się, a może tylko udawał.

– Tak.

Wskoczyła jednym susem na ramię Rosjanina. Pobladł i lekko się przygarbił. Nie dziwiłem mu się. Dla niego to jak nosić wcielonego diabła na plecach. Kazałem Heli się położyć.

Sam usiadłem na krześle i oparłszy głowę o ścianę, zsunąłem czapkę na oczy.

Gdy się ocknąłem, dziewczyna spała jak zabita, a przez okno sączył się do kajuty słaby poblask switu. Przeciągnąłem się. Bolały mnie plecy i stawy. Nie nawykłem do snu w takich warunkach. Pobyt w Bergen mnie rozmiękczył.

Wyszedłem na pokład. Nad morzem nadal wisiała mgła gęsta jak kasza. Sadko sterował z łasicą na ramieniu. Borys patrzył na to ponurym wzrokiem i milczał. Na mój widok uśmiechnął się lekko, jakby drapieżnie. Wokoło widać było tylko mleczny tuman. Domyślałem się jedynie, gdzie znajduje się słońce. Ciekawe, jak łasica sobie radziła. Podczerwień? Radar? A może jeszcze coś innego?

– Głodnyś? – zapytał olbrzym. – Śniadanie podałbym, gdy się panna Helena obudzi.

– Poczekam.

Było zimno. Deski pokładu pokryły krople rosy. Jednak konusowaty Rosjanin i jego brat zdawali się nie odczuwać chłodu. Widać od małego przywykli...

– Okręt przed nami – powiedziała Ina.

– Nie mylisz się, pani? – Sadko spróbował przebić wzrokiem biały opar. – Jakim cudem go spostrzegłaś?

– Poprzez mgłę. Moje oczy widzą nawet to, co niewidzialne – wyjaśniła.

– Nie tylko skały? – Chyba uwierzył momentalnie. – Jaki to statek? – zwrócił się do łasicy.

Poczułem dziwne mrowienie skóry i cofnąłem się o krok. Musiała użyć jakiegoś rodzaju energii, by przyjrzeć się dokładniej ukrytej za mgłą jednostce.

– Niewielki żaglowiec – zidentyfikowała. – Minie nas w odległości czterystu kroków. To „Jaskółka" z Bremy.

– Sudermann – ucieszył się Sadko. – Ale...

– Płynie do Bergen – powiedział Borys. – Jeśli Rosenkrantz go dorwie, zamorduje na miejscu. A kantoru już nie ma. Nikt nie udzieli mu schronienia. Nawet jeśli staną w jego obronie, nie opuści żywy zatoki. Trzeba go ostrzec!

– Jak sterować, pani? – drobny Rosjanin zwrócił się do Iny. – Musimy ratować przyjaciela.

Przez ułamek sekundy bałem się, że to bydlę po prostu odmówi...

– Siedem rumbów w lewo – rzuciła.

– Zgubię wiatr – mruknął, przesuwając ster.

– Zatem oni wykonają manewr.

– Nie... Nie widzą nas – zaprotestował.

W ułamku sekundy lunął deszcz. I to jaki. Oberwanie chmury to mało powiedziane! Zaraz potem sypnął grad. I równie nagle ustał. Mgła znikła. Po lewej rzeczywiście było widać niewielki stateczek.

– Hej! – ryknął Borys. – Markusie, skocz po pochodnie, trzeba dać sygnał...

Ale oni już chyba nas zobaczyli. Żaglowiec prawie się położył, wykonując ostry skręt. Nie minął kwadrans, gdy obie jednostki stuknęły się burtami.

Syndyk Hanzy był niewysokim mężczyzną w średnim wieku. Obfita broda sięgała mu piersi. Miał strasznego zeza w prawym oku, krzaczaste brwi układały się półłukami, jakby stale był zdziwiony. Stał na pokładzie „Łani", taksując nas wzrokiem.

– Diabelska łasica – mruknął, patrząc na zwierzę. – A zatem legendy i stare księgi mówiły prawdę. Ty istniejesz.

– Mam na imię Ina – przedstawiła się.

Wzdrygnął się, słysząc, jak zwierzę mówi.

– Pomogła Duńczykom zniszczyć kantor? – zwrócił się do Sadki.

– Wręcz przeciwnie, uratowała nam życie, gdy duńskie statki opadły nas na zatoce Vågen – odpowiedział. – Twierdzi, że błędnie odczytujemy jej intencje i choć pojawia się w chwilach zniszczenia, wojny i chaosu, nie jest ich przyczyną. Pozwalam sobie w to nie wierzyć – dodał z uśmiechem.

– Zwierzę zdolne spopielić całe miasto, w jednej chwili rozganiające mgłę na morzu... – Syndyk patrzył na Inę pozornie bez lęku, choć czułem, że trwa w napięciu. – I cóż cię tu sprowadza?

– Podróżuję – wyjaśniła. – Nie twoja rzecz.

– Nie myśl, że się ciebie zlęknę.

Zmierzyli się wzrokiem. Zacisnąłem zęby. Wiedziałem, do czego zdolne jest to futrzane bydlę. Pobudzi mu receptory bólu? Złamie go i upokorzy na oczach tych wszystkich ludzi?

I nagle poczułem echo obcej świadomości. Przyglądała się moim myślom, analizowała je?

– Nie ma potrzeby, abyś bał się akurat mnie, panie – odparła, spuściwszy z tonu. – Natomiast byłabym żywo zainteresowana przesiadką na twój statek.

– A to niby dlaczego?

– Muszę dostać się na Bałtyk. Przebycie cieśnin duńskich na „Łani" będzie kłopotliwe, gdyż Duńczycy pragną pochwycić ten okręt, a wygląd jego trudno zmienić.

– Mam ci ot tak oddać „Jaskółkę"? Czy może jeszcze pragniesz, bym za sterem stanął?

– Towarzystwo pańskie jest mi zbędne. Sadko i Borys też chcą powrócić do domu. Nam po drodze. Wiosną zamienicie się ponownie. Poza tym ci ludzie – ludzkim gestem wskazała zgromadzonych przy tylnym kasztelu bergeńczyków – nie powinni wpaść w ręce wroga. Odwież ich, panie, do Bremy.

– A jeśli odmówię, zabijesz mnie? – prychnął.

– Nie. Ale rozwiązanie, które proponuję, jest proste i logiczne.

Zadumał się. Widać było, że jest zafascynowany możliwością rozmowy z istotą jakby zrodzoną z hanzeatyckich mitów. Początkowe napięcie ustąpiło. Albo wiedział już, że Ina nie zrobi mu krzywdy, albo po prostu lekceważył niewielkie zwierzątko. Ba, nawet ja, świetnie znając jej możliwości, nie mogłem jakoś nabrać respektu przed tym czymś.

– Nie chcesz zabrać „Jaskółki" na zawsze? – upewnił się.

– Nie jest mi potrzebna na długo. Twój statek i ludzie Petera Hansavritsona będą wolni, gdy tylko dotrę do Visby.

– Jakie mam gwarancje zwrotu mojej własności i wolności dla marynarzy będących członkami Hanzy?

– Moje słowo honoru. Słowo najpotężniejszej istoty na świecie. – Spojrzała mu w oczy.

Wytrzymał ten wzrok.

– Jestem głównym reprezentantem braterskiego sojuszu kilkuset miast – powiedział. – Niewielu królów odważa się rzucić wyzwanie związkowi, któremu przewodzę.

– Nie obchodzi mnie to. Mogę własnoręcznie zabić więcej ludzi niż ty swoimi rozkazami, panie. Mogę zburzyć każde miasto, które uznaje twe przywództwo.

Znowu poczułem ślad obecności Iny w głowie. Czyżby analizowała własną przemowę, patrząc na nią z mojego punktu widzenia?

– Władza nie polega tylko na możliwości zabijania wedle swego widzimisię. – Sudermann uśmiechnął się, lecz zobaczyłem w jego oczach pogardę. – Władza to także szacunek, jaki osoba władcy budzi mimowolnie w innych ludziach. Władza to wreszcie przede wszystkim możliwość powstrzymywania zła, a czynienia dobra.

Znieruchomiała. Przez dłuższą chwilę w milczeniu trawiła jego wypowiedź.

– Masz rację, panie. – Albo spokorniała, albo zrozumiała, że zmuszenie tego człowieka do czegokolwiek będzie bardzo trudne. – Twa władza istotnie większa niż moja.

Stanęła na tylnych łapkach i oddała mu pokłon. Zbaraniałem, a Sadko i Borys mieli miny takie, że gorzko żałowałem, iż nie mam aparatu fotograficznego.

– Oddałaś, pani, przysługę Hanzie, ratując naszych ludzi z Bergen oraz zabezpieczając przed zniszczeniem bezcenne dokumenty kantoru – odezwał się wreszcie syndyk. – Dlatego myślę, że mogę przychylić się do twojej propozycji... W imię wdzięczności za pomoc i uczynienia sobie wzajemnie przysługi.

– Potraktujcie, panie, moje słowa jako prośbę.

– Szczwana z ciebie istota. – Skrzywił się. – Talent posiadasz niewątpliwie taki, że w trupie kuglarzy karierę byś zrobiła. Chcesz zabrać swoje sługi... – Przeniósł spojrzenie na mnie.

Szóstym zmysłem poczułem, że zapamiętał moją twarz na zawsze, że ile razy przymknie oczy, będzie w stanie wydobyć ją ze wspomnień. Miną całe lata, a on nadal rozpozna mnie bez trudu.

– Tak, panie.

– Potrzebuję nie więcej niż ćwierć wachty, by spakować rzeczy i przenieść załogę na „Łanię".

– Tak, panie. Dla zachowania twarzy sugeruję, byś przedstawił ludziom tę operację jako wyrwanie ich spod władzy demona.

– Nie omieszkam tak właśnie uczynić.

– Czy zdołasz razem z bratem poprowadzić „Jaskółkę"? – Ina zwróciła się do Sadki.

– Tak, pani. „Jaskółka" jest mała i zwrotna. Dwaj ludzie z powodzeniem mogą nią żeglować.

– Zatem w drogę.

Mniej więcej pół godziny później Sudermann przeszedł na pokład „Łani", objuczony dwoma obitymi skórą pakunkami. Razem z nim przeszli czterej marynarze. Udaliśmy się na mniejszą jednostkę. Ludzie w milczeniu patrzyli, jak Ina jednym susem przeskakuje z rufy na rufę. Rzuciliśmy haki i oba statki zaczęły się oddalać. Agata wyłoniła się z kasztelu.

– Helu! – krzyknęła. – Panie Marku!

– Tak, pani? – Moja towarzyszka spuściła głowę.

– Wybaczam wam! To nie wasza wina, że demon zmusił was do posług! Odnajdźcie mnie wiosną w Gdańsku! Pozostańmy w przyjaźni serdecznej! Do zobaczenia!

– Dziękuję!

Widać było, że bardzo jej ulżyło. Powiał wiatr. Postawiłem wraz z Borysem żagle „Jaskółki". Sadko stanął za sterem.

– Znajdź kambuz i zorientuj się, ile mamy zapasów – polecił dziewczynie. – Potem zarzuć wędki. Z pewnością świeża ryba smażona w maśle dobrze nam zrobi...

Sen był dziwny. Szedłem sobie wesoło brukowaną uliczką. Kroczyło mi się lekko, droga wiodła z góry od zamku na Hradczanach przez zaułki Małej Strany. Wiosna tego roku rozkwitła pięknie. Ciepły wiatr znad Pragi owiewał mi twarz, niosąc delikatną woń dymu z kominów. Wygodne, nowiutkie buty firmy Bata lśniły i poskrzypywały. Minął mnie kabriolet, zapach spalin przyprawiał o zawrót głowy. Szyld szynku kiwał się leniwie. Zawahałem się. Wizja kufla ciemnego piwa kusiła, żal jednak było tracić tak urocze niedzielne przedpołudnie na siedzenie w murach. Z okna na piętrze wychyliła się dziewczyna, eksponując piersi wylewające się z głębokiego dekoltu. Puściła do mnie oko, ukłoniłem się kapeluszem i ruszyłem dalej.

I nagle wszystko zaczęło się rozpadać. Stanąłem oszołomiony, zaskoczony. Co ja tu robię? Przecież to nie są moje czasy. Jestem w Pradze? Sądząc po ubiorach i wyglądzie pojazdów, to czasy jeszcze C. K. Austrii. Ja... Sen? Jaki, u diabła, sen, skoro czuję wyraźnie zapachy?!

Skoro widzę wszystkie szczegóły ostro jak w telewizji? Co to za sen, jeśli idąc, czuję każdy kamień pod stopami? Szarpnięcie przywróciło mnie do rzeczywistości.

– Panie Marku! – usłyszałem głos Heli. – Proszę się obudzić, krzyczał pan przez sen!

– Co...? Ja... Dziękuję... – wybąkałem.

Kajuta „Jaskółki", woń butwiejącego drewna, szmer fal liżących burty. Potrząsnąłem głową. Co to, do cholery, było? Przecież nie zwykły sen. Miałem wrażenie, że ciągle jeszcze czuję w nosie tamten zapach. A może...? A jeśli ta cholerna łasica wskrzesiła mnie już kiedyś w dziewiętnastowiecznej Pradze? Czy też wgrano mi coś na scalak i teraz sobie to przypomniałem?

Hela już zasnęła z powrotem. Wciągnąłem lodowate spodnie i zawinąłem się w płaszcz. Wyjrzałem na pokład. Mróz dosłownie kąsał mi twarz. Sadko, zakutany w kożuch, w natłuszczonej płóciennej masce na twarzy, stał za sterem. Milczał i mógłbym przysiąc, że śpi, ale gdy podszedłem bliżej, usłyszałem, że mruczy pod nosem. Słysząc moje kroki, urwał w pół słowa.

– Śpiewałeś? – zapytałem.

– To *bylina*... – wyjaśnił. – Boję się, że zapomnę tego, czego się nauczyłem, będąc jeszcze dzieckiem, więc co noc śpiewam, zwłaszcza że czuwać trzeba, a tak myśli czymś zajmę i rodzinne miasto przy okazji wspominam.

– *Bylina*?

– Pieśń o tym, co było. O przygodach kupca Sadki, po którym dostałem imię. O pojedynkach toczonych na moście przerzuconym przez rzekę Wołchow. O tym, jak Aleksander Newski straszną klęskę teutońskim rycerzom zadał na tafli zamarzniętego jeziora Pejpus... Cała historia jest w tym zawarta. Nasz naród niepiśmienny, uczy się swoich dziejów na pamięć.

– Potrzebuję Iny – zmieniłem temat.

– Demon nas opuścił.

– Proszę?

– Gdy tylko wzeszedł księżyc, pobiegła po wodzie na południowy zachód. Mówiła, że będzie czekać na Bornholmie lub odnajdzie nas na morzu.

– Diabli nadali!

Podświadomie czułem, że gdzieś tam jest jeszcze jedna grupa szukająca Oka Jelenia. Ludzie tacy jak my. Przybysze z innych epok, których należy co jakiś czas kontrolować. Kim są? Gdzie przebywają? Południowy zachód? Księstwa Niemieckie? A może Niderlandy? Jak szybko porusza się to bydlę? Przypomniałem sobie, jak pędziła przez rzekę Nidelwę. Jak rozmazuje się w smugę... Wzrok nie nadążał rejestrować jej ruchu. Trzysta kilometrów na godzinę? Szybko dobiegnie nawet do Hiszpanii.

– Na cóż ci ona? – Sadko wyrwał mnie z zadumy.

– Sen miałem osobliwy wielce i chciałem ją o to zapytać – mruknąłem.

– Moja babka sny tłumaczyła – westchnął. – Ale mi się w to wierzyć nie chce. Majaki to tylko okruchy tego, co człowiek widział lub słyszał, chyba że zmora jakowaś przyjdzie męczyć.

– Czułeś kiedyś we śnie zapachy albo na przykład dotykałeś przedmiotów?

Spojrzał na mnie z zaskoczeniem.

– Markusie – powiedział – dręczył cię sen, w którym widziałeś rzeczy, jakich nie mogłeś zobaczyć w swoim życiu? W którym czułeś się kimś innym, a nawet myślałeś o sobie inaczej? Sen, w którym zapachy czułeś, światło cię raziło, a ciało nie chciało słuchać?

– Coś takiego.

– To kryształ. Kryształ z głowy mydlarza Iva.

– Co?

– Masz go przy sobie. To on zesłał ten sen. Ujrzałeś jego czasy. Jego świat.

Spojrzałem na Sadkę zaskoczony. To by się zgadzało! Praga początków dwudziestego wieku!

– Co masz na myśli? – zapytałem ostrożnie.

– W tych kamieniach zaklęto wasze wspomnienia. Może nawet dusze, o ile to możliwe. Jeśli jest blisko, może być i tak, że ujrzysz coś, co widział kiedyś on. We śnie umysł nie panuje nad sobą. Otwiera się na inne światy. Dlatego to zobaczyłeś.

– Jesteś pewien?

– Tak. Ja kiedyś... – Wzdrygnął się.

Milczałem, czekając, aż sam zacznie mówić.

– Pięć lat temu – powiedział wreszcie – zdarzyło się, że musiałem przewieźć Oko Jelenia. Kilka dni to trwało. Wtedy co noc dręczyły mnie wizje, które... Niedobrze o tym gadać po nocy. Ale... Ja w tych snach, w tych majakach, nie byłem nawet człowiekiem. Patrzyłem na miejsca, które nie istnieją. Na światy całe, gdzie rośliny i zwierzęta nie przypominają niczego. Gdzie po oceanach czerwonej wody pływają potwory wielkości lewiatana. Gdzie z nieba spadają ogromne rozpalone głazy. Widziałem ziemię, nad którą świeciły dwa wielkie czerwone słońca. Ujrzałem kolory, których nie umiałem nazwać. Ujrzałem, jak powietrze wygina się pod wpływem głosu... To była męka. Ale jakoś te cztery noce wytrzymałem.

– Ty...

No tak. To całe Oko to przecież scalak kosmicznego nomada. Załadowany obrazami innych światów, innych cywilizacji. Załadowany osobowością kompletnie obcą. Kiedyś Ina wyświetliła mi kawałek swoich wspomnień. Efekt był podobny. Informacje o otoczeniu zebrane za pomocą innych zmysłów, wrażenia nieprzekładalne... W dodatku padło na człowieka, który nie był w stanie tego w żaden sposób sobie wytłumaczyć, zracjonalizować...

– Rozumiem – powiedziałem. – A jednak kapitan Peter...

– To nie do końca tak, cudzoziemcze – przerwał mi. – Są ludzie odporni na ten czar. Nim komuś powierzy się Oko, najpierw jest sprawdzany.

– W jaki sposób?

– Powiedziałem już i tak za dużo. – Zachmurzył się. – A kamień lepiej trzymaj z dala od siebie, bo popaść w obłęd nieprzyjemnym mi się zdaje. Szkoda by cię było.

– Obłęd?

– Ujrzałeś inne czasy. Zobaczyłeś je oczyma innego człowieka. Nie da się żyć w dwu miejscach naraz.

– W dwu miejscach?

– Ja i mój brat uciekliśmy z Nowogrodu. Złamaliśmy najsurowszy carski zakaz, by wyruszyć tam, gdzie panuje jeszcze wolność. I my żyjemy ciągle trochę tu, a trochę jakby tam. Myśli nasze wracają do zaułków, wśród których przyszliśmy na świat, do ścian soboru Świętej Sofii, do murów nowogrodzkiego *dietińca*. Ciężko nam tu, bo jesteśmy jak drzewka wyrwane z korzeniami, usychające z dala od ziemi, która dała nam życie. Ty podobnie, bez przerwy rozmyślasz o tym, co było. O tym, co utraciłeś.

– Owszem.

– Czy kiedyś tam wrócisz?

– Nie mam do czego. To niemożliwe.

– Powinieneś zatem przestać. Opłacz swoich bliskich i te rzeczy, które straciłeś, a potem żyj tu wśród nas, dzieląc smutki i radości. To jest teraz twoje miejsce. Twój czas. Twój świat.

– A wy?

– My żyjemy nadzieją, że Hanza kiedyś upomni się o tych, których kiedyś nazwała braćmi... A jeśli nie może, przyjdzie czas, że wrócimy tam sami. Bez kupieckiej armii, zbrojni jedynie w miecze i wolę walki o swoje. My możemy choć przed śmiercią ujrzeć znajome kąty. Ty już nie. Więc taka moja rada. Opłacz i zachowaj w pamięci. Ale żyj tu i teraz.

Maksym zeskoczył z konia i uważnie zbadał ślady odciśnięte na śniegu. Dwie pary znoszonych butów, kostur podróżny... Trop był świeży, zostawiono go niedawno. Wsiadł na wierzchowca i ruszył po śladach. Istotnie, ujechał może trzy pacierze, gdy nos pochwycił słabą woń dymu. Szałas stał w załomie skał, przed nim paliło się niewielkie ognisko. Okopcony mosiężny kociołek wisiał na trójnogu wykonanym ze świeżych gałęzi brzozy.

Coś w nim bulgotało. Siedzący przy ogniu mężczyzna na widok obcego jeźdźca zaniepokoił się wyraźnie. Dłoń zacisnął na rękojeści kordu.

Kozak rzucił cugle, a następnie płynnym ruchem wyjął szablę z pochwy i obojętnie wbił ją w śnieg. Pokazał puste ręce. Ukłonił się, zamiatając osełedcem ziemię, dotknął dłonią serca. Mężczyzna wyraźnie odetchnął z ulgą.

– Szukasz mnie, człowiecze? Czym mogę służyć? – zagadnął.

– Jesteście Ulv, a zwą was Skotnikiem? – zapytał Maksym, kalecząc nieco szwedzki.

– Ja jestem.

– Zostaliście uleczonym z trądu. Niedawno w Bergen stanęliście przed *consilium medicum*...

– Uznano mnie za zdrowego. Tym samym dopełniłem obowiązku. – Uniósł dumnie głowę. – Trzech medyków z trzech miast uznało mnie za oczyszczonego. Już nie muszę nosić na płaszczu kunich ogonów.

– Najserdeczniej wam winszuję.

To mówiąc, Maksym wyjął z torby kamionkową flachę czerwonego wina i dwa cynowe kubki.

– I goniliście mnie taki szmat drogi, by życzyć mi szczęścia? – Uleczony wykrzywił wargi w uśmiechu, pokazując pieńki zębów.

Widok butli z miejsca nastroił go życzliwie.

– Niezupełnie – przyznał Kozak. – Sprawę mam... Lek, który rany wasze zamknął, wielce mnie interesuje.

– Zużyłem cały. Ale wiem, gdzie można by zdobyć jeszcze trochę.

– Tak i myślałem. Powiedzcie, proszę, to były białe krążki, jakby małe a grube monety? A włoczone w coś cienkiego jak blaszka, ale przejrzystego niczym szkło?

– Znasz zatem ten medykament?

– Widziałem takie u siebie w Siczy. W Bergen pół roku zaledwie temu także je mieli.

Polał wino do kubków. Wychylili, polał raz jeszcze. Tym razem ustawili je blisko ognia, by napój się trochę ogrzał.

– Chcesz zapewne wiedzieć, kto je sprzedaje? Gdzie nabyć takowe można i ile kosztują?

– Tak – skłamał.

Ulv zasępił się.

– Mogę powiedzieć to, co wiem ja. Pochodzę z miasta Mora w kraju zwanym Dalarna, gdzie góry rodzą miedź i cynę, a każdy mężczyzna do wyboru ma albo ziemię drążyć, albo metal na ogniu wytapiać... Dziad mój sprytniejszy był i doszedł, że każdy, kto metal topi lub kamienie łupie, jednako potrzebuje mięsiwa. Tedy owce zaczął hodować. Ziem uprawnych u nas mało, a jeziora, choć piękne, niewiele ryb rodzą, jednak łąki trawiaste hodowli sprzyjały. Kiedyś tereny te należały do Lapończyków – zawiesił głos.

– Wiem, kim są. Mówią o sobie Saami. Dziki to lud albo i dzikich udają, bo słyszałem, że niejeden czytać i pisać się wyuczył.

– To możliwe, wszak niektórzy i wiarę naszą przyjęli.

Pociągnęli grzanego wina. Kozak wyczuł, że nieznajomy od dawna nie miał do kogo otworzyć ust. Słowa lały się jak wezbrana rzeka. Wiedział, że wystarczy cierpliwie czekać i usłyszy się wszystko, co potrzeba, a przy okazji i inne rzeczy, które z pozoru nieważne jakąś wiedzę także niosą... A w obcym kraju każdy okruch może się wszak przydać.

– Na północ od naszych osad zaczyna się już kraina lasów, po której Saami wędrują ze swymi stadami. Żyło się spokojnie, bo nie są to sąsiedzi uciążliwi, a i dobrze ich mieć pod bokiem, gdyż za szpulkę drutu ciągniętego z cyny połcie wędzonego mięsa i piękne skóry oferują. Szkody w interesach mi przy tym nie robią, bo z renów wełny pozyskać się nie da, a jagnięcina smaczniejsza niż wędzone żebra zwierząt leśnych. Pod opieką króla pozostając, podatki w skórach i wosku pszczół leśnych płacą. Dwa lata temu zmiana zaszła.

Maksym dolał Ulvowi dla rozwiązania języka. Znowu postawili kubki przy ogniu. Wino przyjemnie rozgrzewało, mróz już nie kąsał tak silnie palców i policzków.

– Źle się dziać zaczęło w północnych krainach. – Szwed zniżył głos. – Wielu Saamów porzuciło swe dawne szlaki, uchodząc w głąb naszej krainy. Inni ruszyli na wschód, ku brzegom Bałtyku, inni przez góry ku Norwegii. Widziano ich nawet w lasach opodal Uppsali, gdzie od czasów naszych pradziadów się już nie pokazywali.

– Zatem i na północ udawać się mogli?

– Tak. Wieści, które przynieśli, są niepokojące wielce. Zamieszkał gdzieś wśród nich przybysz z daleka. Groźny i władny. W górach kazał kuć nowe sztolnie, plemiona zaś miały dostarczyć mu krzepkich młodzieńców na górników. Nie zna litości. Ci, którzy odmówili, zginęli zamordowani wraz z całymi rodzinami.

– Możecie powiedzieć o tym coś bliżej? – Maksym wydobył kawał chleba i połeć wędzonki.

– Zwą go Panem Wilków, gdyż stada tych zwierząt wszelkim jego łajdactwom towarzyszą. Czasem wyśle swą drużynę, zakapiorów z piekła chyba rodem, bo i w ciemności widzą niczym koty, i broń ich miota w jednej chwili wiele kul, i mieszkańców wsi całej szybko unicestwić mogą. Docierają zaś wszędzie, gdzie zechcą, gdyż powóz mają, który w powietrzu lata... Wiem, że trudno w to uwierzyć – zastrzegł. – Ale poprzysiąc mogę, iż szczerą prawdę mówię.

Maksym wydobył z *ładanki* kartkę z rysunkiem helikoptera. Rozprostował ją tak, by płomień oświetlał papier.

– Wierzę wam, bo widziałem to wszystko. I machinę, i wielopały, i konia, który był martwy, a mimo to nadal się poruszał... Z wilkami uczonymi jeszcze styczności nie miałem, lecz i to mnie pewnie czeka. – Zafrasował się na moment.

– Ta sama machina! – Ulvowi wystarczył jeden rzut oka na rysunek. – Tedy wiesz, że prawdę powiedziałem.

– Co możesz rzec o tych wilkach?

– Gdy drużyny nie chce wysyłać, tam wilki na rozkaz dokonują krwawego dzieła. Znajoma wasza spotkać je musiała w dzień, dlatego życie zachowała. Częściej przychodzą nocą. Bez lęku dzikim zwierzętom przyrodzonego wślizgują się do domostw i śmierć zadają.

– Gdzie leży jego siedziba?

– Saami powiadają, że gdzieś na północ od miasta Mora. Kto żyje na ziemi, którą tamten uznał za swoją, trybut musi płacić. A kto się zbliży do jego włości, umiera. Nieliczni z bronią przeciw niemu powstali. Dziś śnieg pokrywa popioły ich osad.

– Każdemu śmierć pisana, a czy wcześniej, czy później, furda. Byle paść w walce o słuszną sprawę. Zatem rzekłeś, że po leki jeździć do niego nie trzeba? Jak do ludzi trafiają?

– Jego drużyna kontakty nawiązała z aptekarzami. Leki silne sprzedają, pył, który w małych dawkach spożyty niezwykłą daje rozkosz, inne jeszcze medykamenty. Tak i ja kupiłem piguły, które w miesięcy kilka z lepry mnie uleczyły, a kosztowały krocie takie, że dom mój, pole i stada owiec sprzedać musiałem, a i to ledwie wystarczyło. Ale teraz, gdym już zdrów i pracować zdolny, w lat dziesięć dawnej fortuny zamierzam się dobić. Ale ty uważaj. Pan Wilków zabije cię, jeśli mu zagrozisz. Leki sobie kup i do dom uchodź, a zwady z nim nie szukaj.

– Niejeden już próbował, ale jam ciągle żyw. Może i tym razem dopisze mi szczęście, wszak zamiaru nie mam, by takiemu panu na drodze stawać – Maksym skłamał gładko. – Jest zatem, jak mówicie, chciwy pieniędzy. Co z nimi robi?

– Ponoć góry kupuje, być może, aby nowe sztolnie drążyć. Kupuje też lasy, nawet te, które królewską są własnością.

– Co król na to? Tak pieniędzy potrzebuje, że udaje głuchego i niewidomego? Wszak skargi jakieś powinny doń dotrzeć.

– Król daleko, zarządcy blisko... – Mężczyzna wzruszył ramionami. – Wiesz, jak to bywa.

– Zatem wszędzie jest tak samo – zasmucił się Kozak.

Ulv zamieszał w kociołku.

– Polewka już dochodzi, tedy na kolację proszę. Nie samym winem żyje człowiek...

Maksym załapał aluzję i polał jeszcze. We flaszy została może połowa, lecz nie martwił się tym. Po to Bóg stworzył wino, by można je spożywać. Na co chować, jeśli kompania dopisuje?

– Polewki nie odmówię. – Uśmiechnął się.

Wyciągnął z juków miskę rzezaną z drewna gruszy i długą cynową łyżkę. Zupa była wodnista, jednak spożywana z ciemnym chlebem rozgrzała i nasyciła. Siedzieli jeszcze długo przy ogniu. Kozak dolewał hojnie wina, wypytując o drogę i miejsca, do których podążał. Koń dreptał w ciemności, wygrzebując sobie resztki suchej trawy spod śniegu. Wiatr wył pośród szczytów, tu, w dolinie, było zacisznie.

Daleka droga przede mną, dumał Maksym, oglądając mapę kupioną jeszcze w Sztokholmie. Ale brzeg już widać. Niebawem głowę do snu złożę we własnej chacie lub do snu wiecznego we własnej mogile. W obu tych przypadkach trud będzie już za mną... Odpocznę.

Czuł znużenie. Ileż to już miesięcy wędrował przez pludrackie krainy? Jak dawno nie było mu dane pomodlić się w cerkwi.

❧ Nie mogłem zasnąć. Za deskami szemrały fale. Skrzypiało olinowanie, skrzypiały maszty. Hela mamrotała coś pod nosem przez sen. Próbowałem przez chwilę słuchać, ale oderwane wyrazy nie składały się w żadną sensowną całość. Od przesiadki na „Jaskółkę" minęły trzy doby. Łasica to znikała, to znów pojawiała się na pokładzie. Nie było jej z nami, gdy przez niemal dwie doby dryfowaliśmy znoszeni potężnym sztormem. Sund przebyliśmy we mgle. Sadko przeprowadził stateczek wedle wskazówek Iny, przemykając tuż obok duńskich okrętów wojennych blokujących cieśninę. Teraz żeglowaliśmy przez Bałtyk, znowu sami.

Wstałem, narzuciłem na ramiona płaszcz i wyszedłem na pokład. Borys trwał nieporuszony za sterem. Nie wiedziałem, czy śpi, czy rozmyśla. Jego brat także był na nogach.

Ze skórzanego woreczka wydobył astrolabium. Uniósł je w dłoni i coś ustawiał. Mierzył wysokość której z gwiazd? Odwrócił urządzenie na drugą stronę, poruszył środkowym pierścieniem. Potem w mdłym świetle zawieszonej na maszcie latarki liczył coś, wodząc rysikiem po łupkowej tabliczce. Wreszcie zadowolony starł obliczenia.

– Półtora w lewo – zadysponował.

Borys pchnął drąg i znowu zamarł.

– O świcie zobaczymy Bornholm – powiedział konus. – Idź spać, Markusie.

Milczałem. Analizowałem to, co zrobił. W środku nocy bez kompasu czy GPS-u dokonał korekty kursu. Nawigował, posługując się maszynką złożoną z dwu metalowych tarcz pokrytych grawerowanymi liniami. Wyznaczył kierunek, określił odległość od lądu i szybkość, z jaką się poruszaliśmy...

Zrozumiałem, że nigdy nie będę kupcem. Zszedłem pod pokład. I nagle poczułem, że łasica wróciła. Siedziała gdzieś tu, w ciemności.

– Ina? – rzuciłem niepewnie.

Zwierzę stało się widoczne, końce jej włosków rozjarzyły się minimalnie.

– Pytaj – poleciła.

– Zastanawiałem się nad tym, co mi mówiłaś. Pamiętasz naszą rozmowę o teologii?

– Pamiętam wszystko.

– Zastanawia mnie taka kwestia... Jeśli dobrze rozumiem, biegaliście sobie po drzewach, układaliście pieśni, pożywienia nie brakowało, praw własności nie znaliście.

– To niezwykle uproszczona wizja, ale mniej więcej się zgadza – mruknęło zwierzę.

– Wydaje mi się, że dla istnienia religii niezbędne jest pojęcie grzechu. Złamania praw danych od Boga lub proroków mówiących w imieniu...

– Masz rację. Religia wzywa wszystkich, by dążyli do absolutu. Jednak każda rasa skażona jest niedoskonałością. Wydedukowaliście istnienie grzechu pierworodnego. My ujęliśmy to inaczej. Nie zrozumiesz, to pojęcia nieprzekładalne.

– Nie znaliście wojen, nie znaliście własności, nie mieliście tego, co nazwałbym popędem płciowym, zatem odpadały walki o samice... Więc jak tu grzeszyć?

– Nie doceniasz siły zazdrości.

– Mordowaliście się z zazdrości? Czy może kradliście sobie nawzajem pieśni, by...

– Byli i tacy, którzy wysłuchawszy czyichś pieśni, opętani zawiścią zabijali ich twórców, by potem przypisywać je sobie. Inni toczyli spory o to, kto jest autorem – powiedziała. – Dobro, zło, honor, zemsta... Istnieją pojęcia wspólne wszystkim cywilizacjom. Pamięć absolutna utrudnia kłamstwa, ale nie czyni ich niemożliwymi. Nawet Skrat... – urwała. – Nie myśl o tym.

Wstawał dzień. „Jaskółka" mknęła pchana silnym, równym wiatrem. Jednak na naszej drodze pojawiało się coraz więcej kry. Cieńsze i grubsze płyty tańczyły na falach. Dziób statku łamał je na kawałki. Ziąb przenikał przez mój sukienny płaszcz. Łasica siedziała na dziobie. Sadko, stojąc za sterem, rzucał jej mordercze spojrzenia. Widziałem wyraźnie. Bał się. Niepokoiło mnie to. Nie będzie się lękał w nieskończoność. Coś wymyśli, coś spróbuje zrobić. To może być coś groźnego, nieobliczalnego...

– Dobrze płyniemy? – zapytałem zwierzęcia.

– Tak.

– Powiedz, tak znikałaś... Szybko biegasz. Nasza grupa nie jest jedyną? Ktoś jeszcze szuka Oka Jelenia w tych czasach? Koordynowałaś poszukiwania?

– Nie twoja rzecz – uchyliła się od odpowiedzi. – Ty masz robić swoje.

No, no, chyba zgadłem...

– Co jeszcze powinienem wiedzieć?

– Wiesz wszystko, co jest niezbędne do wypełnienia zadania.

– Pokażesz mi coś? – zapytałem.

– Co takiego? – Chyba była zniecierpliwiona.

– Gdy spotkaliśmy się po raz pierwszy, mówiłaś, że na swojej planecie byłaś poetką i tancerką. Potem wspomniałaś o waszych tańcach i pieśniach. Ciekawi mnie...

– Ziemianinie, nie zatańczę dla ciebie.

– Przepraszam, nie chciałem cię urazić...

– Nie uraziłeś. Po prostu brak tu warunków. Nie będę jak wiewiórka śmigać po linach. To ciało jest niekompletne. Okaleczone. Miałam siedem nóg. To miejsce nie nadaje się do popisów. Brak tu naszych drzew, panuje inna grawitacja. Planeta Elly odeszła w niebyt. Wraz z nią umarła moja sztuka. Zostało tylko to, co żyje w mojej pamięci.

Włączyła mi to bez ostrzeżenia. Wizja, podobna jak w Trondheim. Oszałamiająca, niezrozumiała. Siedem nóg? Nie tylko... Muzyka wykorzystująca fale dźwiękowe zgrane z rytmem fal elektromagnetycznych wyemitowanych przez gwiazdę Epsilon Eridani i zaburzeniami lokalnego pola grawitacyjnego. Pieśń wykorzystująca nie tylko dźwięk wydobywany przez żywe stworzenie, ale i echo odbite od dziwnych pni. Urzekło mnie bogactwo doznań...

I nagle znowu stałem na pokładzie okrętu.

&. Dobiliśmy do brzegów wyspy przed świtem następnego dnia. Wilgoć w powietrzu sprawiała, że ziąb był wyjątkowo przenikliwy. Sadko rzucił kotwicę w niewielkiej zatoczce wskazanej przez Inę. Ślizgając się na oblodzonych kamieniach, przebyliśmy plażę. Dalej ciągnął się zagajnik rachitycznych brzózek.

Śnieg na wyspie musiał spaść kilka dni wcześniej, teraz lodowa kaszka leżała jedynie pod drzewami. Łasica skoczyła między pnie i w półmroku momentalnie znikła nam z oczu.

– Ej! – zawołałem. – Gdzie jesteś? Mamy iść za tobą?

Zwierzę rozjarzyło się jak choinka. Końce włosków zabłysły niczym robaczki świętojańskie.

– Tak – odparła i ruszyła naprzód.

– Niby ze światła utkana! – Sadko westchnął z podziwem.

Przeszliśmy może dwadzieścia metrów, zatrzymaliśmy się na ponurym uroczysku. Drzewka rosły tu małe i pokręcone. Spod płatów zlodowaciałego śniegu widać było zbrązowiały mech.

– Tutaj? – zapytałem.

Łasica kiwnęła łebkiem.

– Te drzewa. – Spojrzałem wokół. – To efekt radiacji?

– Nie obawiaj się. Ich deformacje spowodowane są tym, że ciężka woda w związkach chemicznych zachowuje się nieco inaczej niż zwykła.

– Ile tego zebrać? – zapytał Sadko.

– Metr sześcienny mniej więcej – powiedziała.

Zrobił głupią minę.

– On nie zna tych miar – warknąłem.

Przymknęła na sekundę oczy.

– Tak z osiem beczek. Borys?

– Tak, pani?

– Przygotuj prasę. Trzeba będzie wycisnąć z tych mchów wilgoć.

Olbrzym popatrzył na nią nieco zaskoczony.

– Na „Jaskółce" są jakieś deski – mruknął i zawrócił na statek.

Wyrywaliśmy mech, potem składaliśmy w jednym miejscu. Było zimno, ale wiatr od morza na szczęście ustał. Stos zielska rósł bardzo wolno. Olbrzym wrócił, niosąc dwie szerokie dechy i cebrzyk. Na jednym końcu nawiercił je, a następnie połączył grubym rzemieniem. Wrzucił porcję mchu do starego worka, umieszczając go między deskami. Następnie drugi koniec oplótł sznurem i kręcąc kawałkiem polana, zacisnął.

Coś jak prasa do wyciskania sera, pomyślałem.

Gruba warstwa mchów pod naciskiem prasy powoli ulegała zmiażdżeniu. Pierwsza strużka zielonego soku zaczęła kapać do szaflika.

– I co, to niby ma być ta ciężka woda?! – prychnąłem.

– Nie do końca – powiedziała Ina. – Tlenek deuteru stanowi około dziesięciu procent tej cieczy.

– I jak niby mamy ją wyizolować?

– Tu są membrany. – Zwierzę wyciągnęło z brzucha dwa pakiety tkaniny. – Pierwsza posłuży do oczyszczenia wody, druga rozdzieli zwykłą i ciężką.

– Chyba oszalałaś. Mam przepuścić to zielone gówno przez zwykłe szmaty? Ile razy musiałbym to zrobić? I czy cokolwiek to da?

– Ech, Ziemianinie. Wy, ludzie, robiliście jakieś tam elektrolizy. Technologie Skrata są lepsze, to oczywiste. To nie jest zwyczajna tkanina. Wystarczy raz.

Rozłożyłem materiał na cebrzyku, okręciłem sznurem, aby brzegi ściśle przylegały. Następnie powoli wylewałem na to sos wyciśnięty z mchów. Gdy po kilkunastu minutach podniosłem pokrytą zieloną mazią szmatkę, nie mogłem uwierzyć własnym oczom. Wiaderko wypełniała idealnie czysta woda. Nie miała żadnego zapachu, ale pić oczywiście się nie odważyłem...

Borys podał mi kolejny cebrzyk. Zabezpieczyłem go drugim kawałkiem jakby firanki. Wylałem nań wodę. Tym razem nie przeszła cała, w zagłębieniu zostało około dwu litrów.

– To ciężka woda – powiedziało zwierzę.

– Tak po prostu?

– Zdziwiony? – chyba zakpiła.

Przelałem ostrożnie zawartość do mosiężnego kociołka.

– Co mamy czynić dalej, pani? – zapytała Hela.

– Już nic – powiedziało zwierzę. – Zanurzę się w cieczy. Moje ciało ulegnie dezintegracji. Następnie to, co nazwaliście nanotechem, złoży je na nowo. Przez ten czas zapewnicie mi ochronę.

– Jak długo będzie to trwało? – zapytałem, patrząc na zegarek.

– Już mówiłam. Prawdopodobnie około siedemdziesięciu godzin, lecz może się okazać, że zajmie to więcej czasu. Musicie uzbroić się w cierpliwość.

– Tak, pani. – Hela dygnęła.

– Wszystko zajdzie samoczynnie. Żadne wasze działania nie przyspieszą ani nie spowolnią tego procesu.

Wsunęła się do naczynia i znieruchomiała, zwinięta w kłębek na jego dnie. Widziałem, jak rozpada się, jakby ktoś w niewyobrażalny wręcz sposób przyspieszył proces korozji, a może rozpuszczania w kwasie. Wreszcie na dnie leżało tylko trochę srebrzystego pyłu i kilka zielonych krążków.

– Scalaki? – zapytała Hela.

– Nie wiem. Chyba tak...

– Tu jest przykrywka – odezwał się olbrzym. – Co robicie dalej?

– Pora ruszać w drogę – westchnąłem.

– Zabieracie ten kociołek? – zagadnął Sadko.

– Nie ma wyjścia – powiedziałem. – Z dwu powodów. Po pierwsze, poprzysięgliśmy ją chronić, zanim nie odzyska ciała. Po drugie, gdybyśmy zostawili łasicę tu, na wyspie, wpadnie w szał po przebudzeniu. A sami widzieliście, że potrafi biec po wodzie. Jak myślicie: ile czasu by potrwało, zanim by nas dopadła? A umie nas znaleźć...

– I co zrobiłaby z nami potem – dodała ponuro moja towarzyszka. – To bydlę jest bardzo pomysłowe w wymyślaniu kar.

– Ta specjalna woda jest niezbędna, by odtworzyła swoje ciało? – zainteresował się Sadko.

– Tak.

– Borys?

Olbrzym musiał już dłuższą chwilę stać za moimi plecami, bo unieruchomił mnie jednym chwytem rąk.

Szarpnąłem się, lecz równie dobrze mógłbym się mocować z niedźwiedziem. Sadko błyskawicznym ruchem zarzucił zaskoczonej Heli worek na głowę. Zaczęła się szamotać, ale sprawnie ściągnął materię w dół. Była za krótka, więc kawałem rzemienia obwiązał dolną krawędź tkaniny tuż pod kolanami.

– Co ty wyrabiasz?! – wykrztusiłem bardziej zdumiony niż przestraszony.

Ostrożnie położył tłumok z dziewczyną na mchu. Hela próbowała się turlać, ale dużo jej to nie dało, bo umieścił ją akurat między dwiema brzózkami. Wywrzaskiwała przy tym wyrazy, jakich z pewnością nie powinna używać panienka z dworu.

– Zwracam wam wolność – warknął Sadko. – A przy okazji zgładzę największego wroga, jakiego miała Hanza przez ostatnie trzy stulecia. Składaliście przysięgę na wierność łasicy, więc dla spokoju waszych sumień to ja ją unicestwię, zanim odtworzy swe ciało.

– Przestań!

Zdjął pokrywę z kociołka i spokojnie przechylił naczynie, by wylać zawartość na ziemię. Nic się nie stało. Spojrzał zdumiony na powierzchnię cieczy. Mimo przechylania pozostawała nieruchoma jak tafla lodu. Spróbował przebić ją nożem. Potem przyładował w kociołek naprawdę sporym głazem.

– To beznadziejne – powiedziałem. – Z pewnością zabezpieczyła się, by nic nie zakłócało jej spokoju.

Sadko uniósł muszkiet, skrzesał ognia na lont i cofnąwszy się kilka kroków, wypalił w kociołek. Naczynie fiknęło koziołka, ale pozostało całe. Kula zrykoszetowała, gwizdnęła gdzieś w krzaki. Teraz dla odmiany przyładował w bok garnka potężnym toporem. Rozciął blachę na długość około pięciu centymetrów, lecz ze szczeliny nie pociekła ani kropla.

– Pole siłowe albo coś podobnego – rzuciłem ponuro. – Nic się nie da zrobić. Uwolnij Helę.

Rosjanin kopnął kociołek, a potem rozplątał rzemień i ściągnął worek z dziewczyny. Borys zwolnił ucisk.

– Próbowaliśmy, *bratok* – westchnął. – Naprawdę chcieliśmy ci pomóc.

– Nie mam wam za złe.

Za to moja towarzyszka śmiertelnie się obraziła. Próbowała uderzyć pięścią Sadkę, który na swoje szczęście miał niezły refleks i zdążył uskoczyć.

– Dranie!

– Przepraszam. – Olbrzym potrafił wyglądać naprawdę rozbrajająco.

Ale Hela tylko prychnęła i po zaimprowizowanym trapie przeszła na pokład „Jaskółki".

Borys wypłukał prasę w morzu. Sadko w zadumie oglądał pierwszą membranę.

– Powiedz mi – odezwałem się – planowałeś to już wcześniej?

– Taki rozkaz dostałem od samego syndyka. Zgładzić za wszelką cenę. W żadnym wypadku nie dopuścić, by łasica dotarła do Visby. Jeśli nie da się temu zapobiec, ostrzec Petera Hansavritsona.

– Hmm... Za wszelką cenę?

– Moje życie należy do Hanzy. Jeśli trzeba, mam obowiązek je poświęcić.

– A my?

– Jeśli taka byłaby cena. Markusie, dla Heinricha Sudermanna istnieje tylko jedno prawo moralne, dobro Hanzy. Gdyby miał możliwość zgładzenia łasicy, nie wahałby się poświęcić życia nie tylko nas wszystkich, ale i własnego.

Zapadła chwila niezręcznego milczenia.

– A swoją drogą, tak coś sprawdzę... – zmienił temat.

Spłukał pierwszy filtr, potem nakrył cebrzyk i chlusnął nań kilka garści morskiej wody. Zdjął materiał i przyssawszy usta do krawędzi, pociągnął ostrożnie łyk.

– Co robisz? – zapytałem.

– Sprawdzam... Ta tkanina to doskonały cedzak. Zatrzymała sól. Jak myślisz, czy mógłbym to wziąć?

– Nie mam pojęcia. Może? W razie potrzeby łasica chyba może zrobić nowy kawałek. Gdy już się obudzi, musisz poprosić o pozwolenie.

– A ten drugi? – Wskazał ruchem głowy. – Zaciekawiła mnie ta ciężka woda, może przyda się panu Kowalikowi?

Chyba do budowy bomby wodorowej...

– Ciężka woda jest bardzo toksyczna – odparłem. – Tego lepiej nie tykać.

– Rozumiem – odpowiedział, choć czułem, że nie ma pojęcia, o czym mówię.

Siedziałem na głazie na brzegu morza, lodowate fale prawie lizały mi stopy. Feralny kociołek stał obok. Wiatr pędził po niebie ciężkie chmury. Było zimno i chyba zbierało się na śnieg. Milczałem zadumany. W Trondheim Ina przepaliła kamienny fundament, by się wyrwać z pułapki. Silne wyładowanie elektryczne zdołało ją unieruchomić. Podobnie ciężki mróz w górach nad Szwecją. Unieruchomił, ale nie zabił. Chińczykom udało się ją jakoś schwytać i uwięzić. Ale nawet oni nie byli w stanie uśmiercić sługi Skrata. Zdawałem sobie sprawę z tego, że nie znam sposobu, aby się uwolnić. Bo co niby mógłbym zrobić? Wyrzucić kociołek wraz z zawartością za burtę? Ina zregeneruje się, wypłynie, a potem mnie odnajdzie.

Ktoś dotknął mojego ramienia.

– Pora na nas, *bratok* – powiedział Sadko. – Musimy odbijać, zaraz będzie odpływ.

– Tak... – Wstałem ciężko. – Hela jest na pokładzie?

– Czekamy tylko na ciebie.

Przeszedłem po trapie z kociołkiem w ręce. Borys odepchnął statek drągami od nabrzeża. Sadko postawił żagiel.

– Kiedy dopłyniemy do Visby? – zapytałem.

– Nie dopłyniecie. – Borys pokręcił głową. – Tylko ja i mój brat tam płyniemy. Nie miej urazy, *bratok*, ale teraz, gdy na własne oczy ujrzeliśmy możliwości łasicy, nie możemy zabrać was tam, gdzie bije serce Hanzy.

Przypomniałem sobie, co mówił o rozkazach od Sudermanna. Zacisnąłem pięści.

– Zabijecie mnie?

– Tak by było najlepiej dla bezpieczeństwa Związku – westchnął. – Obawiam się jednakowoż, że demon próbowałby cię pomścić... A kto wie czy łasica poprzestałaby na spaleniu jednego miasta? Cena jest więc zbyt wysoka. Mam was, Markusie, za przyjaciół. Przyjaciół nie zabija się bez konkretnego powodu. A strach nie jest powodem. Uratowaliście nas kiedyś. Petera i Mariusa w bitwie, a nas dwóch na zatoce Vågen. Cztery życia za dwa to bardzo uczciwa cena i dłużnikami twoimi pozostajemy, ale przysięgi, które Peterowi złożyliśmy, ważniejsze...

– Co zatem z nami będzie?

– Wysadzimy was na polskim lub szwedzkim brzegu. Jeszcze nie zadecydowaliśmy. W każdym razie musimy zrobić to szybko, skoro mamy tylko trzy dni i trzy noce do jej zmartwychpowstania...

– Rozumiem... Pozwolicie, że udam się na spoczynek?

Wszedłem do kajuty i starannie zamknąłem drzwi na zasuwkę.

– Co z nami będzie? – zapytała Hela. – Boję się.

– Nie zabiją nas, boją się ewentualnego odwetu Iny. Chcą nas wysadzić gdzieś na brzegu, sami popłyną do Visby...

– Czy poszukamy Chińczyków? Spróbujemy odzyskać scalak i gdy Ina dojdzie do siebie, ożywimy Staszka?

– Taki właśnie jest mój zamiar – westchnąłem.

Usłyszałem skrzypienie drążka sterowego. „Jaskółka" przechyliła się lekko na lewą burtę, a potem wyprostowała. Zatrzeszczało olinowanie, gdy wiatr wypełniał żagle. Czułem, jak stateczek przyspiesza, dziób pruł fale. Kurs na południe. Ku Polsce.

❧ Pustka i ciemność...

Gdzie jestem? No tak. Przecież nie żyję. Pamiętam, jak mnie zastrzelili. Pamiętam, jak umarłem, padłem w śnieg. A może tylko umierałem? Może nanotech zdołał mnie z tego wyciągnąć? Albo próbuje... W każdym razie myślę.

Nie czuję ciała. Nie oddycham. Nie mogę się poruszyć, bo nie wiem, czy mam ręce i nogi.

Czy tak wygląda życie po śmierci, czy też mam świadomość istnienia, bo moja jaźń jest zapisana w scalaku? Scalak. Co wiem o tym nośniku? To kryształ. Obojętny chemicznie. Sam z siebie martwy. Myślę mózgiem, scalak to tylko pamięć stała. A może nie? Nie powinienem wyprowadzać analogii do ziemskich komputerów. Ich, kosmitów, technika jest inna, bo powstawała wedle zupełnie innych pomysłów... Tamte kryształy mogą mieć inne właściwości niż ziemskie.

Próbuję się rozejrzeć. Nic z tego. Ciemność. Żadnego poczucia, jaka jest temperatura. Żadnych doznań zmysłowych, do których przywykłem, posiadając ciało. Próbuję coś powiedzieć, ale nie wiem, czy mam gardło i usta. Fiasko.

Jestem tylko niematerialną myślą... Jeśli nawet gdzieś tam istnieje ciało, wszystkie połączenia uległy zerwaniu. A jeśli myślę scalakiem, nie angażując do tego choćby resztek mózgu? Jeśli organizm dostarcza jedynie energii? W takim razie leżę na tamtej górskiej łące martwy, a myślę, bo scalak ożywiany jest przez zanikający potencjał elektryczny mózgu lub jakąś szczątkową energię płynącą z przemian chemicznych. Nie ma już zmysłów, jest tylko rozum. A może obudziłem się dlatego, że jest wiosna, mój trup odtajał i zaczął się rozkładać? Energia pochodząca z procesów chemicznych? Kto wie? Niewykluczone, że będę się tak męczył nawet przez kilka lat, chyba że wilki i mrówki ogryzą kości. Może i to nie będzie koniec, bo czaszka leżąca na górskiej łące będzie się nagrzewała od słońca... Ciekawe, ile czasu upłynie, zanim zwariuję?

Znowu próbuję się poruszyć. Bez skutku.

Gdzieś w ciemności pojawił się na chwilę zielonkawy rozbłysk. Nie potrafię powiedzieć, jak ani czym go zobaczyłem... Dziwne zjawisko przypominało odrobinę zorzę polarną. Trwało krótko, a potem zgasło bez śladu.

A jeśli to zaświaty? Powinienem spotkać Boga, anioły lub diabły, powinny tu być kotły z wrzącą smołą albo rajskie zielone pastwiska... Chyba że to obce zaświaty. Jeśli moja religia okazała się fałszywa i trafiłem nie tam, gdzie planowałem, ale tam, gdzie trzeba... W starożytnej Grecji zmarli trafiali do Hadesu. W Egipcie byłby sąd Ozyrysa... Nie, odpada, nie jestem zmumifikowany. U muzułmanów powinienem dostać hurysy, a nie widać ani jednej. U wikingów Walhalla. Wprawdzie trafiali tam tylko polegli z bronią w ręce, ale zostałem zastrzelony, a przy pasku miałem kozik, to powinni mi zaliczyć... Czyli to też odpada. U Żydów szeol, otchłań śmierci. To by się nawet zgadzało. A może to próba? Może test, czy moja wiara była wystarczająco mocna? No to chyba oblałem ten egzamin z kretesem... Ciekawe, przecież zawsze...

Kolejny rozbłysk, silniejszy. Znowu świadomość istnienia, choć tym razem towarzyszy jej oszałamiający ból. I nagle wszystko wróciło. Znowu mam ciało, czuję je wszystkimi zmysłami...

Staszek jęknął. Usłyszał sam siebie. Uszy atakowały mu dźwięki. Jakiś chlupot, pikanie urządzeń, szum wody w rurach, bulgotanie kanalizacji. Wreszcie pojął, co tak lśni – to w prawe oko zaświecono mu latarką.

Co się dzieje? – pomyślał. Zabili mnie, a łasica odnalazła scalak i odtworzyła mnie tak, jak kiedyś Helę? Żyję!

– Wygląda na to, że już dochodzi do siebie – powiedział ktoś po chińsku.

Staszek nie otwierał oczu. Powieki były zbyt ciężkie. Próbował wyczuć, w jakim stanie znajduje się jego organizm. Nic nie bolało, tylko w żołądku ssało z głodu. Poruszył rękami i nogami. Leżał w czymś w rodzaju wanny. Był ubrany, choć całkowicie przemoczony. Woda? Nie! Leżał w jakiejś brei. Kisiel? Cholera. A więc z tym matriksem to prawda?! Teraz dopiero wrócił węch i chłopak poczuł woń krwi. Ktoś podłożył mu dłoń pod kark, ktoś inny złapał za rękę i pomógł usiąść.

– Generale Wei, melduję, że proces przywracania zakończony sukcesem – ktoś wyszczekał najwyraźniej wyuczoną formułkę.

– Dobrze. Opłuczcie go z tego łajna, przesuszcie i wsadźcie do górnej celi. Dajcie coś zeżreć. Kiedy dojdzie do siebie, przesłuchamy.

– Puls już w normie, podstawowe funkcje ciała chyba też. Na ile możemy się zorientować, narządy wewnętrzne podjęły pracę. Za godzinę lub dwie wróci do formy.

– Doskonale. Gratuluję, doktorze Czeng.

Wreszcie zdołał uchylić powieki. Breja w wannie miała kolor krwi. Obok stał skośnooki typek w poplamionym fartuchu. Wzrok wyostrzył się. Żarówki, dygestoria, przeszklone szafki z medykamentami i aparaturą. Zdołał zidentyfikować tylko ultrasonograf. Kilka monitorów, włączony laptop na stoliku, krzesło obrotowe. Laboratorium? Na piersi miał przylepione elektrody.

Chińczyk w fartuchu był drobny. Obok drzwi stał jeszcze jeden, dla odmiany dużo wyższy, ubrany w mundur. U jego stóp niczym psiaki warowały dwa wilki.

Staszek usiłował wykrztusić jakieś słowa powitania, ale zawrót głowy był tak silny, że świadomość zgasła.

🦊 Płynęliśmy całą noc. Widać było, że Rosjanom bardzo się spieszy. Specjalnie mnie to nie dziwiło, warunki się pogarszały. Na wodzie unosiła się kra. Było jej niewiele i pękała pod dziobem „Jaskółki", ale domyślałem się, iż niebawem może zmienić się w pole lodowe. Także burty statku i pokład pokryły się szklistą powłoką. Na linach osiadł szron. Panował przenikliwy ziąb.

– Nie podoba mi się to – powiedział Sadko. – Zły czas, by płynąć...

Pogoda zmieniła się koło północy. Ciemno było choć oko wykol, ale zobaczyliśmy wreszcie brzeg. Majaczył gdzieś na styku nieba i wody, widziałem jasną smugę piasku oraz trochę ciemniejsze klify wybrzeża. Morze wydawało mi się spokojne, jedynie nad falami zaczynały się gromadzić kłaczki białego oparu.

– Nienawidzę mgły – prychnął konus.

W jego głosie słyszałem lęk.

– Przecież jest jej niewiele, tylko nad powierzchnią wody? – zdziwiłem się.

– Pójdzie do góry – mruknął Borys. – Przed świtem...

– Wtedy rzeczywiście może utrudnić żeglugę.

– Po prostu obawiam się spotkać tych, którzy wpłynęli w nią i już tam pozostali... – wyznał jego brat.

Albo tych, których sam tam pozostawił, pomyślałem złośliwie.

Z drugiej strony czy miałem prawo oceniać Sadkę? Obaj splamiliśmy ręce ludzką krwią.

– A tu jeszcze tacy pasażerowie – westchnął, patrząc na mnie spode łba. – I ta cholerna łasi...

– Cśśś! – ostrzegł brata olbrzym. – Nie wymawiaj jej imienia, bo jeszcze usłyszy i wylezie z garnka. Demon i jego słudzy na pokładzie, ci, którzy zostali, snują się wokoło...

Poczułem dreszcz na karku.

– Zostali... – powtórzyłem, nie wiedzieć po co.

– Czasem widzi się wśród oparów cienie okrętów lub słyszy głosy tych, którzy od wieków błąkają się w tumanie. Na lądzie dźwięk kościelnych dzwonów ich uwolnić może, ale tu, na morzu... Niedobrze o tym mówić – mruknął Borys.

– Te wody? – zmieniłem temat. – To polski brzeg?

– Tamte klify. – Machnął dłonią. – Jesteśmy opodal przylądka Resehoupt – wyjaśnił. – Płytko, więc fala ostra nawet przy słabym wietrze. Morze usiane jest mieliznami. Wiem, jak nawigować, znam przejścia, ale teraz...? Jeśli nie dostrzeżemy szybko ogni sygnałowych wyznaczających punkty orientacji, będzie niewesoło.

– Resehoupt? Przylądek?

– To na ziemi, gdzie żyje lud, co go Polacy Kaszebami nazywają.

Kaszubi? To pewnie przylądek Rozewie! Czyżbyśmy byli tak blisko?

– Przeczekamy do rana... – zacząłem.

– Nie, cudzoziemcze. – Sadko pociągnął nosem. – Idzie nielichy sztorm. Tu jesteśmy jak w pułapce. Musimy wejść do portu lub schronić się w jakiejś zatoce. Najlepiej byłoby przeczekać nawałnicę na otwartym morzu, ale nie zdołam wyprowadzić „Jaskółki" w bezpieczne miejsce. Wiatr znosi nas za bardzo, zbyt wiele wysiłku kosztuje utrzymanie się z dala od brzegu.

Jakby na potwierdzenie jego słów w twarz uderzył nas podmuch. Zadrżałem. Nie podobało mi się to. Płyniemy na oślep. Wokół mielizny. Szalony Rosjanin naviguje w niemal kompletnych ciemnościach. Z drugiej strony kotwicy rzucić nie możemy. Najgorsze, że w jego głosie słyszałem niepewność.

Borys przeszedł na dziób. Mgła, tak jak przewidzieli, podnosiła się. Klify znikały. Zatem będziemy musieli płynąć na ślepo...

– Nie da rady – westchnął konus. – Trzeba przygotować się na naprawdę ciężką noc...

– Ognie! – zawołał Borys. – Dwa rumby w lewo!

Sadko przesunął drąg. Statek drgnął, żagle, na ile mogłem je dostrzec, wypełniały się. Przyspieszyliśmy.

No proszę. Niby taka dzicz, a ktoś pomyślał, żeby ułatwić życie żeglarzom.

– Zaraz... – zaczął konus, ale nie zdołał dokończyć, bo zaryliśmy w coś dziobem.

Siła uderzenia była tak wielka, że zbity z nóg potoczyłem się po deskach. Z trudem złapałem się masztu. Trzask pękającego drewna zabrzmiał przerażająco. Poczułem ból stłuczonego łokcia i barku. Ktoś przemknął obok mnie, stopy ciężko zadudniły na deskach pokładu. Czułem, jak „Jaskółka" dygocze. Znowu coś chrupnęło. Olbrzym pobiegł na tył. Pozbierałem się szybko. Statek zamarł, przechylony nieco do przodu i w prawo.

Nie miałem pojęcia o żegludze. Całe moje doświadczenie to krótka podróż na pokładzie „Srebrnej Łani", ucieczka z Bergen i te kilka dni na pokładzie „Jaskółki". Oberwaliśmy, to pewne. Konus zamiast na tor wodny wpakował nas na mieliznę. Nie wiedziałem, czy uszkodzenie było poważne. Czy wystarczy zepchnąć statek na wodę, czy może wręcz przeciwnie, trzymamy się na powierzchni tylko dzięki temu, że nadzialiśmy się na coś? I co dalej? W ciemności majaczył brzeg. Widziałem też jasny punkt, dopalający się płomień. Ale woda... Z pewnością jest lodowata.

– Bierzcie. – Sadko podał mi kuszę.

Zdążył ją już naciągnąć.

– Co się...

– Pułapka – powiedział zimno, ale spokojnie. – Fałszywe ognie sygnałowe. To kaszubscy grabieżcy wraków, piraci lądowi... Sprowadzili „Jaskółkę" prosto na mieliznę. Teraz czają się na brzegu, by nas dorżnąć i zawładnąć ładunkiem, który w ich mniemaniu przewozimy.

– Ale nie mamy przecież...

– Nic – dokończył. – Rozczarują się, i dobrze im tak. Problem w tym, że nie ucieszą nas ich smutne miny, gdyż do tego czasu będziemy już martwi.

Zalała mnie fala bezsilnej wściekłości.

A czego się spodziewałeś? – zaśmiał się mój diabeł. Parszywa epoka i parszywi ludzie...

Trochę racji miał. Pobyt w Bergen rozmiękczył mnie. Przez kilka tygodni żyłem w kantorze będącym oazą spokoju i zapomniałem, że wokół jest wielki, okrutny świat... Hela, podtrzymywana przez Borysa, znalazła się obok. Drżała rozespana, dopinała płaszcz. W drugiej ręce trzymała szablę i czekanik. Borys przyniósł nasze worki podróżne. Przerzuciłem sobie sznury przez ramię.

– Panie Marku? – szepnęła.

– Jestem... – odpowiedziałem głupio, ale nic nie przychodziło mi do głowy.

Kolejny podmuch wiatru popchnął nas jeszcze dalej. Znowu usłyszeliśmy trzask dartego poszycia.

– Może zrzucić żagle? – zaproponowałem.

– To już bez znaczenia. „Jaskółka" niebawem zatonie. Diabła tam! – mruknął konus. – Schowajcie się za burtą. Zapewne wyczekają jeszcze chwilę i zabiorą się za nas na poważnie.

Usiłował wypatrzyć coś na brzegu. Woda szarpnęła okręt do tyłu, maszt przechylił się na bok. Usłyszałem, jak dno szoruje o piach, a potem zaklinowało się ostatecznie.

– Jak będziemy się bronić? – zapytałem.

– Podpłyną do „Jaskółki" i wedrą się na pokład. Zarżną nas, a potem podzielą się łupem. Oczywiście jeśli
im na to pozwolimy – burknął Borys. – Znają się na
tej krwawej robocie. Na Pomorzu całe wsie z tego żyją.

– Kupa ich tam czeka – dodał Sadko po cichu. – Na
pewno nie mniej niż tuzin. Będzie bardzo trudno. Może
gorzej niż w starciu z ludźmi Magnusa Störtebekera.

Spojrzał na dziewczynę i zagryzł wargi. Widziałem,
że chciał coś powiedzieć, ale powstrzymał się w ostatniej chwili.

– Wezmą mnie w niewolę – szepnęła. – A potem
sprzedadzą komuś jak...

W głosie Heli usłyszałem znużenie, rezygnację. I dopiero to naprawdę mnie przeraziło.

– Nie, pani, zabiją wszystkich, by żadni świadkowie
ich czynów nie pozostali – powiedział olbrzym. – Rzecz
jasna, chronić cię będziemy, póki życia wystarczy.

– Dobrze tę noc zapamiętają – mruknął Sadko. –
Rankiem w wielu chatach płacz się rozlegnie.

Poczułem dreszcze. Wpadliśmy. Tamci z pewnością
mają wprawę w mordowaniu podróżnych. Jakie mamy
szanse?

– Ja z wami – wyszeptała Hela, dobywając szabli.

Zagryzłem wargi, widząc, jak to dziecko szykuje
się na śmierć. Borys usiadł i szybkimi, wprawnymi ruchami zaczął nabijać swój samopał. I nagle spłynął na
mnie spokój. Omal nie parsknąłem śmiechem. Pod pachą namacałem kaburę z pistoletem. Przypomniałem
sobie o chińskich okularach. Wygrzebałem je z bagażu
i założyłem na nos. Teraz widziałem wszystko.

Zatoka była niewielka. Widziałem niski klif i ścianę lasu. Na wzgórzu dopalała się beczka. Widziałem też grabieżców. Okazało się, że było ich kilkunastu. Stali w dwu grupkach, najwyraźniej naradzając się. Może czekali świtu? Może liczyli na to, że głazy, mielizny i lodowata woda wyręczą ich w trudzie mordowania?

Odpiąłem kaburę i wyciągnąłem pistolet. Przeładowałem. Dokręciłem tłumik ukryty w bocznej kieszonce. Sprawdziłem, czy zapasowy magazynek jest na swoim miejscu. Włączyłem celownik laserowy. Przestałem myśleć. Pyk. Pierwszy bandyta padł na wznak. Pyk. Drugi uniósł ręce, jakby chciał złapać się za głowę, i wykręciwszy piruet, runął w piach.

Upadek trzeciego wzbudził ich konsternację. Pochylili się nad trupem. Pyk. Tym razem trafiłem w plecy. Magazynek mieścił dwanaście nabojów. Strzelałem raz za razem, aż iglica uderzyła w pustkę. W nocnej ciszy rozległy się wrzaski. Dwaj czy trzej, którzy uniknęli kul, wywijali mieczami, usiłując coś dojrzeć w ciemnościach.

Borys nie chciał być gorszy, wygarnął ze swojej flinty, ale oczywiście, strzelając kompletnie na ślepo, nikogo nie trafił. Zmieniłem magazynek. Jeden z grabieżców uniósł właśnie kuszę. Myślę, że widział zarys statku, pewnie dostrzegł rozbłyski z mojej broni.

Trafiłem go w czoło.

– Pokaż, *bratok*. – Sadko ściągnął mi okulary i nim zdążyłem cokolwiek powiedzieć, skoczył w wodę.

Plusnęło. Stałem oszołomiony, oślepiony, ciągle z pistoletem w dłoni. Nagle wszystko prysło, jakby ktoś wyłączył film. Jakby aktorzy zeszli ze sceny.

– Schowaj się! – polecił Borys.

Co? A tak, stałem w zbyt widocznym miejscu. Klapnąłem ciężko za burtę. Schowałem spluwę i zapiąłem kaburę. Hela milczała, nadal zaciskała dłoń na szabli.

– Ilu trafiłeś? – zapytał Borys.

– Kilku. Może kilkunastu... – wykrztusiłem.

Mruknął słowo, którego scalak nie zdołał rozszyfrować, sądząc po intonacji, wyrażał swoje uznanie. Z brzegu dobiegł mnie skowyt, po chwili drugi. A potem wszystko ucichło. Tylko morze szumiało, a deski poszycia, trąc o kamień, trzeszczały upiornie. Staliśmy, usiłując przebić wzrokiem mrok. Hela zadrżała i przylgnęła do mnie. Objąłem dziewczynę ramieniem, tak by znalazła się pod połą mego płaszcza.

Naszych uszu dobiegł jeszcze jeden wrzask. Wreszcie dostrzegłem konusa, który przewracał płonącą beczkę. Nasączone dziegciem pakuły wysypały się i potoczyły po stoku pagórka aż na plażę, oświetlając nieco pobojowisko. „Jaskółka" przechyliła się, deski pokładu zatrzeszczały mocniej i zaczęły pękać. Łuski, do tej pory porozrzucane na pokładzie, przetoczyły się i zaległy wzdłuż burty. Zebrałem je po omacku.

– Już czas. Zabierz wasze bagaże. – Borys zeskoczył w wodę.

Sięgnęła mu po pachy. Pomogłem Heli spuścić się z burty, niżej on ją złapał. Posadził sobie dziewczynę na ramieniu i przeniósł na brzeg. Tylko stopy zamoczyła. Zeskoczyłem. Fala liznęła mi pierś. Chłód aż zatchnął.

Spokojnie, rozkazałem sam sobie. Ta woda jest może dziesięć stopni zimniejsza niż w lecie.

Diabeł tym razem milczał. Pewnie się przestraszył. Straciłem czucie w palcach u nóg. Piach na dnie był miękki, stopy zapadały się weń. Czułem, jak chłód przenika mnie na wskroś, pozbawia sił, odbiera wolę walki. Wreszcie jakoś wybrnąłem na plażę. To, co brałem za jasny piasek, okazało się cieniutką warstewką śniegu.

W półmroku prawie potknąłem się o trupa. Opodal leżał kolejny. Wiedziałem, że to moja robota, lecz nie czułem nic. Przez ułamek sekundy wydawało mi się, że jeden oddycha, ale to tylko roztrzaskana czaszka oddawała ciepło, mózg parował... Zwalisty cień wyrósł tuż obok. Sięgnąłem odruchowo po broń.

– Daj te worki, ja dziewczyny popilnuję, jakby co, a ty idź do Sadki. Może mu się przydasz, on zna polski, ale tak nieszczególnie dobrze – poznałem po głosie olbrzyma.

– Tak...

Gdy dotarłem na pagórek, konus stał i pogrążony w zadumie dłubał słomką między zębami. Obok niego leżał rozkrzyżowany pirat. Kończyny przywiązane miał do pni sosenek. Jak ten kurdupel zdołał w tak krótkim czasie powalić i związać rosłego kaszubskiego chłopa?!

Wprawę ma, zaśmiał się mój diabeł. Widocznie już się nie bał.

Sadko oddał mi okulary.

– Daruj, *bratok*, że tak zabrałem – rzekł – ale za dobrze ci szło z tym zabijaniem, a ja chciałem choć jednego żywcem złapać.

– Aha – nie wiedziałem, co odpowiedzieć.

– Ogień szybko język rozwiązać może, alem nie spostrzegł, że ranny. Skończył się, zanim na dobre z nim potańcowałem – wyjaśnił.

Z nieba spadały pojedyncze płatki śniegu. Woń spalonego mięsa kręciła w nosie. Wyobraziłem sobie, jak Sadko przypala pochodnią co wrażliwsze części ciała jeńca. Grabieżca miał szczęście, że w porę wyzionął ducha. I ja miałem szczęście, bo na samo wspomnienie przesłuchania Chińczyka robiło mi się niedobrze.

– Kim... – zacząłem, a Sadko natychmiast odgadł, o co chcę zapytać.

– Z pobliskiej wioski przybyli. Tyle zdołałem się dowiedzieć. Weźmiemy konie i wóz i w południe w Gdańsku staniemy.

– Konie i wóz?

– Liczyli na łupy. Zaprzęg stoi w lesie – wyjaśnił. – Dla nas to wygoda.

Założyłem okulary noktowizyjne i rozejrzałem się. Biały tuman ciągnął znad morza w stronę lądu. Jego języki powoli pochłaniały trupy leżące na plaży. Zrozumiałem, że od tej pory ja też będę się bał ludzi, którzy na zawsze pozostali we mgle...

– Pora na nas – ponaglił mnie Sadko.

Kompletnie skołowany ruszyłem za nim. Hela, jak się okazało, siedziała już na furce. Narzuciła na siebie grubą derkę. Teraz dopiero poczułem, jak ziębi przemoczone ubranie. Ściągnąłem spodnie, z worka wydobyłem suche. Szczękałem zębami. Konie niespokojnie przestępowały z nogi na nogę. Usiadłem obok dziewczyny i okutałem się w derkę. Leżało ich tu kilka. Grabieżcy nakrywali konie, czy może w zimną noc sami chronili się przed chłodem?

Podniecenie spowodowane walką i katastrofą okrętu mijało. Było mi zimno i chciałem spać. Sadko zapalił świecę w latarce, teraz w milczeniu poprawiał uprząż. Przyświecając sobie, oglądał kopyta koni.

– Gdzie Borys? – Zrozumiałem, że czekamy tylko na niego.

Nikt nie odpowiedział, ale w półmroku widać już było zbliżający się cień olbrzyma. Rzucił dwa worki na tył fury.

– Nie zabieramy nic więcej z „Jaskółki"? – zapytałem.

– Już na dno poszła – rzekł ze smutkiem. – Tyle co naszych rzeczy trochę uratowałem... Do rana czekać niedobrze, gdy zbóje do chat nie wrócą, ktoś zechce sprawdzić dlaczego. Z całą osadą nie wygramy, nawet mając magiczną broń. W drogę!

– A trupy?

– To już nie nasze zmartwienie. Niech się nimi zajmą ci, którzy ich tu posłali. A jak ziemi ich oddać nie zechcą, wilki się zaopiekują i kołysankę do wiecznego snu zaśpiewają – dodał ponuro.

Jego brat zaciął konie, fura, skrzypiąc straszliwie, ruszyła przez las. Na derce osiadło kilka płatków śniegu. Usiadłem wygodniej na dnie wymoszczonym słomą. Nakryłem się z głową, by nachuchać trochę i odrobinę się rozgrzać. Nawet nie wiedziałem, kiedy zasnąłem.

❧ Cela. Wiązka słomy i przetarty koc, blaszane wiaderko mające zapewne służyć jako toaleta, wysoko na ścianie zakratowane okienko. Ubranie było ciągle wilgotne... Skóra w miejscach, skąd oderwano elektrody, trochę piekła. Staszek przeciągnął się. Stawy zareagowały bólem. Jak przez mgłę pamiętał, że został zamknięty w czymś w rodzaju kabiny prysznicowej, a następnie obficie zlany pianą i wodą ze szlauchów... Chyba wyprano też jego łaszki. A potem zamknięto go tutaj. Przymknął oczy. Usiłował przypomnieć sobie dokładny przebieg całej rozmowy.

Znam tę bajkę, czytałem te książki, pomyślał. Najpierw przesłucha mnie starszy śledczy, potem dopiero przyjdzie jego zmiennik, który będzie klął i zastosuje wymyślne tortury. Zaraz, a może najpierw jest młodszy śledczy?

Westchnął i przespacerował się po celi. Kamienne ściany, okute żelazem drzwi. Kamera w rogu. Posadzka z ceglanych płyt. Wszędzie ten sam odgłos pod stopami. Żadnego ukrytego przejścia. Żadnych śladów zamurowanego wyjścia... Zresztą by podważyć płytę albo wyskrobać zaprawę, trzeba mieć szpachelkę, łom, nóż albo jakiekolwiek narzędzie.

Sufit? Deski z pewnością przybite do belek, zresztą jak tam doskoczyć?

Najważniejsze to ustalić, jaka to epoka, pomyślał. Mury przypominają te z Trondheim. Okucia na drzwiach jak u introligatora... Wygląda na to, że tkwię nadal w szesnastym wieku i jestem w rękach Chińczyków, którzy przywieźli tu sobie helikopter, kałachy, komputery oraz wannę umożliwiającą odtworzenie człowieka ze scalaka.

To zapewne kumple tych, których spotkałem w górach. Zatem czeka mnie ciężka przeprawa. Ewentualnie jeszcze na etapie obłaskawiania powinni mi podsunąć śliczną nastoletnią Chinkę, rozmarzył się. A potem wstrzykną truciznę i zaproponują odtrutkę w zamian za informacje. Powinni mnie też oprowadzić po swojej bazie, abym poznał jej sekrety, które umożliwią ucieczkę. Oczywiście powinien pracować tu jakiś zdrajca, który przeszmuglowałby mi pilnik, żyletkę i drabinkę sznurową w chlebusiu... I całość powinno się na odchodnym wysadzić, przekręcając jeden przełącznik. Zamiast tego pewnie będą tortury, a jeśli nie wymyślę, jak zwiać, kiepsko się to wszystko skończy. Poza tym jako więzień powinienem ulepić szachy z chleba, porobić karty do gry z marginesów książek, a po nocy stukać do sąsiednich cel za pomocą więziennego alfabetu... – ironizował. I koniecznie należy zaiwanić w stołówce łyżeczkę od herbaty, którą wykopie się podkop. A na zakończenie musi nastąpić trzęsienie ziemi, od którego popękają ściany, albo na przykład mógłbym uciec helikopterem... Koniecznie uwożąc ich sekrety.

Usiadł na wiązce słomy. Przymknął oczy. Piętro wyżej ktoś był. Pod sufitem wisiała kamera. Staszek słyszał kroki nad głową, czasem dolatywał go strzęp rozmowy. Spróbował wsłuchać się w te dźwięki. Kiedyś słyszał o podobnych praktykach, a nawet robił pewne eksperymenty. Ograniczyć działanie wszystkich zmysłów, skupić całą uwagę wyłącznie na słuchu... Niestety. Nic z tego nie wyszło. Próbował uzyskać jasny obraz sytuacji. Zastrzelili go w górach. Czy na pewno zastrzelili? Może tylko ranili? Nie. Seria z kałacha przez pierś. Widział te dziury. Nie mógł przeżyć. Nie ma nawet blizn. A zatem? Pewnie wyrwali z głowy scalak, przewieźli tutaj i... wskrzesili. Odtworzyli ciało. Co dalej? Przesłuchanie. Tortury? Niewykluczone. Hela? Czy znaleźli Helę? Miał nadzieję, że nie...

Gdyby ją zaczęli męczyć, sypnąłby wszystko, i to natychmiast. Z drugiej strony nie wiadomo, co gorsze. Została przecież sama w namiocie wysoko w górach, pogryziona przez wilki, nie bardzo zdolna do jakiegokolwiek wysiłku. Może nanotech pomoże jej jakoś dojść do siebie? A jeśli nie? Sama nie przedrze się do Uppsali. A może zawróci? Nie przeżyje drogi... Nie ma szans. Donieść, że tam została, i poprosić, żeby jej szukali? Nie. Zabiją ją albo przywloką tutaj... Tam ma jakieś szanse. Tu czeka ją nie wiadomo jaki los.

Szczęknęły zasuwy, w drzwiach stanęła drobna dziewczyna. W jej ciemnych oczach malował się lęk oraz dziwne znużenie. W ręce trzymała drewnianą miskę. Postawiła ją na podłodze i cofnęła się. Huknęły rygle.

– Dziękuję – mruknął.

Przymknął oczy, by lepiej przypomnieć sobie wygląd dziewczyny. Smagła cera, ciemne włosy, lekko skośne oczy, mocno zarysowane kości policzkowe. Ale strój... Jakieś giezło, gruba tkanina, skórzana kurtka z jakimiś naszytymi paciorkami. Indianka? E, chyba raczej Laponka... Chińczycy sobie służbę zatrudnili albo niewolników nałapali. Więc może ziści się marzenie – sojusznik wśród mieszkańców tego miejsca. Usiadł na słomie. Kasza była okraszona podejrzanym tłuszczem, trafiały się w niej łupiny ziarna, ślady warzyw i nieliczne włókna rozgotowanego mięsa.

– A można dostać trochę soli? – Popatrzył w stronę kamery. – Albo pastę wasabi?

Na zewnątrz zapadał mrok.

Kiedyś wszystko było prostsze, pomyślał. Można było pilnikiem do paznokci ryć w ścianie, wygrzebywać podkopy pod siennikiem, piłować kraty przemyconą osełką, szlifować kawałek miski, aby uzyskać broń. A teraz? Jedna zafajdana kamerka i wyżej zada nie podskoczysz. Żebym chociaż wiedział, czy jest prawdziwa, czy to tylko atrapa... Pewnie prawdziwa. Jak się skacze w przeszłość, nie ma sensu zabierać szmelcu.

Znowu szczęknęły rygle. W drzwiach stał Chińczyk w mundurze. Staszek nie wiedział, czy to ten, który go tu przyprowadził, czy może inny. Nie rozróżniał ich twarzy.

– Na przesłuchanie! – rozkazał żołnierz po szwedzku.

Chłopak posłusznie ruszył za nim. Znajdowali się chyba na parterze rozległego budynku. Wąskie korytarze, kamienne ściany, posadzka z ceglanych płyt, poczerniałe belki i dranice na suficie. Całkiem jak w celi. Żarówki. Każdy centymetr powierzchni był starannie oświetlony. Drzwi naliczył niewiele, okute zardzewiałym żelazem...

Budynek najwyraźniej dłuższy czas niszczał i dopiero teraz został ponownie zagospodarowany.

To nadal ta sama epoka, rozmyślał Staszek. Zajęli sobie jakiś zamek albo inną budowlę. Tylko co, u diabła, tu robią? No nic, może się zaraz dowiem.

Weszli do sporego pomieszczenia.

Kaplica, pomyślał.

W ostrołukowych oknach zachowały się witraże, teraz kiepsko widoczne na tle nocnego nieba, jednak resztę wyposażenia usunięto. Na podwyższeniu po dawnym ołtarzu stał wielki drewniany fotel. Siedział w nim ten wysoki Chińczyk. Obok niego warowało tym razem dziesięć wilków. Woń dzikich zwierząt była silna i nieprzyjemna. Na mniejszych krzesłach zajęli miejsca niżsi rangą goście z przyszłości. W sumie było ich pięciu. Staszek rozpoznał lekarza. Dwaj strażnicy, lub może żołnierze, stanęli pod drzwiami za plecami chłopaka.

Ciekawe po co, pomyślał. Przecież i tak nie zwieję...

– Nazywam się Wei – powiedział po szwedzku ten najważniejszy. – Noszę stopień wojskowy odpowiadający polskiej randze generała. Tubylcy nazywają mnie Panem Wilków. – Pieszczotliwie poczochrał łeb ogromnego basiora.

Szlag by was jasny trafił! – zaklął w myślach Staszek. A skąd wiecie, że jestem Polakiem?!

– Jak już ustaliliśmy, znasz chiński – generał płynnie przeszedł na swoją mowę. – Minął miesiąc od czasu, gdy zostałeś zastrzelony. Znajdujesz się w naszej, nazwijmy to, głównej bazie. Odtworzyliśmy cię na podstawie zapisów zawartych w scalaku.

– A dokładniej, odtworzył cię sam scalak – dodał lekarz. – My tylko zainicjowaliśmy proces przywrócenia.

Staszek nie miał pojęcia, co odpowiedzieć, więc milczał. Rozejrzał się, wzrok błądził po kamiennych ścianach, belkowaniu sufitu. I wreszcie spoczął znowu na rozmówcy. Kurde. Generał, baza, helikopter... Jakaś misja wojskowa? Czy może raczej grupa dywersyjna? Ale skąd tu w, eee... Może to już początek roku tysiąc pięćset sześćdziesiątego?

– Jesteś jeszcze nieco oszołomiony? To normalna reakcja po wybudzeniu – powiedział spokojnie wojskowy.

– Nie rozumiem... – bąknął. – Panie generale – dodał na wszelki wypadek.

Cholera wie na ile ten dupek jest przywiązany do swojego stanowiska, lepiej nie drażnić...

– Czego nie rozumiesz?

Generał uśmiechnął się kącikami ust, lecz jego oczy nadal patrzyły zimno i spokojnie.

– Dlaczego mnie zastrzeliliście? – wykrztusił chłopak.

– Bo wilki cię nie zagryzły.

Staszek przymknął oczy. No tak. Na bezsensowne pytanie bezsensowna odpowiedź... A może nie? Może ta odpowiedź ma sens? Chcą go zastraszyć czy tylko informują? W każdym razie chyba nie kłamią, bo przecież mogli mu powiedzieć choćby, że zabili go jacyś inni źli Chińczycy, a oni są tymi dobrymi...

– Co ze mną będzie? – spytał bezradnie.

Generał wzruszył ramionami.

– Rozważamy kilka wariantów, choć zasadniczo tortury, śledztwo i śmierć, tym razem już ostateczna. Zakopiemy cię tu albo poszatkujemy i zwierzakom rzucimy. – Poklepał pieszczotliwie wilka. – To przecież bez znaczenia.

– Teraz powinienem chyba powiedzieć, że nic nie powiem, że nic nie podpiszę... – bąknął.

– Jak sobie życzysz, nie musisz nic podpisywać. Wystarczą nam nagrania rozmów. Ale i tak wyśpiewasz wszystko. Nie ma już innej możliwości.

– A nie dałoby się...

Zaciął się. Setki myśli jednocześnie przelatywały mu przez głowę. Żadna nie niosła rozwiązania problemu. Nie miał pojęcia, jak wybrnąć z tej kabały.

– Zostawić cię przy życiu? Dałoby się. To jednak zależy od ciebie.

Szantaż. Wszystko jasne... Dobrze, teraz wystarczy łgać ile wlezie, i wilk będzie syty, i owca cała. Ale żeby wymyślić dobre kłamstwa, trzeba trochę czasu. No to gramy na czas.

– Odtworzyliście mnie... – zmienił temat.

– Zapis budowy ciała jest wgrany na scalak – odezwał się doktor Czeng. – Potrzebne jest odpowiednio duże naczynie, kilkadziesiąt kilogramów materii organicznej, najlepiej zbliżonej składem chemicznym do ludzkiego ciała, oraz dowolna energia. Może być ciepło, może być światło, może być elektryczność, promieniowanie czy mikrofale. I oczywiście sygnał wzbudzający, uruchamiający proces rekonstrukcji. Ubiliśmy trochę królików, przepuściliśmy przez maszynkę do mielenia mięsa, wrzuciliśmy w to scalak, a na koniec podpięliśmy wannę do prądu z generatora.

– Rozumiem...

– Scalak oczywiście mogliśmy też wszczepić jako implant w mózg którejś z dziewcząt lub na przykład wilka.

– To znaczy?

– Ten kryształ jest w stanie podporządkować sobie bardzo różne struktury biologiczne, pod warunkiem, że będą odpowiednio zaawansowane. Problem w tym, że efekty często są dalekie od poprawnych. Scalak wszczepiony w mózg żywego człowieka wywołuje silne rozdwojenie jaźni, walkę dwu osobowości. Oczywiście tak skomplikowana operacja neurochirurgiczna powoduje też nieodwracalne uszkodzenia tego organu i prowadzi szybko do śmierci nosiciela. Nie umiemy jeszcze zrobić tego wystarczająco nieinwazyjnie. Z podczepieniem samego scalaka do komputera też jest problem.

Staszek milczał oszołomiony.

Oni już takie rzeczy robili, myślał przerażony. Eksperymentowali na ludziach. Musieli też mieć dostęp do innych scalaków. Nie jestem pierwszym, którego dopadli.

– Ale... – zaczął i umilkł.

Odpowiednie słowa nie chciały mu się rodzić w głowie. Wszystko, co zamierzał powiedzieć, stało się nagle kompletnie nieistotne. Czuł, jak narastająca panika wypiera z niego wszystkie uczucia poza dojmującym lękiem. Najgorsza była obojętność Chińczyka. On nie straszył, a jedynie informował.

– Odtworzenie z brei było najprostsze – wyjaśnił generał Wei. – Jak już wspomniałem, wszczepienie scalaka w mózg to skomplikowana operacja, a nie mamy tu neurochirurga. Za to dysponujemy podręcznym arsenałem środków chemicznych. Substancji, które znoszą niepotrzebne bariery w umyśle przesłuchiwanych i ułatwiają naprawdę szczerą rozmowę.

Generał musiał dać jakiś znak, bo dwaj żołnierze niespodziewanie wykręcili Staszkowi ręce i przyparli go do podłogi. Ktoś podszedł ze strzykawką. Staszek rozpoznał biały fartuch.

– No i na co się wyrywać? – mruknął lekarz. – To tylko małe ukłucie. Nawet nie poczujesz.

Chłopak jednak poczuł bolesne jak diabli dźgnięcie w szyję. Ciecz była chłodna, lodowatą strużką popełzła wewnątrz czaszki, rozdzieliła się, oplatając pajęczyną szronu mózg.

Serum prawdy? Nic ze mnie nie wycisną, obiecał sobie. Będę im mówił tabliczkę mnożenia... A jeśli to ten środek, którego używają w przypadku wilków? Czy mózg obrośnie plątaniną metalowych nitek i wykonam wszelkie rozkazy, bezwolnie niczym robot?

Uścisk zelżał. Puścili go. Chłód mijał, znikał. Generał Wei uśmiechnął się lekko.

– W tej epoce musimy strzec się chorób, dlatego ta szczepionka. Zaraz poczujesz się lepiej.

Co on bredzi? – zdziwił się chłopak. Jaka szczepionka, mieli mi wstrzyknąć narkotyki.

– Interesujesz się sztuką? – dowódca zmienił temat. – Mamy tu niezłą kolekcję.

Chłopak podążył wzrokiem w kierunku, który wskazała dłoń oficera. Dlaczego wcześniej nie dostrzegł, że na ścianie kwatery wiszą obrazy wykonane z czarnej laki i macicy perłowej? Podziwiał misternie wypiłowane ornamenty, układające się w scenki rodzajowe jednocześnie proste i pełne wdzięku.

Cokolwiek by o nich mówić, Chińczycy to zdumiewający naród, pomyślał. Pracowity, mądry i cierpliwy.

– Siadaj, proszę – odezwał się Wei. – Porozmawiamy sobie przy kolacji. Jak przyjaciele.

Staszek ruszył bezwiednie i zasiadł na krześle. Przed nim ustawiono stolik. Laponka wniosła czarki z herbatą i jakąś potrawę w porcelanowych miseczkach.

– Porzućmy dawne niesnaski – ciągnął generał. – Po co nam to wszystko: pogonie, walki, strzelaniny w górach. Przecież lepiej połączyć siły i wspólnie poszukać Oka Jelenia. Bo przecież musimy je odnaleźć.

Chłopak spojrzał na niego i teraz dopiero uświadomił sobie, że przecież ten facet jest cholernie sympatyczny. Ba, również dwa wilki warujące u jego stóp uśmiechały się, szczerząc zęby. Zwierzęta były piękne. Nawet woń, którą wydzielały, choć ostra, kojarzyła się Staszkowi z wolnością, z wielkimi obszarami pięknej krainy, gdzie można przeżyć niejedną przygodę.

– Popełniliśmy trochę błędów – podjął wątek generał. – To się zmieni, a winni zostaną surowo ukarani.

– To mnie przykro, że z Helą zamordowaliśmy całe stado wilków – wykrztusił. – Zazwyczaj bardzo szanuję dziką przyrodę, nawet zaimplantowaną. – Roześmiał się, zachwycony swoim poczuciem humoru i elokwencją.

– Po prostu w ich oprogramowanie wkradł się błąd – wyjaśnił dygnitarz. – To ciągle jeszcze pionierska technologia. Dopiero ją testujemy.

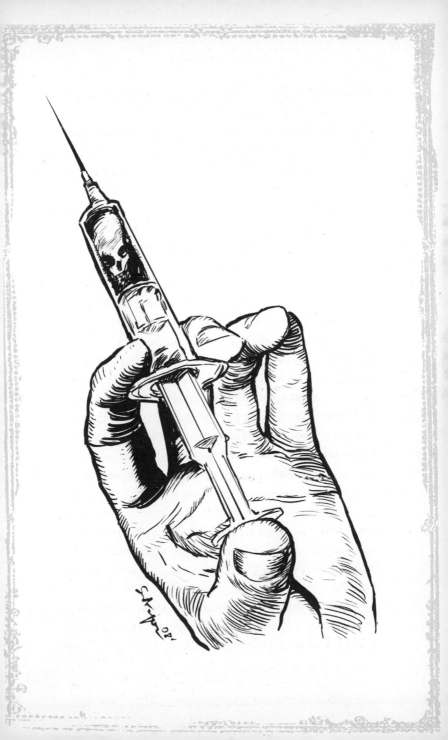

– Wyniki zaiste zdumiewające. Ale... – Miał wrażenie, jakby o czymś zapomniał. Dłuższą chwilę szukał w pamięci tego, co chciał powiedzieć. – Pańscy ludzie mnie zastrzelili...

– Helikopter jest trzyosobowy. Nie było możliwości zabrać cię do bazy, co innego przewieźć scalak. Zadecydowała ekonomia.

Wyjaśnienie okazało się bardzo logiczne i przekonało chłopaka całkowicie. Zawstydził się swoich podejrzeń.

– Powiedz nam, co właściwie stało się z twoją dziewczyną? – zagadnął ten w fartuchu lekarza.

– Oszukałem was. – Staszek poczuł, jak ze wstydu pieką go policzki. – Spała w namiocie pod śniegiem może kilometr dalej... Przepraszam!

– Oj, puścimy to w niepamięć. – Generał przyjacielsko poklepał go po ramieniu. – A tak zapytam przy okazji, czy łasica wyznaczyła wam jakieś zadania?

– Tak. Marek pojechał do Bergen śladem Alchemika Sebastiana, a ja z Helą mieliśmy iść przez góry do Uppsali...

– Bergen – mruknął inny oficer. – Ivo, współpracując z tym Markiem, mógł...

– Później! – uciął Wei.

Staszek pałaszował ryż zmieszany z jakimś mięsem, opowiadał, opowiadał, opowiadał... Generał co jakiś czas przerywał mu, zadając pytania. Laponka donosiła kolejne smakołyki... Przyjemnie było siedzieć wśród przyjaciół. Przyjemnie było mówić biegle po chińsku, wykorzystując całe bogactwo gramatyki i intonacji tego wspaniałego języka. Przyjemnie było opowiadać swoje przygody... I tylko powieki ciążyły Staszkowi coraz bardziej, aż nie wiedzieć kiedy zapadł w sen.

Obudziłem się nagle, gdy koło podskoczyło na jakiejś dziurze. Leżałem przykryty całym stosem cuchnących tkanin. Było mi nawet ciepło, tylko buty miałem ciągle mokre. Oblazły mnie wszy. Hela drzemała tuż obok. Gdy się poruszyłem, otworzyła oczy, a następnie zmarszczyła brwi. Widocznie leżenie obok mężczyzny stanowiło poważny cios dla jej moralności.

Wygrzebałem się z posłania, strącając warstwę śniegu. Sadko siedział na koźle, olbrzym zakutany w baranice drzemał, nakrywszy twarz kosmatą czapą. Dniało.

– Spałem? – zdziwiłem się.

– A czemu nie? – teraz on się zdziwił. – Zmęczonyś przecie. Dziewczynę trza nakarmić.

Wskazał mi węzełek. Leżała w nim połówka chleba i kilka cebul. Znaczy się kolesie, którzy chcieli nas zabić, zabrali sobie wałówkę. Obok bochenka spoczywała nawet cynowa flaszka, zapewne z jakimś płynem rozgrzewającym.

Ukroiłem dwie pajdy. Hela wgryzła się w swoją. Ja skubnąłem niewielki kęs i zaraz zaczął rosnąć mi w ustach. Przełknąłem z trudem. Chleb umarłych... Jestem mordercą. Nieważne, że zabijałem nie dla przyjemności, tylko broniąc siebie i przyjaciół. Uśmierciłem kilkunastu ludzi, a teraz zżeram ich zapasy.

Wstawał dzień. Rozejrzałem się. Jechaliśmy przez zasypany śniegiem las. Grube świerki i sosny tworzyły gąszcz. Po obu stronach traktu wznosiły się strome pagórki. Powietrze było ostre, pachniało mrozem, żywicą. Pachniało zimą. Na gałęziach leżały grube czapy białego puchu. Krzak cisu czerwienił się jagodami, z których każda była nakryta małym lodowym kapturkiem, gdzieś dalej mignęły mi grube kiście jarzębiny. Przez drogę przebiegło stadko saren. Patrzyłem, jak z gracją wspinają się na stok wzgórza. Widoczek śliczny niczym z karty kalendarza. A na plaży zostały trupy...

– Znasz tę okolicę? – zapytałem Sadkę, aby odgonić nieprzyjemne myśli.

– A po co? – Drobny Rosjanin wzruszył ramionami. – Tam jest północ. – Machnął dłonią w stronę końskich zadów. – Jedziemy po drodze, to i do traktu na Gdańsk dojedziemy.

Spojrzałem odruchowo w dół. Konie dreptały w kopnym śniegu.

– Drodze?

– Na drzewa spójrz. – Uśmiechnął się. – Toż widać, że przecinka przez las uczyniona, to i droga pod śniegiem być musi. Morze jest za wzgórzami. Znaczy wcześniej czy później dojedziemy nad zatokę. A tam już pobłądzić nie sposób.

– Aha.

Świat bez asfaltowych szos, bez drogowskazów, koniec języka za przewodnika. Ale skoro Maksym, nie mając nawet najgłupszej mapy, trafił z Kijowa do Bergen...

Olbrzym też się obudził. Grzebał w swoich bagażach, mrucząc pod nosem rosyjskie wyrazy, których scalak ponownie nie był w stanie rozszyfrować.

– I gotowe! – powiedział wreszcie, wręczając mi parciany woreczek z czymś ciężkim.

– Co to jest, u licha?

– Twoja dola. Dwanaście części z szesnastu nocnego łupu.

– Jakiego łupu? – Wytrzeszczyłem oczy.

– Trupy obszukałem. Na dwunastu rany od twego wielopału, trzech z nich Sadko dobił, a czterech sam zabił. Tedy tak policzyłem, że z tuzina trupów znaleźne dla ciebie.

Wzdrygnąłem się.

– Nie chcę. – Pokręciłem głową.

– Pieniądze się przydadzą – pouczył mnie. – Długa zima przed wami, a tu drogo. Jak nie dla siebie, to dla dziewczyny weź. Ona nie powinna chodzić głodna, i tak ciała na niej mało...

Zajrzałem do sakwy. Rosjanin zabrał wszystko, co w jego mniemaniu było cenne. Dwa cienkie srebrne pierścionki, cztery krzesiwa, jakieś druciki na kółku, chyba „zestaw kosmetyczny" do dłubania w uchu albo i w zębach, wytarty medalion ze srebrzonej miedzi, nożyk w okutej pochewce. I trochę grosiwa. Srebrne monety tłoczone w blaszce grubości brystolu. Kilka grubszych. Marki, korony? Cholera wie jak się tu nazywają. Były też dwa dukaty lub floreny.

Przesypałem je do kieszeni, pozostałe drobiazgi oddałem olbrzymowi. Wybrał sobie krzesiwo, a resztę cisnął w śnieg. Milczałem. Teraz dopiero zaczynało do mnie docierać, co wydarzyło się w nocy. Zastrzeliłem dwunastu ludzi. Jak w grze komputerowej. Wprawdzie byli to bandyci, ale...

Jęknąłem. Zastrzeliłem. Ot tak. Nie dając im żadnej możliwości obrony. Żadnej możliwości ucieczki. A potem z morza wynurzył się kurdupel z kordem i dorżnął rannych.

Wielokrotne zabójstwo i do tego złamanie konwencji genewskiej, zaśmiał się mój diabeł. Rannych bierze się do niewoli, a nie zarzyna.

Otrząsnąłem się. Sami sobie byli winni. Przyszli na tę plażę mordować podróżnych. Rozpalili fałszywy ogień, by ściągać statki na skały. Kto wie ile ofiar mają... mieli na sumieniu? Zabiliśmy ich zgodnie z prawem Hanzy, a zapewne też w zgodzie z prawami współczesnej Polski. Mogliśmy teoretycznie opatrzyć lżej rannych, powiązać i zawieźć do najbliższego miasta. Tam czekałby ich proces i także śmierć, prawdopodobnie poprzedzona torturami. Może więc postąpiliśmy w gruncie rzeczy humanitarnie? Logiczny osąd sytuacji wskazywał na to, że miałem rację. Wybrałem dla nich mniejsze zło, ale dusza buntowała się nadal.

Wyjechaliśmy na szerszy szlak, poznaczony tu i ówdzie odciskami końskich kopyt oraz śladami płóz sań.

– Zbliżamy się do miasta – oznajmił konus.

– Poznajesz okolicę?

– Nie. Ale to ślady chłopów.

– Co?

– Wyjechali z domu grubo przed świtem, by być na targu, gdy tylko wstanie dzień i otworzą bramy – po-

wiedziała Hela. – Chyba że niedziela dziś, t
cioła pojechali.

– Pomyślałem tak sobie, *bratok*... – odezwał
rys. – Ty wraz z Helą podróżujecie razem i zadan
no wam łasica poleciła, tedy długo jeszcze pozost:
cie blisko siebie.

– To co?

– Żeśmy do dziewczyny przywykli i polubili. Mą
drzy ludzie gadają, że jak komuś życie uratujesz, to już
na zawsze jesteś za niego odpowiedzialny, jakbyś go sam
spłodził.

Milczałem, nie wiedząc, do czego zmierza.

– Długa zima przed wami, a potem i lat wiele zapewne tułaczki. Różnie może być – powiedział Sadko. –
A ona już ma starającego się... Tak powiedziała.

– Nie zamierzam jej uwodzić. – Zrozumiałem, co
chce powiedzieć. – Wedle praw i obyczajów mojej epoki jest o wiele za młoda.

– Rzeczywiście, żadna to przyjemność jeść zielone
jabłka, gdy w Bremie być może obiad czeka – rzucił olbrzym.

– Wyrwać by ci ten plugawy jęzor! – syknęła Hela
wściekle, aż się przestraszyłem.

Zaskoczył mnie jej nagły wybuch, tyle czasu milczała...

– Wybaczcie, pani, nieokrzesany prostak ze mnie –
skonfundował się olbrzym.

Potrafił wyglądać rozbrajająco. Prychnęła, ale złość
już jej mijała. O czym on, do diabła, gadał? Co powiedział, że dziewczyna tak na niego naskoczyła?

– Zielone? – Spojrzałem na nich bezradnie.

– Nie ma tu niczego zielonego, jabłuszka z pewnością już krągłe, rumiane i sokiem nalane – powiedział Sadko i zarobił cios pięścią w papachę.

– Moja to rzecz, waćpanowie! – warknęła Hela, ale było widać, że tylko udaje gniew.

– To jedynie przypuszczenia – bronił się.

Roześmieli się we trójkę, najwyraźniej już pogodzeni. Tylko ja siedziałem jak idiota.

Te zielone jabłka to nieletnia Hela, a obiad w Bremie to zapewne Agata... – załapałem wreszcie. Aluzja do wieku albo i wyglądu biustu?

– Tak czy inaczej, sprawę tę warto by jakoś zabezpieczyć – powiedział Sadko, poważniejąc.

Wykastrują informatyka, żeby się do nieletniej panienki nie dobrał, ucieszył się mój diabeł.

– Jeśli trzeba, mogę poprzysiąc... – zacząłem, ale Sadko mi przerwał:

– Twoi rodzice nie żyją – zwrócił się do dziewczyny. – Nie masz też żadnych krewnych płci męskiej?

– Zapewne mam – powiedziała.

Spojrzałem na nią zaskoczony.

– Moja rodzina żyła w naszej wsi od wieków – wyjaśniła. – Zatem i dziś zamieszkują tam jacyś moi przodkowie. Choć nasze czasy rozdziela ponad trzysta lat...

Obaj Rosjanie długo dumali nad tym, co powiedziała.

– Ale nie znają cię ani ty nie znasz ich? – upewnił się Borys.

– Mój przodek, Jan Korzecki, walczył ze Szwedami w wojnie tysiąc sześćset piątego roku. Pod Kircholmem się wsławił. Może już się urodził? – Zamyśliła się.

Ujrzałem, jak Sadko mruży oczy. Zrozumiałem, że natychmiast zapamiętał tę informację, przetworzył i wyciągnął wnioski. Będzie wojna o ujście Wisły między Szwecją a Rzeczpospolitą. Za kilkadziesiąt lat. Teraz wypapla to Hansavritsonowi...

– Tak czy inaczej, jesteś sama.

– Tak.

– Marku – powiedział poważnie – skoro nie myślisz o ożenku z Helą, powinieneś ją wziąć za córkę. Gdy dziewczyna w jej wieku nie ma jeszcze męża, a straci ojca, powinna znaleźć nowego.

– Co?! – wykrztusiłem. – Przecież ja...

Spojrzeli na mnie pytająco we trójkę.

– Jestem starszy tylko o dwanaście lat! – zgłosiłem obiekcję.

– Czasem i tak bywa. – Konus wzruszył ramionami. – Krew, wiadomo, rzecz o znaczeniu pierwszorzędnym, ale i niemało ludzi, którzy dzieci mieć nie mogą, otacza opieką i wychowuje sobie sieroty po krewnych lub obce zgoła.

– Ale ja... Hela jest szlachcianką – powiedziałem. – A ja nawet... Z tego, co wiem, z chłopów pochodzę, i to tych niemajętnych. Przodkowie moi pewnie pańszczyznę odrabiali.

– Tak mi się widzi, że się chyba, panie Marku, obowiązków rodzicielskich boicie – odparła Hela z uśmiechem. – Bo krnąbrną córkę należy czasem i przez kolano przełożyć.

Paradoksalnie, dopiero gdy zażartowała, zrozumiałem, że mówią serio. I że oczekują mojej decyzji teraz, zanim dotrzemy do miasta, zanim się rozdzielimy, zanim odejdę z dziewczyną w swoją drogę.

– Jak... Jak się to robi? – zapytałem.

– Nie ma tu cerkwi, tedy przy ołtarzu zaprzysiąc się nie da. Ale dobry chrześcijanin Boga ma w sercu. – Olbrzym wyjął ze swoich juków małą, odlaną w metalu ikonkę. – My zaś świadkami będziemy.

– A nazwisko?

– Nie rozumiem? – Spojrzał na mnie.

– No chyba ma przyjąć moje?

– Jeśli pozwolicie, będę używać obu – wtrąciła.

Zatrzymaliśmy się na drodze i zeskoczyliśmy w śnieg. Borys wskazał odpowiednie miejsce do odprawienia tej zadziwiającej ceremonii.

Staliśmy pod brzozą z obnażonymi głowami. Odlany w metalu święty obrazek lśnił w blasku wstającego słońca. Wiatr pachniał mrozem. Powtarzałem za Sadką zawiłe prawosławne modlitwy, potem słuchałem, jak Hela poprzysięga mi miłość i posłuszeństwo. Nowogrodzki rytuał adopcyjny. Element obcej kultury. Część tradycji, o której istnieniu wcześniej nawet nie wiedziałem. Przysięga wobec Boga, niebędąca sakramentem, ale i tak najważniejsza ze złożonych dotychczas... Czułem, że wiąże nas jak małżeństwo, raz na zawsze, na dobre i na złe. I jednocześnie jakoś porządkuje, ustala stosunki między nami. Choć po prawdzie chyba Helena bardziej tego potrzebowała.

– Ja i Sadko jesteśmy waszej przysięgi świadkami – powiedział uroczyście Borys. – My więc baczyć będziemy, czy obowiązki swe wzajem wypełniacie. Ojciec o córkę dbać musi, byt jej zapewniać, strzec jej czci, a potem męża dobrego znaleźć. Córce też obowiązkiem ojcem się opiekować, szanować jego wolę i wypełniać wszelkie polecenia. A gdy starość czy choroba ciężka doń przyjdzie, pod dach swój wziąć i pielęgnować aż do śmierci. Później pogrzeb zacny sprawić i na msze za duszę dać. Pamiętajcie o tym, boście przed Bogiem tu, na waszej ojczystej ziemi, przysięgli. Kto słów swoich nie dotrzyma – zniżył głos – temu kara na ziemi i po śmierci. Za życia w pokarmie żadnym już nie zasmakuje, wszystko jak łajno będzie mu obrzydliwe, a robaki toczyć będą jego ciało. Po śmierci zaś męki wieczne piekielne go czekają. Zrozumieliście?! – huknął nagle.

Wzdrygnąłem się, ale posłusznie kiwnąłem głową. Bałem się spojrzeć na dziewczynę.

Dochodziło południe, gdy dotarliśmy na przedmieścia. Od dawna widać było, że się zbliżamy, szlak rozjeżdżono płozami i kołami, wszędzie w śniegu i błocie widzieliśmy odciski kopyt koni i racic krów, parokrotnie mijały nas sanie lub wozy. Okolica była nieco pagórkowata i wreszcie ze szczytu jednego ze wzgórz zobaczyłem leżący przed nami Gdańsk.

Na przedpolu miasta stało kilkadziesiąt drewnianych chałup krytych chyba gontem. Otaczały je chruściane płoty, wypatrzyłem też zabudowania gospodarskie. Dalej czerwieniały mury miasta. Ze wzgórza widać było co najmniej kilka bram. Kamienice i kamieniczki o stromych dachach krytych to dachówką, to płytkami łupku kryły się jakby we mgle. Dopiero po chwili uświadomiłem sobie, że chmura nad domami to dymy z kominów. Nad tym wszystkim górowało parę baszt i kościołów. Wypatrzyłem też znajome elementy: potężną, przysadzistą wieżę katedry oraz nieco smuklejszą ratuszową. Ta ostatnia opleciona była rusztowaniami.

Po raz pierwszy od początku tej szaleńczej misji znalazłem się w miejscu, które choć trochę znałem...

– Tam, gdzie zawsze? – zapytał Borys.

– Tak, ale musimy odwiedzić katownię – powiedział Sadko. – Słów kilka zamienię...

Borys potrząsnął lejcami. Wóz przyspieszył. Trakt był gładki i dobrze ubity kopytami zwierząt. Co chwila mijały nas wozy, sanie lub jeźdźcy na koniach. Pojawili się też piesi wędrowcy. Przypomniały mi się pierwsze dni w Trondheim, nabrzeże w Bergen. Ci ludzie, podobnie jak w tamtych miastach, nie snuli się bez celu. Prawie każdy coś dźwigał. Minęliśmy całą kolumnę dziadów w sabotach, niosących na plecach grube wiązki chrustu. Przemknęliśmy wzdłuż murów i fos miejskich, aż wyjechaliśmy na rozległą przestrzeń obok bramy. Zobaczyłem wozy i kramiki.

– Targ węglowy – powiedział Sadko. – Tu można węgiel i drewno na opał kupić. A to baszta więzienna i katownia. – Wskazał ręką.

Rozpoznawałem te budynki. Tylko że za moich czasów wewnątrz mieściło się muzeum oraz wystawa bursztynu... Konus zeskoczył z wozu i przez furtkę wszedł do wnętrza budowli, my zaś ustawiliśmy się w kolejce do bramy. Sznur pojazdów posuwał się powoli. Nim dotarliśmy do wrót, drobny Rosjanin już wrócił. Strażnicy zlustrowali nas wzrokiem i widząc, że nie mamy na wozie żadnych towarów, machnęli ręką, by przejeżdżać. Przebyliśmy ciasną przestrzeń między murami i dotarliśmy do kolejnej bramy, tym razem przez nikogo niepilnowanej.

– Co to? – Hela podziwiała mijany budynek.

– Bractwo Świętego Jerzego ma tu swoją siedzibę – wyjaśnił. – A to Brama Długouliczna.

Koła zadudniły na bruku.

Zmarszczyłem czoło. Inaczej ją pamiętałem. Przebudowali widocznie. Spojrzałem nad końskimi grzbietami.

– Ups... – wyrwało mi się.

– Co się stało? – zainteresował się Borys.

– Czy to ulica Długa? – zapytałem trochę bez sensu.

– Tak ją nazywają... Widać pomieszanie jakoweś ten widok...

– W moich czasach wyglądała inaczej.

Była nieco węższa. Domy niższe niż w moich czasach, fasady straszyły czerwoną cegłą, tu i ówdzie widać było pruski mur. Gotyk... Ciekawe, kiedy to wszystko przebudują.

Olbrzym zakręcił w wąski zaułek.

– Zatkajcie nosy – poradził.

Uuuu... Zapaszek był faktycznie z gatunku tych, które niełatwo zapomnieć.

– Garbarze i kaletnicy tu siedzą, warsztaty mają – wyjaśnił, poganiając konie.

Skręciliśmy jeszcze raz. Ta ulica dla odmiany pokryta była krowimi plackami.

– Czwartek dzisiaj czy co? – zastanawiał się Sadko. – Śmierdzi jak w chlewie...

– Co ma do tego dzień tygodnia? – zapytałem.

– W czwartki pędzi się tędy krowy do rzeźni na wyspie – wyjaśnił.

Przez dłuższą chwilę jechaliśmy otoczeni zapachem, który można by dosłownie pokroić. Jeszcze jeden zakręt.

– Zamknij oczy, waćpanna – zwrócił się do Heli. – Widok tej uliczki moralności może zaszkodzić.

Trzasnęło kilka otwieranych okien na parterach i pięterkach domów.

– Hej, hej, marynarze! – Jakaś „dama" pomachała nam piersiami.

Z innego okna wystawiono dwa gołe zadki.

– Zapraszamy w nasze skromne progi na nieskromne uciechy! – Blondynka przerzuciła przez parapet nóżkę.

– Ech – westchnął konus i zrobił rozmarzoną minę. – I młodzi jesteśmy, i ochoty, i sił w lędźwiach nie brakuje, tylko gdyby nie ten *syphilismus*... O, przepraszam – przypomniał sobie o obecności Heli.

Przejechaliśmy przez furtę i znaleźliśmy się na przedmieściu. Domy były tu jeszcze niższe, przeważnie dwupiętrowe. Pomiędzy murowanymi kamieniczkami stały też drewniane.

– Tu, w pobliżu Lastadii, spokojnie będzie i przyjemnie – powiedział Borys.

– Lastadii? – nie zrozumiałem.

– To nabrzeże, gdzie łodzie i okręty majstrowie budują.

– Zatrzymamy się w oberży – powiedział Sadko. – Wy sobie odpoczniecie, a ja z bratem do ratusza pójdziemy.

– Po co? – zainteresowałem się.

– Członkowie Hanzy nie są tu ostatnio mile widziani, lecz prawo jest prawem. Poddani króla napadli nas w granicach jurysdykcji miasta. I wóz zatrzymać mamy prawo, i śledztwo będzie, a może i za tych piratów nagrodę wyznaczono. Urzędnik stosowny trupy obejrzy, wartość statku oszacuje i jeśli ustali, z której wioski łupieżcy pochodzili, to rodziny ich za „Jaskółkę" choć odszkodowanie w brzęczącej monecie zapłacą...

– Aha...

Zaskoczył mnie. Myślałem, że trzeba po cichu opylić furę i konie, a potem szybko umknąć, aby nas miejscowa policja, czy co tam mieli, nie nakryła. A tu proszę, cywilizacja.

🐾 Karczma znajdowała się tuż za murami. Budynek był parterowy. Ściany zbudowane z grubych, pociemniałych belek musiały mieć ze sto lat. Z uliczki na dziedziniec prowadziła szeroka brama. Sadko „zaparkował" na podwórzu, zaraz też pojawił się pacholik, wyprzągł konie i poprowadził do stajni. Zauważyłem, że obaj Rosjanie czują się tu jak u siebie w domu.

Przez niskie drzwi weszliśmy do sporej sali. Strop podparto zapewne dla bezpieczeństwa kilkoma nowymi słupami. Ceglaną posadzkę wysypano piaskiem oraz trocinami. Wnętrze było niemal puste, pod ścianą jakiś szlachetka w żupanie pałaszował kaszę z drewnianej miski. Czterej młodzi oberwańcy skubali gotowaną kurę leżącą na półmisku. Przypomnieli mi się norwescy wyrobnicy, z którymi pracowałem w Trondheim. Tam też była kura na czworo...

Pociągnąłem nosem. Cóż, w dwudziestym pierwszym wieku, trafiwszy na lokal, w którym tak by capiło, natychmiast uciekłbym za drzwi, ale pobyt w tej epoce już mnie zahartował. Woń dymu, skwaśniałego piwa i nieświeżych butów nie robiła już na mnie wrażenia.

Usiedliśmy przy stole, zaraz przyszła dziewczyna, osadziła w świeczniku dwie woskowe świece i niezwykle zręcznie odpaliła krzesiwem. Zjawił się również właściciel lokalu, starszy, otyły mężczyzna, smagłą cerą przypominający Cygana. Przywitał się wylewnie z naszymi towarzyszami i wydał dziewczynie dyspozycje co do obiadu.

Po posiłku ja oraz Hela grzaliśmy się przy palenisku, a Sadko i Borys poszli załatwić jakieś interesy. Pewnie udali się do magistratu, aby zgłosić atak piratów. Długo czekaliśmy, nudząc się, ale była to przyjemna nuda. Wreszcie czuliśmy się bezpiecznie.

Na kolację podano potrawkę z kurczaka, czyli dwie kamionkowe michy kaszy, z których malowniczo sterczały ugotowane łapki kury. Jadłem trochę apatycznie, wypadki tego dnia wykończyły mnie i wytrąciły z równowagi.

Wrócili Rosjanie. Zamówili butlę wina.

– Ojcze?

Drgnąłem. Jeszcze to, nie mogłem się przyzwyczaić. Nie dość, że zabiłem dwunastu ludzi, to na dodatek adoptowałem dziewczynę.

– Co się stało? – zapytałem półprzytomnie, ciągle błądząc myślami gdzieś daleko.

– Mogę? – Zrobiła przymilną minę i gestem wskazała kamionkową flachę.

– Trochę możesz. – Kiwnąłem głową.

Dobrze wychowane dziewczątko, ojca prosi o zgodę... Wypiłem pół kubka, ale wcale nie zrobiło mi się lepiej. Hela też sobie nie żałowała, wychyliła cały. Trochę nabrała rumieńców.

Pomieszczenie wypełniło się ludźmi. Ktoś zagrał na dudach. Sadko z uśmiechem zaprosił dziewczynę do tańca. Spojrzała na mnie pytająco, więc machnąłem dłonią, wyrażając gestem akceptację.

Była o jakieś trzy centymetry wyższa od swojego partnera. Świetnie się bawiła. Nie musiała nawet znać figur – ot tyle, żeby się zakręcić i stóp przy tym nie podeptać. Wróciła zadyszana i usiadła na ławie.

– Tego mi było trzeba! – Roześmiała się. – Wina, tańca, odrobiny wiejskiej muzyki, przyjaznych ludzi wokół.

– Zatańcz jeszcze – zachęciłem.

– Nie wypada – ucięła. – Przecież jest adwent. Zapomniałam się na chwilę. – Spuściła oczy. – Pora, by spocząć wreszcie, daleka droga za nami.

– Ma rację – poparł ją olbrzym. – Obojeście umęczeni. My musimy z bratem jeszcze wiele rzeczy obgadać, ale wy idźcie spać...

Pokój na poddaszu karczmy, pomijając jego kiszkowatość, brudną podłogę i niski, skośny sufit, miał pewien mankament. Wstawiono doń tylko jedno łóżko.

– Kładź się – poleciłem dziewczynie.

Wziąłem poduszkę i umościłem się na krześle. Byłem wykończony, liczyłem, że nawet w tak niewygodnej pozycji szybko zasnę.

– Panie Marku? – odezwała się Hela niepewnie.

– Tak?

– Będzie panu niewygodnie... Łoże jest szerokie. Proszę położyć się ze mną.

– Słucham?! – Byłem pewien, że się przesłyszałem.

– Jestem pana córką, tak przecież można...

Nie miałem pojęcia, co odpowiedzieć.

Panowie przysięgli, zachichotał diabeł, na zaprezentowanym materiale dowodowym widzimy, jak pan, chłe, chłe, były nauczyciel, niecnie wykorzystując naiwność nastoletniej gimnazjalistki, najpierw spoił ją winem, a teraz...

– Helu – odezwałem się wreszcie – to nie jest dobry pomysł.

Przestraszona zasłoniła usta dłonią.

– Kładź się – przerwałem kłopotliwe milczenie. – Dzieci w twoim wieku powinny się wysypiać.

Nawet się nie obraziła za to „dziecko". Kiwnęła głową, a następnie znikła za parawanem. Usłyszałem, jak chlapie wodą w miednicy. Po chwili wynurzyła się odziana tylko w giezło. Wsunęła się pod kołdrę i zasnęła niemal natychmiast.

Ściągnąłem bluzę i rozparty wygodnie nakryłem się płaszczem. W pomieszczeniu czuło się chłód. Hałasy z głównej sali były ledwo słyszalne. Bardziej dokuczały mi myszy biegające po nogach...

Staszek ocknął się, czując lodowate zimno. Uchylił powieki. Rozejrzał się. Pomieszczenie podobne do celi, w której trzymali go poprzednio, ale inne. Leżał na kamiennej posadzce, a jakaś dziewczyna szarpała go za ramię.

– Co się stało? – wymamrotał. – Zostaw mnie, u licha!

Ach tak, to Laponka. Przyniosła mu kaszę, potem donosiła potrawy. Pogrzebał przez chwilę w pamięci, szukając języka ludu Saami, i oczywiście znalazł – aż dwa.

– Gdzie jestem? Czemu tu leżę?

Musiała mówić jeszcze innym dialektem, najwyraźniej zrozumiała Staszka, ale nie do końca.

– To mowa plemion żyjących na dalekiej północy. Mów po szwedzku – zażądała.

– Kim jesteś?

– Mam na imię Taavi – wyjaśniła. – Jestem niewolnicą Pana Wilków. Pamiętasz, co się stało?

Niewolnica? – zdziwił się. Tak sympatyczny człowiek nie może mieć przecież niewolników. Chyba źle zrozumiała, nie zna chińskiego i to pewnie dlatego coś jej się ubzdurało.

– Jadłem obiad i...

– I wyśpiewałeś im wszystkie swoje sekrety – uzupełniła. – A także sekrety wszystkich twoich przyjaciół.

– Ale przecież... Mamy współpracować i... Myśmy się nie zrozumieli, Chińczycy chcą przyjaźni...

– To zgraja bandytów i morderców! A generał Wei jest z nich wszystkich najgorszy! – prychnęła.

– Jak możesz tak o nim mówić – oburzył się. – To czarujący intelektualista, żywo przejęty problemem... W dodatku mój przyjaciel i sojusznik.

Rozbawiła ją ta wypowiedź.

– To czemu leżysz w tym lochu zamknięty na klucz?

– Co?!

Cała konstrukcja zbudowana w myśli rozprysła się na kawałki. Usiadł i patrzył na dziewczynę zdumiony.

– Jak to: zamknięty? Może to jakaś pomyłka – chlipnął żałośnie. – Może ktoś z jego ludzi nie dosłyszał i...

– Jak poprzednio? – Uśmiechnęła się złośliwie. – Bo, zdaje się, strzelali do ciebie w górach.

– Ale... To był przypadek. Tylko żeby przetransportować...

– Podali ci miód prawdy. Każdy, komu to zrobią, kocha ich i wyjawia wszystkie tajemnice, póki jad ten nie przestanie działać. Ty już wracasz. Część twego umysłu pogrążona jest jeszcze w transie, ale reszta się budzi. Budzi się zdrowa myśl.

– Ja...

– Pan Wilków był bardzo zadowolony z twoich odpowiedzi. Był tak zadowolony, że postanowił na razie darować ci życie. Zostaniesz uśmiercony później, razem z nami.

Patrzył na dziewczynę przerażony.

– To nie może być prawda... – szepnął.

– Kamyki przeciw orzechom.

Nie zrozumiał tego zdania, scalak też milczał. Jakiś idiom. Propozycja zakładu? Oszołomienie mijało. Najwyraźniej narkotyk, czy co to było, przestawał działać.

– Co im wyjawiłem? – zapytał.

– Nie wiem, mówiłeś w ich języku. Pewnie wszystko, co wiesz. Sam sobie przypomnij...

Poszedł za jej radą. A potem zaczął jęczeć.

– Zabiją ich... Zdradziłem wszystkich...

Taavi objęła Staszka ramieniem i długo głaskała po włosach. Wreszcie powoli się uspokoił.

– Nie ma w tym twojej winy – powiedziała. – Ten jad działa tak na każdego. Nikt nie jest w stanie mu się oprzeć. Wszyscy próbowali i nikomu, kogo znałam, się nie udało. Gdzie są twoi przyjaciele?

– W Norwegii. – Choć nie miało to już żadnego znaczenia, nie chciał podawać konkretnego miejsca.

– To za górami – szepnęła. – Wiele dni drogi przez śnieg. Na razie są bezpieczni. Tak mi się wydaje.

Spojrzał na nią zaskoczony. Miała ładne oczy...

– Kilka dni temu trzej z nich polecieli do Bergen stalowym ptakiem – ciągnęła. – Zabrali broń i puszki z duszącym powietrzem, pewnie chcieli kogoś zabić. I już nie wrócili. Pan Wilków bardzo się rozzłościł. Może spadli z nieba, może ktoś ich złapał? A może nawet mieli dość jego rozkazów i zbiegli? Tak czy inaczej, twoi towarzysze są bezpieczni, przynajmniej na razie...

– A ja...

– Śmierć często gości w tych murach – powiedziała ze smutkiem. – Może żyć będziesz do jutra, może nawet do następnej pełni. Jeśli odeślą cię do kopalni, zdechniesz przykuty do taczek. Staraj się wykonywać ich polecenia szybko i starannie. Będą bili, ale może trochę pożyjesz.

Siadł i w ponurym milczeniu patrzył w ścianę. Dziewczyna kucnęła, też pogrążając się w zadumie. Więzień... Nigdy wcześniej nie zdarzyło mu się stracić wolności. Czuł, jak mury napierają na niego.

Rozejrzał się. Komora była mniejsza niż cela, w której ocknął się poprzedniego dnia. Pusta, żadnych sprzętów, tylko na podłodze poniewierały się małe wiązki słomy. Niewielkie okno zasłonięto blachą z wywierconymi dziurkami. Pod sufitem wisiała pojedyncza słaba żarówka i kamera. W powietrzu widział parę ze swojego oddechu.

Plus dziesięć albo chłodniej, pomyślał.

Skrzypnęły zawiasy i do środka weszły jeszcze dwie dziewczyny oraz chłopak. Drzwi natychmiast zamknięto. Usłyszał huk rygli, a potem suchy trzask. Chyba kłódka. Staszek stanął bezradnie, nie wiedząc, co robić. Lapończyk zawiesił w oknie kawałek szmaty.

– Co się...

– Na dziś koniec pracy. Spać pora – wyjaśniła Taavi. – Połóż się przy mnie – poprosiła, gromadząc słomę na kupkę.

Wiązki układała na przemian, tworząc coś w rodzaju prowizorycznego materaca. Pomógł jej bez słowa. Dwie pozostałe dziewczyny robiły to samo. Ich towarzysz zwinął powrósło i upchnął w szparze pod drzwiami. Staszek przyglądał się towarzyszom niewoli. Taavi wydawała się najstarsza. Ocenił jej wiek na jakieś piętnaście lat. Pozostała trójka była nieco młodsza. Zaraz jednak uświadomił sobie, że to zupełnie inna rasa.

Ściągnął polar. Położył się na paskudnie wilgotnej, zimnej słomie. Laponka przywarła doń plecami. Nakryli się jej serdakiem, na to położyli jeszcze polar. Nóg nie mieli jak osłonić. Reszta więźniów też jakoś się umościła. Przedstawicielki płci pięknej w środek, ich towarzysz od drugiej ściany.

– Osłoń twarz – doradziła Taavi. – Nawet jeśli w nocy zrobi się bardzo zimno, nie odmrozisz nosa ani nie oślepniesz.

– Spać w takim zimnie... – mruknął w jej języku.

– Nie możemy zrobić nic innego – odparła smutno.

Posłusznie nakrył się połą polaru. Spać... Zebrać siły, przeżyć kolejny dzień. Czuł chłód, jakim promieniowała kamienna ściana. Co to za miejsce? Chyba kamienna szopa. W każdym razie budyneczek wolno stojący.

– Dlaczego to robią? – szepnął. – Przecież mogli nas ulokować choćby w piwnicy.

– Po prostu lubią się poznęcać. Są źli – wyjaśniła.

Źli... Tak po prostu źli. Nie potrafił tego zrozumieć ani zaakceptować. Przecież musi być jakaś przyczyna! Jaki mieliby cel, znęcając się nad więźniami? Bici i głodzeni niewolnicy gorzej pracują. A może jest sens? Po co karmić, skoro i tak idą na śmierć? Biciem można zmusić do pracy, która wyniszczy. Jak w gułagu, opłaca się zamęczyć, bo taniej jest zastąpić, niż dawać jedzenie...

Bał się. Wędrując z Helą, mieli krzesiwo, ciepłe śpiwory ze skór i namiot. Też marzli, ale gdyby zrobiło się naprawdę źle, zawsze mogli rozpalić ogień. Tu nie było nic, tylko ciepło własnych ciał i mizerny przyodziewek, mający uchronić przed nocnym mrozem. Dziewczyna drżała. Wszy, niezrażone chłodem, wypełzły ze słomy i cięły bez litości.

Jestem zwierzęciem, pomyślał. Zwierzęciem zamkniętym w ciasnej komórce i skazanym na zamarznięcie... Lapończycy przeżyją. Od dziecka przywykli do mrozu, zahartowali się. Ja obudzę się z katarem, jutro zejdzie mi w oskrzela, za cztery, pięć dni będę miał regularne zapalenie płuc. A potem wykituję albo mnie dobiją. Nanotech nie radzi sobie ze wszystkimi chorobami.

Wreszcie przysnął. Obudził się, czując, że kostnieją mu palce u stóp. Taavi spała. Poprawił trochę polar, by lepiej ją osłaniał. Dłonie wsunął pod pachy, ruszył stopami. Było mu nadal straszliwie zimno, ale jakoś dało się wytrzymać.

Przysnął, ponownie się zbudził, zdrętwiały na skutek bezruchu. Ostrożnie przekręcił się i przylgnął teraz przodem do pleców dziewczyny. Jego własne plecy, do tej pory ogrzewane, teraz wystawione na chłód, protestowały dreszczami. Wypięte pośladki Laponki nie robiły na nim żadnego wrażenia. Taavi poruszyła się.

– Odwróć się – poleciła.

– Przepraszam, ja... – Czuł, że się czerwieni.

– Plecy muszą być ogrzane. Inaczej chłód zaraz wejdzie ci pod łopatki i umrzesz w kilka dni.

Posłusznie wykonał jej polecenie.

Jestem za słaby, pomyślał. Może oni pożyją dłużej, ale dla mnie to koniec...

Ciepło. Był w Chorwacji na wakacjach. Wypluskał się w lazurowym morzu, teraz leżał na skałach, jedząc pomarańczę zerwaną prosto z drzewa. Ciepły wiatr muskał delikatnie skórę...

Obudził go bolesny cios w twarz. Po chwili drugi. Otworzył oczy. Bił tamten chłopak.

– Co?! – Odruchowo zasłonił się dłonią.

Trzecie uderzenie zawisło w powietrzu.

– Sen śmierci – powiedziała Taavi. – Jeszcze trochę, a nie obudziłbyś się. Wstawaj. Machaj rękami.

Nie miał siły. Poderwali Staszka z ziemi i zmusili, by ustał na nogach. Ogarnęła go dziwna maligna. I nagle, zupełnie niespodziewanie, ujrzał wnętrze oświetlone płomykiem świecy. Na szerokim łożu spała jakaś dziewczyna. Loki rozsypały się na poduszce.

Hela! Widzę Helę oczyma Marka, pomyślał. Udało im się, są razem!

Szalona ulga i nagle kolejne bolesne ciosy. Znowu próbowali go docucić.

– Machaj rękami – powtórzył chłopak.

Zaczął posłusznie wykonywać polecenia. Co się właściwie stało? Hipotermia? Nieważne. Musi ich słuchać. To fachowcy. Stykają się z tymi problemami na co dzień... Powoli się rozruszał. Ponaglany zrobił kilka przysiadów. Krew zaczęła żywiej krążyć w żyłach, odrętwienie mijało. Przestał czuć fałszywe, złudne ciepło, teraz dla odmiany trzęsło nim jak w febrze.

– Nie wolno ci teraz spać – rozkazała Taavi – bo nie obudzisz się już nigdy.

– Dobrze. – Potulnie kiwnął głową.

Musi im zaufać. Znają się na tym. Odetchnął głębiej. Usiłował sobie przypomnieć, co zobaczył w przebłysku. Hela. Sen? Był prawie stuprocentowo pewien, że nie. Widocznie w chwili oszołomienia zdołał jakimś cudem nawiązać łączność telepatyczną z Markiem. Jakiś impuls przeskoczył pomiędzy scalakami? Niewykluczone. Spróbował przypomnieć sobie szczegóły. Jedna rzecz go uderzyła. Jego przyjaciółka miała na sobie polar.

Obudziła się, znalazła moje ciało, ściągnęła bluzę i zdołała jeszcze dotrzeć do Marka do Bergen, wydedukował. Wie, co się ze mną stało. Najważniejsze, że żyje i jest pod dobrą opieką...

Powoli wstawał mroźny zimowy dzień. Drzwi otworzyły się z upiornym zgrzytem.

🦎 Ocknąłem się zmaltretowany fizycznie i psychicznie. Dniało. Hela mamrotała coś przez sen. Zastanawiałem się przez chwilę, czy jej nie zbudzić, ale wyraz twarzy miała na tyle pogodny, że uznałem, iż nie trzeba. Znowu przymknąłem oczy i nagle zdarzyło się coś dziwnego. Zdrętwiałem, straciłem świadomość własnego ciała. Poczułem echo cudzej myśli, jakby ktoś spojrzał na dziewczynę moimi oczyma. Miałem inne ciało, drobniejsze, inaczej zbudowane. Było mi zimno. Niewyobrażalnie zimno i... Nagle wszystko prysło jak bańka mydlana. Co to było, do cholery? I naraz się domyśliłem. Staszek?! Przecież on nie żyje. A jeśli... No właśnie. Co? Nawiązaliśmy kontakt telepatyczny? A może ten chłód to... śmierć?

Zajrzałem do worka. Łasica wciąż siedziała w garnku, co również budziło mój głęboki niepokój. Najwyraźniej coś poszło nie tak.

Dziewczyna wstała może godzinę później. Opowiedziałem jej, co mi się przytrafiło.

– Sen mara – Bóg wiara. – Pokręciła głową.

Pomodliła się, a potem znikła za parawanem. Zmieniła giezło na czyste.

Wreszcie byliśmy gotowi, by zejść na śniadanie. Karczmarz na nasz widok pospiesznie postawił na stół drewniany talerz z ciepłym jeszcze chlebem oraz jakieś sery. Hela przeżegnała bochenek i nakroiła grubych, pachnących pajd.

– Gdzie są panowie Sadko i Borys? – zapytała.

– Odjechali nocą – wyjaśnił oberżysta.

Domyślałem się już wcześniej, że tak właśnie postąpią. Nie wyglądali na ludzi, którzy lubią pożegnania.

– Czy zostawili dla nas jakieś polecenia, dyspozycje? – zapytałem pro forma.

Mężczyzna pokręcił głową.

– Tylko dla mnie. Mam państwu pomóc urządzić się wygodnie w Gdańsku. Bo chyba zostaniecie tu na zimę?

Dobre pytanie...

– Powinniśmy ruszać dalej. Nasze sprawy wzywają do Szwecji. Czy istnieje możliwość przedostania się na Gotlandię? Do Visby? – zapytała Hela.

Zafrasował się.

– Kuso to wygląda. Sezon żeglugowy oficjalnie został zamknięty. Są wprawdzie ludzie, którzy nie mając innego wyjścia, puszczają się w drogę, ale szczerze odradzam. Morze o tej porze roku jest bardzo groźne i zdradliwe, a trasa daleka.

– Zatem istotnie trzeba chyba czekać wiosny – mruknąłem do siebie.

– Jest jeszcze jedna możliwość – powiedział oberżysta. – Gdy złapią lute mrozy, lód wody skuje, śmiałkowie konno ruszają przez Bałtyk. Ale to hazard jeszcze większy, niż płynąć teraz. Lód różny bywa. Czasem twardy jak ubita ziemia, czasem wodą podejdzie i pod nogami spęka, konia i jeźdźca jednako gubiąc w odmętach. Tedy nie każdy z przygody takiej cało powróci.

– Skoro tak radzicie, chcielibyśmy wynająć jakąś izdebkę. Mieszkanie, może domek pod miastem? To zależy od ceny. Nie mamy wiele pieniędzy – zastrzegłem. – Kilka dukatów ledwie na nas dwoje. A i tego, co mamy, nie chcielibyśmy roztrwonić, bo przecież wiosną gotowizny potrzebowali będziemy...

Karczmarz zamyślił się.

– Jeżeli dużo wydać nie chcecie – odezwał się wreszcie – jest pokój opodal kościoła Dominikanów. – Rzucił cenę.

Skrzywiłem się.

– Zdzierstwo... – zaprotestowała Hela.

– Albo na przykład jest w podobnej cenie przy Bramie Zielonej. Za to dwa pokoje.

– A coś tańszego?

– Problem z tym... O tej porze roku wszystko zajęte. Chyba że... – zadumał się. – Mógłbym was umieścić u mojej krewnej. Pazerna trochę staruszka i kamieniczka zapuszczona, ale na głowę padać wam nie będzie. Pokój malutki dostaniecie, piec w nim stoi, więc i zimę tam przetrzymacie.

– Warto by obejrzeć. Jak tam trafić?

– Mikołaj! – krzyknął w stronę kuchni.

Jasnowłosy posługacz pojawił się po chwili.

– Zaprowadzisz państwa do starej Marty – polecił. – Jesteście, jak słyszałem, papistami? – Spojrzał na mnie badawczo.

Cholera, przyznawać się? Do diabła, przecież w polskim mieście jestem! Tu chyba za to nie ucinają głów.

– Tak – potwierdziłem.

– Ona też. Miło wam będzie u swoich.

– Dziękuję za pomoc. Ile jesteśmy winni za nocleg i śniadanie? – zapytałem.

– Panowie Sadko i Borys już wszystko zapłacili. Gdyby zaszła potrzeba skontaktować się z nimi lub z kapitanem Hansavritsonem, proszę przyjść do mnie. Jeśli ktoś będzie ruszał do Visby, przekażę listy. Jeśli listy do was przyjdą, u mnie odebrać je możecie.

Podziękowałem i powędrowaliśmy. Miasto wyglądało jakby ciut mniej dziadowsko niż Trondheim lub Bergen. Domy były murowane, część stawiano w technice pruskiego muru, inne wzniesiono z cegły. Usiłowałem sobie przypomnieć, jak wyglądała ta część Gdańska w mojej epoce. Nic się nie zgadzało. Plątanina wąskich, brudnych uliczek i zaułków, parcele wytyczone chyba przez pijanego geodetę. Domy najczęściej były parterowe, tylko nieliczne wznosiły się aż na wysokość trzech pięter. Uliczki wyłożono drewnianymi dylami. Widać gołym okiem, że to biedniejsza część miasta. W oknach zamiast szybek lub płytek miki gomółki lub zgoła nawoskowane pęcherze. Wszystkie dachy pokryto tanim gontem, jedynie na dwu lub trzech błysnęły czerwono dachówki. Mijali nas ludzie przeważnie ubogo odziani, w samodziałowych kurtkach i futrzanych czapach, czasem tylko pojawiał się kupiec w obszernym niemieckim płaszczu i z filcowym kapeluszem na głowie.

Mróz szczypał w policzki, prószył śnieg, pachniało dymem oraz smażoną cebulą. Rynsztoki zamarzły na szczęście... Zapewne to przedmieście, które w pewnym momencie zostało wchłonięte przez rozwijające się miasto. Może za kilkanaście lub kilkadziesiąt lat ta dzielnica spłonie. Władze rozbiorą gruzy i nakażą wyznaczyć już normalną siatkę ulic oraz działek. Wtedy powstaną domy, które pamiętam z czasów, gdy przyjeżdżałem tu na wakacje.

Szliśmy równolegle do Motławy. Z daleka słychać było stukot młotków i siekier. Stocznia?

Na zamarzniętej kałuży dzieciaki grały w coś w rodzaju hokeja – waliły zagiętymi kijami w półkulę zrobioną z drewna.

Niebawem stanęliśmy przed domem ciotki oberżysty.

Wyżywienie kaloryczne jak w obozie koncentracyjnym, pomyślał Staszek ponuro.

Na śniadanie dostali po misce lurowatej zupy z niewielką ilością makaronu. Na powierzchni cieczy pływały pojedyncze oczka jakiegoś tłuszczu. Smaku nie zdołał zidentyfikować. Nie przypominało to nawet wiecznotrwałych chińskich zupek, które robił sobie czasem po powrocie ze szkoły.

Jedli szybko i w milczeniu. Lapończycy pochłaniali breję wręcz łapczywie, jak ludzie bardzo wygłodzeni. Dopiero patrząc na ich zachowanie, poczuł prawdziwą grozę położenia.

Karmią, to może nie zabiją tak od razu, dumał.

Zgrzytnęły zawiasy. W drzwiach stanął krótkonogi Chińczyk w mundurze i wysokich butach. Pod pachą miał kaburę z pistoletem, za pas zatknął nahajkę.

– Poszli! – warknął po szwedzku.

Gdy wyszli na dziedziniec, Staszek zobaczył, że noc spędzili faktycznie w niewielkiej kamiennej szopie. Kilka wilków siedziało w śniegu, na widok więźniów obnażyły zęby, ale nie wydały żadnego dźwięku. Ścieżkę prowadzącą pomiędzy zabudowania posypano popiołem. Odruchowo spojrzawszy pod nogi, poczuł, jak żołądek podchodzi mu do gardła. Wśród niedopalonych węgli spostrzegł kilka poczerniałych ludzkich zębów. Były też drobne ułamki kości.

– Wiecie, co macie robić – warknął strażnik. – Normy jak zwykle. Przyuczcie nowego do pracy.

Kawałek dalej stały ogromne wojskowe brezentowe namioty. Weszli do najbliższego i z miejsca otoczył ich iście tropikalny zaduch. Chłopak rozejrzał się, mrużąc oczy porażone blaskiem. Wewnątrz urządzono prowizoryczną cieplarnię. Na stelażach pod dachem wisiały silne lampy. Rosło tu jakieś wysokie po pas zielsko, którego nie potrafił zidentyfikować.

– Co to? – zapytał Taavi.

Dziewczyna pokręciła głową.

– Nie wiem. Nie znamy tego. U nas nie rośnie. Powiedzieli tylko, co mamy z tym robić...

– Aha.

– Nie próbuj nic jeść. Parchów w ustach dostaniesz, a tamci obserwują.

– Obserwują?

Potoczył wzrokiem wokół i bez trudu wypatrzył kilka kamer przemysłowych.

Ciekawe, jaki mają kąt widzenia, pomyślał, licząc je wzrokiem. Ale pod ścianą jest chyba martwa strefa, chyba że i tam coś umieścili.

– Pokażę ci, co masz robić – powiedziała. – Będziesz musiał pracować bardzo szybko. Biją, jak się kto ociąga, a czasem nawet jeszcze gorzej.

Za niewyrobienie normy kulka, pomyślał i skinął głową.

Wyrywali dziwne rośliny z gleby, otrząsali ziemię, odcinali korzenie i wyrzucali do metalowych beczek, resztę kładli do drucianych koszy. Staszek starał się pracować równo z dziewczyną, naśladować jej ruchy.

Ciekawe, czy będzie przerwa na obiad, przemknęło mu przez myśl.

W namiocie było duszno, od reflektorów biło nieznośne gorąco. Na szczęście z kranu płynęła woda. Dziewczyny szybko ściągnęły z siebie niemal wszystko, zostając tylko w giezłach z szarego płótna. Staszek i ich towarzysz poszli za tym przykładem.

Pot lał się strumieniami, plecy bolały coraz bardziej. Dziewczyny słabły w oczach. Lapończyk, na którego wołały Sap, uwijał się jak w ukropie, ale i jemu tempo pracy dawało się we znaki. Chińczyk, który ich przyprowadził, zajrzał tylko raz. Przeszedł się, mamrocząc coś pod nosem, machnął nahajką i znikł.

To jest brezent albo podobna tkanina, pomyślał Staszek, patrząc na otaczające go ściany. Mamy koziki i inne narzędzia ogrodnicze. Gdyby tak zrobić dziurę i...

Przypomniał sobie wilki warujące na dziedzińcu. Ból w plecach stawał się nieznośny. Łydki też się odezwały. Pot zalewał oczy. Dziewczynom kompletnie przepocone giezła przyklejały się do ciała.

Tu przynajmniej nie ma czterdziestostopniowych mrozów, dodawał sobie otuchy. Może da się wytrzymać?

Chińczyk z batem wrócił i zabrał gdzieś jedną Laponkę. Wróciła po dwudziestu minutach, tocząc wózek, na którym stały znajome miski z brejowatą zupą.

Przerwali pracę. Staszek umył upaprane ziemią, poobcierane do krwi ręce, Lapończycy najwyraźniej nie odczuwali takiej potrzeby. Wychłeptał posiłek, ale poczuł się po tym jeszcze bardziej głodny. Ciecz wypełniła wnętrzności, lecz nie zdołała go nasycić. Taavi zjadła równo z nim. Odstawili miski.

– Chodź, pomożesz – poleciła.

Zarzucili sobie kosze z łodygami na plecy i przeszli łącznikiem do drugiego namiotu, a potem do trzeciego. Stała tam dziwna machina. Wrzucili ładunek do górnego otworu. Dziewczyna przesunęła wajchę i do podstawionej blaszanej micdnicy posypała się sieczka.

– Do czego to? – zapytał, patrząc na zawartość kosza.

– Zobaczysz...

W kolejnym namiocie było chłodniej, panował pół-
mrok. W powietrzu unosił się ciężki fetor. Stały tu setki
klatek z królikami, szczurami i myszami. Staszek i Taavi
nabierali siekaninę garścią i sypali w podajniki. Zwierzęta były chyba głodne, bo od razu rzuciły się na jedzenie.
Reszta więźniów pojawiła się po chwili.

– Przed wieczorem trzeba nakarmić je jeszcze raz –
tłumaczyła dziewczyna.

– Mamy zebrać drugie tyle roślin? – wolał się upew-
nić.

– Trochę mniej. Główny posiłek króliki jedzą przed
południem. Ten wieczorny może być mniejszy. Ale roboty zawsze jest dużo, czeka nas jeszcze wysiewanie i pod-
lewanie, teraz tutaj posprzątamy.

Zaczął od wywiezienia króliczych bobków spod klatek. Taavi wygarniała mierzwę grabiami, a on napełniał
taczki i po pochylni zrzucał ładunek do wnętrza kolejnej maszyny. Trafiły tam także korzenie odcięte rano.

Zamknięty ekosystem, domyślił się. Króliki żrą zielsko, ich odchodami użyźnia się zagoniki. Tylko że to
nie zadziała długo, będą straty. Muszą dowieźć nawozu
z zewnątrz... Albo sypać całe tony sztucznego. Ciekawe,
po co im tyle tych zwierzaków? Na futra?

Potem siali. Robili w glebie otwory i umieszczali
w nich ziarna. Pozostali wyrywali rośliny na sąsiednich
zagonikach.

– Taavi? – zagadnął Staszek.

– No co?

– Tu są cztery namioty, prawda?

– Tak.

– Ale tylko w trzech są uprawy? Tak się zastanawiam. Tych roślin jest za mało. Zbierzemy wszystkie i zanim nowe wykiełkują...

– One szybko rosną – przerwała mu. – Za tydzień zbierzemy to, co tu wysialiśmy.

Manipulacje genetyczne czy coś... – pomyślał. Przecież to rośnie nienormalnie szybko. A w dodatku przy sztucznym oświetleniu! Jak to w ogóle możliwe?! Nic dziwnego, że Chińczycy przetrwali apokalipsę, mając takie technologie. Jeśli istnieją również podobne roślinki nadające się do jedzenia dla ludzi, mogli uprawiać je w schronach.

– Podlewamy! – głos Taavi wyrwał go z zadumy.

Przyciągnęli dwa szlauchy, podczepili do deszczownic. Po chwili świeżo obsiany zagonik zniknął w chmurze drobnych kropelek. Dziewczyna ściągnęła giezło przez głowę i całkiem naga wskoczyła pod zaimprowizowany prysznic.

Staszek zamknął oczy, ale i tak omal nie zawył... Wszystko w nim zwinęło się w bolesny węzeł. Mimo kompletnie dzikich warunków, w jakich się znajdowali, poczuł gwałtowny przypływ podniecenia. W stroju Ewy była piękna, choć widział wyraźnie, że należy do obcej rasy. Inna budowa, inne proporcje ciała... I nawet to wzbudziło w nim szaleńcze pożądanie.

Dziecko natury, pomyślał. Nie wstydzi się, dla niej to naturalne. Nieraz pewnie chodziła z przyjaciółmi, by pływać w jeziorach. A mnie aż skręca.

Uchylił powieki. Przebiegła tam i z powrotem. Zdawało mu się, że płynie w powietrzu, tylko muskając sto-

pami ziemię. Drobne piersi falowały. Omal się nie roz-
płakał.

– Spłucz się – poradziła, wciągając koszulę na mokre
ciało. – To cię trochę orzeźwi, pomoże siły zachować...
Dużo jeszcze dziś pracy przed nami.

Pokręcił głową. Czuł, że palą go policzki. Wrócili
do roboty. Kilka razy żałował, że nie skorzystał jednak
z rady dziewczyny. Zmyć z siebie pot, zwalczyć zmęczenie. A może prysznic z zimnej wody pomógłby też wy-
mazać sprzed oczu to, co zobaczył?

Przyszedł nadzorca, skontrolował postęp prac, a potem nieoczekiwanie walnął Staszka na odlew batogiem
przez plecy. Siła uderzenia rzuciła chłopaka twarzą
w bruzdę. Dłuższą chwilę nie mógł złapać oddechu.
Chińczyk odszedł, rechocząc zadowolony.

Staszek z trudem dźwignął się na czworakach. Coś
było nie tak. Przecież zwykłe uderzenie nie mogło go
aż tak oszołomić. W plecionce widocznie ukryto kilka
drutów i w chwili ciosu dodatkowo poraził go prąd...

Dzień wlókł się jak guma. Wszyscy dosłownie padali
ze zmęczenia. Wreszcie przyszedł nadzorca. Sprawdził,
ile pracy wykonali, i krzywiąc się, wskazał drzwi.

Chłód uderzył ich jak maczuga. Ubrania przesyco-
ne wilgocią momentalnie zesztywniały. Włosy pokryły się drobinkami lodu. Prawie biegiem pokonali trasę
dzielącą ich od komórki. Jej wnętrze, choć też wyzię-
bione, dawało przynajmniej ochronę przed wiatrem. Na
kolację rzucono im trochę pierońsko twardych sucha-
rów.

– Dobry dzień – podsumowała Taavi.

– Dobry? – mruknął Staszek, czując, jak przy każdym ruchu rwie go kręgosłup.

– Nikogo nie zabili – powiedział Sap. – Nie dobierali się do dziewczyn. Ja tylko raz oberwałem. – Teraz dopiero Staszek spostrzegł podeszłą krwią pręgę na przedramieniu Lapończyka. – I ty też tylko raz. I dali jeść, bo czasem sobie zapomną...

Sukces? – rozmyślał Staszek, kładąc się na swoim miejscu. Przeżyliśmy kolejny dzień. Dla mnie to dopiero pierwszy, oni siedzą tu może od miesięcy.

Przypomniał sobie zęby leżące w popiele na ścieżce. Mieli rację... Liczy się każdy dzień. Żarówka przygasła. Taavi zasnęła natychmiast. Staszek leżał, mimo nieludzkiego zmęczenia nie mogąc usnąć.

Uciec, rozmyślał. Trzeba stąd uciec. Dziś się udało. Jutro mogą nas zabić. Wcześniej czy później zagłodzimy się, osłabniemy i zdecydują się zastąpić nas nowymi niewolnikami...

Muszę przypomnieć sobie wszystko, co pamiętam o ucieczkach z więzień. Przecież czytało się to i owo, oglądało filmy...

„Skazani na Shawshank" na przykład.

Zrobić podkop. Po co? Przecież wystarczy ciachnąć nożem brezent namiotu i wydostać się na zewnątrz... W dzień. Teraz jest noc. Czy ma to jakieś znaczenie? – dumał. W dzień łatwiej odkryć ucieczkę, a zbiega widać na śniegu. Nocą Chińczycy śpią. Być może któryś stoi na warcie, ale większość kima. W dzień pilnują nas kamery i wilki. A nocą? Nocą jesteśmy starannie zamknięci. Dlaczego? Nie, przecież nawet jeśli wilki nocą śpią, to grupka więźniów nie zdołałaby się przemknąć tak, by ich nie zbudzić.

Taavi mruknęła coś przez sen. Przypomniał sobie, jak naga biegnie przez chmurę kropel. Zaraz potem napłynęło kolejne wspomnienie, cudowne i niechciane zarazem, namiot w górach... Ręce czują ruch łopatek pod gładką, ciepłą skórą dziewczyny...

Musi przeżyć. Musi uciec. Dla niej.

🦋 Kamienicę zbudowano z pruskiego muru, ale między belki zamiast cegieł wlano glinę ubitą z sieczką. Ściany pękały, szpary ktoś zaszpachlował. Szkielet budynku źle wytrzymał próbę czasu. Cała konstrukcja lekko przechylała się w prawo.

Na parterze znajdowało się coś w rodzaju sklepiku, obok brama wiodąca na podwórze.

– Okno pokoju jest od podwórza. – Pomocnik oberżysty wskazał bramę.

– Zobaczmy...

Weszliśmy na dziedziniec. Był malutki, ot tyle, żeby wóz obrócić. Na końcu stały jakieś szopy, po lewej i po prawej murki z cegły spajanej gliną oddzielały posesję od sąsiednich działek. Na środku podwórza królowała studnia z żurawiem. Wykorzystano wszystkie trzy kondygnacje, bo i w dachu zrobiono okienka. Do środka prowadziły drzwiczki obite zardzewiałymi okuciami. Chłopak zastukał kołatką. Rozległo się człapanie.

Właścicielka rudery przypominała jako żywo Babę-Jagę. Była stara jak świat, to znaczy miała pewnie około sześćdziesiątki. Haczykowaty nos prawie stykał się z brodą. Niewielkie oczko spoglądało na nas ciekawie, drugie zasnuło bielmo. Wyjaśniłem, po co przyszliśmy. Kiwnęła głową i poprowadziła nas na górę.

Pokój przyjemnie mnie rozczarował. Sądząc po wyglądzie domu i gospodyni, spodziewałem się jakiejś nory, tymczasem lokum okazało się całkiem przyzwoite. W każdym razie było tu więcej miejsca, niż miałem do swojej dyspozycji w Bergen.

Na umeblowanie składały się dwa łoża nakryte pierzynami i poduchami oraz trzy zydle. Okno oszklono prostokątnymi szybkami, wnętrze było zaskakująco jasne. W kącie wypatrzyłem konew na wodę. Obok drzwi gospodyni ustawiła klęcznik. Dwie ściany wzniesiono z grubych belek przetkanych warkoczami słomy, dwie wymurowano z cegły i niedbale pobielono. Drzwi też mi się spodobały. Solidne, a do tego miały zamek. Hm... raczej do szybkiej wymiany, rdza przeżarła go na wylot. No i najważniejsze: piecyk w kącie. Deski podłogi, zapewne dla podniesienia standardu, gospodyni wyszorowała na wysoki połysk. Wnętrze pachniało lawendą i leciutko stęchlizną. Luksus. Choć odmalować też nie zawadzi. Po miesiącach spania byle gdzie wreszcie własny, no – prawie własny kąt...

– Podoba się? – Baba wyszczerzyła resztki zębów. – Myszy ani robactwa nie ma, czyściutko.

– Biorę – powiedziałem krótko.

Zaczęliśmy się targować. Zażądała dwóch dukatów czynszu za okres do Wielkanocy. Zdzierstwo, ale cóż począć. Hela rozgościła się szybko. Wypakowała swoje rzeczy.

– Zawiesimy ci baldachim – zaproponowałem. – Zasłoni łóżko i będziesz miała trochę prywatności.

– Dziękuję.

🐾 Zapadała wczesna zimowa noc. Maksym zaklął w duchu. Trzeci już dzień błąkał się po górach, szukając jakiegoś znaku obecności człowieka. Nie martwił się o siebie, lecz niepokoił go stan konia. Zwierzęciu przydałby się nocleg w ciepłej, suchej stajni. Po prawdzie jemu też dobrze byłoby się wygrzać w bani. Spędzanie nocy w szałasach przy ogniu dało mu się we znaki. Przy takim mrozie nie jest zdrowo włóczyć się po świecie. Śnieg zasypał wszystko, ale Kozak wiedział, że znajduje się na jakimś trakcie. Przecinka wiodła przez las, nad rzeczką przerzucono mostek. Droga powinna dokądś przecież prowadzić. Nie wiedział, czy i tę część Szwecji spustoszyła wojna katolików z luteranami. Może u celu znajdzie tylko zgliszcza wsi?

Nieoczekiwanie jego ucho wyłowiło niosący się z daleka głos bębna. Uderzył konia piętami w boki. Zmrok utrudniał orientację. Dźwięk zaplątał się między drzewami, trudno było odgadnąć, skąd dobiega. Maksym zjechał ze szlaku. Zeskoczył w śnieg i zaczął szukać.

Dudnienie to słabło, to się nasilało. Wreszcie Kozak wyszedł na niewielką polanę usianą głazami. Na jej skraju stała szopa nakryta darnią. Przy wejściu ktoś wetknął dopalające się łuczywo. Zaproszenie? Tak to wyglądało.

Wprowadził konia do wnętrza wymoszczonego mchem i przywiązał obok żłobu. Następnie ruszył na dalsze poszukiwania. Rozpadlina pomiędzy głazami nakryta została dachem z brzozowych pni. W jej głębi płonęło ognisko. Kozak sprawdził, czy sztylet jest na swoim miejscu, po czym śmiało ruszył na spotkanie nowej przygody. Skały rozchodziły się na boki, tworząc sporą grotę, w niej przy ognisku siedziała młoda kobieta. Wzrok Maksyma szybko przyzwyczaił się do półmroku. Na ścianach dostrzegł wyrzeźbione i pomalowane na czerwono znaki. Na podłodze leżały setki niedźwiedzich pazurów.

Dziewczyna na skrzyżowanych kolanach położyła duży płaski bęben. Uderzała w niego widełkami zrobionymi z rogów młodego renifera. Na jasnej skórze brązową farbą wymalowano jakieś symbole. Miedziany pierścień, wprawiony w ruch wibracją, przesuwał się, dotykając kolejno znaków. Oczy szamanki były półprzytomne.

Kozak usiadł po drugiej stronie ognia i znowu zaczął się rozglądać. Na ścianie naprzeciw wejścia wykuto topornie kształt jakiegoś zwierzęcia. Poniżej wbito kilka haków. Na najdłuższym wisiał świeży ochłap. Te obok zasuszyły się i powykręcały ze starości.

Członki niedźwiedzi, rozpoznał przybysz.

Przypatrzył się dziewczynie. Miała lekko skośne oczy i nieco przypłaszczony nos. Czarne włosy, zaplecione w warkocze i oplątane rzemieniami, opadały jej prawie do pasa. Miała na sobie prostą suknię z miękko wyprawionej skóry. Dekolt sznurowała kolorową tasiemką. Cera wyglądała niezdrowo, skóra pokryła się przedwczesnymi zmarszczkami, a liczne plamy świadczyły o problemach z wątrobą. Wywary, które piła, by wprawić się w trans, niszczyły jej zdrowie.

Kapłanka uderzała coraz wolniej, wreszcie dręczący dźwięk ucichł. Teraz dopiero spojrzała na gościa. Jej oczy zalśniły.

– Witaj, pani – powiedział po szwedzku i ukłonił się.

– Witaj, przybyszu z dalekich stron – mówiła z dziwnym nosowym akcentem, ale całkiem zrozumiale.

– Duchy mówią, że zdążasz do ziem, nad którymi zapadł mrok niewoli – odezwała się po chwili.

– Jeszcze nie dotarłem do ich granicy?

– Już blisko jesteś. Przejdziesz pas wzgórz dzień drogi na wschód. Za nimi jest kraj, który Szwedzi nazywają Dalarna. Skierujesz się na północ. Tam odnajdziesz obozowisko Suongila. To ostatni wódz, który sprzeciwił się władzy Pana Wilków. Zbiera ludzi. Ciągną do niego kobiety i dzieci, ciągną do niego ludzie ze spalonych osad i koczowisk. Gromadzi wojowników, by poprowadzić ich do ostatniej walki. Do triumfu lub śmierci. Wie, że przybędziesz, bo ja to przewidziałam. Przekazuję ci jego zaproszenie.

– Jestem gotów wesprzeć go swoją szablą.

– Targa tobą potężna namiętność. Pragnienie wymierzenia kary płonie jasno jak woskowa świeca. Nie ma w tobie złości, jest tylko chęć wykonania wyroku. Zabity był twoim przyjacielem?

– Nauczycielem, mistrzem, wychowawcą. On nauczył mnie wszystkiego, co umiem. Był mi przewodnikiem na stepie, był mi ojcem, bratem, towarzyszem...

Wygubię wszystkich, którzy go zwiedli, oszukali i zgładzili. Wytłukę jak robactwo nie tylko dla zemsty, ale też dlatego, że zbrodnia nieukarana rodzi chęć, by popełnić kolejną.

– Są niczym szerszenie. Zabijają pracowite pszczoły, by kraść ich miód. On nie był ich jedyną ofiarą. Zabijają każdego, kto próbuje robić z nimi interesy – powiedziała. – Mili i gładcy w mowie od początku żyją chwilą, w której zadadzą zdradziecki cios...

– Wymordowali nawet chorych w leprozorium, uprzednio zapewne obiecawszy im leki. Dlatego muszą zostać ukarani śmiercią – mruknął.

– Chwalebny zamysł. Zważ jedno. Twój nauczyciel był od ciebie lepszy. Miał większe doświadczenie w walce i w dyplomacji. Szybciej robił bronią. A mimo to uległ w starciu. Nie jest ważne, czy pokonali go siłą, czy podstępem. Był od ciebie silniejszy i sprytniejszy, lecz umiejętności nie wystarczyło, by zachować życie. Pan Wilków to przeciwnik, któremu możesz nie sprostać.

– Nas *mnogo*. Teraz, gdy zdołałem go wytropić, już nie ucieknie. Może zabić dwudziestu Kozaków, ale będą przybywać tu do Szwecji tak długo, aż któryś utnie mu głowę. Chciałbym tego dokonać osobiście, lecz jeśli zginę, to zadanie i tak zostanie wykonane. Gdy człowiek raz swoje ślady z naszymi skrzyżuje, może być jedynie przyjacielem lub wrogiem. Aż do końca żywota.

– Podobasz mi się. – Uśmiechnęła się. – Należysz do tych, którzy patrzą w dal i idą do celu. Do tych, którzy nie poddają się losowi. Których powstrzymać może tylko śmierć. Ich własna lub cudza...

Zapatrzyła się w ogień, a potem odwiesiła bęben na ścianę. Maksym odetchnął w duchu. Magiczny przedmiot mu się nie podobał.

– Jako szamanka nie mogę dzielić z tobą łoża, ale może zostaniesz na noc? Mam gąsiorek jeżynowego wina, ucieszymy nasze serca chwilą zapomnienia. Znajdzie się mięso z młodego rena, by żołądek napełnić. A i cieplej tu, w grocie, niż na zewnątrz. O konia się nie martw. Lepiej mu będzie w szopie niż pod gołym niebem.

– Zostanę.

🐾 Obudziłem się i dłuższą chwilę usiłowałem sobie przypomnieć, gdzie jestem. Ach tak... Gdańsk. *Aurea Porta* Rzeczypospolitej. Jedno z najbogatszych i najwspanialszych miast Europy. Miejsce, gdzie obraca się milionami łasztów złocistej polskiej pszenicy, gdzie złotnicy wytwarzają w swych warsztatach niezrównane dzieła sztuki. *Urbs felix*, gdzie człowiek pracowity i mający głowę na karku może dobić się fortuny wedle amerykańskiego mitu: od pucybuta do milionera.

Rozgniotłem uciekającą po ścianie pluskwę. Na szarej polepie został krwawy zaciek. A miało nie być robali... Buty panny Heli, choć stojące przy drzwiach, wydzielały woń, która skutecznie uniemożliwiała mi ponowne zaśnięcie. Lodowate podmuchy ciągnące od okna trochę ją rozpraszały. Odszukałem sakiewkę i po raz nie wiedzieć który przeliczyłem znajdujące się w niej groszaki. Drugiej, z dukatami od Petera Hansavritsona, wolałem chwilowo nie ruszać. Była i trzecia, moja część łupu zdobytego na trupach grabieżców. Nie miałem ochoty do niej zaglądać. Potem wyciągnąłem zza pieca kawałek deski i zrobiłem listę zakupów. Ciekawe, czy mają tu mydło. No nic, w razie czego coś tam jeszcze zostało w naszych workach. Zatem po pierwsze, balia do umycia dziewczyny.

Najlepiej od razu dwuosobowa, podpowiedział diabeł. I koniecznie z jacuzzi.

Po drugie, zestaw składający się z miski i czajnika, czy jak zwać to, co robiło w Bergen za umywalkę. Mydło mam. Garnek do gotowania. Trzeba sięgnąć do kieszeni ciut głębiej i szarpnąć się na mosiężny. Nowy zamek do drzwi. Parawan. Coś na zasłonkę do okna. Wapno do pobielenia ściany i pędzel, jeśli w tej epoce już je wynaleziono. Nie, bredzę, przecież malują obrazy, to i pędzle do ścian muszą znać. Ług do prania. Szczeliny w deskach, gdzie siedzą pluskwy, trzeba zalać wrzątkiem i zalepić gliną. Kupa roboty, kupa wydatków. Zapas żywności. Przydałaby się solidna skrzynia na ubrania i inne drobiazgi.

Niezłe zakupy jak na bezrobotnego włóczęgę, podsumował diabeł.

Grzebień dla Heli i może jeszcze coś do ubrania? A pod drzwi wycieraczka. Ciekawe, czy znają tu coś takiego? Nie widziałem nigdzie, może to nie ta epoka? Diabli nadali...

Zawsze do usług, roześmiał się kusiciel.

Hela zbudziła się może godzinkę później.

– Planuję, co trzeba kupić – wyjaśniłem. – Trzeba trochę tu urządzić, żeby można było żyć po ludzku.

– Tak. – Pociągnęła nosem. – Chyba mi w butach zagotowało – mruknęła zawstydzona.

– Wyrzucimy?

– Może jeszcze doczyszczę...

W pobliżu rozległ się kościelny dzwon. Poranna msza? Spojrzałem na zegarek. Szósta trzydzieści. I nagle zamarłem zdumiony. Data.

– Dziś dwudziesty trzeci grudnia – powiedziałem. – Jutro Wigilia.

– Ależ ten czas szybko leci. – Pokręciła głową. – Zatem trzeba będzie wieczerzę przygotować.

– I prezenty kupić...

– Prezenty? – zdziwiła się. – Z jakiej to okazji, panie Marku?

No tak. Znowu dysonans. Prezenty pod choinką to wynalazek sięgający może czasów przedwojennych, a i to zapożyczony od protestantów. W czasach Heli Święty Mikołaj przychodził szóstego grudnia. A w tej epoce? Zjedliśmy na śniadanie po pajdzie chleba z serem, a potem ubraliśmy się i powędrowaliśmy na miasto.

W nocy poprószył śnieg. Nikt nie pomyślał, by go uprzątnąć. Było zimno jak diabli. Wiatr dął od strony lądu.

Wyszliśmy na nabrzeże. Motławę ściął lód. Na południe od nas znajdowała się stocznia. Trzeba będzie kiedyś popatrzeć, jak robią statki. Tym razem udaliśmy się jednak na północ – w stronę głównego miasta. Minęliśmy niewielką bramę. Drewniany most prowadził na Wyspę Spichrzów.

– To chyba ta ulica, co do rzeźni idzie – powiedziała Hela, kontemplując zamarznięte krowie placki znaczące glebę.

– Tak mi się wydaje.

Mijali nas tragarze. Na okrętach stojących na kanale uwijali się marynarze. Poprawiali takielunek, zdejmowali liny, odbijali lód z burt. Tu i ówdzie nad kominami okrętowych kuchni unosiły się dymy. Grzali się, może robili sobie coś do zjedzenia...

Dotarliśmy do Bramy Kogi. Daleko przed nami widziałem znajomą sylwetkę gdańskiego Żurawia. Wyszliśmy na Długi Targ. Przypomniałem sobie, jak to miejsce wyglądało latem w moich czasach. Kramiki, badziewie dla turystów, wszędzie jarmarczne kolorki chińskich wyrobów, równy bruk i żadnych rynsztoków nakrytych kładkami z desek...

Okazało się, że mieliśmy szczęście. Tego dnia odbywał się jarmark. Znaleźliśmy kram kotlarza, kupiliśmy miskę, czajnik, dwa garnki. Hela wypatrzyła łapcie z łyka do chodzenia po domu, a przy okazji dostała też worek, do którego pakowaliśmy jak leci kolejne zakupy.

Patrzyłem na nią uważnie. Czuła się na targu niczym ryba w wodzie. Rozmawiała z przekupkami. Słysząc ceny, teatralnym gestem łapała się za głowę, targowała. Wyobraziłem sobie, jak odwiedzała jarmarki w wioskach leżących opodal swojego majątku.

Pędzli nie mieli. Nie było też białej farby. Nie miałem pojęcia, gdzie mógłbym ją kupić... Załatwiwszy problem braków w sprzęcie AGD, przeszliśmy bliżej bramy, gdzie handlowano żywnością. Hela kupiła dwa półgęski, czyli wędzone połówki ptaków, solidny woreczek kaszy, mąkę, sól, susz owocowy, orzechy. Wkrótce byłem obładowany jak wielbłąd. A ona dopiero się rozkręcała. Odwiedziliśmy kram kowalski. Nowe zawiasy, skobel, zamiast zamka dziwaczna kłódka otwierana kluczem, który posiadał gwint.

Skrzynie też mieli, zakupiła dwie, do tego balię, cebrzyk oraz stół i zamówiła dostawę na popołudnie. Wreszcie w sklepie bławatnym nabyła trzy postawy płótna, dywanik. Dali nam też kawał sznura. Związałem worek, drugi koniec przymotałem do rogu i przerzuciłem tak zaimprowizowany plecak przez ramię.

Można było wracać. Obejrzałem sobie dentystę pracującego na wolnym powietrzu. Siedział na stołeczku, obok na słomiance miał rozłożone kleszcze i szczypce. Klienci podchodzili, rozdziawiali paszcze, a on rwał im zęby wśród wrzasków bólu oraz radosnego rechotu gawiedzi.

Skręciliśmy, wychodząc na zaułek zamieszkany przez wesołe panienki. Odruchowo przyspieszyliśmy kroku. Parę dziewcząt otwarło okienka i na różne sposoby usiłowało przykuć moją uwagę. Zdarzały się i ładne, i brzydkie, o buziach gładkich lub pokrytych niepokojącą wysypką. Syfilis musiał zbierać tu śmiertelne żniwo. Większość była chyba w wieku moich uczennic, ale widziałem też starsze, a i kilka, które zainteresować mogły wyłącznie zdeklarowanych pedofilów. Ignorowałem je, lecz jednocześnie poczułem smutek. W ich wulgarnych gestach i wesołych z pozoru okrzykach dostrzegałem rozpaczliwą determinację.

– Oburzające – powiedziała Hela. – Ladacznice z Lublina miały więcej przyzwoitości.

– Zima. Brak marynarzy. Martwy sezon... Każdy mężczyzna, którego uda się usidlić, to dla nich kilka dni jedzenia ciepłej strawy – odparłem. – Poza tym nie nam osądzać. Różne przyczyny doprowadziły je do tego stanu.

– Możliwe. – Skrzywiła się.

Westchnąłem. Zdążyła już zapomnieć, że jeszcze niedawno i ją mógł spotkać podobny los.

Minęliśmy furtę i znaleźliśmy się w naszej dzielnicy. Przechodziliśmy obok karczmy.

– Może zajdziemy? – zaproponowała Hela.

– Myślisz, że mogą już coś wiedzieć? – zdziwiłem się. – Za wcześnie chyba...

– Przypomnimy się.

Pchnąłem skrzypiące drzwi. Karczmarz na nasz widok złożył głęboki ukłon i uśmiechnął się.

– Czy przysłano dla nas jakieś listy lub nowe dyspozycje? – zapytała Hela.

– Wybacz, waćpanna, na drugi dzień listu oczekiwać? – Pokręcił głową. – Ale pamiętam. Jeśli tylko będę coś wiedział, puszczę posłańca. Sprawę mam jeszcze.

– Mówcie, panie.

– Dama pani kondycji potrzebuje nie tylko opieki – skłonił się przede mną – ale też i kogoś, kto w pracach domowych wyręczy. Tak się złożyło, że sierotka miejsca szuka...

Gestem przywołał z zaplecza drobną blondyneczkę.

– Czysta, zdrowa, robotna, uczciwa – zachwalał niczym handlarz na targu niewolników. – Posłuszna, katoliczka jak wy, pani, a i je niewiele... Sobie bym zostawił do pomocy w kuchni, ale ludzi mam nadto. Greta jej na imię. Niemka, lecz po polsku mówi jak każdy tu, w Gdańsku.

– Ile to dziecko ma lat? – Wytrzeszczyłem oczy.

– No, ze dwanaście skończone. Do pracy w sam raz. A i kosztować was przecież nie będzie, tyle co wyżywić, ubrać trochę, jak pannie Helenie coś zbywać będzie, i kąt do spania dać.

– Same zalety – mruknąłem.

– Warto – zapewnił.

Otaksowałem dziewczynkę wzrokiem. Była drobna, ciemnooka, jej warkocz miał barwę zleżałej słomy. Nawet ładna, tylko jakby zahukana i wystraszona. Do pracy? Drewna nie narąbie, wody nosić nie pozwolę, za to zamiecie, obiad ugotuje, pozmywa. Poczułem złość. To wszystko przecież może robić Hela, mogę robić ja...

– Szyć umiesz? – zapytała moja towarzyszka.

– Tak, pani.

– Bierzemy? – Spojrzała na mnie dziwnie roziskrzonym wzrokiem, z trudem maskując podniecenie.

Przypomniałem sobie jej rojenia na temat własnej służby. Dziewczę z dworu, psiamać. Przywykła? Kto wie. Błękitna krew, nie to co ja. Kandydatka na służącą stała ze spuszczonym wzrokiem. Drżała leciutko. Czułem, że jej zależy. Bardzo zależy. Święta, czas spełniania życzeń...

Miałem ochotę zaprotestować, ale przypomniałem sobie widok sprzed zaledwie kilkunastu minut. Praca u nas to dla niej szansa. Bo jedną z alternatyw może być szukanie zajęcia na „wesołej uliczce"...

– Jeśli uważasz, że się przyda – bąknąłem.

– Myślę, że jest nam nieodzowna.

Wyzysk nieletniej, ucieszył się mój diabeł. Jak w dziewiętnastowiecznej fabryce. I nikt się nie przyczepi, bo w tej epoce nie ma jeszcze odpowiednich przepisów. Szkoda, że bez molestowania seksualnego, za młoda. Za to przynajmniej nie wytłucze rodowej porcelany ani nie wyniesie sreber, bo co tu od was wynosić...

– Do ciebie należy decyzja – mruknąłem do Heli.

– Bierzemy. – Uśmiechnęła się do oberżysty i wręczyła mu srebrnego grosza.

– To dobrze, bo na zmarnowanie szkoda by Grety było. – Moneta zabłysła i znikła w spracowanej dłoni.

Zupełnie jakby kupowała sobie niewolnicę na targu, przemknęło mi przez głowę. Dziewczynka będzie pracować właściwie za darmo. Jak niewolnica. Teoretycznie mogłaby rzucić służbę u nas, ale żeby odejść, trzeba mieć dokąd.

Jednak nie rozumiałem, dlaczego dała te pieniądze. Zwyczaj taki? A może prowizja dla pośrednika?

– Dziękuję, panie. – Greta ukłoniła się głęboko.

– Nie ma za co – westchnąłem.

W głębi duszy czułem niesmak i obrzydzenie do samego siebie. To nie był mój pomysł. To nie ja ją kupiłem. Przypomniałem sobie torturowanie Chińczyka. O nie, ja nie popełniam łajdactw, ja tylko wyrażam na nie zgodę...

Dziewczynka znikła na chwilę na zapleczu. Wróciła ubrana w przykusy, znoszony płaszczyk. Worek z jakimś dobytkiem zarzuciła na plecy, a w ręku niosła sporą klatkę z wiklinowych prętów.

– A cóż to jest takiego? – zdumiałem się.

– Wiewiórka uczona – bąknęło dziewczątko, spuszczając wzrok. – Wieczory nam umili, a je ledwo co.

– Pcheł nie ma? – zainteresowała się Hela.

– Ależ nie.

Za to pewnie sama dziewczynka zawszona, podśmiewał się mój diabeł stróż.

Wyszliśmy z karczmy. Dałem Grecie do poniesienia jeden postaw płótna, sam dźwigałem resztę sprawunków. Szła lekko, każdy ruch był przejawem radości. Cieszyła się, że wzięliśmy ją na służbę? A co by się stało, gdybyśmy podjęli inną decyzję? Nie wiedziałem i może lepiej było nie wiedzieć. Może rzeczywiście ktoś by ją sprzedał? Może musiałaby przyłączyć się do gildii żebraków? Albo iść do burdelu?

Dziwny świat, rozmyślałem. Tak blisko na dno. Tak blisko do piachu. Czy mogłem jednak z czystym sumieniem twierdzić, że moje czasy były dużo lepsze? Ci ludzie raz wdeptani w błoto wstawali. Ludzie z mojej epoki szukali błota, by się w nim z lubością tarzać...

Wróciliśmy na kwaterę. Złożyłem worek z zakupami na łóżko. Helena zatarła ręce i zaczęła dyrygować.

– Węzełek i ubranie możesz powiesić tutaj. – Wskazała dziewczynie kołek sterczący ze ściany. – Klatka zmieści się obok, trzeba ją tylko na zydlu postawić. Spać będziesz oczywiście ze mną.

Omiotły pajęczyny spod powały, potem zwilżonym gałgankiem przetarły ściany i długo szorowały podłogę, używając popiołu oraz piasku, który przyniosła Greta. Dziewczynka momentalnie podchwyciła rytm pracy i kolejność zadań, rozumiały się niemal bez słów.

– Jak mogę wam pomóc? – zapytałem.

– Później – ucięła Hela. – Albo może proszę sienniki wytrzepać? Mróz taki, niech się słoma przewietrzy.

Poszedłem na podwórze i przerzuciwszy materace przez murek, wyłoiłem je solidnie kawałkiem kija. Potem Hela rozwinęła płótno, kazała mi przybić jeden koniec do belki stropowej, a drugi do desek podłogi. Pożyczyłem od gospodyni młotek. Po rozwieszeniu tkanin wygrodziły sobie własny pokoik. Gdy na podłodze pojawił się dywanik, zrobiło się nawet przytulnie. Ustawiłem miskę na zydlu, nad nią powiesiłem czajnik. Obok znalazło się miejsce na balię.

Potem zainstalowałem w drzwiach solidniejszy skobel i wymieniłem zawiasy. Gwoździe nowych solidnie zagiąłem i zaklepałem od środka. Przynajmniej nikt nie otworzy jednym kopniakiem. Przyniesiono nasze skrzynie oraz resztę zakupów.

Z trzeciej beli tym razem trochę delikatniejszego materiału Hela wycięła prześcieradła, a potem razem z Gretą usiadły, by uszyć poszewki na poduszki.

Poczułem się jak w domu. Gdy kończyły, było już prawie ciemno. Sądziłem, że odpoczną, jednak okazało się, że po zmroku zabrały się do szykowania jedzenia na jutro. Wstyd się przyznać, ale zasnąłem, nie poczekawszy nawet, aż skończą.

❧ Wigilia... Dzień wolny od pracy. Gdyby nie katastrofa, która unicestwiła planetę, poleżałbym martwym bykiem do dziewiątej, a następnie sprzątnął, zapakował ostatnie prezenty i pojechał pod Otwock do rodziny. Potem czekałyby mnie dwa dni obżarstwa, odpoczynek, a od Nowego Roku znowu szkolny kierat. A tak za kilka dni zacznie się rok Pański tysiąc pięćset sześćdziesiąty. Sprzątać nie muszę, mam od tego służbę. Prezentów pakować nie będę, bo panują tu inne zwyczaje, zresztą gdybym nawet coś kupił, to i tak nie mam papieru pakowego... A jedyny członek rodziny, czyli adoptowana córka, śpi trzy metry ode mnie.

Zwlokłem się z łóżka i otworzywszy piec, wsunąłem w resztki żaru polano. Po wczorajszych zabiegach pogłowie pluskiew spadło niemal do zera. Wykończyłem kilka ostatnich sztuk. Zasłałem łóżko. Od okna prawie już nie wiało. Coś mi się kojarzyło, że Greta uszczelniła je wczoraj pakułami natartymi woskiem.

Zajrzałem za przepierzenie. Dziewczyny spały jak zabite w łóżku Heli. Wziąłem sobie pałeczkę ołowiu i usiadłem koło skrzyni. Naszkicowałem na jej wieku ornament z kwiatów, a potem ostrym kozikiem zacząłem dłubać. Musiałem jakoś zabić czas...

Mamy trochę pieniędzy, lecz przed nami długa zima, rozważałem. Przydałoby się poszukać jakiejś roboty. Coś, do czego nie przyczepią się ani cechy, ani władze. Coś, co nie wymaga kapitału początkowego, bo nie posiadamy takowego... Usiadłem przy stoliku, rozłożyłem pistolet i wyczyściłem. Przeliczyłem amunicję. Zostało osiem nabojów. Miałem też w kieszeni dziewięć łusek zabranych z pokładu „Jaskółki". Jeśli zdołam wyprodukować spłonki, może uda się ich ponownie użyć.

Dziewczyny obudziły się. Poszedłem na dół do gospodyni i przyniosłem trzy konwie ciepłej wody. Hela wygrzebała z worka mydło, a następnie znikła za parawanem. Słyszałem, jak pluszcze się w balii, jak rozkazuje służącej, by wyszorowała jej plecy. Potem z tej samej wody skorzystała Greta. Wyciągnąłem z mojego tobołka feralny kociołek. Zajrzałem do środka, lecz, niestety, nic się nie zmieniło. Nadal widziałem na dnie garść pyłu i tkwiące w nim kryształy... Łasica rozsypała się na proszek. Czy zatem będzie trzeba umrzeć? Może tylko blefowała, mówiąc o tych ładunkach w głowach? A jeśli nie? Został nam ponad miesiąc... Porozkładałem rzeczy w skrzyni, starając się stworzyć choć pozory jakiegoś ładu.

Hela wyślizgnęła się zza kotary odziana w giezło. Siadła na zydlu, a Greta w czystej lnianej sukience, zaróżowiona od ciepłej kąpieli, zaczęła rozczesywać jej włosy. Zlałem wodę do cebrzyka i wyniosłem, aby opróżnić go do rynsztoka. Wyjąłem z worka różaniec. Naszła mnie dziwna ochota, by pomodlić się na dobry początek dnia.

❦ Zasiedliśmy do wieczerzy o zmroku. Kluski z makiem, smażona ryba, chleb... Nowy obrus, nowiutkie talerze i miski z kamionki, cynowe łyżki. Luksus na miarę tej parszywej epoki. Hela miała na sobie brązową sukienkę, wydawało mi się, że to przerobiona suknia, w której kiedyś widziałem Agatę. Potem dziewczyny zaśpiewały kilka kolęd, które słyszałem pierwszy raz w życiu, i wreszcie przyszła pora iść na pasterkę. Wstawiłem świeczkę do latarki i poszliśmy. Kościół wybraliśmy najbliższy, Piotra i Pawła. Hela chciała do katedry, lecz pouczyłem ją, że błąkanie się nocą w ciemnościach po zamarzniętych rynsztokach nie jest dobrym pomysłem. Poza tym przypuszczałem, że furta prowadząca do głównego miasta jest nocami zamykana. No i co najważniejsze, wolałem omijać wesołą uliczkę o tej porze. Msza... Powtarzałem łacińskie sentencje... Z mojej pamięci wynurzały się obrazy. Ksiądz Jon odprawiający nabożeństwo w podziemnej grocie, kościół w Bergen... A potem nadszedł czas kazania.

– Dziś wieczerzę uroczystą spożyliście, tedy myśli wasze, jak mniemam, nadal wokół obżarstwa krążą, zatem byście naukę dzisiejszą lepiej zapamiętali, i ja o pożywieniu mówił będę. Owoż obraz takowy z Księstw Niemieckich mi nadesłano. – Ksiądz wydobył z wnętrza ambony spore malowidło wykonane na deskach. – Patrzcie, ludzie, czym luterańska herezja grozi.

Spojrzałem na obraz. Przedstawiał pole zboża i dwóch mężczyzn maszerujących z kosami na ramieniu. Nie widziałem w nim nic zdrożnego, nic, co mogłoby spowodować wzburzenie duchownego. Nieźle nawet namalowane, choć Breughel to to nie był...

– Jak widzicie, przeklęte lutry obyczaj taki wprowadzić próbują, by zboże, miast sierpem rżnąć, kosą potraktować.

Nadal nie rozumiałem, o co chodzi.

– Pamiętajcie, dobrzy ludzie, ojców naszych naukę. To sierp do ścinania kłosów przeznaczony. Sierp, narzędzie święte i czcigodne. Gdy sierpem tniesz, z szacunkiem odłożyć zżętc na ziemię możesz, podczas gdy kosa jęczmień powali i na ziemię siłą swą rzuca. A kto chleba nie szanuje...

Załapałem. Zboże jest dla nich prawie tym samym, co chleb. Ciekawe, co księżulo zrobiłby, widząc snopowiązałkę.

Tymczasem kazanie wcale się nie skończyło.

– Oto, bracia, grzech jeszcze jeden, z zachodnich krain, gdzie heretyki siedzą, ku nam przyciągnął! – zagrzmiał duchowny. – Zwą świństwo to *die Gabel*! Zważcie ludzie, *die Gabel*!!! – Zademonstrował złowróżbny przedmiot.

Widelec jak widelec. No, odrobinę inny niż nasze, zamiast czterech zębów miał trzy. Były też o wiele dłuższe.

– Spójrzcie na owo narzędzie grzechu i rozpusty! – Ksiądz jeszcze bardziej obniżył głos, a jego oczy miotały gromy. – Słudzy Lutra to na pohybel rodowi ludzkiemu wymyślili, baczcie tedy, by do dłoni tego nie brać nawet! – Teraz dopiero zauważyłem, że trzyma rączkę przez szmatkę. Nadal nie mogłem pojąć, co go tak zbulwersowało.

– Księże miły – odezwał się jeden z zakonników – raczcie, proszę, zastosowanie tego artefaktum przybliżyć, bo widno ludzie nie wyrozumieli, do czego służy.

– Tym szpikulcem ludzie w krajach ościennych pożywienie przy stole bodą! – Proboszcz poczerwieniał z oburzenia. – Wyrozumcie sami i zapamiętajcie: nie godzi się podobizną *die Teufelsgabel*, diabelskich wideł, nieść do ust darów Bożych!

Omal nie udusiłem się, tłumiąc śmiech i udając, że to tylko kaszel mnie chwycił. Nigdy dotąd nie przypuszczałem, że msza święta może dostarczyć człowiekowi tyle pozareligijnej radości.

Ludzie wychodzili z kościoła. Jedni od drugich odpalali świece i umieszczali w latarenkach. Biedniejsi mieli pochodnie i łuczywa. Kilka osób mościło się w sankach. Dwa osiłki transportowały zażywną matronę w lektyce. Wracaliśmy we trójkę, trzęsąc się z zimna. Tłum rozdzielał się, kolejne latarki znikały w bramach i zaułkach. W oknach tu i ówdzie widać było światło, jednak za słabe, by oświetlić ulicę.

Wreszcie zostaliśmy prawie sami, tylko przed nami szła grupka wyrobników zajmujących poddasze nad naszym mieszkaniem. Na czterech mieli jedno łuczywo.

– Daj im – poleciła Hela Grecie, wyjmując z koszyczka grubą woskową świecę.

Podziękowali z ukłonami.

Nowy Rok minął niepostrzeżenie. Przyzwyczaiłem się jakoś do nowego mieszkania, przywykłem do obecności służącej. Dziewczyny szybko znalazły sobie zajęcie, Hela wytrzasnęła skądś kolorowe nitki i igły, więc siedziały całymi dniami, haftując z zapałem. Ja poświęciłem wiele godzin na spisanie relacji o męczeńskiej śmierci księdza Jona. Cyzelowałem szczegóły, starając się możliwie wiernie oddać przebieg wypadków, jak i wygląd wiochy Horg. Wykonałem też przekład na łacinę i norweski. Zastanawiałem się, co z tym dziełem zrobić. Nie miałem żadnego kontaktu z nikim, kto należałby do Bractwa Świętego Olafa. Nie wiedziałem, w którym seminarium uczył się ten nieszczęśnik, o ile mieli tu seminaria, ani jaki biskup wysłał go na misję.

Hela źle sypiała. Greta budziła ją czasem po kilka razy w nocy, by wyrwać z koszmarów. Martwiło mnie to. Dopiero trzeciego stycznia, gdy służąca udała się na wieczorną mszę, znaleźliśmy chwilę na poufną rozmowę.

– Co cię tak dręczy? – zapytałem. – Nie możesz spać...

– Jesteśmy inni – powiedziała zamyślona. – Inni niż zwykli ludzie.

– Co masz na myśli?

– Jest w nas coś, co dostrzegł lub zmierzył Skrat, co zauważyli też Sadko i Borys.

– Co takiego? – Uniosłem głowę.

– Zło. Niepohamowanie, wścieklizna duszy. Odebraliśmy wychowanie, które zrobiło z nas porządnych ludzi. Ale gdzieś tam w głębi jest mrok.

Teraz kupi sobie tenisówki w trupie czaszki i powie, że jest emo, ucieszył się diabeł.

– Widziałam pańską twarz wtedy, gdy pan strzelał.

– I jak wyglądałem? Rozumiem, nienawiść, żądza mordu... Ale naprawdę się wściekłem i przestraszyłem.

– Nie, panie Marku. Pan to zrobił z zupełnie obojętną miną. Ot tak.

– Warunki... sytuacja, w jakiej się znaleźliśmy, obudziła w nas wolę walki – tłumaczyłem spokojnie. – Instynkt. Chęć przetrwania. Na brzegu czekali na nas wrogowie, więc zabiłem ich z zimną krwią, nawet nie myśląc o tym, że dzięki technice mogę strzelać im w nogi. Ale z drugiej strony ci mordercy dostali dokładnie to, co im się należało.

– Tak. – Kiwnęła głową. – Ja byłam gorsza nawet, bo i zabijając Rosjan, a potem kata, jego czeladnika i córkę, pokpiwałam sobie... Może ma pan rację, dostali to, na co zasłużyli, ale przecież odbieranie życia powinno odbywać się godnie. W dumnym milczeniu. Bez pastwienia się. Bez odbierania ofierze honoru, czasem nawet z okazaniem przeciwnikowi szacunku.

Przypomniałem sobie torturowanie Chińczyka i zagryzłem wargi. Zrobiliśmy to wszystko, o czym mówiła. Pastwiliśmy się. Poniżyliśmy przeciwnika. Miałem żal do samego siebie.

– To było jak szkolne zadanie przekazane przez nauczyciela do wykonania na stancji. Wstałam, sprawdziłam, że kolano już mnie słucha, wzięłam obuszek i poszłam zabić obmierzłego wieprza. I nawet nie mogę tego zarzucić wpływowi Estery, ona wtedy milczała... – Hela miała łzy w oczach.

– Nie możemy też zwalić winy na łasicę – mruknąłem.

Przypomniałem sobie tamten dzień w krzakach za Biblioteką Narodową. Strzelam. Widzę trzech opryćhów w dresikach i ładuję do nich z pistoletu, bez wahania, jak na strzelnicy.

A może po prostu tak trzeba? Walić łajdaka między oczy, splunąć na trupa i iść dalej? Może każdy tak ma? Może to tylko brak konieczności lub okazji zrobił z ludzi moich czasów pacyfistów? A może lęk przed odpowiedzialnością karną? Bo religię przecież ludzie olewali i to całe „nie zabijaj" wynikało raczej ze zwyczaju niż ze świadomego przyjęcia prawa danego jeszcze Mojżeszowi... Dziadek. Pamiętałem jego grzebień. Dziwny, szklany, wypiłowany ręcznie w czasie wojny z szyby ze-strzelonego samolotu. Część zębów była wyłamana. Za-pytałem o to. Pamiętałem, co mi odpowiedział: „Każdy ząb to jeden zabity nazista". Nigdy ich nie policzyłem. Ale brakowało chyba jednej trzeciej.

– Nie wiem, co o tym myśleć – westchnąłem.

– A ja się boję jeszcze czegoś – szepnęła.

Spojrzałem na nią pytająco.

– Rozwiązłość. Estera jest rozwiązła...

Pod archaicznym słowem kryła się treść budząca mój niepokój.

– Nic ci z mojej strony nie grozi – zapewniłem.

Sadko i Borys może byli prostymi ludźmi, choć pew-nie w tej właśnie prostocie kryła się i mądrość, i dogłęb-na znajomość ludzkiej duszy. Może nie tylko wyczuli we mnie głębokie pierwotne zło, związane z umiejętnością zabijania, ale przejrzeli i inne ciemne strony mojej natu-ry. Widzieli to wszystko, co zepchnąłem w podświado-mość, na co dzień tłumione wychowaniem i zasadami moralnymi. Cały ten wewnętrzny cynizm, skazę wro-dzoną charakteru, zepsucie, nad którym tak bardzo sta-rałem się zapanować.

Długa zima... Ufna, wesoła, ładna dziewczyna, a przy tym całkowicie ode mnie zależna. Adoptowałem Helę i to stworzyło w moim umyśle barierę. Ich obawy okaza-ły się słuszne. Jak daleko mógłbym się posunąć? Podej-rzewam, że gdyby nie ta przysięga, uwiódłbym ją z nu-dów lub dla zabawy.

– Siebie też się boję – bąknęła. – Estera skalała mnie... Zatruły mnie jej brudne myśli. Poczułam inaczej... Jakby się coś we mnie budziło. Zmysły wydają się czasem napięte niczym struny.

– Po prostu dojrzewasz – zbagatelizowałem. – Dziewczęta w pewnym wieku zaczynają więcej myśleć o pewnych sprawach. A i ciało inaczej reaguje nawet na dotyk tkaniny.

– Możliwe, ale... sny.

– Coś ci się śni złego?

– To jej sny. Jest z mężczyzną... – Zaczerwieniła się. – I czuję nie ból, lecz rozkosz. Nie chcę o tym śnić... – Spojrzała na mnie bezradnie.

Wzięła różaniec i uklękła w kąciku. Patrzyłem na profil, rysy w blasku świecy wydawały się ostrzejsze. Pozazdrościłem jej wiary. Umiejętności ucieczki w modlitwę. Tego bezrefleksyjnego zawierzenia Bogu. Wyznawaliśmy tę samą religię, a przecież... To, co w mojej epoce było dewocją, skrajnym zmoherzeniem, dla niej było normalne.

Bo Hela jest naturalna i aseksualna, zaśpiewał mój diabeł na melodię jakiejś szanty.

Cholera. Gdyby tu był Staszek... Wzięliby ślub i może wszystko wróciłoby do normy. A jeśli nie? Po tym, co przeszła, może już nigdy nie będzie normalna? Nie wiedziałem, co robić. Kompletnie nie wiedziałem, co robić.

❧ Dni wlokły się podobne do siebie. Praca w namiotach była monotonna jak diabli i męcząca. Staszek z niepokojem obserwował, że chudnie. Proces nie przebiegał szybko, ale dawał się zauważyć. Chłopak stopniowo nabierał wprawy, za to opadał z sił. Przestał myśleć o ucieczce. Na ile mógł się zorientować, system obronny był szczelny. Wilki włóczące się stadami wokół twierdzy uniemożliwiały jakąkolwiek ucieczkę. Staszek próbował zorientować się, czemu służą te wszystkie działania. Króliki rozmnażano, regularnie pojawiały się nowe mioty. Dorosłe zwierzęta znikały nocami. Co z nimi robiono? Przecież nie hodowano ich chyba na karmę dla wilków? Któregoś kolejnego dnia nastąpiło wydarzenie choć trochę pozwalające uchylić rąbka tajemnicy.

Po śniadaniu strażnik zagonił Lapończyków do pracy w szklarniach, a Staszka powiódł do głównego budynku posiadłości. Przeszli przez stalowe drzwi, kilka schodków prowadziło w dół. Na następnych drzwiach widać było chiński ideogram.

Nowe miejsce pracy znajdowało się w wysoko sklepionej piwnicy. Stalowe regały, na półkach setki kolb. W powietrzu wisiała silna woń jakby pieczarek. Cuchnęło też odczynnikami chemicznymi.

Niezły kontrast, pomyślał chłopak, kontemplując chropawy, liszajowaty kamienny mur i stojące na jego tle regały zastawione lśniącymi czystością kolbami. Ceglaną podłogę zmyto lizolem albo podobnym świństwem.

Staszek patrzył zdumiony. Hodowla bakterii? I nagle zrozumiał. Nie bakterii. Grzybów! Z następnego pomieszczenia przyszedł Chińczyk w kitlu. Chłopak poznał lekarza, który był obecny przy jego wskrzeszaniu, a potem wstrzyknął mu narkotyk.

– Tu jest czujnik – wyjaśnił, podając niewielki elektroniczny przyrząd. – Zanurzasz w roztworze. Jeśli zapali się zielona dioda, przekładasz kolby na wózek. Po każdym odczycie przecierasz czujnik bibułą. Może jeszcze załóż to. – Podał mu maskę ochronną. – Tylko nie lenić się! Tempo!

Staszek ruszył do pracy. Chińczyk zniknął w sąsiednim pomieszczeniu, ale co jakiś czas pojawiał się, by kląć i wywrzaskiwać groźby. Więzień zdejmował nakrywki z pięciu kolb po kolei i sprawdzał jedną po drugiej. Większość roztworów nie była jeszcze gotowa.

Czuł podniecenie. Szalone, upajające, oszałamiające podniecenie. Aż mu się ręce trzęsły.

To z pewnością to, czego szukałem w Nidaros, *Penicillium notatum*! – myśli wręcz galopowały mu w głowie. Oni hodują pleśni wytwarzające penicylinę albo podobny antybiotyk!

Chińskie znaczki namalowane markerem na kolbach nic mu nie mówiły. Scalak tym razem milczał jak grób. Daty? Numery partii? Niektóre się powtarzały, inne nie. Nie był w stanie ich rozgryźć. Potrzebował jakiegoś klucza.

Gdyby tak udało się uciec z odrobiną tych pleśni... – rozmarzył się. A jeszcze lepiej, gdybym zdołał podejrzeć, co robi ten doktorek w sąsiednim pomieszczeniu. Bo pewnie tam jest aparatura.

Okazja trafiła się niemal jak na zawołanie. Chińczyk wparował do lochu. Na widok prawie pełnego wózka złość trochę mu przeszła.

– Za mną! – polecił.

Staszek posłusznie przetoczył kółka przez próg. Przez następną godzinę mył starannie szkło i wstawiał do sterylizatora. Tymczasem Chińczyk robił coś z cieczą pod osłoną sporych rozmiarów chłodzonego dygestorium.

Jak to podpatrzyć? – zastanawiał się gorączkowo Staszek. Oziębia to jakoś? Po co?

Po plecach wiało mu chłodem, szumiał wentylator. Co jakiś czas coś syczało.

– Skończyłem! – zameldował, odwracając się w stronę prześladowcy.

Nad ramieniem wroga spostrzegł jeden element, który chyba był wirówką. Obok stały słoiczki perłowej barwy pyłu. A więc już gotowe? A może to poprzednia partia? Ale jak po kolei przebiegał proces? Tego, niestety, nie udało się podejrzeć.

– Kontroluj kolejny regał – rzucił polecenie doktor. – Nie obijaj się, bo marnie skończysz.

Staszek wrócił do lochu. Sprawdzał automatycznymi ruchami kolejne dziesiątki kolb. Dziesięć znaczków powtarzało się najczęściej. Czyżby cyfry?

Muszę zabrać próbkę pleśni, rozmyślał. I jakoś przemycić na zewnątrz... I samemu uciec. Gdyby tak zdobyć probówkę z gumowym albo szklanym koreczkiem... Ważne, żeby zdobyć kulturę grzybów. Resztę jakoś uda się przeskoczyć.

🌿 Marius Kowalik słuchał raportu Sadki i Borysa z coraz poważniejszą miną.

– Masz babo kaftan – jęknął wreszcie.

– Są przerażająco blisko – rzekł Peter, przerywając nerwowe dreptanie po pokoju.

– Z Gdańska tu, do Visby, nie przedostaną się tak łatwo – uspokoił go olbrzym. – Kra już się wiąże.

– Z drugiej strony, jeśli łasica w garnku utknęła... Bez jej wsparcia to tylko zwykli ludzie. Mogą być dobrzy lub źli, ale nie posiadają aż takiej siły destrukcji, by zagrozić Hanzie i jej sprawom... – kapitan rozmyślał na głos.

– Są mądrzy tą ogromną wiedzą, którą daje przyszłość – zaoponował doradca. – Nie możemy tego zlekceważyć. Potrafią zrobić rzeczy przerażające.

Pokręcił korbą maszyny elektrostatycznej. Po chwili między biegunami strzeliła iskra wyładowania. Wszyscy obecni wzdrygnęli się.

– To kopia urządzenia, które Alchemik Sebastian zbudował w Nidaros – zidentyfikował Sadko. – Czy znaleźliście już, panie, praktyczne zastosowanie tego aparatu?

– Niestety. – Marius pokręcił głową. – Wystawienie się na taką iskrę jest wprawdzie ogromnie nieprzyjemne, ale wierzę, że potrzebował jej do czegoś ważniejszego niż torturowanie bliźnich.

– Torturowanie? – zaciekawił się Borys.

Peter Hansavritson zmarszczył brwi. Popatrzył na przybyszów z Nowogrodu. Zdjął z półki odpis „Księgi Łasicy" i przekartkował machinalnie.

– Przyjaciele – powiedział wreszcie – wedle waszych słów Markus zdobył kryształ pochodzący z głowy Alchemika, czyli mydlarza Iva... Czy kamień ten zesłał na niego wizje?

– Skarżył się na męczące sny – odparł konus. – Choć nie tak straszne jak te, które dosięgły mnie kilka lat temu. Myślicie, panie, że to wpływ kryształu? Markus był o tym przekonany.

– Tak mi się wydaje. W „Księdze Łasicy" zawarto ostrzeżenie przed kamieniami pochodzącymi z głów jej sług. Krążki zielonego szkła, czy też może kryształu, zsyłają na człowieka wizje, jakoby czasów, które dopiero nadejdą...

– Do czego dążycie, panie? – zapytał olbrzym.

– Wiecie bardzo niewiele o Oku Jelenia – raczej stwierdził, niż zapytał.

– Wiemy tyle, ile musimy, by wypełnić nasze zadanie – uspokoił go Sadko. – Gdy wyznaczono nas na twoich rękodajnych, panie...

– Rękodajnych... – westchnął Hansavritson. – Albo i strażników.

– To bez znaczenia. – Borys wzruszył ramionami. – Wypełniamy twoje rozkazy, panie, w pamięci jednakowoż zachowując fakt, że istnieją także rozkazy ważniejsze. Powiedziano nam, czym jest Oko. Nigdy jednak nie mieliśmy okazji, by je ujrzeć. Nawet mój brat przewoził je w zalutowanym i opieczętowanym pudełeczku.

– Ja widziałem. I zastanawiam się... Oko wyrzeźbiono w krążku zielonego kamienia. Czy przypadkiem także ono nie jest kryształem z głowy jednego ze sług łasicy? Szkoda, że nie możemy ich porównać – powiedział Marius.

– Tak się domyślałem – bąknął Sadko. – Dlatego o tym opowiadam...

Peter znowu zaczął spacerować po pokoju.

– Nie wiecie, jak wygląda procedura, w wyniku której człowiek zostaje wybrany dyktatorem Hanzy – rzekł w zadumie. – Chyba czas, byście poznali niektóre fakty. Pamiętajcie jednak o przysiędze, którąście mi niegdyś złożyli. Przysięgliście na życie wasze i dusz waszych krewnych zbawienie.

– Pamiętamy – odparli razem.

– Wiem tyle, że człowiek musi zachować trzeźwość umysłu i nie przyjmować tych obrazów... – powiedział Marius.

– To prawda. To nie ludzie wybierają. To Oko samo decyduje o wyborze.

Borys spojrzał na niego z zainteresowaniem.

– Hanza wybiera grupę ludzi na tyle pewnych, że można powierzyć im to zadanie. Następnie są sprawdzani. Zaprasza się każdego z nich osobno pod jakimś pozorem na biesiadę i sadza na krześle, w którego oparciu ukryta jest pieczęć. Kandydat dostaje do picia dużo wina. Zazwyczaj gdy ktoś wypije, świat zaczyna mu się chwiać. Jeśli pije dużo i długo, może dostrzec rzeczy, które nie istnieją, skrzaty czy diabliki.

– Oko wzmacnia takie wizje?

– Ten, kto wypije dużo, mając je za plecami na wysokości krzyża, nagle zaczyna widzieć dziwaczne miasta, domy zbudowane z tafli szkła, istoty bez rąk i nóg, krainy, których próżno by szukać w naszym świecie. Demony i potwory... Widzi kolory, które nie istnieją, czuje zapachy, których nie umie rozpoznać. Doznaje uczuć zmysłowych, których nie da się nazwać słowami, bo w języku naszym brak odpowiednich określeń. Przepraszam – powiedział, widząc zbolałą minę drobnego Rosjanina. – Nie chciałem ci o tym przypominać.

– Wszyscy tak mają? – zaciekawił się Marius.

– Prawie. Z rzadka trafia się człowiek, który nie widzi nic. Odporny na czar kamienia. Jak ja. Robi się trzy lub cztery próby. Jeśli istotnie jest odporny, zostaje stopniowo wtajemniczony w szczegóły misji, by po kilku latach swego rodzaju nowicjatu złożyć przysięgę Hanzie. Dlatego mówimy, że to Oko wybiera... A może to złe określenie?

– Rozumiem – rzekł Sadko.

Zamilkli.

– Magia? – zapytał ostrożnie Borys.

– Było poddawane egzorcyzmom.

– Markus ma zatem kamień z głowy Alchemika – Marius wrócił do tematu. – Wydaje mi się, że rozumiem twe intencje, kuzynie. Chcesz, abym wykorzystał moc kamienia i zajrzał w przyszłość, w czasy, gdy żył człowiek, którego duszę zapisano w krążku, aby zdobyć przydatną nam wiedzę. Bym dla przykładu, posługując się tym kamieniem, spróbował rozgryźć, do czego służy krzesząca skry machina.

– Ty powiedziałeś.

– Zatem uczynię to. Wykradnę kryształ i zbadawszy jego właściwości, podrzucę z powrotem Markusowi.

– Musiałbyś znaleźć się szybko po drugiej stronie Bałtyku... Teraz to bardzo trudne. Pora roku, która nas chroni przed nimi, i ich chroni przed nami.

– Mogę wyruszyć choćby jutro, o ile ktoś zdecyduje się wyjść w morze. Bałtyk zamarzać zaczyna. Nasi przy-

jaciele – skłonił się ku Sadce i Borysowi – to wytrawni żeglarze, a przedarli się z trudem.

– Bośmy musieli na gwałt w Gdańsku pożyczyć byle jaką krypę – mruknął olbrzym. – „Srebrna Łania" czy „Jaskółka" z Bremy poradziłyby sobie z taką krą, nawet biegu nie zwalniając.

– Lód jeszcze słaby – poparł olbrzyma Peter. – Lekceważyć go nie można, ale da się jeszcze pokonać. Pojutrze odchodzi królewski okręt kurierski do Rygi. Idąc na pełnych żaglach, powinien strzaskać kry. Zwłaszcza że dziób ma opancerzony, a załoga pływała zimą z Rygi do ujścia Newy, znają zatem lód i wiedzą, jak sobie z nim radzić. Gdy na kurlandzkiej ziemi staniesz, w dni kilka rozstawnymi końmi dotrzesz do Gdańska.

– Jeśli statek utknie w drodze, odczekam niedzielę lub dwie i pójdę po lodzie – uciął Marius.

🦌 Korzystając z oceanów wolnego czasu, zabrałem się do porządkowania całego naszego dobytku. Greta poprzedniego dnia ślicznie wszystko wyprała i wysuszyła, mogłem poskładać ubrania do skrzyni. Moje jeansy mężnie zniosły te miesiące. Koszula... Garść łupów zdobytych na kitajcach, mydło z zapasów nieszczęsnego Iva, inne drobiazgi. Nagle drgnąłem i zacząłem gorączkowo przeglądać wszystkie zakamarki oraz kieszenie.

– Co się stało? – zaniepokoiła się Hela.

– Nie mogę znaleźć scalaka Alchemika! – syknąłem. – Miałem go w skórzanym mieszku... Tobie przecież nie oddałem.

Służącej nie było, poszła po sprawunki. Mogliśmy rozmawiać zupełnie otwarcie.

– Jest pan pewien, panie Marku, że pan tego po prostu nie zgubił? – zapytała.

– Absolutnie.

Milczała przcz dłuższą chwilę.

– Ktoś ukradł, pytanie teraz kto, kiedy i jak.

– Właściwie nie obchodzi mnie kiedy i jak – prychnąłem. – Ważniejsze jest: kto. Musimy to odzyskać...

– Kiedy widział pan krążek po raz ostatni?

– Na pokładzie „Jaskółki". Nie. Zaraz. Na wozie w lesie. Miałem wtedy mieszek w kieszeni spodni. Potem już chyba nie.

– Albo ktoś go wyciągnął, albo i sam wyleciał – zawyrokowała. – Bo Greta okazji raczej nie miała. Łasica pomoże namierzyć scalak, gdy już wyjdzie z garnka. – Spojrzała na feralny kociołek, ciągle stojący pod łóżkiem.

– O ile wyjdzie... Poza tym nie wiem, czy można namierzyć scalak, jeśli nie jest podłączony do ciała. Zwróć uwagę, że nie umiała sama znaleźć Oka Jelenia.

– Oko Jelenia może być innego rodzaju. Należało do człowieka... do istoty, która była wolna. A my tymczasem jesteśmy niewolnikami.

– Sądzisz, że...

– We wszystkich epokach niewolników się znakowało. W Rzymie nosili kajdany, na Rusi zakładano im żelazne obręcze na szyje, Turcy wypalali piętna, by *rab* nie mógł tak łatwo zbicc. Zatem i my jesteśmy jakoś naznaczeni. Mam rację?

– Wydaje mi się to prawdopodobne – przyznałem. – W każdym razie bardzo łatwe do zrobienia. Scalak może na przykład emitować co jakiś czas sygnał radiowy. I wystarczy. Teraz trzeba się zastanowić, co zrobimy, jeśli łasica jednak nie wyjdzie z garnka.

– Sam pan mówił, że ten krążek zsyłał wizje...

– Trudno je nazwać wizjami – westchnąłem. – To raczej tak jak z Esterą... Tylko dużo słabiej.

– Ciekawe, czy to scalak noszony w sakiewce łączył się myślą z tym w pańskiej głowie, czy może działa tak na każdego – rozważała. – W pierwszym przypadku nie daje nam to chyba nic. W drugim, jeśli człowiek, który go weźmie do ręki, zobaczy oczyma duszy kawałek przyszłości...

– Tak jak ty detale z pamięci Estery...

– Wiele rzeczy, których nie rozumiałam. Samochody... Dobrze zapamiętałam nazwę?

– Tak.

– Żarówki, wreszcie ta wojna tak dziwna i tak inna niż moja... Do meritum wracając, człowiek z tej epoki ujrzy wizje, które będą mu całkowicie obce. I przestraszy się. Ba, niewykluczone, iż pomyśli, że jest opętany. Wtedy, jeśli powiąże wizje z faktem noszenia kamienia, będzie chciał się go pozbyć...

Zauważyłem, jak przez twarz przelatują jej nerwowe tiki. Domyślałem się, co to oznacza.

– Helu...

Za późno. Rysy ściągnęły się lekko. Spojrzenie też było inne.

– Nie słuchaj jej. – Drgnąłem, słysząc zmieniony głos. – To miłe dziewczątko, ale dość głupiutkie. Ma oczywiście rację. – Uniosła rękę, jakby chciała gestem podkreślić zastrzeżenie. – Jeśli scalak wizje ześle, miejscowi uznają go za przedmiot magiczny i pewnie niebezpieczny, bo czarną magią przesiąknięty.

Czułem opór przed rozmową z tym wcieleniem, ale przemogłem się.

– Co radzisz? – zapytałem w jidysz.

– Gdy Greta powróci, o ile oczywiście powróci, pięty jej świeczką przypalimy i sprawdzimy, czy ze sprawą tą miała coś wspólnego, choć bardziej podejrzani są ci dwaj ruscy zakapiorzy.

Milczałem przez chwilę. Estera pochodziła z innej epoki. I ona, i Hela żyły w czasach, gdy ludzie mieli służbę i czasem bywali przez nią okradani. Mimo to czułem, że służąca tego nie zrobiła...

Przypal jej, przypal! – podjudzał mnie diabeł. Żaden sąd cię za to nie skaże. Praw dziecka też jeszcze nie wymyślili.

– Nikogo nie będziemy torturować – ofuknąłem Esterę. – Poważnie ją podejrzewasz?

– Nie – przyznała. – To nie ten typ dziewczynki. Jest cwana i sprytna, może z głodu skradłaby kawałek chleba, ale myśl, by swoich państwa oszwabić, nie powstanie nawet w jej głowie.

– Znasz się na tym? Mieliście służbę?

– Oczywiście, wszak ojciec był lekarzem. – Wzruszyła ramionami. – Mieliśmy nawet szabesgojkę.

– Kogo?!

Spojrzała na mnie zaskoczona.

– Ty sobie... – zaczęła i urwała.

Twarz jej zmieniła się, spochmurniała.

– A więc jednak im się udało – wycedziła.

– Co się udało?

– Nazistom. Wytłukli nas do nogi. Żyłeś w epoce, w której nie było już w Polsce Żydów?

– Może ze dwa tysiące zostało – wyjaśniłem.

Zrobiła się blada jak ściana. Wcześniej to było tylko przypuszczenie, teraz potwierdziłem jej najgorsze obawy.

– Dwa tysiące z ponad trzech milionów? – wyszeptała.

– Wojnę przeżyło trochę więcej, ale potem nie mieli ochoty poznawać socjalizmu z bliska i jeśli tylko mogli, to powyjeżdżali. Znałem jednego Żyda, i to zasymilowanego. Nie znam waszych obyczajów. Wiem, że świętowaliście w piątek wieczór i w sobotę, kolacja przy świecach, koszerne jedzenie, jakieś specjalne szabasowe potrawy, zakaz wykonywania pewnych czynności...

– No właśnie – weszła mi w słowo. – Byliśmy Żydami i służącą też mieliśmy Żydówkę. My nie przywiązywaliśmy dużej wagi do religii, do synagogi chodziliśmy tylko w święta, lecz ona była bardzo religijna, nie godziło się zmuszać jej do posług i do łamania szabasu, więc w sobotę mieliśmy na przychodne gojkę, której religia nie zabraniała w piecu nam napalić, posprzątać, wyprać i obiad ugotować.

Omal nie parsknąłem śmiechem... A to spryciarze! Nie na darmo mówi się, że to naród mądry i przebiegły...

– Coś jak w Libanie – mruknąłem.

– Co masz na myśli?

– Żyli tam w miarę zgodnie przedstawiciele trzech religii. Muzułmanie mieli sklepy zamknięte w piątki, Żydzi w soboty, a chrześcijanie w niedziele.

– Pojmuję. – Skinęła głową. – Teraz wróćmy do spraw istotnych. Skoro nie wiemy nawet, kto skradł kamień, jak go odzyskać? Scalak to rzecz niezwykła i może dlatego kogoś skusił? Ci ludzie znają się wszak na klejnotach. Znaleźli kamień, który przejrzysty jest niczym szkło, ale twardy jak szmaragd.

– Pomyślą, że to szmaragd?

– Tak być może. Złodzieje, kimkolwiek są, sprzedać go zechcą złotnikom.

– Czyli muszę obejść złotników i poinformować ich, że jest moją własnością. Jeśli ktoś zechce go spieniężyć...

– Morowy pomysł, boję się jedynie, iż spóźniony trochę. Do tego nie przypuszczam, by złodziej zechciał sprzedawać rzecz taką pod nosem niejako jej prawowitego właściciela. Raczej artefakt ten jest już w drodze do Poznania, Płocka lub Krakowa.

– Myślę, że masz rację. Ale...

– Ale oczywiście nie należy tego zaniedbać – ponownie weszła mi w słowo. – Kto wie? Złodzieje często głupi bywają. U nas trochę ich było. Rewirowy co rusz łapał.

Policji tu nie ma, prywatnych detektywów też chyba jeszcze nie wymyślono. Przypomniała mi się książka „Kacper Ryx", ale na ile była osadzona w realiach? Pojęcia nie miałem.

– Myślę, że trzeba wykorzystać właściwości kamienia. – Drgnąłem, znowu słysząc jidysz. – Zsyła wizje? I świetnie. Rozpuść pogłoskę, że to kamień przeklęty. Magiczny. Że ten, kto go w rękę weźmie, zostanie opętany. Plotka żyć będzie, aż krąg zatoczy. Wcześniej czy później dotrze, gdzie trzeba.

– I przestraszony złodziej kamień roztrzaska. Albo wyrzuci. Bo niby dlaczego miałby ryzykować i podrzucać go mnie?

– Wymyśl opowieść – tym razem mówiła Hela. – Jak w ukraińskiej legendzie o inkluzie.

Przeskok pomiędzy osobowościami był tak nagły, że aż się przestraszyłem.

– O czym?

Spojrzała na mnie. Rysy twarzy już wracały do normy, dziewczyna odzyskiwała naturalną mimikę.

– Panie Marku – odezwała się – nigdy o to nie pytałam, jest mi to obojętne, ale pańskie nazwisko...

– Oberech?

– Przecież to ukraińskie nazwisko. Myślałam, że pan...

– No skąd? Moja rodzina od stu lat mieszka w Otwocku! Pamiętam jeszcze z dzieciństwa naszą dawną willę, postawiona została pod koniec XIX wieku, potem nas wysiedlono, bo budowano ulicę...

– Oberech to ukraińskie słowo oznaczające talizman, amulet, przedmiot magiczny. Myślałam, że może babka opowiadała panu legendy z kresów... – Przechyliła pytająco głowę.

Tak, przypominałem sobie, że babcia opowiadała mi jakieś makabryczne bajki, ale czy były ukraińskie? Hm...

W kilku występowali Kozacy. Zaraz, zaraz. Skąd pochodził pradziadek? Z Wilna, nie z Ukrainy! A drugi? Cholera... Nie pamiętałem. A przecież pradziadków ma się aż czterech. Któryś służył w carskiej armii, nad kominkiem wisiał nawet jego kord oficerski. Mam kozackich przodków? Nie da się wykluczyć! A może moje nazwisko to zniekształcone polskie słowo? Oberek? Ktoś sobie zmienił albo w księgi kościelne źle wpisano... Przecież dawniej bardzo różnie z tym bywało.

– Pomyślę nad tym później – westchnąłem. – A więc co to jest inkluz?

– Moneta – wyjaśniła. – Moneta magiczna, srebrny talar albo rubel. Raz w obieg puszczony zawsze do właściciela powraca, zazwyczaj i inne ze sobą prowadząc. Gdy byłam mała, słyszałam, że nawet w Lublinie przed kasami pancernymi w bankach marmurowe stoły stawiali, bo jedynie marmur powstrzymać ją może, gdy z sejfu ucieka. Inkluz do kamienia się przylepia. No, przybić gwoździem jeszcze da się – dodała z namysłem.

Ścisnąłem głowę dłońmi. Oba wcielenia mojej towarzyszki zasypały mnie jak do tej pory informacjami, z których wynikało bardzo niewiele. Albo z których ja niewiele zrozumiałem...

– Jeszcze raz, wolniej – poleciłem.

– Inkluz to moneta, która zawsze wraca do właściciela. Nie można się jej pozbyć w żaden sposób, chyba że się coś na targu słono przepłaci, wtedy pieniądz moc utracić może. Jeśli taką dostaniesz, pugilares ci w mig wyczyści do ostatniej kopiejki. Jak rozpoznasz, wyrzuć natychmiast...

– Dobrze. Rozumiem. Magiczna moneta opróżniająca innym kieszenie i wracająca niczym bumerang do tego, co ją puści w obieg... I jak ta legenda ma nam pomóc w odzyskaniu scalaka?

– Inkluza nie można wydać, wraca zawsze. Ale płaci się za to wysoką cenę. Gdy człowiek umiera, zanim się inkluza pozbył, w chwili jego śmierci diabeł zabiera duszę do piekła. Tedy pomyślałam, że to sposób. Rozpuścić informację, że krążek jest inkluzem. Że nie tylko dziwne wizje zsyła, ale i duszę naraża. Jeśli plotka się rozejdzie i strach wzbudzi, nikt tego zatrzymać przy sobie nie zechce. A gdy kamień w obieg pójdzie, w ręce złotników wpadnie i jest szansa, by go odzyskać...

– Lepszy taki plan niż żaden.

Idiotyzmy... Z drugiej strony może w tej zabobonnej epoce trzeba działać wedle idiotycznej logiki?

Greta wróciła może pół godziny później. Wezwałem ją do siebie.

– Zapodziałem gdzieś skórzany mieszek, w którym trzymałem okrągły zielony kamień.

– Sprzątając, przyjrzałam się wszystkim szparom w podłodze. – Pokręciła głową. – Wygarnęłam też wszystkie śmieci zza pieca. Nigdzie jednak czegoś takiego nie widziałam. Może ktoś skradł go, zanim pan zamek zmienił?

– Możliwe – westchnąłem. – Ale pomysł mam taki. Znasz zapewne wszystkich złotników w mieście... To znaczy wiesz, gdzie są ich warsztaty. Czy możesz powiedzieć mi, jak ich zwą, a potem roznieść im listy ode mnie?

– Bez trudu, panie. Jednak co napisać chcecie?

Streściłem pokrótce. Zrobiła się zielona na twarzy.

– Panie... – bąknęła.

– No, co ci się nie podoba? – Hela, udając groźną matronę, ujęła się pod boki.

– Ja, panie, takie listy oczywiście roznieść mogę, ale się boję. Gdy przeczytają, iż utraciliście przedmiot magiczny, zaraz zawiadomią biskupa albo, co gorsza, lutrów. W pierwszym przypadku czeka was, panie, sąd kościelny za uprawianie czarnej magii. W drugim bez sądu nawet na stosie was spalić mogą, bo inkwizycja dowodów wymaga, a im wystarczy podejrzenie – mówiła przejęta, z drżeniem w głosie. – A ja z wami na śmierć pójdę albo na bruku zostanę.

Spojrzałem na Helę. Skinęła głową. Dziewczynka miała rację. Trzeba wymyślić coś innego. Greta posprzątała, a potem pobawiła się chwilę z wiewiórką i wypuściła zwierzątko na zewnątrz.

Siedziałem, milcząc ponuro. Greta prała coś w misce. Hela umilała jej robotę, czytając po niemiecku umoralniającą opowieść o świętej Urszuli i jej towarzyszkach.

– Ojcze – spojrzała na mnie, odkładając księgę – siedzicie tak w melancholii...

Drgnąłem. Gdy tytułowała mnie ojcem, czułem się potwornie stary.

– Rozmyślam – wyjaśniłem.

– Idźcie może do szynku, łyknijcie syconego miodu dla rozweselenia? – zasugerowała. – Albo Greta do kupców pobiegnie i antałek wina wam przyniesie?

– Dziękuję za troskę, nie mam ochoty.

– To może do kościoła pójdziemy na wieczorne nabożeństwo?

– Też nie mam jakoś chęci...

– Miłości wam, panie, trzeba – wtrąciła służąca. – Porywu ducha ogarniającego gorączką wszystkie zmysły, płonącego w głowie jak jasny płomień.

Spojrzałem na nią zaciekawiony. Na targu się pieśni nasłuchała? A może w tej epoce dzieci wcześniej dojrzewają?

– Jedyna kobieta, przy której żywiej zabiło moje serce, przebywa zapewne w Bremie. Trochę daleko, by siadać na koń i pędzić w zimową noc.

– A może sztuki kuglarskie winniście, panie, obejrzeć? To serce rozweseli, a i zajmujące bardzo. – Na buzi dziewczyny pojawił się wyraz tęsknoty.

A potem wróciła do prania. Podśpiewywała sobie coś pod nosem po niemiecku.

– Panie Marku – Hela siadła naprzeciw mnie – co pana martwi?

– Staszek – powiedziałem krótko, zniżając głos. – Nie mogę dojść do siebie po tamtym przebłysku. To nie była maligna ani złudzenie. Łasica pokazywała mi kiedyś, jak to jest patrzeć przez cudze oczy. Jestem absolutnie pewien, że on żyje.

Greta wyszła, chyba do wygódki, bo nie zakładała nic na siebie.

– Czy to możliwe? Wszak jedynie Ina ożywić go może, a ona ciągle w garnku siedzi. A może już jej tam nie ma? Może wyskoczyła jakoś, a iluzję utrzymuje z sobie wiadomych powodów?

O tym nie pomyślałem.

– Nie wiem – westchnąłem. – Martwię się. Czuję, że ci Chińczycy stanowią zagrożenie nie tylko dla nas i łasicy. Coś knują. Jeśli czegoś szukają, powinni robić to możliwie dyskretnie, jak my.

– Myśli pan, że oni go ożywili?

Zaskoczyła mnie.

– Chyba nie, bo gdyby chcieli mieć żywego, toby go przecież nie zabijali...

– Myśl ta wydaje mi się logiczną. – Zasępiła się. – A może oni mają własną łasicę, która ich pilnuje, i to ona go ożywiła?

– Jeśli żyje, musimy go odnaleźć – powiedziałem. – Jeśli nie żyje, tak czy inaczej musimy zdobyć jego scalak.

– Nie traci pan nadziei.

– Nie potrafię.

– Jak się do tego zabierzemy? – zapytała poważnie.

Zagryzłem wargi.

– Nad tym właśnie myślałem – wyjaśniłem. – Przede wszystkim nie wiemy, czy łasica mówiła prawdę. Być może za kilkanaście dni przyjdzie nam umrzeć. Ponieważ nic na to nie poradzimy, umyśliłem sobie, że trzeba chociaż coś zaplanować. Jeśli zginiemy, trudno. Jeśli przeżyjemy, będziemy gotowi, by działać.

– Podoba mi się ta idea.

– Wiemy bardzo niewiele. Chińczycy mieli co najmniej jeden helikopter. Ten, który zniszczył im Maksym. Łasica wspominała, że przebywają gdzieś na północ od Sztokholmu. Nie wiem, co miała na myśli. Może to sto kilometrów, może pięćset...

– Mamy do przeszukania ogromny obszar...

Wyjąłem ze skrzyni zdobyczną mapę i rozłożyłem na stole. Od razu nam ulżyło, mogliśmy wreszcie porozmawiać zupełnie otwarcie.

– Szkoda, że nie zaznaczyli na niej swoich szlaków – westchnęła Hela. – Poszłoby się jak po nitce do kłębka.

– Szkoda – przyznałem. – Ale nic na to nie poradzimy. Mam pewną myśl.

– Trędowaty z Bergen? Ten, który został uznany za oczyszczonego? Ulv go wołali, czy jakoś tak. Przybył z krainy Dalarna. To tutaj.

– Na północny zachód od Sztokholmu. Trop wydaje się obiecujący. Potwierdza to, co powiedziała Ina. Ona uciekła z ich twierdzy.

– Co dalej? Gdy już wyśledzimy, gdzie siedzą?

– Będzie ciężko – westchnąłem. – Ci ludzie nie mają żadnych skrupułów. Zabijają każdego, kogo chcą. Mają urządzenia lepsze niż te, które znałem. Ot, choćby to. – Wyjąłem gogle.

– Binokle, które pozwalają widzieć w ciemności...

– My też takie mieliśmy – wyjaśniłem. – Były większe i dawały gorszy obraz. Wymagały zasilania. Tu jest tylko szkło... Do tego broń. Zapewne ich siedziby strzegą czujniki ruchu i fotokomórki. Urządzenia, które wszczynają alarm, gdy ktoś się zbliża – wyjaśniłem.

– Ale spróbujemy?

– Nie mam na to najmniejszej ochoty, ale obawiam się, że musimy. Tak mi nakazuje honor. Obowiązek wobec przyjaciela.

Zamilkłem. Kuźwa, co za paranoja. Dlaczego nie mogłem być zwykłym cynicznym ścierwem jak masa innych ludzi? Czemu leciałem bez przerwy niczym ćma prosto w ogień?

– Jest pan dobrym człowiekiem – szepnęła. – Staszek zrobiłby dla pana to samo. Z tą różnicą, że jemu zapewne by się nie udało, my zaś mamy szansę, bo jest pan od niego starszy i...

– Na razie i tak musimy czekać do otwarcia sezonu żeglugowego. – W bezsilnej złości uderzyłem dłonią w blat. – Dlaczego Sadko i Borys pożeglowali z Bornholmu na południe?!

– Właśnie po to, żebyśmy utknęli w Polsce. Boją się łasicy, że z garnka wyskoczy, boją się nas... Bardziej interesuje mnie, jak wydostali się z Gdańska – zmieniła temat.

– Konno wokół Bałtyku, do Danii i przez Szwecję na wybrzeże. Tam, gdzie cieśnina jest wąska, przy dobrej pogodzie można chyba zaryzykować rejs do Visby? – zasugerowałem. – Choć przypuszczam, że to wyprawa na wiele tygodni.

– Sądzę raczej, że Hanza dysponuje małymi jednostkami, takimi jak „Jaskółka". Płaskodennymi, które nie potrzebują portu, bo mogą niepostrzeżenie wylądować na byle plaży. Które w razie potrzeby mogą przebyć morze w sekrecie. Które pływają, nawet gdy sezon się skończy. Jeśli tylko morze nie zamarznie...

– Zapewne masz rację. Hanza ustala prawa, Hanza tworzy dla nich wyjątki... Ale to i tak ryzyko. Zimą morze bywa bardzo groźne. Kra może zniszczyć statki, zima na Bałtyku to także czas sztormów.

– Pojawia się pytanie ważkie, a od odpowiedzi zależeć może bardzo wiele – powiedziała Hela w zadumie. – Czy warto skorzystać z pomocy Hanzy, by uwolnić naszego przyjaciela?

– Sprzymierzyłbym się z samym diabłem, by...

Uderzyła mnie po ręce.

– No dobrze, z diabłem jako takim to raczej nie – poprawiłem się.

– Pieniądze – powiedziała Hela. – Potrzebujemy pieniędzy, by przebyć wiosną Bałtyk. Potrzebujemy też pieniędzy, by poruszać się następnie po Szwecji.

Wyciągnąłem mieszek otrzymany w Bergen. Do tej pory zaglądałem do niego tylko raz, jeszcze nad zatoką Vågen. Były w nim dukaty. Wygarnąłem zawartość na stół. Dwadzieścia pięć złotych krążków. Fortuna, na jaką Greta musiałaby pracować pewnie ćwierć wieku...

– Kwota zacna, ale kto wie na jak długo wystarczy – westchnęła Hela. – Zwłaszcza że teren do przeszukania jest ogromny...

– Mam pewien pomysł.

Przechyliła pytająco głowę.

– Zegarek. – Pokazałem przegub. – Mamy dwa. Zastanawiam się, gdybym poszedł do złotnika i zaproponował mu odkupienie... Tak precyzyjnego mechanizmu nie widzieli nigdy na oczy. Może daliby z pięćset dukatów? Albo i więcej?

Otworzyłem kopertę, pokazując trybiki poruszające się pod szkiełkiem. Oglądała je przez chwilę w skupieniu.

– To unikat. Nawet w moich czasach wzbudziłby zachwyt. Zażądaj tysiąca – powiedziała poważnie. – A może i tysiąc pięćset dadzą? Ciekawe, ile wieś kosztuje...

– Wieś?

Trzasnęły drzwi. Greta wróciła z wygódki. Ciągle nucąc, rozwiesiła pranie na sznurze. Potem dołożyła do pieca i siadła w kąciku nad książką.

– Mająteczek mały bym kupiła – rozmarzyła się Hela. – Albo lasu kawał, to można chłopom dać wolnizny z piętnaście lat, wykarczują puszczę, wieś postawią. A potem będą pańszczyznę odrabiać.

– Chłopów też kupisz? – prychnąłem.

– Da się? – zapytała Gretę.

– Tak, pani? – Służąca oderwała spłoszony wzrok od książki.

– Gdybym wieś nabyła, czy da się chłopów kupić?

– Po co pieniądze tracić, pani? Tu, w Gdańsku, biedoty dużo mieszka, oni za chlebem pójdą chętnie, byle ludzkie warunki dać. Nieraz szlachta na rynku ogłaszała, że wieś zakłada. Zawsze ktoś na pańszczyznę poszedł. A i czeladnika z cechu wyrzuconego ugadać można. Niejeden tak robi. Ma potem we wsi garncarza, kowala czy kogo tam potrzebuje.

– Aha...

Dziwne, dzikie, chore czasy. Dla mnie sama idea feudalna była obrzydliwa... Greta odłożyła tomik i zabrała się za szatkowanie mięsa.

– Dwa zegarki, trzy tysiące dukatów – gdy tylko służąca poszła wyrzucić kości, Hela podjęła wątek. –

Jeden trzeba sprzedać tu, drugi w Krakowie na przykład... – rozmyślała na głos. – A gdzie wieś lokować? Kuzyni nasi od siedemnastego wieku na Ukrainie gospodarowali. Tylko że tam niebezpiecznie. Może więc lepiej tu, pod Gdańskiem? W delcie takiej rzeki ziemia z pewnością żyzna.

– Na razie trzeba odszukać Staszka – uciąłem marzenia. – Potem pomyślimy. Poza tym nie wiemy, co wymyśli łasica. Ciągle jeszcze nawet nie ugryźliśmy zadania.

– Masz rację, ojcze. – Spuściła wzrok. – Za wcześnie myśleć o tym...

❧ Stara droga biegła przez las. Trakt musiał być nieużywany od lat, przecinka pozarastała tu i ówdzie. Zbliżało się południe, jednak mróz nie zelżał. Koń apatycznie stawiał kopyta, sztylpy chroniące pęciny pokryły się szronem. Maksym rozglądał się po okolicy. Jak na razie wszystko się zgadzało. Teraz trzeba tylko odnaleźć ludzi. Nie uśmiechała mu się kolejna noc pod gołym niebem. Zwłaszcza że szósty zmysł podpowiadał, iż wkracza już na terytorium wroga.

Na szlaku czekały trzy wilki. Znał te zwierzęta od dziecka i wiedział, że nie wolno ich lekceważyć. Spojrzał na nie spokojnie, bez zmrużenia oka. Były trochę większe niż te z ukraińskich stepów. Miały też dłuższe futro. Pamiętał opowieść Heli. Jeśli to te wilki, czeka go ciężka przeprawa. Uśmiechnął się drapieżnie. Wreszcie jakaś walka.

Tu siedzą trzy, pomyślał. Jeśli ruszą na mnie, spróbują oskrzydlić tak, bym uciekał ścieżką, obok której czają się następne. Zatem są jeszcze co najmniej dwa. A może i pół tuzina.

Od czasu gdy opuścił Bergen, ani razu nie było okazji, by wyciągnąć broń z pochwy. Zdążył już zapomnieć, jakiego koloru jest krew. A może zacząć od wielopału? Zdjął z pleców karabinek i uniósł do ramienia. Popatrzył przez lunetkę. Co mówił Markus? Tam, gdzie przecinają się dwie kreseczki, ugodzi kula. Fantastyczny pomysł, nie sposób chybić. Pociągnął za spust, ale strzał nie padł. Zaraz, Markus mówił coś o jakimś bezpieczniku. Wymacał go kciukiem i wycelował raz jeszcze. Trach. Wielki płowy basior fiknął w powietrzu koziołka. Sekundę później Maksym runął w śnieg. Spłoszony koń, pozbywszy się jeźdźca, pomknął dróżką przez las.

Uczony do huku zwykłych wystrzałów, pomyślał Kozak, gramoląc się z zaspy. Ten dźwięk jest inny, to i go nie poznał...

Poderwał się akurat na czas, by dobyć szabli. Dwa pozostałe zwierzaki już go dochodziły. Ciął straszliwie z ramienia. Spudłował. Były szybkie, bezlitośnie szybkie. W ostatniej chwili złapał sztychem drugiego. Pierwszy już skakał. Maksym znowu runął w śnieg, tym razem umyślnie, puszczając szablę. Kozik w jego lewej dłoni zakreślił pętlę na podobieństwo greckiej litery alfa. Parujące jelita posypały się kaskadą z otwartego brzucha. Paszcza zacisnęła się na przedramieniu, ale stalowy karwasz wytrzymał. Nóż wślizgnął się między żebra, odnajdując serce zwierzęcia. Krew brysnęła w śnieg. Bydlę było martwe, lecz nadal ruszało łapami. Drugie zwierzę, wlokąc za sobą bezwładne nogi, czołgało się ku niemu. Kozak podniósł szaszkę i zdekapitował wilka jednym cięciem. Rozpaczliwy kwik ranionego konika rozdarł ciszę.

– Psi flak! – zaklął i rzucił się pędem przez las.

Gnał jak nigdy w życiu. Krew zamarzała na głowni szabli, stopy biły w śnieg równym rytmem. Wzrok strzelał uważnie na boki w poszukiwaniu kolejnych zwierząt mogących czaić się przy ścieżce. Przejaśniło się. Polana?

Przybył za późno. Nieszczęsna klacz właśnie dogorywała na śniegu z rozdartym gardłem. Nad nią stały cztery potężne basiory. Piąty, największy, uniósł łeb. Maksym nigdy nie widział wilka tych rozmiarów.

Skórę się zedrze, pomyślał. Bo jak w domu opowiem, nikt mi bez tego nie uwierzy...

Zakrwawione pyski, cofnięte wargi ukazujące ostre białe zęby, pazury... Spojrzał bestiom prosto w ślepia. Dawno już nie czuł tak straszliwej nienawiści, zdołał jednak zdusić ją w sobie i z bezrozumnego porywu duszy przemienić w siłę pomocną w walce.

– *Wsio, papali...* – mruknął.

🔖 Wiedza, rozmyślał Staszek, leżąc na wilgotnej słomie. Jeśli mam przeżyć, każdy okruch wiedzy może być bezcenny. Co zatem wiem o naszych oprawcach?

Są Chińczykami. Chyba. Przybyli z mojej przyszłości. No właśnie. Z jakiej przyszłości? Z jakiej epoki? Mają kałasznikowy i śmigłowiec. To przedmioty zupełnie normalne. Powiedziałbym nawet, typowe dla moich czasów. Przyjmijmy, że deszcz meteorytów cofnąłby ich do średniowiecza, a potem przez kilka stuleci wracali do poziomu początków XXI wieku. Nie odtworzyliby dokładnie tego, co było, inne pomysły techniczne, inne wzornictwo... Ubrania też mają zupełnie normalne, żadnego plastiku ani bajerów rodem z filmów science fiction.

Zatem prawdopodobnie przesiedzieli hekatombę w schronach, a potem z nich wyleźli. Gdzieś w magazynach musieli mieć helikoptery w częściach i skrzynie z karabinami. Do tego paczuszki zmodyfikowanych genetycznie nasionek i inne takie. Przerzucili w przeszłość ekipę i tony, jeśli nie dziesiątki ton sprzętu. Wybrali pewnie to, co mieli najlepszego... A rzecz, która jest naprawdę warta zainteresowania, to te systemy kierowania zwierzętami. Mają coś, co chyba raz wpuszczone w głowę wilka narasta samo niczym pasożyt lub jakaś metalowa pleśń, aż w końcu są w stanie podporządkować sobie zwierzę dużo lepiej niż tresurą.

Ile czasu musieli poświęcić, by to osiągnąć? Kilkadziesiąt lat zapewne. Ale ta technologia mogła być testowana w tajnych laboratoriach jeszcze w dwudziestym wieku. Świadomość, że to potrafią, nie pomoże mi w określeniu, kiedy wystartowali w przeszłość. Poza tym czy data jest aż tak ważna? Przecież to bez znaczenia...

꩜ Prószył delikatny śnieg. Pięć wilków pociętych szablą spoczywało na stratowanej polance. Tu i ówdzie ruszała się jakaś łapa, gdzie indziej ucięty łeb kłapał bezsilnie szczęką. Jeden zewłok przebierał w powietrzu nogami. Ciała, choć martwe, nadal próbowały wykonać polecenia wydawane przez niesłyszalny głos z daleka. Pozbawione życia zwierzęta chciały zagryźć i rozszarpać wroga. Pazury bezsilnie drapały śnieg, z pysków ciekła ślina, nawet jeden z ogonów wił się jak gad po ziemi. Kozak czuł głębokie obrzydzenie, widząc ich trupie ruchy.

Usiadł na boku martwego konia. Podniósł ostrożnie głowę wilka – przewodnika stada. Szczęka poruszała się mechanicznym rytmem, uszy strzygły. Maksym uniósł opadłe powieki zwierzęcia. Oczy już zmętniały, zasnuło je bielmo śmierci, lecz Kozak czuł, że mimo to ktoś z daleka na niego patrzy.

– Psi synu, Panie Wilków, czy jak cię tam, obezjajcu, zwą, wiem, że mnie i słyszysz, i widzisz... Imię moje Maksym. Przekazuję ci słowa atamana Bajdy: „Nadchodzi dzień zapłaty. Nikt nie skrzywdzi Kozaka i nie będzie żył, by móc się tym chwalić". Zniszczyłem stalowego komara. Zabiłem trzech twoich ludzi, reszta umrze niebawem. Jak Bóg da, będziesz umierał ostatni, ze świadomością, że to twoje rozkazy sprowadziły na was zagładę.

Druga ręka zatoczyła łuk. Lufa kozackiego samopału plunęła ogniem. Głowa uderzona kulą przekoziołkowała w powietrzu.

– Widzę was – powiedział. – Możecie wyjść.

Trzech lapońskich myśliwych z dzidami w ręku wychynęło ostrożnie zza pnia powalonego świerka. Maksym wetknął lufę za pas i odwróciwszy się w ich stronę, pokazał puste dłonie, a potem dotknął krzyżyka widocznego przez rozchełstaną koszulę.

🦌 Dreptałem przez miasto zły na siebie, rozczarowany, zmęczony. Scalak Iva... Przepadł. Gdzie i kiedy? Zgubiłem? To prawdopodobne, dupa wołowa ze mnie. A jeśli został skradziony? To też moja wina. Takich rzeczy się pilnuje. Pilnuje staranniej niż paszportu w obcym kraju... Co robić dalej? W tym sęk, że nie wiedziałem. Napisać ogłoszenia i nalepić na murach?

W epoce, gdy czytać umie może pięć procent populacji... – zachichotał mój diabeł stróż.

– Jak jesteś taki mądry, to sam wymyśl – warknąłem.

Ogoniasty umilkł, ale czułem, że wciąż czai się gdzieś w cieniu, w mrocznych zakamarkach mojej duszy. No dobrze. Przyjmijmy, że ktoś ukradł albo znalazł scalak. Co z nim zrobi? Jeśli sprzeda złotnikowi, ten ukryje kamień i poszuka bogatego klienta... Na pewno nie mam szans wypatrzyć tego na wystawie, bo tu nie ma wystaw...

Zachciało mi się wyć. Iść do knajpy i posłuchać plotek? A może do fryzjera, tfu, do balwierza? O nie. Żadnego strzyżenia ani golenia. Oni nie myją nawet swoich narzędzi.

Słusznie, przyznał mi rację diabeł. Są przyjemniejsze sposoby złapania syfilisu.

Zapędziłem się daleko na północ, aż w okolice klasztoru Dominikanów. Przemarzłem na wylot, więc postanowiłem pokrzepić się miarką grzanego wina przed powrotem na kwaterę.

Wnętrze było zatłoczone, kilkunastu panów braci coś oblewało. Było też sporo kupców i marynarzy. Wszystkie miejsca oczywiście zajęte... Odebrałem kubek z przyjemnie ciepłą zawartością i stanąwszy pod ścianą, długo grzałem dłonie, nim upiłem pierwszy łyk.

Obserwowałem klientów. Czy któryś z nich mógł coś wiedzieć? Gdzie tam...

– Wybaczcie, panie – usłyszałem nagle z prawej strony. – Czy waszmość może jesteście Marek zwany Markusem, co z krain północnych przybył?

– To ja. – Odwróciłem się.

Stał przede mną drobny szlachetka w biednym, szarym żupanie z szablą u boku. Był chyba kilka lat młodszy ode mnie. Miał szarobłękitne oczy oraz jasne włosy ogolone pod garnek. Zapewne aby dodać sobie powagi, zapuścił liche wąsiki.

– Jam jest Nikodem Grabowski herbu Jastrzębiec – przedstawił się z dumą.

– Miło mi waszmości poznać. Czym służyć mogę? – Poczułem ukłucie niepokoju.

– Z Norwegii ponoć waszmość przybywacie – odezwał się. – A mój przyjaciel tam się udawał, może go w krajach pludrackich lub w drodze gdzie spotkaliście...

– Jak się nazywał?

– Brat Jon. Misjonarz... Jam mu wraz z krewnymi naukę opłacał. Cały nasz zaścianek się złożył. I w drogę go wyprawiałem. Wieści miał jesienią przez kupców przysłać, ale do dziś znaku życia nie dał... Tedy niepokój duszę moją jak robak toczy...

– Ksiądz Jon nie żyje – powiedziałem. – Heretycy zamęczyli go w Horg, opodal miasta Trondheim.

– Byłeś waść przy tym?

– Życie mi ratować próbował. Jedna tylko pamiątka po nim została... – Wyjąłem z kieszeni różaniec.

Bez słowa wydobył identyczny.

– Żal człowieka – westchnął. – Czy choć celu swego dopiął? Mówił, że odprawić mszę świętą choćby jedną dla braci naszej na norweskiej ziemi dość, by życie narazić lub utracić nawet.

– Udało mu się przy mnie jedną mszę odprawić – odparłem. – Wydaje mi się, że duńscy siepacze czekali na niego.

– Sądzisz waść, że zdradzony został? – zaniepokoił się. – Może nie należało brata Jona w Gdańsku tak uroczyście żegnać. Sam biskup go pobłogosławił na tę misję...

Złapałem się za głowę. Konspiratorzy za dychę.

– Zatem nie dość, że w paszczę lwa poszedł, to jeszcze i lew wiedział, gdzie się nań zasadzić – burknąłem.

– Grzech ciężki pychą naszą popełniliśmy... I zemściło się. – Posmutniał.

Zamyśliłem się. Peter Hansavritson i jego kuzyn. Tacy wielcy spryciarze i nie przewidzieli tego? A jeśli... przewidzieli? Jeśli zaplanowali to na zimno, żeby dostarczyć religii męczennika i w ten sposób wzmocnić opór przeciw najeźdźcy?

– Wypijmy po kubku dwójniaka – zaproponował. – Za spokój duszy Jona.

– Wypijmy – zgodziłem się.

Miód był dobry, przechodził przez gardło lekko jak woda, przyjemnie grzał żołądek.

– Na drugą nogę? – zaproponował.

Pokręciłem głową.

– Co waszmości tak martwi? – zapytał.

Zastanowiłem się, czy powiedzieć prawdę. A zresztą, co mi szkodzi? A nuż się czegoś dowiem?

– Sakiewkę z zielonym kamieniem uroniłem – wyjaśniłem. – Albo zagubiłem, albo mi ją skradziono.

– To być może – zgodził się. – Miasto z plagą zło-dziejaszków walczy od lat, ale nawet dłoni obcinanie nie pomaga jej wyplenić...

– Pojęcia nie mam, jak ją odzyskać – westchnąłem. – Z daleka przybyłem i zwyczajów tutejszych świadom nie jestem.

– Gdy przedmiot cenny, a do spieniężenia trudny, bywa tak, że złodziej przez umyślnego wieść przekazuje, iż fant wykupić można. Czasem, gdy znaczną bandę zło-dziejską pachołkowie pochwycą, dopytywać w ratuszu można o swoje rzeczy, bo przy ujęciu niejedno znajdą... Jeno pieniędzy tak odzyskać się nie da, bo dukat do du-kata zbyt podobny. – Roześmiał się, widocznie w jego mniemaniu to porównanie było zabawne.

– Czyli nic z tego... – westchnąłem.

– Jeśli to klejnot znaczny, wypatrywać go trzeba na piersiach matron i u czapek bogaczy... Jak wyglądał?

– Jak krążek z zielonego szkła. Ot, niewielki. – Po-kazałem, rozstawiając palce. – Do szmaragdu podobny.

– Myślę zatem, że odnaleźć go waszmość nie zdo-łacie inaczej jak trafem szczęśliwym. Tedy do świętego Tadeusza Judy modlitwy zanieście, wszak on od rzeczy zagubionych a spraw beznadziejnych.

No, toś mi pomógł, bratku, pomyślałem złośliwie.

– Czas na mnie, bardzo waszmości za gościnę i po-częstunek dziękuję. – Wstałem od stołu.

– Jeśli droga waści obok katedry wiedzie, z przyjem-nością kompaniji dotrzymam.

Poszliśmy razem. Z tego, co mówił po drodze, do-wiedziałem się, że pochodzi z Mazowsza. Przybył tu, jak co roku, jesienią. Sprzedał zboże, skórki i inne produkty, a nie mając na wsi nic do roboty, postanowił spędzić trochę czasu w mieście. Pochwalił się też, że ma czterech braci, a w spadku po ojcu dziedziczą do spółki trzech chłopów pańszczyźnianych. Ubrany był nędznie, na szary żupan zarzucił cienką, wyleniałą delię, chyba ze skór wiewiórek. Jego szabla wyglądała na wyrób wiejskiego kowala. A jednak składał grosz do grosza, by opłacić wysłanie misjonarza.

Rozstaliśmy się w przyjaźni. Ruszyłem w stronę przedmieścia. Zapadał już zmrok. Znowu przeciąłem wesołą uliczkę. W oknach widać było słaby poblask świecy, z pokoików dobiegały śmiechy i brzęk strun. Zabawiali się ludziska. Dziś było tam weselej niż w dniu, gdy przybyłem do Gdańska. Odruchowo przyspieszyłem. Nie miałem ochoty na spotkanie z „panienkami" ani ich klientelą.

Dawno nie było ryćkanka, powiedział diabeł. Może warto sobie trochę pofolgować? Puściłem jego podszepty mimo uszu. Ale trafił w sedno. Za długo już żyłem niczym pustelnik. Czułem, że wystarczy chwila słabości, a instynkty mogą wziąć górę nad obrzydzeniem i strachem przed chorobami wenerycznymi.

❧ Nadzorca przyszedł może kwadrans po obiedzie. Bez słowa ujął za ramię jedną z dziewcząt i wyprowadził z namiotu. Szła posłusznie, blada, z pochyloną głową. Sap spochmurniał, jego dłoń zacisnęła się na trzonku łopaty, ale zaraz odrzucił narzędzie i odwrócił się do ściany. Taavi przeżegnała się.

– Co się... – zapytał Staszek.

– Już po niej – westchnęła Taavi. – Tak było i poprzednio. Co jakiś czas wybierają dziewczynę. Generał Wei lubi, no wiesz... Jak się nacieszy, odda swoim ludziom. A na koniec odbierze życie.

– Co? – Popatrzył na dziewczynę przerażony. – Tak po prostu?

Przywykł do tego, że biją, przywykł do myśli, że mogą go zabić, jeśli nie będą zadowoleni z wyników pracy, ale to...?

– Wracajmy do roboty. – W oczach jego towarzyszki odmalowało się znużenie.

– Może jeszcze...

– Nigdy żadna nie wróciła. Tak widocznie musi być.

Wyrywał zielsko z gleby, nosił do szatkownicy, sypał królikom... I czekał. Cały czas czekał. Minęły może dwie godziny. Nagle gdzieś z daleka rozległ się krótki rozpaczliwy krzyk.

– Koniec – powiedziała Taavi.

– Co?

– Wilki. Zaraz usłyszysz, jak śpiewają nad jej ciałem...

Jak na zawołanie, z daleka dobiegło ponure wycie zwierząt. Sercem Staszka targnął ból, chłopak osunął się na kolana. Przez ułamek sekundy widział potrójnie, jakby nakładała mu się inna rzeczywistość, a potem stracił przytomność.

Ocknął się, gdy Sap uderzył go po policzkach.

– Do pracy! – syknął. – Bo skończymy jak ona!

Potulnie wrócił do przerwanych zajęć.

Zbuntować się? – myślał gorączkowo. Jak, do diabła? Nie mamy broni, nie mamy szans... Wykończą nas po kolei.

🙈 Staszek leżał na słomie, patrząc w ciemność komórki. Dusiło go z żalu, a jednocześnie prawie nie czuł strachu.

Zło, rozmyślał. Telewizja wypaczyła nasze rozumienie zła. Stworzyła bohaterów, którzy byli fascynujący, wyrafinowani, nieomal twórczy w swoim dziele zniszczenia. Tymczasem realne zło to nie Hannibal Lecter konsumujący ludzinę serwowaną na porcelanie przy dźwiękach muzyki klasycznej. Prawdziwe zło jest banalne i prymitywne. Tak jak generał Wei, tak jak lensmann Trondheim czy jego braciszek kat. Groźni, ale jednocześnie szarzy, bezbarwni. Nie czynią zła z potrzeby ducha. W ogóle pewnie o tym nie myślą. Może lubią robić ludziom krzywdę, może sprawia im to perwersyjną przyjemność? A może nie? Może po prostu robią to, czego ich nauczono? Spalą na stosie księdza, zgwałcą dziewczynę, okulawią, sprzedadzą do burdelu... Ale w trakcie tortur i zabijania będą myśleć o tym, że po robocie czeka na nich dzban reńskiego wina.

Mimo zmęczenia Staszek nie mógł zasnąć. Po prostu nie mógł. Ciągle wracały obrazy tego dnia: Laponka idąca potulnie ze strażnikiem, daleki krzyk... Nie miał pojęcia, jak wyglądała sama egzekucja, i wolał się nawet nie domyślać. Czy poszczuli dziewczynę wilkami, czy może zostawili przywiązaną do pala, by ułatwić im zadanie?

To bez sensu, myślał. Po co ją zabili? Rozumiem, zachciało im się gwałcić, zrobili to, ale po co później...?

Nie był w stanie uleżeć nieruchomo. Usiadł na posłaniu. Gdzie, do diabła, podziewa się ta cholerna łasica? Wcześniej nie mógł kroku zrobić, by nie potknąć się o to futrzane bydlę, a teraz, kiedy mogłaby się przydać... Zacisnął zęby. A przyjaciele? Marek, Hela...

Jak niby mieliby mnie odnaleźć? – westchnął w duchu. No jak? Tysiące kilometrów kwadratowych, o ile w ogóle domyślają się, że żyję...

Położył się obok Taavi. Dziewczyna też nie spała, oddychała nierówno. Chciał ją zagadnąć, ale nie miał pojęcia, co powiedzieć... Wszystkie pytania, wszystkie słowa wydały mu się nagle miałkie, nieważne i niepotrzebne.

Trzy wyjścia, pomyślał. Mogę po prostu trwać z dnia na dzień, czekając na rozwój wypadków, aż mnie zabiją. Mogę popełnić samobójstwo. Mogę spróbować uciec.

Sap jęknął przez sen.

Nawet na tym twardym Lapończyku wypadki tego dnia wycisnęły piętno. Co mówiła Taavi? Generał Wei wymordował całą ich osadę? Śmierć jest dla nich czymś bardziej naturalnym niż dla mnie. Żyją w społeczności egzystującej na bardzo niskim poziomie. Wypadki przy polowaniach, może walki z innymi plemionami, choroby, na które nie mają lekarstw. Przywykli. Ale tak do końca nikt przecież nie zobojętnieje.

Zaraz jednak wrócił do przerwanych rozważań.

Czekanie na śmierć jest najprostsze, nie trzeba nic robić, wcześniej czy później wszystko się skończy. Samobójstwo? Jak? Żyły sobie podciąć? A może lepiej pętla? Powiesić się trudno – kamery. Jeśli zacznie sobie kombinować stryczek, Chińczycy przybiegną i powstrzymają

go. A gdyby tak nożykiem albo sekatorem po żyłach? Może to zrobić dyskretnie, o ile wytrzyma taki ból. Zanim zauważą, co się święci, wykrwawi się...

Co gorsza, nawet jak kipnie, wyciągną scalak i zrobią restart. Co za głupota, przekleństwo wiecznego życia... A gdyby tak skok na główkę do szatkownicy? Przy odrobinie szczęścia noże poradzą sobie z czaszką, wystarczy, że któryś uderzy w scalak, i będzie po wszystkim. Znajdzie się po tamtej stronie... Tam go już nie dosięgną. Gorzej, jeśli maszyna nie da sobie rady. Będzie tkwił poraniony, tonąc w zielsku. A może...?

Modlić się? Już próbował. Bóg pomaga, gdy uzna za stosowne. Nie na rozkaz... Gdy umierał papież, o jego wyzdrowienie błagały miliony ludzi i to nie zadziałało. Pomodli się, oczywiście, przecież czasem prośby zostają wysłuchane, lecz niezależnie od tego trzeba również kombinować, jak się samemu wykaraskać z tej kabały.

Przypomniał sobie dziadka. Zdrowie starca zniszczyły komunistyczne więzienia. Zasłaniał obfitą brodą głębokie blizny po lampie lutowniczej. Trzy palce prawej ręki, połamane w śledztwie, pozostały gruzłowate i prawie bezwładne. Mimo to był twardy niczym oheblowana deska, a głęboko osadzone oczy, nawet gdy już dogorywał pod kroplówką, ani na moment nie straciły wyrazu optymizmu.

Co on zrobiłby na moim miejscu? – zamyślił się Staszek.

Już wiedział. Dziadek zrobiłby dokładnie to, co kiedyś. Jak wtedy, gdy skręcił kark śledczemu i skoczył z drugiego piętra siedziby UB w Łodzi. Mężczyzna umiera w walce. Nie podcinając sobie żyły, ale stawiając opór lub ewentualnie podczas próby ucieczki. Mężczyzna ma obowiązek umrzeć, przegryzając wrogom gardła.

A potem wszystkie myśli prysły przytłoczone strasz- liwą rzeczywistością.

Nie jestem nim, uświadomił sobie. Jestem kawał- kiem gówna. Trzęsącą się galaretą... Bez Marka stojące- go za plecami nie spróbowałbym nawet uwalniać Heli.

Taavi dotknęła jego ramienia.

– Co? – mruknął zaskoczony.

– Nie bój się – odpowiedziała.

– Jak tu się nie bać? – szepnął z rozpaczą. – Widzia- łaś, co dziś się stało?

Pociągnęła go za rękaw. Położył się.

– Tak. Było tak jak poprzednio i jeszcze wcześniej. Wiem, że trudno się z tym pogodzić, ale nie o tym chcia- łam mówić. Rozumiesz mowę mego ludu? Próbowałeś mówić, ale słowa twe to dialekt tych, którzy żyją dalej na północy, na wyżynach. Niektóre wyrazy są inne.

– Nie wiem. Po prostu mów, zobaczę, czy rozumiem. Boisz się, żeby nie podsłuchali? O czym chcesz mi po- wiedzieć?

Popatrzył na nią pytająco. Leżeli twarzą w twarz, bardzo blisko siebie. Dziewczyna milczała, wreszcie za- częła szeptać w swoim języku, czasem tylko dorzucając jedno lub dwa szwedzkie słowa tam, gdzie jej zabrakło własnych.

– Wśród nas, Saami, są ludzie, którzy czują więcej niż inni. Mówicie o nich czarownicy, szamani, wiedzą- cy... I boicie się ich jak ognia. Szwedzi niejednego nawet na stosie spalić chcieli. I niejednego spalili. Mój dziadek był szamanem. Miał bęben, potrafił opuszczać ciało, by wędrować do krainy duchów. Do złej krainy, gdzie zmarli żyją głodni w mrocznych lasach wiecznie przepełnionych mgłą. W naszym świecie udał się do miast, gdzie rozmawiał z kapłanami. Potem gdy był jeszcze w pełni sił, ruszył wielką drogą na północ, a później na wschód. Tam ujrzał w wizjach chatę w lesie. Tak odnalazł ludzi drugiego krzyża.

– Drugiego krzyża? – nie zrozumiał Staszek.

– Jeden jest ten, który Szwedzi stawiają na kościołach. Tamten ma jeszcze jedną belkę przybitą ukosem. Ci, którzy go noszą, przyszli ze wschodu, z ziem, gdzie leży wielkie miasto Nowogród.

Prawosławna misja gdzieś na Półwyspie Kolskim lub w północnej Finlandii – pojął.

– Poznał, jak żyją ci, którzy posłuchali ich nauk. Rozmawiał z wodzami, którzy przyjęli tamtą wiarę, i z tymi, którzy chrzest przyjęli tu, a także za górami, w Norwegii. Gdy wrócił, spalił swój bęben oraz stroje i nakazał, byśmy wszyscy przyjęli nową religię. Od tamtej pory została nam dawna szamańska wiedza o ziołach i o zwierzętach, ale zapomnieliśmy strasznych obrzędów, zaprzestaliśmy krwawych ofiar, a starcy, których wcześniej porzucaliśmy na szlaku, by umarli z zimna lub rozszarpani przez wilki, dożywają teraz swoich dni w zimowych osadach.

No tak, jak się wymyśliło zaświaty, w których zmarli siedzą głodni w szałasach, a wokoło widzą tylko zimny las spowity wieczną mgłą, to każda inna religia będzie szalenie atrakcyjna. Po co ona to wszystko opowiada? – zdziwił się.

– Jednak coś pozostało z dawnych mocy. Ja, pochodząc z rodu, który wydał wielu szamanów, czuję pełniej, więcej... Budzą się we mnie moce pochodzące z czasów przed tym, jak przyjęliśmy chrzest. Gdy cię zobaczyłam po raz pierwszy, na moment uniosły się zasłony zazwyczaj broniące przed nami wiedzy o przeznaczeniu. W tobie jest tęsknota, wezwanie i oczekiwanie. Przypominasz ptaka, który podmuchem wiatru strącony wpadł w bagno i trzepocze się w sitowiu, by po chwili uwolnić skrzydła, poderwać się do lotu. Dlatego nie umrzesz tutaj. Tobie pisana jest wielkość i chwała. Jesteś jak błysk kryształu w szarej skale. Niczym grudka złota w mule na dnie strumyka.

– Wyjaśnij mi to – poprosił.

– Coś zostało rozdzielone. Jakaś cząstka ciebie połączyła się już z sercem dziewczyny. Ona jest daleko, za wodą. Jej pragnienie jest czyste i twoje jest czyste. Los nakaże wam spotkać się ponownie.

– Poderwie się z błota – powtórzył.

– Oczekiwanie doda ci siły. Pragniesz, pożądasz rzeczy wielkich, bo do rzeczy wielkich zostałeś zrodzony. Tacy jak ty mogą umrzeć młodo, wtedy nadchodzi zamęt. Bóg także nie lubi pomieszania, więc zapewne co innego ci przeznaczył.

– Umiesz zobaczyć naszą przyszłość?

– Tak sądzę. Nigdy nie próbowałam, ale wśród naszego ludu żyły też szamanki. Widziałam niejeden święty bęben.

Zapadło milczenie.

– Przygotujemy ci jakoś bęben, wprawisz się w trans – rozważał. – Zobaczymy, co nas czeka. Trzeba tylko wymyślić, jak to ukryć przed tymi łajdakami.

– Nasza nowa wiara mówi, by nie pożądać tej wiedzy. – Oczy Taavi zabłysły w ciemności. – To grzech. Bębny to narzędzie. Dzięki nim można odszukać zagubione stada, w obcym kraju znaleźć przyjaciół i drogę do ich domostw. Bęben opowie ci o przyszłości, podpowie, jak wyleczyć z chorób. Czasem jeszcze tu, w Dalarnie, nocami słychać, jak ktoś uderza w bębny na turniach i po lasach. Nie wszyscy odrzucili ich pomoc.

– Nie rozumiem.

– Bęben to narzędzie – powtórzyła. – Sam w sobie nie znaczy nic. Ale pozwala zaczerpnąć mocy uroczysk. Jednak mocy tej nie bierze się ot tak. Dać ją mogą bogowie mego ludu. Bogowie, których wy nazwaliście demonami, a których my odrzuciliśmy, by zasłużyć na przyjście do domu Chrystusa. Dlatego nie przyjmę ich pomocy... Zwracając się do nich, złamię pierwsze z przykazań, które Jahwe dał Mojżeszowi na długo przed moim urodzeniem.

Staszek milczał zadumany. Rozumiał powody decyzji dziadka Taavi. Rozumiał też, że odrzucenie dawnych obrzędów musiało napotkać opór. Trudno przekreślić wiarę dziesiątków pokoleń przodków. Ciekawe, czy dziewczyna istotnie posiada jakąś moc, czy to tylko ułuda? Tak czy siak, nie chce z niej skorzystać. Jej konwersja na chrześcijaństwo jest konsekwentna. Przypomniał sobie wycieczkę na Jasną Górę i nocleg w domu pielgrzymim. Na ścianie wisiały ulotki ostrzegające przed różnymi amuletami i jakby w ramach konkurencji inna, opiewająca zalety medalika świętego Benedykta.

Te moce istnieją, pomyślał. Moja religia nakazuje ostrożność, gdyż otwarcie się na nie doprowadzić może do zguby duszy. Jestem katolikiem. Powinienem w to po prostu wierzyć... A jednak wątpię. Dla mnic to folklor. Dziewczyna nasłuchała się bajek od dziadka, teraz przytruta pestycydami czuje, jak mózg jej odkotwicza, i sądzi, że to otwierają się przed nią szamańskie ścieżki...

I nagle zamarł. Co powiedziała? Że ma dziewczynę, która czeka gdzieś daleko? Przecież nie wspominał Taavi o Heli! Trafiła? Zgadła? A może zatrucie chemią po prostu ułatwiło jej wejście w te rejony bytu, do których człowiek zazwyczaj nie ma dostępu? Przecież szamani też odurzają się dymem i narkotykami.

– Wiedz jedno – szepnęła Laponka. – Dopełnienie naszych losów jest bliskie, a twój duch niebawem zapłonie niczym pochodnia. Cokolwiek przedsięweźmiesz, będzie słuszne, nawet jeśli pociągnie za sobą śmierć nas wszystkich.

– Ale ja... A ty?

– W tobie jest wezwanie. Fragment pustki, który wypełnić można, tylko gdy znowu będziesz razem z tamtą rudą dziewczyną. Wam pisane jest być razem.

Drgnął. Serce zabiło mu mocniej. Skąd wiedziała, że Hela jest ruda? Nie mogła tego wiedzieć. Musiała to zobaczyć dzięki jakimś mocom. Magia? A może dar?

Przypomniał sobie czytany kiedyś artykuł o Jakubie Icchaku Horowicu, Widzącym z Lublina. Ten żydowski mędrzec, jeśli wierzyć legendom, posiadał informacje o wszystkim, co działo się w promieniu wielu kilometrów dookoła miasta. Bajki? A może...

– Na mnie nie czeka nikt – podjęła dziewczyna. – Mój los też został zapisany, ale to jedynie kilka linijek na marginesach ksiąg życia innych. Karty są czyste. Twoja ręka zanotuje tam pierwsze lub ostatnie słowa. Zaufaj Bogu. Spełnij to, co jest ci przeznaczone. Krew przodków tylko ci dopomoże.

Potarła swoim nosem o jego. Była w tym pierwotnym geście jakaś głęboka intymność. Staszek czuł jednak, że nie było to zaproszenie. Leżeli ciasno przytuleni. Prawie się dotykali ustami, ale oboje wiedzieli, że nigdy ich nie zetkną.

Brukowaną uliczką przemknęły sanie. Wesołe dzwonki uprzęży było słychać jeszcze dłuższą chwilę.

– Mamy na głowie kilka naprawdę pilnych spraw – poinformował Peter. – Wiosną w Inflantach trzeba spodziewać się kolejnej wojny z Rosją. Nie zdołamy jej zapobiec. Hansatag nie planuje zbierać się w tym roku, nie chcą też słyszeć o nowej składce. Deliberuje się, co zrobić w sprawie odbicia kantoru w Bergen, ale na razie, gdy zażądałem konkretów, wszyscy nabrali wody w usta. Wojna z Danią...

– Wydaje mi się niezbędna – powiedział cicho Sadko. – A jeśli na wojnę nas nie stać, może tańszy byłby przewrót pałacowy...

– Wedle naszych informacji Chrystian II rzeczywiście zmarł zeszłej zimy w więzieniu. Co gorsza, bezdzietnie...

– A może znaleźć jednak jakiegoś dziedzica tronu – zasugerował Borys, chytrze mrużąc oczy. – Przecież prawdziwy być nie musi. Trza go tylko ciut podszkolić, ot tak, żeby zamętu narobił.

– Myśl to przednia – pochwalił Hansavritson. – Rozważymy ją. Wywołanie powstania w Norwegii w tej chwili jest niewykonalne.

– Kwestia inflancka?

– Car Iwan może wiosną zagrozić Rydze i Rewlowi, a to oznacza przeniesienie wojny na teren kontrolowany przez Hanzę.

– Użyjcie Oka Jelenia, by wymusić posłuch – podpowiedział olbrzym. – Odkładanie decyzji w nieskończoność spowoduje tylko, że trudniej będzie mocno i skutecznie uderzyć. Co do Inflant, bunt w Nowogrodzie odpowiednio wsparty pozwoliłby odciągnąć siły cara...

Peter zamyślił się.

– Bunt w Nowogrodzie? Miasto leży zbyt daleko, byśmy zdołali zapewnić mu pomoc, zwłaszcza że sił naszych mało, a Rosja jest dziś silniejsza niż jeszcze kilka lat temu.

– Car opiera się na swojej gwardii – wyjaśnił Sadko. – Trzyma kraj i wojsko za gardło. Gdyby dało się uderzyć w cara albo jego sługusów, Rosja rozsypie się niczym domek z kart.

– Ba, ale jak... – westchnął Hansavritson. – Sami wiecie, jak teraz wygląda wasz kraj. Wjechać bez zezwolenia nie wolno. Obcych dopuszczają tylko kilka wiorst w głąb terytorium. Do Moskwy idą jedynie poselstwa. Zwykły Rosjanin, by pojechać z miasta do miasta, musi mieć papier... Przeniknąć tam trudno. Informacje zdobyć jeszcze gorzej. Pozostaje rozbić armię w polu i cara pochwycić.

– To tchórz! – prychnął Sadko. – Na pierwszej linii nie pojawia się nigdy. No i wraca ciągle ten sam problem. Do tej wojny nie jest gotowa ani Hanza, ani kraje, które mają ją toczyć. Najpierw trzeba by zebrać broń i pieniądze i przerzucić tam.

– Tak właśnie należy zrobić – powiedział Peter. – Sudermann zwoła hansatag, ja użyję Oka, by przekonać kilku burmistrzów do sięgnięcia na dno szkatuły. Gdy tylko lody puszczą, ruszamy w drogę. Spiszę listę drzwi, do których trzeba będzie zakołatać. Teraz sprawy mniej istotne... Markus.

– Pan Kowalik obiecał wszystkiego dopilnować – przypomniał Sadko. – Za najdalej dni kilka powinien być na miejscu. A może już dotarł? W szczególności ostrzeże nas, gdyby łasica w końcu wylazła z garnka. Naczynia nie udało się zniszczyć... Zamurowanie go, jak wiemy, niewiele da. Jeśli powiedziała prawdę i rzeczywiście nie należy do rodu demonów, to można darować sobie srebrne puszki czy poświęcone sznury.

Kupiec przeszedł się znowu po pokoju.

– Jeśli jest jakiś sposób, mój kuzyn go znajdzie – powiedział po chwili. – To najtęższa głowa po południowej stronie Bałtyku. Wreszcie problem ostatni.

– Czy udało się coś ustalić odnośnie ludzi, których szukał Maksym? – zaciekawił się Sadko.

– Niejedno... – westchnął Hansavritson. – I wygląda na to, że pod naszym bokiem wyrasta przeciwnik, którego możliwości są tak zdumiewające, iż należy poważnie rozważyć natychmiastowy atak. W dodatku broń, którą dysponują, podobna do tej, którą ma teraz Markus...

Podniósł szmatkę, odsłaniając chiński pistolet.

– Wielopał... – mruknął Borys.

– Może miotnąć kilkanaście pocisków raz za razem – rzucił ponuro Sadko. – Gdy opadli nas grabieżcy wraków, Markus wyratował nas z biedy, zabijając lub ciężko raniąc tuzin z nich. Niemal w jednej chwili, w ciemnościach, na ogromną odległość...

Peter zagryzł wargi.

– To nie jest żołnierz – uzupełnił Borys. – To zwykły człowiek. Wojownik z tamtej epoki zrobiłby to jeszcze szybciej.

– W Bergen zabiliście trzech skośnookich – powiedział wreszcie kapitan. – Udało się też zniszczyć ich latającą machinę. Starliście się w walce. Jak oceniacie ich możliwości?

– Zdołaliśmy ich zabić tylko dzięki temu, że Markus ostrzegł nas przed zagrożeniem, a Maksym wygrał cudem i jedynie dlatego, iż użył podstępu. Dobrze swą akcję zaplanował. Gdybyśmy jednak wystąpili twarzą w twarz, zdmuchnęliby nas jak świecę – rzekł Sadko. – Kuso mi to wygląda, ot co. Czy jest ich więcej?

– Na północ od miasta Mora w kraju Dalarna kupili posiadłość – wyjaśnił Peter. – To dwór położony na równinie. Z tego, co ustaliłem, ktoś nabył też w tamtych stronach rozległy szmat ziemi.

– Jak duży? – zagadnął olbrzym.

– Kilka pasm górskich i okoliczne lasy. Kupowano przez podstawione osoby, płacąc srebrem w sztabach. Co dziwne, akta własności wystawiono na okaziciela.

– Sprzedawała korona?

– Tak. Jak wiecie, Szwecja dotkliwie odczuwa brak kruszcu. A tu zaoferowano czyste srebro bardzo wysokiej próby.

– Czy kupowali wioski i pola? – dopytywał się konus.

– Nie, tylko góry i lasy, gdzie siedzą Saami. Rok temu osiedli w tych włościach i zaraz się zaczęło. Mam tu list od jednego z ich wodzów, Suongila. – Hansavritson zaczął przerzucać papiery leżące na sekretarzyku. – Napisał do króla, ale nie doczekawszy się odpowiedzi, zakołatał po ratunek do nas. Jego ojciec robił z Hanzą interesy jakieś trzydzieści lat temu. Oddał wtedy usługi Związkowi...

– Co tam się dzieje, że Saami aż Hanzę proszą o wsparcie?

– Przywódca skośnookich zaczął ich mordować. Wymusza posłuszeństwo na kolejnych klanach. Kto się nie podporządkuje, umiera. Gdy próbują się buntować, pali ich obozowiska, wybijając wszystkich. Nie oszczędza kobiet ani dzieci, a zdrowych i silnych mężczyzn obraca w niewolników.

– Dużo już ludzi wygubił? – zapytał Borys.

– Będzie kilka tysięcy. Wielu próbuje ucieczki na północ, tam gdzie jego władza nie sięga. Tylko że nie są w stanie ujść, gdyż ich tropem posyła wielkie stada tresowanych wilków. Stąd nazwali go Panem Wilków.

– Na ile te informacje są... prawdziwe?

– Obawiam się, że całkowicie prawdziwe. Uzyskałem ich częściowe potwierdzenie przez naszych ludzi z Uppsali. Suongil napisał, jak jest. Sam cofnął się na południe. Zbiera ludzi z rozbitych klanów. Stoczył jedną bitwę ze skośnookimi i zniszczył im jakąś machinę, która bez koni po drodze jeździła. Zaległ w górach, obóz tam wzniósł umocniony, straże jego lasy okoliczne przepatrują, by w razie ataku alarm podnieść. Wiele wilków uczonych ludzie Suongila ubili lub w paści połapali. Ale i on ciężkie straty w starciach poniósł. Pozycji nie utrzyma, Szwedzi mu nie pomogą. Prosi o ratunek.

– Co na to Korona? – zapytał Sadko.

– Los ludu Saami nie obchodzi ich specjalnie. Zwłaszcza że najeźdźcy mają dużo pieniędzy.

– Ci skośnoocy szukają też Oka Jelenia – podsunął konus.

– Wiem. Dlatego widzę tu poważną zbieżność interesów. Udasz się z bratem do Dalarny. Należy działać, póki wrogowie nie okrzepli w siłę. Póki są ludzie gotowi stanąć przeciw nim z bronią.

– Wykonamy twe rozkazy, panie.

– Oko... Jak się o nim mogli dowiedzieć? – Borys poskrobał się po głowie. – I oni, i Markus przybyli, by je zdobyć. Wszak to najlepiej strzeżony sekret...

– Tak samo jak uczeni mężowie poznają tajemnice spisków rzymskich senatorów – wyjaśnił mu brat. – Są sekrety, które powierzone papierom przetrwały półtora milenium. Widzi mi się, że tak i skośnoocy, wertując stare księgi, poznali sekret nasz i z jakiegoś powodu przybyli, by wydrzeć nam pieczęć. To zapewne tylko część planu. Wszak na Ukrainie już byli i ludzi tam zabijali. Knuli coś w Bergen. To aż trzy kraje odległe od siebie o tysiące mil.

– Wysoko mierzą – przyznał olbrzym.

– Odniosłem to samo wrażenie – westchnął Hansavritson. – Szykuje się coś niedobrego, dlatego chcę was tam posłać. Zło trzeba zdusić w zarodku. A jeśli zdusić się jednym ruchem nie da, mus wiedzieć, jaką siłą wróg dysponuje.

– Markus...

– Najwyraźniej o Oko walczą dwa zwaśnione stronnictwa. Skośnoocy i ludzie łasicy.

– Alchemik zginął w Bergen – zauważył Sadko. – Jest szansa, że wzajemnie się wybiją.

– Gdybyśmy mieli więcej informacji, proces wzajemnego wyrzynania się naszych wrogów dałoby się kontrolować – rzekł Peter. – Podpuszczalibyśmy ich umiejętnie, by żadna strona nie uzyskała przewagi tak długo, aż zostałby tylko jeden... Marius miał rację, informacja to broń, której znaczenia jeszcze w pełni nie doceniamy.

– Kiedy mielibyśmy wyruszyć? – zapytał Borys.

– Jak najszybciej. Gdy tylko stan morza pozwoli przeprawić się na szwedzki brzeg.

– Odległość to dość znaczna... Teraz przebyć ją niemożebne. Wieczorem sztorm będzie – ocenił konus. – Jeśli morze się rozkołysze, krę strzaska i rozproszy. Wtedy spróbować można. Jeśli nie, ze dwie niedziele przyjdzie czekać, aż dobrze zamarznie.

– Weźmiecie ze sobą kilka cetnarów ładunku. La-pończykom straszliwie doskwiera niedostatek broni. Wesprzemy ich.

– Chcecie im, panie, dostarczyć wynalazek Mariu-sa Kowalika?

– Tak.

Drogi batko atamanie!

Los znów mnie daleko rzucił, tym razem chociaż bliżej żem Kijowa, niż gdym w Bergen przebywał. Kraina zwa-na Dalarną jako żywo przypomina Ukrainę, jest jednako-woż różnic kilka. Pierwsza taka, że miast stepów po ho-ryzont rozległych lasy tu rosną, co szkody porównaniom nie czyni, gdyż ludzi i tu, i tam jednako niewielu. Druga taka, że w miejsce naszych pagórków łagodnych a sfalowa-nych na podobieństwo morskiego przestworu tu góry rosną skałami ówdzie najeżone. Jary między nimi jednakże do naszych podobne. Trzecia taka, że miast ludu kozackiego w stepie Lapończycy, co się sami Saami zowią, tu po la-sach żyją. Czwarta taka, że jak miasto gdzie, tam w miej-sce Polaków Szwedy siedzą. Piąta taka, że w tej pludrac-kiej krainie ni Ormian, ni Żydów, ni Tatarów nie masz, a nie wymyślili, kim by ich zastąpić, tedy nie wiem, kto tu handlem, lichwą i medycyną się para. Szósta taka, iż miast prawosławnej luboć katolickiej, ormiańskiej i innej wiary jedną tylko mają, przez heretyka Lutra założoną, choć Saami po lasach bałwochwalstwo jeszcze uprawiają, a i niekiedy jak jaki z daleka przyjdzie, to i prawosław-nym z chrztu być może.

Góry tej krainy błękitny i zielony kamień rodzą, któ-
ren w ogniu prażony miedzią broczy. I drugi żółty, z któ-
rego to cynę dobyć można. Złota i srebra tu nie ma, ale
w nadziei ich znalezienia sztolnie kują dzień i noc.

O Saami powiedzieć można tyle, iż do Kozaków są
podobni, jeno głów nie golą, osełedców nie noszą, szara-
warów nie znają, miast szabli wolą dzidą robić, takoż
i z gęby odmienni trochę. Jedno, co wspólne, to wolności
umiłowanie i hafty na odzieniu, które jednak miast nicią
jedwabną i wełnianą wolą drucikiem cynowym wyplatać.

Co się zaś tyczy spraw naszych, wszystko na dobrej dro-
dze, jeno pisać o tym nie bardzo mogę. Jeśli dzieło w Nor-
wegii zaczęte dokończę, sprawę zdam. Gdybym do lata
się nie odezwał, racz, batko, dwudziestu co bardziej za-
wziętych Kozaków tu, do Dalarny, przysłać, a to celem
pomszczenia mnie.

Kreślę się, sługa Waszeci i podnóżek
Maksym Omelajnowicz

Staszek szatkował zielsko, słuchając dziewczyny.

– Mężczyzn zabrali do pracy w kopalni. Młodszych
rozdzielili. Połowę zabrali do piwnic pod dworem. Nie
wiemy, co się z nimi stało... Ale niektórzy chyba jeszcze
żyją, bo jedzenie jest dzielone na dwa kotły.

Spojrzał na dziesiątki klatek z królikami i nagle elementy układanki wskoczyły na swoje miejsca.

– Coś wiesz. – Taavi spojrzała mu prosto w oczy. –
Jesteś mądry, powiedz, czego się domyślasz.

– Testy... – użył słowa, którego nie mogła znać. – To
jest tak: przybyli, przywożąc swoje lekarstwa i wiedzę,

jak zrobić nowe. Ale chyba nie przewidzieli, że szczepy bakterii... eeee... że choroby panujące w tych czasach są zupełnie inne. Dlatego hodują nieprawdopodobne ilości królików i sprawdzają na nich, jak co działa. Widocznie nie wszystkie ludzkie choroby da się wywołać u zwierzątek. Dlatego oddzielili część z was i zakazili... Wywołali u nich rozmaite zarazy, a teraz testują... A teraz podają im różne medykamenty, żeby sprawdzić, jak działają na ludzi.

– A my?

– Grupa kontrolna – rzucił w zadumie. – Muszę pomyśleć. Ułożyć sobie w głowie. Może wtedy będę wiedział.

– Dobrze. – Kiwnęła głową i wróciła do siekania trawy.

Zaszczepili ich? I patrzą, czy któreś nie zachoruje? A może testują antybiotyk? Można go przecież domieszać do pożywienia. Głodzą, trzymają w zimnym lochu, zapalenie płuc murowane. Chyba że poda się uderzeniowe dawki jakiegoś leku. Czy to możliwe? Zaklął w duchu. Trzeba było więcej czytać...

Ale i tak ma chyba farta. Bo tam, w podziemiach... Wyobraził sobie lochy, cele, dogorywające dzieciaki, zapewne także stoły sekcyjne i piece krematoryjne do palenia ciał. Piekło znajdujące się na wyciągnięcie ręki, tuż pod jego nogami. Strach... Czuł, że zaczyna drżeć, że narastająca panika z wolna, nieubłaganie opanowuje umysł. Nagle zapragnął biec przed siebie na oślep, byle dalej.

– Uspokój się. – Dziewczyna zauważyła, co się dzieje, i mocno ścisnęła go za rękę.

Opanował się jakoś. Po kwadransie był już w stanie wrócić do siekania zielska.

Nic na łapu-capu, rozkazał sobie. Tylko planowanie na zimno może mnie uratować.

Przypomniał sobie starcie z watahą na przełęczy. Gdyby nie Hela i jej niewyobrażalna wprawa w posługiwaniu się czekanikiem, nie wyszliby żywi. Tu wilków było więcej.

Po kolei, zdusił panikę. Po pierwsze, uszkodzić ratrak. Po drugie, pozbyć się zwierząt. Po trzecie, oddalić się na jakieś dwa, trzy kilometry, żeby nie odstrzelili z karabinu. Po czwarte, muszę mieć choćby najgłupsze narty. Wilki pilnują. Obserwują, gotowe rozszarpać na rozkaz albo i bez rozkazu. Ignorują natomiast Chińczyków. Dlaczego? Może znają ich, a może to coś prostszego, na przykład ubrania personelu nasączone są jakimś zapachem. Czy mając na przykład kurtkę któregoś z tych wachmanów, byłbym w stanie przejść bezpiecznie przez kordon?

❧ Pani Agata weszła do pokoju i dygnęła przed siedzącymi za stołem członkami rady.

– Droga pani – przywitał ją Heinrich Sudermann – proszę siadać. – Wskazał rzeźbiony fotel. – Ośmieliliśmy się niepokoić panią, gdyż doniesiono nam, iż po spotkaniu demona pod postacią łasicy poważną zmianę w swoim ciele zaobserwowaliście.

– Tak, panie. – Wdówka skinęła głową. – Gdym wyszła z kasztelu, ciężką konfuzję poczułam, widząc, iż statek w innym miejscu się znajduje, a chwilę potem dostrzegłam, że pierścień, stanowiący drogą memu sercu pamiątkę po mężu, mam nie na tej dłoni co wcześniej. Takoż choć do wielu rzeczy przyuczona jestem, by prawą ręką robić, teraz lewą je wykonuję. Również znamię na nadgarstku na drugą rękę przeskoczyło.

– Medyk osłuchiwał panią... – Któryś z członków komisji spojrzał w papiery.

– I orzekł, iż łasica rzekła prawdę. Ciało me niczym w zwierciadle odbite zostało. Serce me po prawej stronie dziś bije.

Ktoś przeżegnał się przerażony, jednak większość zebranych zachowała kamienny spokój.

– Jak w lustrze – mruknął Sudermann.

– Tak, panie. Czy mogę wiedzieć, w jakim celu wezwana zostałam?

– Zebraliśmy komisję dla zbadania wypadków, które ucieczce waszej z Bergen towarzyszyły. Z okazji korzystając, chcemy możliwie dobrze poznać łasicę i jej możliwości. Nie zdarzyło się bowiem do tej pory, by moc zwierzęcia manifestowała się w obecności tak wielu świadków. Próbujemy też rozstrzygnąć problem, czy dokumenty kantoru, weksle i księgi z Bergen wywiezione nadal za ważne uznawać mamy.

– Nie rozumiem, panie. – Wdówka zmarszczyła czoło.

– Zechciej, pani, spojrzeć. – Wskazał jej stolik.

Przez chwilę patrzyła na leżące tam dokumenty, a potem pojęła. Wszystkie pergaminy zapisano od prawej ku lewej.

– To...

– Tak, pani. Nie tylko wy na zwierciadlaną chorobę zapadliście. Magia łasicy i na pergaminie, i na srebrze nawet ślad swój odcisnęła.

– Ale moje papiery... Nic się z nimi nie stało. Przeglądałam je już po przybyciu do miasta.

– Odbiciu uległa może czwarta część. Stąd nasze wątpliwości – wyjaśnił. – Bo monety obrócone już postanowiliśmy ludziom powymieniać, jeno dyskusja jeszcze trwa, czy zaczarowane w morze wrzucić, czy tylko w ogniu stopić i tak kruszce oczyścić.

Wręczył Agacie talara. Moneta była odwrócona. Wdowa spojrzała tylko raz i odrzuciła ją ze wstrętem na blat.

– Dokumenty, które przemianie uległy, zapewne przepiszemy i spalimy. Kłopot w tym, czy niszczyć także te śladów przemiany nienoszące.

– A co z ludźmi? – przestraszyła się. – Wszak nie tylko ja...

– Przybyły z Niderlandów inkwizytor orzekł, iż zabijać was nie ma potrzeby, ale na wszelki wypadek wszyscy, którzy kontakt ze zwierzęciem mieli, egzorcyzmom zostaną poddani. Powinniście jednak, pani, opuścić jak najszybciej Bremę, gdyż protestanci już się przeciw tej decyzji burzą. Są i tacy, którzy chcieliby ocaleńców na stos posłać.

– Myślałam, że tu, w Bremie, przezimuję z bratem... Ale w tej sytuacji do domu wracać lepiej.

🐾 Sadko i Borys ściągnęli lekko cugle. Obozowisko leżało na wzniesieniu. Pośrodku rozległego pustkowia rosły cztery wysokie świerki. Kilkanaście stóp nad ziemią pomiędzy ich pniami skonstruowano platformę obserwacyjną. Wokół drzew zbudowano palisadę. Od wierzchołków ku ziemi ciągnęły się liny.

– Fiu, a to się obwarowali – mruknął konus.

– Dziwisz im się? Ciekawe, po co te sznury.

– Może na helikoptery? – zadumał się. – Jakby próbował usiąść w pobliżu, to mu się kręcioł zaplącze i kłopot gotowy. Zobacz, że i na platformie mają kilka katapult.

– Przygotowani na atak.

Wokół wewnętrznego pierścienia obrony rozłożono obozowisko. Otaczała je kolejna palisada, nieco niższa. Na przedpolu złożono wiązki chrustu.

– Jeżyn pewnie nacięli – zauważył olbrzym. – Nabili w ziemię słupków, powiązali rzemieniami. Armia by miała problem taki zasiek sforsować, co dopiero wilki...

Ruszyli traktem. Z bliska umocnienia okazały się jeszcze groźniejsze. Wśród ciernistego chrustu obaj przybysze wypatrzyli zaostrzone pale, rzemienne pętlice i rozłożone potrzaski. Zapewne pokopano tam także zamaskowane wilcze doły.

Zauważono ich z daleka. Gdy podjeżdżali do bramy, z pomostu bojowego celowało w nich kilku Saamów. Inni nieoczekiwanie pojawili się wśród zasieków, prawdopodobnie wypełzli z podziemnych tuneli.

– Kim jesteście?! – zakrzyknął ktoś ukryty.

– Sadko i Borys, wysłannicy kapitana Hansavritsona do wodza Suongila! – zawołał konus.

Brama uchyliła się gościnnie. Przejechali. Wewnątrz stało kilkadziesiąt szałasów krytych grubą warstwą darni. Wszędzie kręcili się mężczyźni pod bronią. Były i kobiety, każda z nożem u boku. Dzidy leżały na podoręcdziu, gotowe do użycia, opodal zauważyli kilkanaście katapult. Obok znajdowały się też stosy kamieni oraz sieci z dowiązanymi ciężarkami. Dzieci ukryto w sercu obozowiska. Tu też wznosił się ogromny namiot.

– Nasz przywódca oczekuje. – Lapończyk, który ich wpuścił do obozu, z ukłonem wskazał wejście.

Suongil siedział w głębi namiotu na rzeźbionym fotelu gdańskiej roboty. Wokół na pieńkach zasiedli wodzowie innych klanów.

– Z czym przybywacie? – zapytał Suongil.

Sadko i Borys zgięli się w głębokich ukłonach.

– Raport wasz, panie, wzbudził w Visby zrozumiałe zainteresowanie – powiedział konus. – Hanza zdecydowała się wysłać nas, byśmy rzecz na miejscu zbadali i w imię odwiecznej przyjaźni udzielili wszelkiej niezbędnej pomocy dla pozbycia się kłopotów spędzających wam sen z powiek i utratą życia grożących.

Stary wódz popatrzył na nich i uśmiechnął się gorzko.

– Zatem Hanza jest dziś aż tak słaba? Sojusznikowi pomocy udzieliła, aż dwóch ludzi przysyłając?

Ktoś wszedł do chaty z kubkiem naparu w dłoniach. Nie widzieli jego twarzy.

– *Bratok* – odezwał się do szamana – cóż z tego, że dwóch jeno, skoro to ludzie z najlepszych najlepsi, każdego z nich w bitwie za dziesięciu, a w knuciu intryg za setkę śmiało można liczyć.

Wysłannicy Hanzy patrzyli na niego zdumieni. Maksym. Skąd on tutaj?

– Co nie zmienia faktu, że dwóch ich tylko – mruknął Suongil.

– Jak ludzi liczyć, pomnij, panie, krotochwilę taką. Roku Pańskiego tysiąc pięćset dwudziestego i ósmego, gdy najazd pogański dosiągł ziemię króla Jana Abisynię, cesarz padł w bitwie, a wdowa po nim wysłała wiernego sługę, by pomoc sprowadził z Portugalii. Sługa ten przez Egipt ruszył, gdzie łowcy niewolników go porwali i do twierdzy Tunisem zwanej sprzedali. Tam trzy lata cierpiał w niewoli kajdanami do taczek przykuty. Roku czwartego zbiec zdołał, a skradłszy łódkę, morze zwane Śródziemnym przebył. Rok jeszcze po gościńcach Europy wędrował, zanim Portugalię odszukał. Wreszcie na dworze sprawę przedstawił i władca okręt posłał, a na nim żołnierzy czterystu najlepszych. Długo płynęli wokół Afryki, gdy brzeg Abisynii ujrzeli i port, który miał być bezpieczny. Jednakowoż w ciągu lat tylu to się zmieniło, iż port ten nie był już spokojną przystanią, bo w ręce pogan wpadł. Wybiwszy ich setki, aż trup gęsto zasłał ulice, żołnierze portugalscy Żydowinę jakowego znaleźli, który w góry ich poprowadził, gdzie cesarzowa z dzieckiem opór rozpaczliwy jeszcze stawiała... Nim kraj cały przez pogan zawłaszczony przebyli, pół roku jeszcze zeszło, a z czterystu, którzy na statek wsiedli, siedmiu jedynie do celu dotarło. Jednak i siedmiu wystarczyło, by na czele wojsk chrześcijańskich stanąć i kraj cały z rąk bisurmanów odbić. Tedy nie w ilości siła, ale w duchu, który ciała ożywia.

Wódz milczał, rozważając to, co usłyszał.

– Jeśli zajdzie konieczność, siły większe przybędą – powiedział Sadko. – My zwiad jeno stanowimy.

– Ech, a tak się starałem – burknął po rosyjsku Maksym.

– Co ty tu w ogóle robisz? – zaciekawił się Borys.

– Szukam tych samych ludzi co i wy.

❧ Do laboratorium wbiegły trzy wilki. Jeden zaraz przywarował naprzeciw Staszka. Chłopak zamarł w bezruchu, patrząc w ślepia zwierzęcia. Za nimi wkroczył generał Wei. Doktor wstał od dygestorium i zasalutowawszy, przekazał meldunek.

Generał Wei uśmiechnął się i przez chwilę wertował wydruki z danymi. Obejrzał pod światło probówki z pozyskanym antybiotykiem. Wreszcie odwrócił się w stronę Staszka. Nadal się uśmiechał, ale chłopak poczuł, jak trzęsą mu się kolana.

– Przesłuchiwałem taśmy – odezwał się generał. – Zaskakująca trafność przypuszczeń. Owszem, stanowicie swego rodzaju grupę kontrolną. Skoki temperatury, przechładzanie organizmów, wszystko to osłabia układ immunologiczny. Ale niewielkie dawki antybiotyków dodawane w pożywieniu pozwalają uniknąć zapalenia płuc. To bardzo ciekawe dane.

Łże jak pies, pomyślał Staszek.

– Pracuj dalej, pozwolimy ci jeszcze trochę pożyć. – Dłoń oficera spoczęła na łbie wilka. – Może nawet cały miesiąc? Zwłaszcza że wiesz, jak kończą ci, którzy się lenią.

Kiwnął krótko głową, a Staszek bezwiednie oddał ukłon.

To idiotyzm, myślał, myjąc kolby. Kilka gładkich, naiwnych kłamstw. Eksperyment? Że niby sprawdzają, czy zimno nas nie zabije? A jaką wartość miałby eksperyment robiony na tak małej próbce, tak nielicznej grupie badawczej? Z drugiej strony...

Przypomniał sobie, co czytał o doktorze Mengele i jego doświadczeniach pseudomedycznych. Tam, w Oświęcimiu, było podobnie. Bandyta w fartuchu, świeżo po uzyskaniu dyplomu, owładnięty idée fixe, mordował dzieci w imię swoich idiotycznych teorii.

A może zarazili nas jakimś syfem i sprawdzają teraz, czy poodmrażani zachorujemy szybciej niż inni? – błysnęła myśl.

Kłamstwa, kłamstwa...

Przecież dziewczynka, którą zamęczyli, pracowała jak inni. Chyba nawet ciężej, bo była z nich najmłodsza. Czemu ją zabili? Sekcję chcieli zrobić? Niby jak? Po rozszarpaniu przez wilki dużo z niej nie zostało. Czy chodziło o zwierzęta? Może są bardziej posłuszne, jeżeli okresowo pozwala im się wyładować naturalne instynkty i „zapolować"?

Element tresury? – rozważał. Od czasu do czasu dostają kogoś na pożarcie, żeby nie zapomniały, co jest ich zadaniem w razie ucieczki więźniów.

Obawiał się, że obietnica przeżycia miesiąca to kolejny blef. Może wykończą go już jutro? Dlaczego Wei to powiedział? Chciał uśpić czujność? Po co?

Kolejny regał, kolejne kolby z kulturami grzybów.

Nie mogli tego zautomatyzować? Przywieźć urządzenia wielkości lodówki, które raz na tydzień wypluje pudełko z fiolkami leku? Rachunek ekonomiczny? W końcu w chińskich fabrykach też woleli zamiast automatów zatrudniać ludzi, którzy ręcznie poskładają z elementów gotowe wyroby...

Czy niepotrzebnie racjonalizuję ich działania? – zadumał się. Reżimy totalitarne często przecież w imię ideologii walczą z elementarną logiką czy wręcz prawami natury. A jeśli jedynym sensem ich funkcjonowania jest chęć upodlenia drugiego człowieka?

– Przygotuj następne kultury – polecił technik z sąsiedniego pomieszczenia. – Pożywka jest w wiadrze, tu masz zarodniki pleśni...

Podał mu tekturowe pudło pełne plastikowych fiolek z szarym proszkiem. Nim zdążył odejść, jedna spoczywała już bezpiecznie w kieszeni Staszka.

❧ Szybko poznałem sąsiadów. Na parterze mieścił się sklepik ze starzyzną, będący jednocześnie chyba czymś w rodzaju lombardu. Obok, w najlepszym lokum, mieszkała właścicielka. Na piętrze ja z dziewczynami, a drzwi w drzwi z nami stary, gburowaty marynarz bez jednej nogi. Wyżej było jeszcze poddasze, gdzie we wspólnej izbie gnieździło się czterech lub pięciu łebków zapisanych do terminu u rzemieślników. Przychodzili późno i zazwyczaj tak zmordowani, że od razu szli spać. Byli cisi, można powiedzieć, zahukani. Kłaniali mi się grzecznie, gdy mijaliśmy się na schodach. Biedowali i marzli na swoim strychu. Za namową Grety kupiłem pięć solidnych pniaków i oddałem im jeden w zamian za porąbanie reszty na polana. Właścicielkę widywałem raczej rzadko, siedziała w domu jak sowa w swej dziupli.

W ciągu kilku dni poznałem też nieźle plątaninę uliczek wokół naszego mieszkania. Zajrzałem z ciekawości do kilku kościołów, prosty, surowy, średniowieczny jeszcze wystrój, żadnych barokowych złoceń. Brakowało mi muzeów, pizzerii, pracowni bursztyniarskich, tego wszystkiego, co zapamiętałem. Raziły mnie kupy brudnego śniegu, cuchnące rynsztoki, brudne elewacje. Ludzie, nędznie odziani, w zdeptanych butach, brodzący w patynkach przez błoto... W Bryggen, gdzie większość mieszkańców stanowili kupcy, młodzi lub w sile wieku, odwykłem trochę od codzienności. Teraz mijałem umorusane dzieciaki, starców o palcach powykręcanych reumatyzmem, płatne panienki z krostami na twarzach. Po kilku tygodniach miałem już szczerze dość Gdańska.

⁂ Nadchodził zmrok.

Jeszcze kilka godzin i koniec na dzisiaj, pomyślał Staszek. Ile to już za mną, a ile jeszcze przede mną? Może jutro będę martwy, może dopiero pojutrze. Może uda mi się przeżyć nawet tydzień. Już w tej chwili mają za mało ludzi do pracy. Prawdopodobnie będziemy żyli, przynajmniej póki nie złapią sobie nowych niewolników.

– Na przesłuchanie! – warknął strażnik.

Chłopak poczuł, jak miękną mu kolana. Zauważyli, że schował fiolkę z zarodnikami? A może widzieli, jak zakopuje ją w zagoniku? Opanował się z najwyższym trudem i powlókł niczym na ścięcie.

Przesłuchanie? Przecież wypytali mnie chyba o wszystko, rozmyślał gorączkowo. Wstrzykną mi znowu to gówno, wyśpiewam, że planowałem zwiać... Ale tego to się chyba domyślają.

Generał Wei siedział przy biurku w swoim gabinecie i stukał w klawisze laptopa. Cztery wilki warowały u jego nóg niczym zwykłe psy. Na widok więźnia obnażyły zęby.

– Siadaj! – Wskazał chłopakowi krzesło przyśrubowane do podłogi i wrócił do pracy.

Zacznie się gra, pomyślał Staszek. Coś zaproponuje, a może coś chce wiedzieć. Bez powodu mnie nie wezwał. Czy mogę coś utargować? Gucio... Jeden zastrzyk i będę śpiewał jak skowronek.

– A więc tak. – Generał odwrócił się do Staszka. – Przybyliście tu w celu odszukania Oka Jelenia. Poprzednio wspomniałeś, że nie trafiliście na żaden trop.

– Nie – potwierdził.

– Zeznałeś też – rzucił okiem do notatek – iż łasica kazała wam odszukać kogoś w Uppsali. Czy możesz dokładnie przytoczyć jej słowa?

– Nie pamiętam. – Pokręcił głową.

– Lepiej sobie przypomnij, masz minutę. – Spojrzał na zegarek. – Oczywiście możesz też nic nie mówić. – Stuknął jakby w zadumie w klawisz laptopa. – To może być nader interesujące sprawdzić, jak bardzo własne przypuszczenia pasują do rzeczywistości...

– Przypuszczenia?

– Dość trafnie odgadłeś, co tu właściwie robimy. To znaczy co robimy w piwnicach.

Staszka zmroziło. Wei przekręcił ekran, pokazując obraz z kamery przemysłowej. Chłopak rzucił tylko okiem i zacisnął z całej siły powieki. Szok był taki, że omal nie zemdlał.

– Cóż, nauka wymaga ofiar. – Wojskowy wzruszył ramionami. – A więc czas minął. Gadaj.

– Mieliśmy udać się przez góry do Uppsali i tam czekać na dalsze instrukcje.

– Nie prowokuj mnie, gnoju. – Chińczyk nawet nie podniósł głosu.

– Na uniwersytecie mieliśmy odszukać człowieka o nazwisku... – Staszek z przerażeniem uświadomił sobie, że nie pamięta. – Berk? Nie, chyba raczej Bark.

– Bark. Hieronymus Bark. Specjalista od historii naturalnej. Tyle to i my wiemy.

– Sporządził szkic Oka... Kilka lat temu.

– Tak. To oznacza, że miał je w ręce. I być może wie, kto je posiadał albo kto ma je nadal – burknął. – Coś jeszcze?

– Czyli wiecie tyle, co i ja – odparł Staszek. – A nawet więcej, nam łasica nie powiedziała, jak mu na imię. Jesteśmy w Szwecji, więc Uppsala jest niedaleko. Możecie sami go sprawdzić...

– On już tam nie wykłada – warknął generał. – Udał się do Polski, do Krakowa.

Spojrzał na więźnia ze złością.

– Wiesz, dlaczego jeszcze żyjesz?

Chłopak pokręcił bezradnie głową.

– Bo jest szansa, że łasica po ciebie wróci. A wtedy... – Generał obnażył w krzywym uśmiechu zęby. – Tym razem będziemy lepiej przygotowani na tę wizytę.

Lepiej? Czy to znaczy, że już ją kiedyś spotkali? – rozmyślał Staszek gorączkowo.

– Żeby mogła mnie namierzyć, scalak musi działać? To znaczy znajdować się w organizmie żywym, który dostarcza mu energii? – domyślił się.

Dopiero teraz zrozumiał, dlaczego został wskrzeszony.

– Tak. Jesteś całkiem sprytny – Wei mruknął bardziej do siebie. – Szkoda, że grasz po niewłaściwej stronie. Ale nie martw się, niebawem gra się skończy. Wyprowadzić!

Ile to wszystko trwało? Dwie minuty?

Pomaszerował do celi. Zaraz też przygoniono jego towarzyszy. Leżąc na słomie, raz jeszcze przeanalizował całą rozmowę. Chińczycy prawdopodobnie złapali Inę, ale się im wyrwała. Liczą, że po niego wróci, i tym razem nie pozwolą jej uciec.

Ja też chciałbym uciec... ale wiem, że to niemożliwe.

Kamery, podsłuchy, być może fotokomórki czy czujniki ruchu. Wreszcie wilki. Tu nie da się ukraść munduru strażnika i wymaszerować przez główną bramę.

Ręka kompletnie mu zdrętwiała, więc ignorując rady Taavi, przekręcił się ostrożnie na drugi bok.

Poznałem, jak do tej pory, kilka użytecznych informacji, pomyślał. Po pierwsze, wiem, że produkują tu leki i testują na zwierzętach ich skuteczność w starciu z miejscowymi bakcylami. Po drugie, Bark, człowiek, który widział Oko Jelenia, jest w Polsce, a oni, straciwszy helikopter, chwilowo nie są w stanie go ścigać. Dopóki nie zbudują nowego...

Dziewczyna poruszyła się przez sen. Przytuliła się, mruknęła coś jakby zachęcająco. Poczuł jej pośladki, dwie magiczne półkule pod cienką warstwą materiału. Przekręcił się plecami i długo leżał, czując, że policzki palą go ze wstydu i podniecenia.

Umrę, nawet nie wiedząc, jak to jest z tym seksem, pomyślał tak obojętnie, że aż sam się przestraszył. Wola życia najwyraźniej gasła... Wreszcie znękany myślami zasnął.

🌿 W namiocie zrobiło się chłodno. Ustawione pośrodku kosze z żarem niewiele dawały. Zebrani wodzowie przerwali narady, by wysłuchać, co mają do powiedzenia wysłannicy Hanzy. Kozak też uważnie słuchał.

– Żeby zaatakować Pana Wilków, trzeba dysponować nie byle jaką siłą – zauważył Suongil.

– Są trzy siły podstawowe, których używają przeciwnicy mocni, by na wroga posyłać armie – powiedział poważnie Sadko. – Pierwszą jest siła militarna, czyli wojsko, które można w dni kilka pod broń powołać. Do was, panie, ściągnęło wielu wojowników i myśliwych. Siła druga płynie z bogactwa, ten, kto może wojska swe wyżywić oraz uzbroić, mocniejszy od tego, który bandę gołodupców w pole pośle. Trzecia siła to potęga moralna, która rodzi się w sercach ludzi ruszających walczyć o sprawę szlachetną i świętą. Tej także wam, panie, nie zbywa. Kłopot jeden może być w braku gotówki na zakup oręża nowoczesnego a niezawodnego.

– To potężny przeciwnik. Wystawił przeciw nam zwierzęta, które umieją działać jak ludzie. Ma także broń straszliwą i dosięgnąć może nas z daleka. Dawniej posiadał również machinę unoszącą się na niebie, lecz szczęśliwie...

– ...ją strąciłem – pochwalił się Maksym. – Opodal miasta Bergen w Norwegii koniec swój znalazła. Ludzie, którzy jej dosiadali, też w ziemi spoczywają.

– Broń – podjął poprzedni wątek Sadko. – Można ją kupić, ale nie zawsze jest to konieczne. Myśleliśmy, że będzie w tej przygodzie potrzebna, tedy mamy na saniach skrzynię z czymś odpowiednim.

Wyszedł z namiotu. Słychać było, jak podnosi wieko, i po chwili wrócił, niosąc kuszę.

– A cóż to za dziwadło? – zdumiał się wódz. – Jeszczem takiej zabawki nie widział.

– Dzieło wymyślone przez przyjaciela naszego Mariusa Kowalika, a wykonane dłońmi najlepszych rzemieślników z miasta Visby. W zwyczajnej kuszy, jak wiecie, korbą naciągnąć można jedno łuczysko. Tu aż trzy umieszczono, tedy za windy naciągnięciem trzy do strzału przygotowane zostają.

– I nie jeden, a trzy bełty jednocześnie do celu lecą? – zdziwił się wódz. – Toż zaczepić się w locie i strącić wzajemnie mogą, że o celności nikłej nie wspomnę.

– Bynajmniej. Nie trzy jednocześnie, ale po kolei. Wedle potrzeby strzelić trzy razy szybko można lub nacisnąć spust raz, a potem i przez pół wachty sposobności kolejnej czekać. I nie bełtami z nich się szyje.

– Słyszałem, że Niemcy do kuszy pocisków okrągłych z kamienia używają. – Teraz Maksym oglądał oręż.

– Mistrz Marius umyślił sobie, by szklanych użyć. Raz, że szkło w ranie rozpryśnięte znaczne szkody czyni, dwa, że kulki można uczynić wewnątrz puste i trucizną napełnić. Tego jeszcze zrobić nie umiemy – uniósł dłoń – ale przygotowania trwają. Na razie rtęć do nich wlaliśmy. Ciecz to ciekawa, bo ciężka, a w ranie jej trujące właściwości się objawiają...

– Broń to zacna i straszliwa zarazem... – szepnął Lapończyk. – Czy sprawdzić jej siłę mogę?

– Proszę. – Sadko wręczył Suongilowi woreczek pocisków.

Wódz oglądał je długo i uważnie. Potem wyszedł z namiotu. Jeden z jego podwładnych znikł, a po chwili wrócił z połciem reniferowego mięsa. Zawiesił je na drzewie kilkadziesiąt kroków dalej i cofnął się.

Stary, kręcąc korbą, naciągnął wszystkie łuczyska, a potem, złożywszy się do strzału, posłał po kolei trzy kule. Wrócili do kryjówki. Gdy sługa przyniósł mięso, Lapończycy długo i w skupieniu badali zniszczenia. Wydłubywali z mięsa szklane odłamki, kręcili głowami...

– Broń to celna, szybka, a spustoszenia straszliwe czyni. Gdy zwierzęta wytresowane przez Pana Wilków ruszą na nas, wystrzelamy je jak kaczki – ocenił wreszcie wódz. – Wiele tego macie?

– Sto sztuk. I dwa tysiące czterysta kul w woreczkach po dwa tuziny. Starczy aż nadto.

– Uzbrojenie to z pewnością wiele kosztowało?

– Przyjmijcie je jako podarunek od Hanzy. Cobyście nie myśleli, że potrzeby przyjaciół lekceważymy.

Przez salę przebiegł szmer zdumienia. Tylko Suongil nie zmienił wyrazu twarzy.

– Pan Wilków musiał wam także dokuczyć – zauważył pogodnie – skoro parę tysięcy dukatów lekką ręką wyrzucacie, by przekonać nas do tej małej wojny.

– Hanza słynie z tego, że większości niebezpieczeństw unika, tłumiąc je w zarodku. Powszechnie też wiadomo, że kto dobrze żyje z Hanzą, może liczyć na pomoc w trudnej chwili – powiedział Borys.

Fałsz własnych słów dotarł do niego dopiero po chwili. Nowogród... Od tylu dekad jego mieszkańcy czekali na pomoc Hanzy. I jak na razie nie zanosiło się, by Związek wyciągnął do nich dłoń. Car Iwan rósł w siłę. Niebawem zagrozi wszystkim nad Bałtykiem...

Rozłożyli mapę.

– Te koczowiska Pan Wilków spalił jesienią. – Stary ujął w dłoń pałeczkę ołowiu i postawił pięć krzyżyków. W tych ludzi zagryzły jego wilki. Z tych nasi bracia uciekli, mimo złej pory uchodząc daleko na północ i zachód. Niektórzy przybyli tutaj, prosząc o schronienie.

– Dlaczego was zabija?

– Trudno to odgadnąć, jednak jeśli zaznaczymy na mapie, które ziemie nabył, rzecz staje się jasna... Korona sprzedała mu za srebro liczne grunta, góry i lasy. Tedy zabija wszystkich, którzy je od wieków zamieszkują, jakby myszy polnych chciał się pozbyć ze swego łanu...

– Toż to aberracja – mruknął Maksym. – Wszak wiadomo, że lepiej tych, których się kupiło, w chłopów lub niewolników obrócić i do pracy przymusić.

– Tak też i zrobił. Zdrowych mężczyzn i kobiety przymusił, by drążyli szyb w głąb jednej z gór. Zabija tych, którzy zdają mu się zbędni.

– Szyb, powiadasz? – zaciekawił się Borys.

🐾 Grań zasypana śniegiem prowadziła na szczyt skalnego ostańca.

Suongil prowadził ich ścieżką ledwo widoczną wśród topniejącej brei. Maksym szedł pewnym krokiem, tylko raki na butach chrobotały o kamienie. Borys i Sadko, przyzwyczajeni do śliskiego i chybotliwego pokładu okrętu, też jakoś sobie radzili.

Wreszcie zatrzymali się na szczycie góry gęsto porośniętej rachitycznymi sosenkami.

– Teraz ostrożnie – powiedział przewodnik.

Rozłożyli derki i legli w śniegu. Sadko wydobył lunetę. Zlustrował okolicę i podał w obieg.

– Ta czarna dziura to wylot sztolni – szepnął przewodnik. – Obok, jak widzicie, warsztat, gdzie metal z rudy pozyskują...

– Wedrzeć się za palisadę trudno będzie – powiedział Maksym.

Z ziejącej w zboczu dziury nieustannie wynurzali się ludzie pchający taczki. Podchodzili do solidnej kraty zabezpieczającej wylot. Wysypywali urobek na dwa taśmociągi. Jeden skręcał w stronę budynków, drugi odprowadzał kamień na hałdę poza palisadą.

– Ruda do przeróbki, skała precz – mruknął Borys. – A urządzenia takie, że i bez człowieka pracować mogą.

– Przykuci do taczek – warknął Sadko. – Jak nasi bracia z Nowogrodu, których car Iwan posłał do kopalni... Nie widzę strażników.

– Nikogo zza kraty nie wypuszczają. A jakby kto spróbował wraz z rudą na wolność wyjechać, tego wilki wyczują i rozszarpią.

Istotnie, teraz dopiero ujrzeli bestie. Zwierzęta siedziały pojedynczo, przyglądając się pracy więźniów.

– Czym je żywi? – zapytał Sadko.

– Raz na kilka dni nadzorca wychodzi z budynku, zza kraty ich wypuszcza i spośród więźniów wybiera dwóch lub trzech, którzy najgorzej pracowali albo popełnili jakieś uchybienia. I oni służą za karmę...

– Skąd wie, jak kto pracuje?

– Tego nie wiem. Może liczy, jak z urobkiem do krat podchodzą?

Maksym ujął lunetę.

– Pamiętacie przygody nasze w mieście Bergen? – zapytał. – A i wcześniejsze, gdy martwego konia spotkaliśmy?

– Pamiętamy – potwierdził konus.

– Panna Helena i mistrz Markus wiedzę o tych pludrackich wymysłach znaczną posiadają... Ale i my trochę przecież ze słów ich się dowiedzieliśmy. Tedy pierwsza myśl moja jest taka, że wilkom rozkazy wydano przez druty w ich głowach. A żeby słuchały, wytresować je to mało. Zatem słuchać muszą poleceń wypowiadanych głosem, którego nie słyszymy.

– A słowa te wychodzą z drutów na dachu. – Sadko wskazał antenę. – Sądzisz, że wystarczy wyrwać je z korzeniem, by wszystkie wilki odczarować?

– Pewności nie mam... Ale to chyba dobry koncept. Nadzorca jest jeden? – zwrócił się do przewodnika.

– Tak.

– Jest prawdopodobne, że i on przez druty te ze swymi rozmawia, i rozkazów słucha. Jeśli zdołamy je zniszczyć, nikt mu z pomocą nie przyjdzie. Gdy i wilki zgłupieją przy tym, łatwiej przyjdzie je wybić...

– Jeżeli go zabijemy, to i rozkazów zwierzętom nie wyda. – Borys zatarł pięści.

– Ale wcześniej wydanych nie odwoła – zripostował Sadko. – Masz muszkiet z lunetką – zwrócił się do Maksyma. – Dałbyś radę ustrzelić nadzorcę stąd?

– Sprawa to trudna. – Kozak pogładził kolbę karabinu. – Bo odległość większa niż wtedy, gdy to do nas strzelali... Trza by podejść bliżej. – Popatrzył z frasunkiem na wilcze tropy gęsto znaczące łąkę u podnóża skały. – Tam miejsca dobrego, by trwać w zasadzce, nie znajdziemy...

– Mam pewien pomysł – mruknął Sadko.

Staszek podciągnął się do kraty w oknie celi i dłuższą chwilę patrzył, chłonąc wzrokiem widok. Dwór stał na wzgórzu. Księżyc oświetlał wszystko srebrnym, nie rzeczywistym blaskiem, było widno niemal jak w dzień. Wokoło rozciągały się pola lub łąki pokryte śniegiem. Dalej widział pas gór porośniętych lasem.

Cztery, może pięć kilometrów otwartej przestrzeni, pomyślał. Z piętnaście stopni mrozu, śnieg po pachy. Żeby stąd wywiać, potrzebuję po pierwsze grubego płaszcza, po drugie nart, po trzecie krzesiwa, po czwarte czasu. Jeśli ucieknę, to równinę, którą widać, przejdę w godzinę. Potem ukryję się w lesie. Nie, błąd. Potem będę maszerował przez las jak najszybciej. Gdybym uciekł wieczorem, a moją ucieczkę spostrzegliby rano, miałbym, powiedzmy, osiem godzin. Zrobię piętnaście, no, może dwadzieścia kilometrów. Nie więcej. W tej odległości może leżeć jakieś miasto. Problem w tym, jak na nie trafić. I co dalej?

Wzdrygnął się. Zima... Żadnej roboty, ceny żarcia z kosmosu. Z drugiej strony ma na sobie polar. Jeśli znajdzie kupca, może dostać naprawdę ładną sumkę. Potem... Potem trzeba dotrzeć do Bergen i odnaleźć Marka. Pieszo, być może przez pół kontynentu w środku zimy.

Brak perspektyw ucieczki trzyma go tu lepiej niż mury i kajdany. Chińczycy pewnie na to właśnie liczą. A gdyby tak...

Taavi. To Laponka. Pochodzi z tych stron? A gdyby namówił ją do wspólnej ucieczki? Dziewczyna zapewne zna drogę, zna kraj. Dotrą do jakiegoś koczowiska, a wiosną...

Okazja, by porozmawiać, trafiła się koło południa. Stali razem przy szatkownicy, chłopak był pewien, że huk maszyny zagłuszy wszelkie próby podsłuchu.

– Taavi? – zagadnął.

Dziewczyna rzuciła naręcze chwastów do otworu.

– Tak? – Wdzięcznie przechyliła głowę.

– Ucieknijmy stąd.

Milczała, patrząc na niego w zdumieniu.

– Dokąd? – zapytała bezradnie.

– Do twoich. Do Saamów. Jesteś stąd. Znasz ten kraj. Masz tam gdzieś krewnych, którzy się nami zaopiekują.

– Tak się nie da. – Pokręciła głową. – Mój klan wyrżnięto do nogi. Żyjemy już tylko my. Ja, moja kuzynka i Sap. Poza tym nie da się stąd uciec. Generał Wei to Pan Wilków.

– Nie rozumiem.

– Jego zwierzęta nas rozszarpią. Rozkaże im iść naszym tropem, dopadną nas i pożrą. Gdybyśmy znaleźli koczowisko innych klanów naszego ludu, nikt nie udzieli nam schronienia. Boją się go wszyscy Saami od Dalarny po brzeg morza.

– Wilki...

Przypomniał sobie ciężką walkę, którą stoczyli wtedy na przełęczy. Wówczas miał broń, a obok siebie dziewczynę wprawioną w walce czekanikiem.

O Taavi nie wiedział nic. Ale to, do licha, dzikuska, dziewczyna wychowana w lesie. Liznęła trochę cywilizacji, jednak to nadal ktoś jak Indianka z książek przygodowych. Z pewnością umie polować, walczyć, rozniecić ogień, zbudować szałas. Umie to wszystko, co będzie potrzebne, by przeżyć tam na zewnątrz.

– Wilki są groźne, mój lud zna je od pokoleń – ciągnęła. – Ale te, na których rękę położył generał Wei, są straszniejsze niż wszystkie, które znaliśmy do tej pory. Nie boją się ognia ani huku wystrzału. Przychodzą, by zabić, i zabijają bez lęku. Jeśli jeden zginie, reszta się nie cofa. Aż do śmierci. Robią też rzeczy, których zwykły wilk nie robi. – Wzdrygnęła się. – Potrafią wejść do namiotu i zagryźć po cichu śpiącego człowieka. Uderzyć i nocą, i za dnia. I w środku lasu, i w środku miasta. Nikt nie udzieli nam schronienia. Za drogo przyszłoby za to zapłacić. Generał Wei zabiłby wszystkich. Całą wioskę. Nawet teraz, gdy żelazny ptak przepadł gdzieś daleko, jego władza jest wielka...

– Jak daleko jest najbliższe miasto? – zapytał.

– Nie dojdziesz. Zginiesz po drodze, nawet jeśli wilki nie ruszą twoim tropem.

– Gdyby zdobyć narty i trochę zapasów...

– I co dalej? Czy masz pieniądze, by przeżyć wśród Szwedów? Kto dziś da kromkę chleba włóczędze? Gdzie złożysz głowę na noc?

– Ale...

Spojrzała na niego i smutno pokręciła głową.

To Laponka, pomyślał. Dziewczyna, która urodziła się i wychowała w tych stronach. Dwadzieścia stopni mrozu i śnieg po pachy nie budzą jej strachu. Od dziecka przywykła do takich warunków. Jeśli ona sądzi, że ucieczka jest niemożliwa, to... Zagryzł wargi.

– Co zatem robić? – szepnął. – Przecież te ścierwa wymordują nas wszystkich.

– Zabić generała Wei i jego ludzi – powiedziała spokojnie. – Potem zniszczyć urządzenia, za pomocą których wydaje rozkazy zwierzętom. Wtedy jest szansa. Sap tego nie zrobi. Widział, jak umierają jego dwaj bracia. To sprawiło, że stał się słaby. Ja jestem dziewczyną. Tylko ty.

Staszek w milczeniu przyglądał się wilkom warującym na dziedzińcu. W głowie kołatały mu się urywki przeczytanej kiedyś powieści Brama Stokera.

Hrabia Dracula też miał na swoje rozkazy stada wilków, rozmyślał. Ale bohaterowi udało się zwiać. Z zamku uciekł, złażąc po murze. Tu nie ma nawet muru...

❧ Co wiemy o głosie, którego nie słychać? – zapytał Maksym. – Zbierzmy razem wszystko, co powiedzieli panna Helena i Markus oraz do czego wy doszliście, i co pan Kowalik mówił. – Ukłonił się na znak szacunku dla nieobecnego Polaka.

– Wiemy, że istnieje. Wiemy, że zwierzę, które go usłyszy poprzez druty wbite w czaszkę, wykona każdy rozkaz, nawet jeśli jest martwe... – Sadko wyliczał, zaginając kolejne palce. – Wiemy też, że z drutów ten głos miotnąć należy, a sekretem jego siły jest to, co oni zwą elektrycznością. Siła, która rodzi się wśród wirujących tarcz z bursztynu, a którą można jakoś przechować w garnku z kwaśną wodą.

– Podejść zaś nie da się, póki wilcy strzegą... A gdyby tak...?

– O czym myślisz? – Nagły błysk w oku Kozaka zainteresował Sadkę.

– Bez wilków nadzorca jest bezbronnym. Musimy się ich pozbyć i po kłopocie. Gdy zwierzęta zdechną, więźniowie od straży bestii uwolnieni bunt nawet wzniecić mogą i nas wesprzeć.

– Powiadasz, pozbyć się... Ale jak? – zaciekawił się Borys. – Bo zdaje mi się, że masz jakiś koncept?

– Można zebrać z dziesięć suk, które w rui są. Ustawić je w miejscu takim, by wiatr zaniósł ich zapach wilkom. W mych stronach bywa i tak, że kiedy sukę ochota najdzie, to wilki ze stepu przyjdą ją wychędożyć. Czasem zaś, gdy zły pies domu pilnuje, złodziej sukę mu podstawia i idzie kraść...

– Idea to niegłupia – przyznał stary Lapończyk. –
A gdy wilki już zwabione, ubić z kuszy je można. Trzeba tylko po obozowiskach pojeździć, by suk takich choć kilka znaleźć, gdyż pora roku niedobra, psy nasze przeważnie dopiero wiosną się gonią...

– Myśl druga jest zaś taka, by je otruć – zakończył Kozak.

– Wilka otruć niełatwo – mruknął stary. – Zwierzę to mądre i ostrożne. Jest jednak trucizna śmiertelna, której skutki po wielu godzinach dopiero... Tylko że umie ją uwarzyć jedynie szaman żyjący na górze Kebnekaise.

– Znajdźcie konia, pojadę tam – rzekł Kozak, zrywając się na równe nogi.

– Tam i z powrotem to dwa miesiące drogi najmarniej, jeśli podróż tę przeżyjesz.

Maksym zgrzytnął zębami, usiadł i zaczął intensywnie rozmyślać.

– Mówi się, że Hanza prawie nigdy nie walczy sama. Że jej siłą są złoto, srebro, papiery, weksle i kwity. Że główna broń to opanowana do perfekcji sztuka szczucia wrogów, tak by zagryzali się wzajemnie... – Stary wpatrzył się w bulgoczącą powierzchnię polewki.

– Istotnie – przyznał Sadko. – Tak najczęściej robimy. Sposób to pewny, a efekta ciekawe daje. Kłopot jeno wrogów tak poszczuć, aby przyjaciele i sojusznicy szkody nie ponieśli.

– Co masz na myśli? – zirytował się wódz.

– Jesteście poddanymi króla Szwecji, tedy więzić was i zmuszać do pracy bez jego zgody nie wolno. Tak jak nie wolno bez zezwolenia królewskiego i podatku opłacenia ryć w ziemi. Wróg nasz prawa tego kraju ma za nic. Można by zatem wyszukać odpowiednio wysoko postawionego urzędnika, któremu honor królestwa jest drogi, a który jest w konflikcie z tutejszymi urzędnikami.

– Próbowaliśmy. Listy do Sztokholmu pozostały bez odpowiedzi. Albo król ich nie otrzymał, albo gardzi nami, a los nasz jest mu obojętny. Nim kogoś takiego znajdziemy, wybiją nas do nogi. Tu trzeba działać szybko.

– Zatem ruszymy do walki jutro. Musimy jedynie...

– Mam plan nowy – oświadczył dumnie Maksym. – Posłuchajcie.

Z wieży widok był po prostu wspaniały. Żałowałem, że nie mam lornetki... Na północ od miasta ciągnęły się wydmy, dalej widziałem rozległy przestwór Zatoki Gdańskiej. Morze pokryte było krą. Mróz chwycił na dobre, lód zaczął przykuwać okręty do nabrzeża. Nie wyruszą w podróż, dopóki nie puści. Aż do wiosennych roztopów. Mierzeja Helska widniała na horyzoncie. Na wschodzie, tam gdzie w przyszłości miała wyrosnąć Petrochemia, teraz rozciągały się wydmy i zagajniki sosenek. Dymy wskazywały położenie jakiejś rybackiej wioski.

Miasto... Patrzyłem na całe hektary dachów krytych gontem, płytkami łupku lub „nowoczesną” dachówką. Najwyraźniej tylko nielicznych stać było na blachę.

Dalej, za spichrzami na Ołowiance, ciągnęła się dzielnica biedoty.

Raz jeszcze rozejrzałem się, zanim ruszyliśmy po skrzypiących schodach w dół. Niebawem znaleźliśmy się na ulicy i przez bramę wyszliśmy na nabrzeże. Okręty drzemały w wodzie, czekając wiosny. Mijałem kadłuby zarośnięte żywym lodem, liny pokrył szron, wszędzie wisiały sople.

– Co pana turbuje? – zapytała Hela.

Wystawiłem twarz na podmuch lodowatego wiatru. Łowiłem nosem woń mrozu, aż oczy zaczęły mi łzawić.

– Czas. Wydaje mi się, że straszliwie marnujemy czas... – westchnąłem. – Przecieka nam przez palce. Utknęliśmy i nie robimy nic.

– A co mielibyśmy robić? – zainteresowała się.

– Przede wszystkim powinniśmy szukać Oka Jelenia. Od kiedy wiemy, że ma je Peter Hansavritson, zadanie to stało się w miarę proste. Powinniśmy zatem planować, jak dostać się do Visby.

– W zimie to niemożliwe. Poza tym to zadanie... Ono nie jest proste. To samobójstwo. Tak ważny przedmiot jest z pewnością pilnowany dzień i noc.

Miała rację. Znalazłem trop. I co z tego wynika? Nic... Może Sadko i Borys mnie lubią. Może kapitan Peter czuje wdzięczność za domniemane uratowanie mu życia. Ale tak naprawdę ich życie należy do Hanzy, a honor podporządkowany jest sprawom Związku. Jeśli zacznę kombinować, jak dobrać się do tego całego Oka, po prostu mnie zabiją. I co z tego, jeżeli nawet później pochleją się z rozpaczy i będą zamawiać msze za spokój mojej duszy. Miałem pewność, że kiedy przyjdzie co do czego, ręka im nie drgnie...

– Uważam, że teraz ważniejszy jest Staszek – zmieniłem temat. – Jeśli to, co widziałem w przebłyskach, jest prawdziwe, znalazł się w nielichych opałach. Pomóc mu to nasz obowiązek. Sprawę komplikuje fakt, iż w tym celu zapewne musielibyśmy udać się do Szwecji.

– To też niemożliwe.

– Nie jestem pewien.

– Jak pan sobie to wyobraża?

– Wynająć albo kupić konie i sanie. Objechać Bałtyk. Dotrzeć do Danii. Z pewnością ktoś pływa przez cieśniny. Wzdłuż wybrzeża powinien być szlak handlowy.

– Musi pan popytać ludzi. Na szlaku z Nidaros do Bergen były tylko dwie karczmy, obie nad fiordami, w miejscu, gdzie ludzie niekiedy muszą zostać kilka dni, czekając na możliwość przeprawy. Nie wiem, jak jest tutaj. Za moich czasów karczma stała w każdej wsi, ale tylko w niektórych były pokoje gościnne.

– Ale na szlaku...

– Najpierw należałoby sprawdzić, czy szlak wzdłuż brzegu rzeczywiście powstał i którędy przebiega.

– Słucham? – Spojrzałem na nią dziko.

– Być może istnieje on tylko w pańskiej wyobraźni. Z pewnością z Gdańska można jakoś dojechać konno do Słupska czy Koszalina, ale to nie jest szlak handlowy, tylko lokalne drogi. Miasta nadmorskie łączy samo morze. Podróżuje się po nim szybciej i wygodniej. Łatwo i tanio przewozi towary.

Poczułem, jak mój umysł się zawiesza. Najgorszy był fakt, że to dziecko prawdopodobnie miało rację.

– Zajdźmy do karczmy – zaproponowała. – Tam najłacniej informacje uzyskamy.

❧ Do Szwecji chcecie się udać, panie? – zafrasował się karczmarz. – No nie da się.

– Nikt tam nie pływa poza sezonem? – drążyłem temat. – Wszak panowie Sadko i Borys...

– Albo na rozumie są słabi, albo polecenia otrzymali tak ważkie, że życie narazić musieli, by je wypełnić. – Wzruszył ramionami. – Poza tym to żeglarze najlepsi, im podobnych tu, na południowym brzegu, może dziesięciu by znalazł.

– Czyli nikt...

– Pływać pływają – cmoknął. – Rybacy płyną czasem na mielizny koło wyspy Bornholm, gdzie na płytkiej wodzie siedzą łososie. Tam spotykają rybaków z Danii i Szwecji. Czasem walka o łowiska się zdarzy, lecz gdy spokój panuje, drogą tą list można przesłać. Albo i człowiek może z łodzi na łódź przeskoczyć i z rybakami brzeg tamten osiągnąć.

– Płynę. Choćby dziś. Czy możecie mi, panie karczmarzu, zorganizować taką przeprawę?

– Pływają, ale nie teraz. – Pokręcił głową. – Zimy są różne. Ta jest luta jak niewiele. Już w listopadzie morze ścinać się zaczęło, a w grudniu kra stała. Jeśli ci dwaj się przedarli, to cud, a kto wie, może życie swe na Bałtyku zakończyli. Trza by do marca poczekać i wtedy płynąć, jak lody na dobre ruszą...

Impas... Lodołamaczy jeszcze nie wymyślili. Samolotu ani choćby balonu nie zbuduję. Leżę i kwiczę.

– Poproszę kubek miodu. – Położyłem na stole monetę i ciężko usiadłem na ławie.

Piłem napój niewielkimi łyczkami. Hela siadła naprzeciw, też z glinianym kubkiem. Czułem wstręt do samego siebie i otępiającą bezsilność. Nasz przyjaciel cierpi. A ja nie mogę rzucić wszystkiego, by pójść mu z pomocą... Alkohol nie pomógł, a wręcz przeciwnie. Czułem się po nim jeszcze bardziej rozbity i rozdrażniony.

– Czekać do wiosny? – westchnąłem. – A jeżeli wiosna nadejdzie zbyt późno?

– Jeśli nawet Staszek zginie, odzyskamy jego scalak. Kiedy łasica wyjdzie z garnka...

Skąd brała te niezmierzone pokłady optymizmu? Popatrzyłem na Helę zmęczonym wzrokiem.

– A pan się znowu martwi. – Dotknęła mojej dłoni... – Może więcej miodu trzeba – zasugerowała.

– Nie. I ty też nie pij więcej. Za młoda jesteś. W tym wieku uzależnienie od trunku może pojawić się bardzo szybko.

– Dobrze, ojcze.

Westchnąłem ciężko.

– Gdy wiosna nadejdzie, pani Agata przyjedzie z Bremy, a miłość zaraz smutki przegoni. – Mrugnęła filuternie. – Lody ruszą, Oko Jelenia zdobędziemy, sprawdzimy, co ze Staszkiem, i wrócimy tu, do Gdańska. Burzliwy romans sprawi, że od razu zachce się panu żyć.

A to mała szelma... Mimo woli uśmiechnąłem się.

Wóz załadowany workami toczył się drogą, ciągnięty przez dwie dychawiczne szkapy. Koła tonęły w śniegu prawie po osie. Na koźle drzemał potężnie zbudowany mężczyzna w szwedzkim przyodziewku. Wilki obskoczyły go ze wszystkich stron. Woźnica zignorował bestie, ściągnął tylko lejce, by uspokoić spłoszone konie. Klacze, otoczone przez watahę, nerwowo strzygły uszami i przestępowały z nogi na nogę, lecz ponaglone celnym razem bata posłusznie podjęły marsz. Zza palisady wyskoczyło kolejne stado. Zwierzęta, posłuszne niesłyszalnym rozkazom, ustawiły się w tyralierę.

Człowiek na koźle, udając, że dopiero teraz się obudził, spojrzał wokoło. Kopalnię ulokowano niemal idealnie. Wlot sztolni i budynki znajdowały się w niewielkiej kotlince. Prowadzący do niej krótki wąwóz zablokowano wysoką palisadą. Droga kończyła się bramą. Nawet stąd widać było, że wrota gęsto nabito żelaznymi ćwiekami. Obok ziały otwory strzelnic. U dołu pozostawiono niewielką dziurę z klapą, w sam raz dla pojedynczego zwierzęcia...

– Istna twierdza – mruknął Borys. – Hej! – krzyknął donośnie po szwedzku. – Pohandlować chciałem. Mam przepiękne skóry, a także mięso i ziarno do wymiany na miedź.

Nie zaszczycono go odpowiedzią. Przeliczył wzrokiem wilki broniące mu dostępu. Trzydzieści sztuk. Trochę dużo. Spodziewali się może piętnastu. Niespodziewanie zwierzęta drgnęły, jakby usłyszały rozkaz, i przegrupowały się. Borys omal nie parsknął śmiechem. Ukryty za palisadą człowiek najwyraźniej zainteresował się jego towarami. Nie był tylko skory, by za nie zapłacić. Stado rozdzieliło się i otoczyło wóz ciasnym pierścieniem. Nie widział sensu dłużej czekać.

– Teraz – warknął.

Spod płóciennej budy wysypali się uzbrojeni w kusze Lapończycy. Świsnęły cięciwy. Wilki skoczyły do przodu. Z lasu wysypali się kolejni myśliwi. Sadko cięciem miecza utorował sobie drogę, dopadł palisady. Zrobił to w ostatniej chwili. Bestie do tej pory pilnujące dziedzińca najwyraźniej posłano do walki. Klapa popychana od spodu przez płowy łeb właśnie się uchylała. Kopnął sabotem, a potem zablokował ją, wbijając klingę noża głęboko między deski. Instynkt ostrzegł go w porę. Nie oglądając się nawet, ciął mieczem, dekapitując zwierzę, które skakało mu na plecy.

Tymczasem starcie z watahą trwało w najlepsze. Bestie, nawet podziurawione strzałami i kulami, nadal usiłowały się odgryzać. Dopiero topory i czekany nadbiegającej z lasu odsieczy pozwoliły rozwiązać problem ostatecznie. Suongil dobiegł do wozu przez zroszony krwią śnieg. Rozglądał się wokół, usiłując oszacować straty.

– Czterech zagryzły, pięciu nieźle poszarpały – zameldował Borys, pospiesznie opatrujący rannych.

– Zaraz będzie nasz szaman.

Wszyscy zdolni do noszenia broni ruszyli do ataku. Sadko podskoczył do bramy i wetknął pod nią kiszkę z prochem. Przypalił lont. Drugi ładunek cisnął w stronę kratownicy anteny. Dwie eksplozje zlały się w jedno. Z kuszami w dłoniach wdarli się na dziedziniec. Ostatnie dziesięć wilków kłębiących się przy klapie posiekano na dzwona, żeby już nie wstały.

Maksym dopadł drewnianego budynku, wzniesionego z okrąglaków. Następny ładunek pozwolił wysadzić drzwi. Korytarzyk, kilka pomieszczeń... Kozak z szablą w ręce badał kolejne pokoje. Łóżka, pościel, książki po chińsku, kartony z puszkami...

– Ani śladu! – krzyknął, wyskakując na dziedziniec.

I w tym właśnie momencie spostrzegł Chińczyka. Najwidoczniej zarządca kopalni w chwili ataku rzucił się wypuszczać wilki główną bramą. Eksplozja przygniotła go wyrwanym skrzydłem, następnie przebiegło po nim jeszcze kilkunastu Saamów. Ale wyglądało na to, że będzie żył.

– Zbadać sztolnię – polecił Suongil. – Tam siedzą nasi.

Kozak podszedł do kraty. Lapończycy uwięzieni we wnętrzu góry usłyszeli zamieszanie, już bowiem pędzili w stronę wyjścia. Stanęli bladzi, wychudli, z oczyma trawionymi gorączką. Wszyscy zakuci byli w ciężkie kajdany. Na widok swych pobratymców kłębiących się na dziedzińcu wydali okrzyk radości.

Maksym zbadał pręty. Krata dawała się otworzyć, lecz zabezpieczono ją zamkiem. Nie było czasu szukać kluczy.

– Cofnąć się! – krzyknął. – Rozsadzimy to!

Huk odbił się echem od gór. W kącie dziedzińca znalazło się kowadło. Kozak, uzbroiwszy się w młot i przecinak, zabrał się do rozkuwania więźniów.

Sadko i Borys też przystąpili do roboty. Wykorzystali drewniany podest. Rozciągnęli Chińczyka niczym wieprza do patroszenia. Na nadgarstki i kostki nóg założyli mu rzemienne pętle, które przybili dokładnie gwoździami do drewna. Jeniec patrzył ponuro, ale nic nie mówił. W jego wzroku malowało się zaskoczenie, oburzenie, pogarda i bardzo niewiele strachu. W kuchni chaty znalazł się koszyczek z żarem. Narzędzia zawsze wozili ze sobą...

– A zatem – Borys zwrócił się do więźnia – potrzebujemy pewnych informacji. Jak rozumiem, przybyliście tu, aby zakupić ziemię i założyć kopalnię.

Skrępowany spojrzał na niego z pogardą.

– Na pytania odpowiadasz natychmiast. – Sadko ścisnął mały palec tamtego rozpalonymi kleszczami.

Więzień zawył donośnie. Cały spokój w jednej chwili wyparował z jego twarzy.

– Wy ścierwa! – ryknął po szwedzku. – Jak śmiecie? Za kogo się uważacie? Jestem sługą Pana Wilków. Jeśli choćby jeden włosek z głowy mi spadnie, spalimy w odwecie...

Borys skrzywił się pogardliwie i jednym mocnym szarpnięciem wyrwał mu cały pęk kudłów.

– To pewnie kilku miast warte. – Obojętnie strzepnął palce. – Zgroza prawdziwa mnie ogarnia – zakpił. – Ale będzie trzeba, to i cały kraj na zniszczenie narazimy! – Wyszarpnął następną kępkę.

– A teraz posłuchaj, ty kupo łajna – odezwał się Sadko. – Będziesz odpowiadał na nasze pytania, to zasłużysz na lekką śmierć. Ot, kark ci skręcę i po sprawie. Kwestię ewentualnej zemsty twego pryncypała odkładamy chwilowo na bok, bo jak zapewne widzisz, my tu jesteśmy, a on jakoś się nie pojawił.

Chińczyk łypnął nerwowo. Końcówki kleszczy pod wpływem żaru powoli nabierały ciemnowiśniowej barwy.

– Nawet najpotężniejszy pan nie obroni cię z takiej odległości, a jeśli odsiecz po ciebie przyśle, tym weselej się zrobi... – Maksym pogładził kolbę kałasznikowa.

– Przylecieliście tu, dysponując – Borys zajrzał do notatek – helikopterem i rozmaitymi innymi machinami... Zaczęliście od produkcji cudownego leku. Sprzedawaliście go za złoto tutaj, na Ukrainie, być może też gdzie indziej.

– By leczyć *syphilismus* i leprę – uzupełnił Maksym. – A gdy zebraliście odpowiednio dużo pieniędzy, kupiliście sobie te góry.

Chińczyk milczał.

– Ta kopalnia... Co tu jest w ziemi? – zapytał konus. – Bo że miedź, już wiemy.

– Nie będę odpowiadał na żadne...

Tym razem Borys złapał kleszczami dwa palce. Więzień zawył, aż uszy zabolały. Woń spalonego mięsa uniosła się w powietrze.

– Tylko miedź – wycharczał wreszcie torturowany. – Ta niebieska skała to jej rudy. Nic innego tu nie znajdziecie.

– A po co wam ta dziwaczna machina? – Maksym wskazał potężną wirówkę.

– Do oczyszczenia metalu...

Sadko skinął na brata. Wrzaski ponownie wypełniły dziedziniec. Skończywszy z prawą stopą, olbrzym zabrał się do lewej.

– On kłamie? – zapytał Maksym.

– Tak mi się wydaje – mruknął konus. – A raczej nie mówi całej prawdy. Miedź nie zawsze jest czysta. Często zawiera domieszkę srebra, czasem i innych kruszców. Sądzę, że sypali do tej gruchy kawałki metalu i topili, a potem puszczali ją w ruch, by ciekły wirował, aż srebro i miedź rozdzielą się choć częściowo... Tak złotnicy czynią, by złoto marnej próby oczyścić, tylko że oni malutkich tygielków w piecu wygrzewanych po temu używają. Mam rację?

– To prawda – wycharczał Chińczyk.

Na widok nowej pary kleszczy w ręku olbrzyma na jego spodniach wykwitła mokra plama.

– Gdzie zatem jest to srebro? – Borys odłożył cęgi, a z płomienia wydobył hak.

– I ile go było? – zapytał słodkim głosem Sadko. – I coście za nie kupili?

Jeniec załamał się kompletnie.

– Srebra uzyskaliśmy kilkadziesiąt cetnarów – wyszeptał. – Zabrał je generał Wei. Kupił za nie te góry. Mnie polecił pilnować kopalni. Robota nietrudna... Uciec nie mogli, a jedzenia dostawali w zależności od dostarczonego urobku...

– Całe srebro ma u siebie? – Borys przełożył hak do drugiej dłoni.

– Nie. Dogadał się z możnowładcami, za większość kruszcu kupował ziemię.

– Powiedz, ilu ludzi ma Pan Wilków, a daruję ci życie – powiedział Borys.

– Jeszcze ośmiu!

Sadko podszedł i szybkim ruchem skręcił jeńcowi kark. Chrupnęły kości, przez ciało przebiegły ostatnie dreszcze.

– Brat mu życie darował, ale wszyscy rozumiemy, że miejsce takiego gada jest w piachu, więc znowu ja musiałem ręce brudzić – marudził konus.

Maksym westchnął i dobywszy buteleczki, chlapnął na dogorywającego wodą święconą.

– Słusznie. Takiemu łajdakowi żyć nie dopuścisz – powiedział. – W każdym razie nikogo już nie zamorduje.

W tym momencie na dziedziniec wbiegł Suongil.

– Jadą! – krzyknął, wskazując skalny ostaniec.

Ukryty tam obserwator puszczał zajączki zwierciadełkiem.

– Połóż swoich ludzi w śnieg wokół wozu przed bramą – polecił konus. – Niech się ubabrają zdrowo krwią.

– Rozumiem. Ja z nimi! – krzyknął wódz, wybiegając.

– Maksym! Wielopał. Jakby coś poszło nie tak, nie mogą się wymknąć. Dopilnujesz tego.

– Jasne! – Kozak wyszczerzył zębiska w uśmiechu. – Ani jeden żywy stąd nie ujdzie.

– Wstaw bramę na miejsce – polecił bratu. – Niech chociaż z daleka wygląda, jakby nic się nie stało.

Olbrzym z wysiłkiem dźwignął obalone skrzydło. Chwilę późnej nadjechał pojazd na gąsienicach. Siedzący w nim trzej Chińczycy przez dłuższą chwilę kontemplowali pobojowisko.

Wyglądało wyjątkowo malowniczo. Stratowany śnieg, rozległe rozbryzgi krwi, zabite wilki, ponad dwadzieścia trupów tubylców poległych w starciu. Ostrożnie wyminęli wóz i podjechali do bramy. „Nieboszczycy", dotąd leżący w śniegu obok drogi, poderwali się jak na komendę. Jeden z Chińczyków w ostatniej chwili spostrzegł zagrożenie. Zdołał otworzyć drzwi kabiny i wypruł serię z pistoletu maszynowego. Sekundę później zacharczał i runął na ziemię trafiony kilkunastoma kulkami z kuszy. Drzwi z drugiej strony kabiny padły pod ciosami toporów. Nim Sadko dobiegł na miejsce, trupy skośnookich przypominały wielkie jeże. W każdym tkwiło po kilkanaście dzid.

– Co dalej? – zapytał Suongil.

Spojrzał chmurnie na ciała pięciu swoich ludzi, którzy zginęli od kul. Jeden ranny w dłoń właśnie usiłował zatamować krwawienie.

– Idziemy na resztę od razu? – zaproponował Maksym.

– Tak – potwierdził Borys.

Zajrzał do szoferki. Silnik już zgasł.

– Szkoda, że tej machiny użyć nie zdołamy, można by podstęp kolejny przygotować. Choć i tak nikt z nas nie umie jej poprowadzić... – westchnął.

– Siedziba Pana Wilków daleko – rzucił jego brat. – Jeśli zamierzamy zaatakować ją przed zapadnięciem zmroku, musimy wyruszać natychmiast.

❧ Nadzorca szedł, waląc szpicrutą po cholewie buta. Uderzy czy nie? Staszek pochylił się nad bruzdą. Jednak strażnik go minął. Przez chwilę patrzył na drugą dziewczynę, a potem zrobił dwa kroki i stanął obok Taavi.

– Idziemy! – rozkazał.

Scena sprzed kilkunastu dni stanęła chłopakowi przed oczyma. Wtedy wyglądało podobnie. A zatem...

Dziewczyna też to zrozumiała. Jej twarz pokryła się trupią bladością. Oficer pchnął ofiarę w stronę wyjścia.

– Idziemy! – powtórzył.

Staszek patrzył na szerokie plecy Chińczyka, na rewolwer w rozpiętej kaburze kiwający się pod jego pachą. I nagle coś w nim pękło. Przypomniał sobie przełęcz, wilki i Helę unoszącą czekanik w żartobliwym pozdrowieniu. Strach odpłynął. Znowu jest dziewczyna. I wilk. Tym razem dwunożny.

Doskoczył jednym susem, zacisnął dłoń na polerowanym drewnie. Broń gładko wysunęła się z kabury. Chińczyk poczuł, puścił Taavi, Staszek próbował odskoczyć, potknął się w błocie, padł na wznak, ale nie upuścił broni. Wycelował i pociągnął za spust. Cyngiel cofnął się, ale strzał nie padł.

Zabezpieczony! – zawyło coś w głowie chłopaka. Nie wiem, jak się odbezpiecza!

Kopniak zadany celnie między nogi sprawił, że pociemniało mu przed oczyma. Dziki skowyt narodził się gdzieś poza świadomością. Wróg kopnął ponownie, tym razem chcąc mu wybić broń z ręki, ale chybił o włos. Staszek pod kciukiem wymacał jakiś przełącznik. Pchnął, czując, jak ustępuje pod palcem, i pociągnął za spust. Rewolwer wypalił. Ujrzał, jak Chińczyk zatacza się ciężko w stronę deszczowni, a w jego mundurze zieje mała czarna dziurka. Sap doskoczył z motyką i zadał rannemu cios w głowę. Czaszka poddała się z trzaskiem. Staszkowi zrobiło się słabo, ale nie stracił przytomności.

Wstał. Jądra rwały potwornie, lecz ból już się cofał. U jego stóp leżał chiński oficer. Przez ciało przebiegały ostatnie drgawki. Taavi z trudem łapała oddech, jednak jej twarz odzyskiwała już naturalne kolory.

– Zabiłem go – szepnął przerażony. – Zabiłem człowieka...

Dziewczyna splunęła na trupa. Lapończyk pochylił się i z kieszeni nieboszczyka wydobył klucze.

– Do wieży! – rzucił, łapiąc za ramię drugą dziewczynę.

Staszek przez ułamek sekundy patrzył na niego ogłupiały. I zaraz zrozumiał. Wystrzał z pewnością zaalarmował generała Wei i jego ludzi. Za moment tu będą. Rzucili się pędem przez cieplarnie, wypadli na otwartą przestrzeń. Wilki! Wielka płowa wadera poderwała się z ziemi. Staszek stanął, złożył się do strzału i wypalił. Kula minęła ją o dobre pół metra, ale ugodziła kolejne zwierzę. Wilczyca obejrzała się zdezorientowana. Ta chwila wystarczyła, by motyka Sapa przetrąciła jej kark.

Wieża miała stalowe drzwi. Staszek wziął od Lapończyka klucze. Było ich osiem, wszystkie przypominały mu te używane do zamków kodowych. Nie były opisane. Gdzieś z dworu ktoś krzyknął po chińsku, ale scalak nie przetłumaczył tych słów.

Próbował po kolei wszystkich. Piąty przekręcił się w dziurce. Wbiegli do środka. Światło rozbłysło samo. Fotokomórka? Zapewne. Staszek zatrzasnął drzwi i włożył klucz w dziurkę od środka. Może to poskutkuje? Może nie sforsują ich tak łatwo?

Taavi objęła go i stanęła na palcach. Spodziewał się pocałunku, lecz tylko jak kiedyś potarła nosem o jego nos.

– Dziękuję – szepnęła.

Sap podparł klamkę kijem i gestem wskazał drabinę. Wspięli się i nie bez trudu wciągnęli dziewczęta za sobą. Kondygnacja powyzej była czymś w rodzaju magazynu. Ujrzeli stelaże oraz kilkanaście tekturowych pudeł opisanych po chińsku. Staszek otworzył pierwsze z nich. Suszone grzybki mun w foliowych torebkach. W drugim był ryż, w kolejnym owoce w puszkach. Jedzenie. Żadnej broni, żadnej amunicji.

Następne piętro miało cztery spore okna. Klapa w suficie prowadziła już na dach. Pośrodku pokoiku stały biurko i pięć foteli, w kącie flaga. Gabinet generała Wei czy co?

Staszek podszedł do okna. Szyba rozprysła się, kula niemal musnęła mu skroń i utknęła w suficie. Zatoczył się przerażony. Taavi odciągnęła go za rękę.

– Zostaliśmy już tylko my – powiedział Sap.

Nie zrozumiał, o co chodzi Lapończykowi. Druga dziewczyna łkała cichutko. Staszek pociągnął sztyft i wysunął bębenek rewolweru. Pięć nabojów. Nie! W komorach tkwiły wystrzelone łuski. Został tylko jeden pocisk. Chłopak drżącymi dłońmi złożył broń z powrotem.

– Nie utrzymamy się – powiedział. – Rozwalą zamek w drzwiach na dole albo wysadzą w powietrze...

Podszedł do biurka. Otworzył szufladę. Jakie sekrety mogły skrywać papiery zadrukowane gąszczem chińskich literek? Staszek rył w kolejnych szufladach, szukając broni. Bezskutecznie. Znalazł złącze podobne nieco do USB, zapewne można było tu podpiąć laptop. Natrafił na potwornie tępy nożyk, chyba do papieru. Podał go Lapończykowi, a ten, zbadawszy ostrze opuszką kciuka, zaraz zaczął szlifować je o kamienne obramowanie dziury prowadzącej w dół. Na zewnątrz słychać było krzyki.

To koniec, pomyślał Staszek. Umrę tu zastrzelony, wysadzony w powietrze lub spalony żywcem. Nigdy już nie spotkam Heli...

Zszedł piętro niżej, do magazynu. Znalazł sztućce i miski. Wybrał kilka puszek. W jednym z kartonów były flaszki z chińskim winem. Na etykietce widniała kwitnąca gałąź jakiegoś drzewa. Śliwkowe? Wrócił na górę. Rozstawił łupy na blacie i zerwał wieczka. Wrzucił produkty do miseczek, wlał wino do kubków.

– Bar „Przypalona Sajgonka" zaprasza – oznajmił po polsku. – Dziś serwujemy najlepsze specjały szefa kuchni: ryż z czymś tam, morskie okropności i owoce liczi w syropie. Ceny promocyjne, bo z braku piecyka wszystko na zimno. W razie braku gotówki firma generała Wei udziela kredytu.

Znowu chciał podejść ostrożnie do okna. Brzęknęła kolejna przestrzelona szyba. Nie było nawet szansy wyjrzeć.

Troje Saamów nie zrozumiało jego przemowy, ale usiedli posłusznie i zaczęli pałaszować. Przyłączył się. Jedzenie nie było złe, a może to głód dodał im apetytu?

– To jak ostatnia wieczerza, o której misjonarz mówił na wielkanocnym kazaniu – powiedziała Taavi. – W każdym razie niebawem wszyscy umrzemy. Odejdziemy, by żyć w szałasach wśród mglistych lasów, a może i trafimy do krainy Chrystusa, którą nam obiecywano?

A kto wie czy ja nie zmartwychwstanę, bo jak się bydlaki wkurzą, gotowi mnie jeszcze kilka razy ożywić i wykończyć... – pomyślał ponuro chłopak. Dwa razy już czekałem na śmierć. To za dużo jak na jednego człowieka. Ale przynajmniej podjem sobie, a kiedyś... Spotkamy się wszyscy w niebie... albo i gdzie indziej. Przecież właśnie zabiłem człowieka.

Coś zachrobotało przy klapie w suficie. Staszek ujął rewolwer, odbezpieczył i bez mrugnięcia okiem wypalił w deski. Ostatnia kula poszła. Usłyszeli łomot, jakby tam, na dachu, miotała się wielka ryba. Potem wszystko ucichło, tylko z przestrzeliny zaczęły kapać grube czerwone krople. Rozbijały się na krawędzi biurka, pryskając na boki drobinkami, więc przesunęli miski na drugi koniec.

W zasadzie można by wyleźć na dach i obszukać trupa, pomyślał Staszek. Bo może mieć przy sobie spluwę, zapasową amunicję czy nawet granaty. To byłby jednak daremny trud. Za chwilę kolejny sługa generała wlezie po piorunochronie i niebawem będzie po wszystkim...

Ledwie to pomyślał, a przypuszczenie się sprawdziło. Rozbite okno padło z trzaskiem. Stał w nim Chińczyk z pistoletem maszynowym w ręce. Chłopak bez zastanowienia wycelował mu rewolwer w pierś.

– A masz jeszcze czym strzelać? – rzucił drwiąco wróg po szwedzku. – Zamknij oczy, tak będzie łatwiej.

– Dla mnie czy dla ciebie?

Strach odpłynął, pozostały żal i ogromny wewnętrzny spokój. Świadomość, że zrobił wszystko, co się dało. Że odchodzi w walce, jak jego przodkowie.

– Pozwól nam chociaż w spokoju zeżreć do końca – wybuchnął Sap. – Tylko tyle!

Lufa pistoletu uniosła się, a potem... Czoło oficera eksplodowało. Ciało bezwładnie osunęło się na kolana i runęło do przodu, do wnętrza wieży. Staszek podszedł ostrożnie i wyszarpnął spomiędzy palców nieboszczyka broń. Wyjrzał przez okno. Trzej żołnierze uzbrojeni w karabiny kryli się za murkiem. Nie celowali w jego stronę. Na łąkach wokół twierdzy coś się działo.

🐾 Poczułem bolesne ukłucie w piersi, silny jak cholera skurcz serca. Zalany dziennym światłem pokoik znikł. Zamiast tego spostrzegłem brezentową ścianę czegoś jakby namiotu, zabezpieczającego kort tenisowy. Poczułem inne ciało, tak jak wtedy, gdy łasica wyświetliła mi wspomnienia Heli. Przez ułamek sekundy byłem Staszkiem, zlałem się z nim w jedno... I nagle wszystko prysło. Znalazłem się znowu w naszym mieszkanku. Klęczałem na deskach, naprzeciw mnie klęczała Hela. Była blada i trzymała się za pierś, jakby usiłując złagodzić ból serca.

– Co to było? – jęknąłem.

– Staszek. Przeżył coś okropnego – odparła. – Czułam go... Jakby myśl przeskoczyła nam między głowami.

Milczeliśmy, patrząc sobie w oczy.

– Ma kłopoty – powiedziałem.

– Tak...

– Idę kupić konia. Objadę Bałtyk dookoła i spróbuję go odnaleźć. Musimy mu pomóc.

– Żaden koń nie zniesie takiej temperatury przez wiele dni – zaprotestowała.

– Pójdę po lodzie!

Spojrzała na mnie bezradnie. Dźwignąłem się na nogi i pomogłem jej wstać.

– Dobrze, że Greta wyszła – szepnęła. – Mamy jednak zbyt wiele tajemnic, a przecież teraz jej nie odprawimy...

Podszedłem do okna i uchyliłem je. Piłem chciwie zmrożone powietrze. Uspokajałem się. Co zobaczyłem? Ściany z tkaniny, rozpięte na stelażu z rurek. Rząd żarówek, a na dole jakieś zielsko. Co to mogło być? Szklarniowa uprawa? Tak czy inaczej, nasz przyjaciel żyje. Do tego znajduje się w miejscu wyglądającym podejrzanie nowocześnie.

Na podwórzu chłopcy z poddasza bawili się w bitwę na śnieżki. Pokrzykiwali przy tym wesoło. Zazdrościłem im. Urodzili się w tych czasach. Nie znają udogodnień, do których przywykłem. Nie mają świadomości, jak diametralnie inaczej może wyglądać codzienna egzystencja. I co najważniejsze, nie muszą się bać, że wpadną w ręce przybyszów z przyszłości.

Staszek zmrużył oczy. Plamy na śniegu... Jacyś ludzie ubrani w kożuchy, pochyleni nisko, parli ze wszystkich stron, otaczając posiadłość kręgiem. Chyba mieli rakiety śnieżne. Zauważył, że wszyscy byli uzbrojeni. Większość niosła łuki, część dzidy, nieliczni trzymali arbalety lub topornie wyglądające samopały.

– Odsiecz! – szepnął.

Uszczypnął się w rękę. Nie był w stanie w to uwierzyć. Ratunek w takiej chwili?

To niemożliwe, myślał. Takie rzeczy zdarzają się tylko w książkach, i to raczej tych dla dzieci.

Ale obraz nie znikał. Z lasu wyłaniały się kolejne zastępy siermiężnie odzianych wojowników. Sprawnie tworzyli drugi pierścień okrążenia. Niewielkie, zwarte grupki konnych wysunęły się nieco do przodu, najwyraźniej gotowe pospieszyć z pomocą w razie ataku z terenu posiadłości.

Taktyka ta wydała mu się idiotyczna, ale zaraz zbeształ się w duchu. Nie jemu oceniać... Okna dworu milczały. Czyżby generał Wei nie widział, co się dzieje?

Widział. Staszek ujrzał pięć wilków gnających przez kopny śnieg prosto w stronę Lapończyków. Za chwilę zwierzęta ich dosięgną. Być może ktoś wydał rozkaz, ale z tej odległości nie było nic słychać. Maszerujący jak na komendę stanęli, wycelowali i przywitali bestie salwą z kusz. Cztery wilki padły na miejscu, jakby zderzyły się ze ścianą. Każdy musiał dostać co najmniej kilkoma pociskami. Śnieg pod nimi szybko zmieniał kolor na czerwony. Do każdej rannej bestii natychmiast doskoczyło po kilku wojowników. Unieśli topory.

Wiedzą, zrozumiał natychmiast. Zetknęli się już z tak „poprawionymi" zwierzętami.

Na śniegu pozostały tylko nierozpoznawalne ochłapy. Jeden basior uniknął kul, nadal gnał susami. Nagle zwinął się w pół skoku i potoczył w zaspę. Z daleka wiatr przyniósł suchy odgłos wystrzału karabinowego. Staszek rozejrzał się. Na głazie stał mężczyzna w szarawarach i z szablą u pasa. Obserwował pole bitwy. W ręce trzymał coś, co chłopakowi wydało się automatem Kałasznikowa.

Dowódca? Strzelec wyborowy mający osłaniać natarcie? Może jedno i drugie? Ponownie dał ognia, celując w coś, czego Staszek z okna nie mógł dojrzeć. A chwilę potem chłopak zobaczył, jak nieznajomy po raz kolejny unosi broń do ramienia i bierze na cel... Zrozumiawszy, co się święci, natychmiast padł na podłogę. Zrobił to w ostatniej chwili. Kula uderzyła o ścianę w głębi pomieszczenia. Przetoczył się na bok bardziej przestraszony niż zaskoczony.

Gdybyśmy mieli jakąś lapońską flagę, myślał gorączkowo. Nie, przecież oni nie mają swoich flag. Jakieś coś. Gdyby pokazać jakoś, że ta pozycja jest nasza... Żeby do nas nie strzelali.

Poczuł pod ręką coś lepkiego i gumowatego zarazem. Rozbryźnięty mózg... Z obrzydzeniem wytarł dłoń w koszulę zabitego.

– Odsiecz – powiedział na głos.

– Tak, to nasi – odezwał się Sap, ostrożnie patrząc przez drugie okno. – Saami. Trzeba im pomóc. – Uśmiechnął się drapieżnie.

Staszek przełknął nerwowo ślinę. Strach... Przed chwilą go nie było, a teraz wrócił. Ohydny, mdlący lęk podszedł mu do gardła. Pomóc. Zejść tam na dół i walczyć. Przemógł się. Trzeba. Po prostu trzeba.

– Generał Wei...

– Posłał wilki. I tyle jego szczęścia.

Jakby na potwierdzenie tych słów, z daleka dobiegł dziki skowyt. Sap cofnął się od okna.

– Wybijają całe stado – powiedział z zadowoleniem w głosie. – Byle tylko do zmroku zdążyli wziąć posiadłość. – Spojrzał z niepokojem na niebo. – Pan Wilków chętniej używa ich w ciemności.

– Idziemy? – rzucił nerwowo Staszek.

– Zostańcie tutaj! – rozkazał Lapończyk dziewczynom.

Pochylił się nad trupem zastrzelonego i wyciągnął bagnet z pochwy, którą tamten miał przy pasku. W jego oczach błysnęło coś niedobrego.

Zbiegli po drabinach. Staszek z pewnym wahaniem przekręcił klucz w zamku. Na dziedzińcu nie było nikogo. No, prawie... Dwa wilki siedziały na wprost drzwi. Spokojnie uniósł lufę pistoletu maszynowego. Odbezpieczony? Chyba tak. Wycelował. Muszka, szczerbinka, pociągnął za spust. Broń szarpnęła mu się w rękach. Skowyt i huk wystrzałów zlały się w jedno. Ustawiony na strzelanie seriami? Zwierzęta leżały martwe. Dlaczego nie próbowały uciekać? Staszek spojrzał na broń w swoich dłoniach. Poczuł obrzydzenie, ale też smak władzy nad życiem i śmiercią każdego, kto nawinie się pod lufę.

Wyjrzał zza rogu wieży i zaraz musiał się cofnąć. Trzej Chińczycy, których wcześniej widział częściowo ukrytych za murkiem, najwyraźniej zaniepokoili się wystrzałami. Dwóch pędziło w jego stronę z bronią w ręce. Uskoczył w ostatniej chwili za węgieł wieży, przewracając stojącego za nim Sapa. Śnieg wystrzelił małymi gejzerami w miejscu, gdzie seria uderzyła w ziemię.

Gdybym tak... – pomyślał rozpaczliwie, podnosząc się na nogi. Zaraz wybiegną zza rogu, wtedy ich kropnę.

– Do wieży, za drzwi! – syknął Lapończyk, ciągnąc go w tył.

– Dam radę ich zabić... – Staszek szarpnął się, uwalniając ze słabego chwytu towarzysza.

Zza węgła nadleciał niewielki obły przedmiot. Metalowy, podobny do skorupy żółwia... Staszek zamarł. Granat. Leci, za chwilę zetknie się z ziemią. To był odruch. Kopnął, trafiając zapewne cudem. Padł ponownie w śnieg. Sap szczęśliwie poszedł za jego przykładem. Powietrzem targnął wybuch.

Dmuchnęło im w twarze śniegiem, odłamki gwizdnęły nad głowami, trzasnęło kilka szyb. Mogli mieć tylko nadzieję, że żadna z dziewcząt nie stała przy oknie. Staszek wolno dźwignął się na czworakach. Czuł się jak wigilijny karp, którego za słabo stuknięto w głowę. Rany? Na szczęście chyba nie. Lapończyk miał rozciętą łydkę. Choć widać było, że odczuwa ból, nie próbował opatrzyć nogi. Z nożem w ręce skoczył za róg budynku.

Staszek był ciągle oszołomiony. Przed oczyma skakały mu kolorowe plamki. W uszach dzwoniło, a zawroty głowy sprawiały, że z trudem utrzymywał się w pozycji stojącej. Co teraz? Ach tak. Sap pobiegł.

– Chodźmy i my... – powiedział do siebie.

Ruszył za towarzyszem. Za rogiem ujrzał lej wyrwany w zamarzniętej ziemi i dwa zmasakrowane ciała. Trzeci żołnierz, choć poraniony, stał w kącie podwórza. Też wyglądał na ogłuszonego, nie patrzył w ich stronę. Kilkudziesięciu Lapończyków właśnie przeskakiwało przez mur. Na ich czele pędził Kozak w szarawarach, z szablą w ręce. Chińczyk uniósł automatycznym ruchem karabin i wtedy właśnie Staszek pociągnął za spust. Nie celował, nie miał czasu. Ścisnął tylko kolbę z całej siły. Pistolet maszynowy próbował wyrwać się z dłoni, kilka pocisków poleciało w niebo, inne roztrzaskały się o murek, ale co najmniej dwa trafiły wroga.

Ranny Chińczyk stał jeszcze oparty plecami o ścianę, gdy Kozak doskoczył i jednym cięciem pozbawił go głowy. Saami zasypywali akurat okna dworu gradem kulek wystrzeliwanych z kusz.

Staszek odrzucił broń i usiadł w śniegu, obejmując głowę rękami. Przed oczyma tańczyły mu zielone plamy. Żołądek podchodził do gardła. Sap coś krzyczał. Zabrzęczały wybite szyby – Lapończycy najwyraźniej dostrzegli jakiś ruch w oknach, bo nadal z zapałem walili z kusz. Ktoś odegrał donośny sygnał na rogu. Wdarli się do wnętrza budynku. Odgłosy walki ucichły po chwili. Nikt już nie strzelał.

Człowiek w szarawarach wyszedł na dziedziniec i kucnął naprzeciw chłopaka. Długo patrzył mu w oczy, wreszcie z uśmiechem opuścił lufę kałacha.

– Masz na imię Staszek – powiedział po rosyjsku albo w zbliżonym dialekcie.

– Skąd wiesz? – wykrztusił.

– Pozdrowienia przekażę od Markusa i panienki Heli. – Mężczyzna skłonił głowę. – Bo choć nic takiego mi nie mówili, gdyby przewidzieli, że się spotkamy, z pewnością o przekazanie by poprosili.

– Co?! A... – Chłopakowi zabrakło tchu. – Hela... żyje?

– Żyją i mają się dobrze. Imię moje Maksym Omelajnowicz. Jestem wysłannikiem atamana Bajdy Wyszniewickiego do krain pludrackich. To zaś panowie Sadko i Borys. Miecz w ręku kapitana Petera Hansavritsona, specjaliści od poszukiwania prawdy i skruchy. – Wskazał dwóch mężczyzn w niemieckich surdutach i płaszczach, którzy akurat przeskoczyli przez mur.

Prawda i skrucha? Gdzieś już Staszek słyszał to określenie. A może raczej czytał?

– Kaci?

– Raczej wykonawcy wyroków. – Sadko uśmiechnął się olśniewająco, aż chłopakowi ciarki przeszły po plecach. – Kat to porządny rzemieślnik, który ma swój warsztat, a my jak najgorsi włóczędzy tułamy się po świecie i likwidujemy, kogo potrzeba. Na przykład tych skośnookich popaprańców i ich burki podwórzowe, czy co tam sobie wytresowali. Przy okazji zaś z ramienia Hanzy mamy zabezpieczyć wszystko, co nie powinno dostać się w ręce Szwedów.

– Ale...

– Możesz pomóc nam z własnej woli albo możemy cię do tego zmusić. Byłoby to o tyle niezręczne, że w zasadzie stoimy po tej samej stronie – powiedział Borys.

– Jest ogłuszony – wyjaśnił im Maksym. – Kiedy to diabelstwo wybuchło, musiał stać za blisko. Ale potem jednego zastrzelił, życie ratując chyba ze dwudziestu naszym i mnie zapewne...

– Jesteś ranny? – Sadko kucnął obok.

– Nie, tylko mi trochę słabo i na nogach nie mogę ustać. – Staszek poczuł, jak łzy zaczęły płynąć z oczu.

– Trzeba go stąd zabrać – powiedział ktoś po szwedzku.

Poznał po głosie Taavi.

– Zabierzemy, pani – odparł olbrzym. – Zwłaszcza że jeszcze tu nie skończyliśmy.

– Zeszłaś? – zapytał Staszek ni w pięć, ni w dziewięć.

– Wieża zapaliła się nagle w środku. Uciekłyśmy po murze, tam gdzie lina z żelaza.

Zlazły po piorunochronie. A to zwinne małpki...

– Zapaliła? – zainteresował się Sadko.

– Poczułyśmy dym i z dołu buchnął słup przerażająco gorącego powietrza – wyjaśniła. – Nie było czym oddychać i zaraz też podłoga wokół klapy zaczęła dymić.

Staszek próbował jej słuchać. Każdy ruch głową sprawiał mu nieznośny ból. Wstrząs mózgu? A może scalak się obluzował?

– Podłożyli ogień też w pozostałych budynkach! – zauważył Borys. – Ścierwa!

Z wybitych okien buchały kłęby dymu. Saami w pośpiechu wybiegali na dziedziniec. Niektórzy skakali wprost przez okna. Maksym podszedł do najbliższego namiotu i szablą wyciął kawał brezentu. Położyli na nim Staszka.

Lodowaty wiatr pozwolił mu trochę dojść do siebie. Byli już poza posiadłością. Poprosił gestem, żeby się zatrzymali.

Główny kompleks budynków stał w płomieniach. Namioty zwijały się od wypełniającego je żaru. Wolał nie myśleć o królikach uwięzionych w tym piekle... Kolejne eksplozje gdzieś w piwnicach zagłuszały na szczęście wszystko.

– Będzie trochę roboty – powiedział Sadko – ale z twoją pomocą powinniśmy sobie poradzić.

– Ja mam wam pomóc? – wykrztusił Staszek. – W czym?

– Potrzebujemy twojej wiedzy. Opowiesz nam, do czego służą urządzenia, które tam znajdziemy.

– Ale tam nie ma już nic, co można by uratować... Spali się wszystko. Zostaną jakieś wyżarzone szczątki...

– Zapewne tak – westchnął Rosjanin. – Choć z niedopałków też to i owo można wydedukować. No i wreszcie posiadasz mądrość, która pozwoli zadać naprawdę dobre pytania, jeśli tylko znajdziemy kogoś żywego i w stanie takim, że da się go przesłuchać.

– Pomogę wam...

Tracił przytomność, odpływał. Lapończycy uzbrojeni w kusze nadal stali kręgiem, celując w twierdzę. Języory ognia przedarły się przez dach, buchały z okien i drzwi. Dwór płonął jak pochodnia, wieża upodobniła się do świecy.

– Ten ogień... – odezwał się Sadko. – Czemu blask płomieni aż tak oślepia? Wiesz coś o tym?

– Zapewne użyli termitu... – wymamrotał.

– Postaraj się mówić trochę prostszymi słowami. Wiemy, że przybywasz z czasów, które dopiero nadejdą, a to, co dla ciebie normalne, dla nas bywa niezrozumiałym – poprosił Maksym.

Staszek zebrał się w sobie, próbując powstrzymać senność i zawroty głowy.

– Termit to bojowy... Hmmm... Umiemy sporządzić substancje, które płonąc, wytwarzają temperaturę... Gorąco, w którym stal gotuje się jak zupa – powiedział. – Sądzę, że mieli przygotowane ładunki i widząc, że sprawa przegrana, zapalili je właśnie po to, abyście nie zdołali wydrzeć żadnych ich sekretów.

Spomiędzy zabudowań wyskoczyło jeszcze kilka wilków. Gwizdnęły cięciwy kusz. Zwierzęta potoczyły się po śniegu. Ktoś dobiegł i roztrzaskał im głowy maczugą. Maksym uniósł kałacha, gotów do interwencji. Czekali, ale nikt więcej nie wydostał się z pułapki. Stary Lapończyk pojawił się obok nich.

– Jakie rozkazy? – zwrócił się do Sadki.

– Żadne tam rozkazy – odburknął. – Wojna skończona. Prośbę mam. Otocz opieką tych troje – polecił, wskazując Taavi, jej towarzyszkę i Sapa, który właśnie ich dogonił. – Przeżyli zbyt wiele, potrzebują spokoju i odpoczynku. Zadbaj, by nikt ich o nic nie pytał, póki sami nie będą gotowi o tym opowiedzieć.

– Twoje życzenia zostaną spełnione – odparł stary, pochylając głowę. – A ten młody wojownik? – Wskazał Staszka leżącego na brezencie.

– To nasz przyjaciel – wyjaśnił Maksym. – Trochę po głowie dostał.

– Rozumiem. Także zostanie otoczony najlepszą opieką, dopóki sił nie odzyska. Czy trzymać straż do czasu, aż pożar zgaśnie?

– Jak myślisz? – Sadko zwrócił się do chłopaka.

– Trzeba. Nasza technika... Tam mogą być ognioodporne kryjówki w podziemiach. Mogą ciągle tam siedzieć.

– Pilnujcie, choćby kilka dni miało to potrwać. Potem przeszukamy jeszcze ruiny. A ty powinieneś się zdrzemnąć – powiedział do Staszka. – Tu chwilowo nie jesteś potrzebny.

– Zdrzemnąć...

– Nasi przyjaciele rozstawili za lasem obóz. To niedaleko. Zaraz tam będziemy, wypoczniesz, zupy podjesz i do rana lepiej się poczujesz.

Borys i Maksym ponownie złapali za brezent.

❧ Namiot uszyto z lichego, burego płótna, które następnie nawoskowano. W najwyższym miejscu, pomiędzy tyczkami podtrzymującymi sufit, można było nawet stać. Wnętrze pachniało miodem, żywicą, stęchlizną i dymem. Staszek z rozkoszą zanurzył się w cieple. Pośrodku w koszu wykonanym z drutów żarzyły się węgle. Podłogę pokryto świeżo łamanymi gałązkami świerka.

Taavi siedziała w kucki, patrząc w ogień. Miała na sobie nowe ubranie: wyszywaną paciorkami sukienkę z miękko wyprawionej skóry. Włosy, dotąd ciasno zwinięte, zaplotła w warkocze. Wyglądała trochę jak Indianka. Stara Laponka w czepku haftowanym srebrnymi drucikami mieszała coś w miedzianym kociołku.

– Siadaj. – Wskazała mu posłanie.

Usiadł posłusznie. Czuł się już o niebo lepiej. Zawroty głowy mijały.

Taavi zajęła miejsce naprzeciw. Spojrzał na towarzyszkę i zarumieniony spuścił wzrok. Nawet w tak kiepskim świetle zauważył, że pod kusą skórzaną sukienką nie miała bielizny...

Po chwili dostał miskę czegoś pośredniego między rosołem a krupnikiem. Zapach zawiesistej zupy unosił się w powietrzu. Jadł, czując, jak coraz bardziej kleją mu się powieki.

– Szkoda, że masz już swoją ukochaną – odezwała się Taavi. – Czuję, że to dobra noc na poczęcie dziecka. Ale skoro musisz odejść za morze, lepiej nam będzie nie kłaść się już w jedno posłanie. Chyba że chcesz zostać wśród nas i dzielić z nami radości oraz trudy życia w lasach. Wiosną ruszymy pewnie na północ wypasać stada tam, gdzie drzewa rosną niskie, a słońce nie zachodzi nocą wcale.

– Muszę jechać – uciął. – I rzeczywiście lepiej, abyśmy więcej nie kładli się razem.

– Zatem dobrej nocy. – Uśmiechnęła się.

Obie kobiety opuściły namiot. Westchnął cicho. Mogła go chociaż pocałować w policzek na pożegnanie. Nie, co za bzdury, zobaczą się przecież jutro.

– Frajer – mruknął do siebie.

Głowa nadal go strasznie łupała. Wszystkie wypadki tego dnia wracały. Chińczyk prowadzi Taavi, szamotanina. Pierwszy trup. Szmer przy klapie, a potem krople krwi rozbijające się na stole... Drugi trup. Trzeci pada na podłogę z roztrzaskaną czaszką. I jeszcze tamten zastrzelony na dziedzińcu, i znowu ten pierwszy w namiocie... Czuł, że musi odespać, może wtedy wszystko minie. Podwinął nogawki spodni, wyszedł na chwilę przed szałas, by przetrzeć nogi śniegiem, i szczękając zębami, wczołgał się między skóry. Sen jednak nie nadchodził.

Zabiłem dziś trzech ludzi, myślał ponuro. A nawet więcej, bo jeszcze ten granat...

Skóra u wejścia odchyliła się, do wnętrza wszedł Kozak. Jak się, u licha, nazywa? A tak, Maksym. Odwiesił karabin, szablę oraz torbę na kołek u jednego ze słupków podtrzymujących namiot. Nalał sobie zupy do własnej miski, a potem siadł na drugim posłaniu.

– Coś taki ponury? – zapytał. – Ogień dwór trawiący już przygasa, do rana pilnować będą. Tu nic ci nie zagrozi. Wilki wybite do ostatniego chyba. Jakby co, straże stoją, psy spuszczone, a ja sen mam czujny.

– Zabiłem dziś trzech ludzi – Staszek wypowiedział na głos dręczącą myśl. – I jeszcze dwóch niejako przypadkiem.

– Toś chwat. Czemu głowę zwieszasz? A... rozumiem już. Wcześniej nikogo nie pozbawiłeś życia i dlatego czarna melancholia cię ogarnia?

– Tak...

Kozak skończył jeść polewkę, wygrzebał z torby antałek oraz dwa kubki z miedzianej blachy. Nalał pachnącej ziołami wódki i wręczył Staszkowi jeden.

– *Bud'mo!* – wzniósł toast.

Chłopak przełknął zawartość jednym haustem. Alkohol palił w przełyku jak ogień, ale rozgrzewał i pozostawił na języku miodowy posmak malin moroszek.

– No, jeszcze na drugą nogę! – Maksym nalał znowu. – I dla spokoju duszy!

– I to pomoże? – zakpił.

– Zabiłeś to zabiłeś. Dzieweczkę ratowałeś, jak powiedzieli. Zatem gdzie tu twoja wina? Tylko nie przywykłeś do tej krwawej roboty, to i serce zasmucone. Jam dwóch skośnookich dziś utłukł. To już pięciu razem będzie, bom trzech w Norwegii koło Bergenu dopadł. I więcej chyba ich już nie ma, tedy przyjaciel mój pomszczony godnie. A tyś honoru ustrzegł i cześć kobiety obroniłeś, i życie wam uratowałeś. U nas już by cię starszyzna postrzygła, osełedec na znak męstwa pozostawiając. Zresztą po co nam ataman, w wyprawie jesteśmy. Chcesz, sam cię ostrzygę.

– Ale...

Maksym westchnął ciężko.

– Posłuchaj – rzekł. – Ludzie są jak zwierzęta. Popatrz na łąkę i co ujrzysz? Owce, świnie, gęsi... Trawę jedzą, nie w głowie im ni ucieczka, ni bunt przeciw pasterzowi. A wkoło las nieprzebyty, gdzie wilcy siedzą. Tedy Największy Pasterz w mądrości Swej powołał rycerzy, szlachtę i Kozaków, by jak psy pasterskie strzegli tych, którzy sami się nie obronią. Za owczarka dziś byłeś, wilka zagryzłeś, by owieczkę obronić. Jaka tu wina? To zrobiłeś, co jest twym powołaniem. Bóg chciał, by dziewczyna przeżyła, to jej obrońcę mężnego i chwackiego w porę zesłał. Twoja zasługa, żeś zadanie mężnie wypełnił.

Dolał mu jeszcze. Chłopak wypił posłusznie. Czuł, jak alkohol przytępia zmysły.

Wilk, pomyślał. Zanim zastrzeliłem tego drania, myślałem o nim jak o wilku... Teraz ten Kozak użył identycznego argumentu.

– Śpij, a o nic się nie kłopocz. – Jego towarzysz zaczął ściągać buty. – Wśród przyjaciół jesteś. I Saami, i ja, i ci dwaj rzeźnicy Hanzy wdzięczność ci winni jesteśmy. Los twój teraz pod naszą opieką.

Gdzieś opodal szałasu rozległo się ponure dudnienie. Ktoś do taktu zaczął śpiewać. Po chwili dołączyło doń jeszcze kilka głosów. Scalak nie przetłumaczył żadnego ze słów.

– Saami opłakują swoich zmarłych – powiedział Kozak. – Wielu dzielnych ludzi oddało dziś życie.

– Za to, żebym był wolny...

– Za to, żeby oni byli wolni. Ty korzyść z tego odniosłeś przypadkiem niejako.

Po raz pierwszy od wielu dni Staszek zasypiał w cieple. Po raz pierwszy od wielu dni mógł się wygodnie ułożyć. Wreszcie zamknął oczy, nie lękając się, czy dożyje ranka. Spał mocnym, zdrowym snem, choć trochę brakowało mu kościstych pleców Taavi...

Siedziałem z Helą na moim łóżku. Greta spała już głębokim snem. Zegarek pokazywał dziesiątą. Zostawiliśmy sobie tylko jedną cienką świeczkę, rozmawialiśmy szeptem, bojąc się obudzić służącą.

– Może Kozak Maksym nam pomoże? – rozważała Hela. – Ma z Chińczykami swoje porachunki. Dobrze walczy i jest sprytny.

– Teraz pytanie, czy mamy go szukać, czy nie? – westchnąłem. – I w jaki sposób? W Bergen przecież został. Kto wie czy żywy z tego piekła uszedł. Sama się domyślasz, co się tam teraz dzieje. A on, choć zna niemiecki, nie ukryje się wśród mieszkańców kantoru.

– Mniemam... – zaczęła i urwała.

– To miły człowiek, ale... jak by to powiedzieć... – Pstryknąłem palcami. – Trochę zbyt dziki. Nieobliczalny. Przyjemnie mieć kogoś takiego za plecami, lecz...

– Jak Sadko i Borys. Siła. Żywioł. Płomień. Nieokiełznany i niszczycielski, jeżeli stanie się na jego drodze. Żywioł można spróbować opanować, ale jeśli się to nie uda, karą przeważnie jest śmierć. – Jej rozważania wydały mi się szokująco dojrzałe.

– Nasze cele były zbieżne. Dzięki temu mogliśmy skorzystać z tego ognia.

– To szlachetni ludzie, choć oczywiście mordercy. A może raczej powinnam powiedzieć: zabójcy?

Subtelna różnica, a jednak tak ważna. Zabójca zabija, morderca morduje, kat wykonuje tylko wyrok.

– Pod ręką ich nie mamy. Łasica ciągle siedzi w garnku i pewnie już nie wyjdzie. Zostaliśmy tu sami, zdani na własne siły – westchnąłem.

– Owszem. Z jednej strony czuję ulgę, z drugiej lęk i bezradność. Ona też była jak żywioł. A ogień czasem się przydaje...

– Jakoś sobie poradzimy. – Objąłem Helę ramieniem i przytuliłem, by dodać otuchy. – Na razie i tak do wiosny nic nie zdziałamy.

– Możemy spróbować, jak w Bergen – rozważała.

– Co masz na myśli?

– Chińczycy zapewne mają tu ludzi, którzy dla nich pracują. Gdybyśmy ich odnaleźli...

– Ciekawa hipoteza. Jesteś bardzo mądrą dziewczyną.

Zamyśliłem się. Czy to możliwe? Czy ktoś w Gdańsku sprzedaje chińskie towary?

Spojrzałem na zegarek.

– Pora spać – zadecydowałem. – Jutro pomyślimy, co dalej.

Ogień przygasł przed północą. Czekali do rana, żeby wreszcie można było ostrożnie wkroczyć do twierdzy.

Staszek czuł się już prawie dobrze, uległ więc namowom i ruszył z innymi. Od jednej z kobiet dostał kożuszek sięgający do pół uda, wykonany z miękko wyprawionych psich skór.

Z bliska chińska baza wyglądała jak obraz nędzy i rozpaczy. Namioty-cieplarnie spłonęły doszczętnie. Dziwne uprawy strawił żar. Z maszyn do szatkowania, pomp i deszczowni pozostały odkształcone korpusy. Sadko starannie odrysowywał resztki. Staszek wyjaśniał. Rozgrzebali glebę, lecz nie zdołali znaleźć ziaren. Z klatek pozostała jedna wielka plątanina drutów i kupki nadpalonych kości. Spenetrowali wieżę. Górne kondygnacje runęły, wypełniając ją rumoszem niedopalonych belek i gruzu. Przekopali pogorzelisko, znajdując nawet kilka całych puszek kompotu. Resztę rozerwało ciśnienie, gdy ciecze zagotowały się wewnątrz.

Trup Chińczyka w pokoju na piętrze zapewne uległ zwęgleniu. Możliwe, że w pogorzelisku dałoby się odszukać czaszkę, ale nie mieli na to ochoty. Staszek po ocalałym piorunochronie wlazł na dach. Murowany strop był nadwątlony żarem, lecz jakoś się trzymał. Ciało przysmażyło się od spodu, potem zamarzło. Nie znalazł przy nim broni, widać Chińczyk raniony upuścił spluwę. W kieszeni była zasmarkana chustka do nosa i klucze. Staszek odpiął z przegubu zastrzelonego elektroniczny zegarek. Pasek częściowo się zwęglił, lecz czasomierz nadal działał. Chłopak zabrał także przytroczoną przy pasie kaburę. Pieniędzy, niestety, ani na lekarstwo.

Jestem hieną, jęczał w duchu. Zwykłą hieną, obdzieram trupa...

Potem obszedł stratowany śnieg u podstawy budowli i znalazł rewolwer. Zapasowej amunicji, niestety, nie było. Jedynie niewystrzelone naboje tkwiły w bębenku.

Mam dwa colty jak szeryf z westernu, rozmyślał, przypinając broń do pasa. I sześć kul na oba... Ale co spluwa, to spluwa. Naboje jakoś się dorobi. Jeśli Marek odnalazł Alchemika... Albo może damy radę i bez jego pomocy?

Stropy głównego kompleksu zawaliły się, wszędzie zalegały zwały popiołu. Ściany nadal promieniowały nieznośnym gorącem. Nie ocalało zgoła nic. W jednym z pomieszczeń była zapewne pracownia komputerowa, może centrum dowodzenia? Metalowe nogi stolików odkształciły się, z laptopów pozostały stalowe obudowy i kałuże plastiku. Znaleźli resztki kilku karabinów, naboje eksplodowały w magazynkach, lufy i zamki przepaliły się. Sadko starannie pozbierał wszystko do worka. Chłopak czuł, że niebawem trafią w fachowe ręce, ktoś spróbuje wydedukować z nich jak najwięcej...

– Trzeba sprawdzić piwnice – powiedział.

Najpierw natrafili na pozostałości kuchni. Nadtopione aluminiowe garnki, szczątki kuchenek elektrycznych, wszystko przemieszane z polepą i węglami spalonego stropu. Maksym znalazł dwie małe soczewki, prawdopodobnie pochodzące z kamer.

Staszek podszedł do dziury w ścianie.

– Winda – zidentyfikował szczątki mechanizmu. – Coś tu przygotowywali, a potem spuszczali w dół.

Zajrzał do osmalonego szybu i cofnął się.

– Ty dobrze wiesz, co tam jest. – Sadko popatrzył Staszkowi prosto w oczy. – Widziałeś albo się domyślasz. Dlatego nie chcesz tam zejść. Dlatego w ogóle nie chciałeś tu przychodzić.

– Tam jest piekło. Najgorsze piekło, jakie zdołał stworzyć człowiek na ziemi.

Konus wzruszył ramionami.

– Cóż, jeśli diabła tam nie spotkamy, to pół biedy. Bo nie mamy wyjścia... Musimy sprawdzić wszystko.

– Wiem...

– Jeśli nie chcesz tam wchodzić, możesz poczekać tutaj. Powiedz tylko, czego musimy się strzec.

– Idę z wami – mruknął, nienawidząc się za to.

Zeszli po metalowej drabince, którą znalazł gdzieś Kozak. Stanęli w szerokim sklepionym korytarzu. Rosjanie zapalili świece. Kusze naciągnęli i trzymali w rękach. Staszek odbezpieczył rewolwer. Sadko spojrzał pytająco.

– To nie jest miejsce, które widziałem... – bąknął chłopak. – Musi być jeszcze jedna piwnica.

Tu też szalał ogień. Było duszno, ściany pokrywała gruba warstwa sadzy, lecz wentylacja najwyraźniej działała, bo mogli oddychać. Przeszli kilkanaście metrów. W tym miejscu korytarze przecinały się. Po lewej i po prawej stronie wyloty bocznych zabezpieczono szklanymi taflami osadzonymi w stalowych ramach. Szkło jakimś cudem wytrzymało pożar, było tylko zdrowo okopcone.

Maksym starł sadzę dłonią. W kiepskim świetle świec niewiele widzieli, ale i to wystarczyło, by żołądek podszedł Staszkowi do gardła. Tak. To było to miejsce.

Po prawej martwe dzieci w klatkach i akwariach. Wanny z roztworami. Po lewej terraria z królikami. Cisza. Blask świecy wzbudził tylko taniec cieni.

– Rozbić tę taflę? – zapytał Kozak niepewnie.

– Lepiej nie – ostrzegł Staszek. – Chińczycy badali tu leki. Te dzieci i zwierzęta mogły być chore!

Odpowiedziały mu pytające spojrzenia trzech par oczu. Nie rozumieli.

– W naszych czasach umiano sztucznie wywoływać zarazę – wyjaśnił. – Przypuszczam, że zarazili te dzieci, by sprawdzić, jak działają medykamenty.

– Jeśli tam wejdziemy, zachorujemy – domyślił się Sadko. – To jasne, wszak od trupa zadżumionego czy nawet trędowatego złapać to można. Przez szkło zaraza nie przechodzi?

– Wydaje mi się, że nie. Ale może na wszelki wypadek chodźmy stąd czym prędzej. Tam wszyscy są martwi. Gdyby ktoś jeszcze dychał, to widząc blask świecy, dałby choć ręką znak...

– Masz rację – potwierdził Kozak.

– Jak myślisz, dlaczego nie żyją? Podusili się od dymu czy co? – zagadnął Borys.

Staszek spojrzał raz jeszcze. Kilku nieboszczyków trzymało ręce kurczowo zaciśnięte na gardłach. Inni zamarli w konwulsjach. Widział ciemne plamy przy nosach i w kącikach oczu. Zastygła krew? Króliki przypominały żałosne kupki futra, ale i obok ich pyszczków wypatrzył czerwonobrązowe wybroczyny.

– Wydaje mi się, że zostali uduszeni. Zapewne gazem – odparł. – Ale szyby od tamtej strony nie są okop-

ANDREZ PILIPIUK

cone, więc ognia tam raczej nie było. A może to pożar
wypalił tlen także tam?

– Gazem, powiadasz? Trujące powietrze, jak w lochach, które Markus odkrył pod leprozorium w Bergen – mruknął cicho Maksym. – Tak, szkła tego lepiej
nie ruszać, choć tafla tej wielkości to bogactwo. – Aż
sapnął, wyobrażając sobie jej wartość.

Na końcu korytarza natrafili na stalowe drzwi zamknięte na głucho. Blacha nosiła ślady działania wysokiej
temperatury, guma uszczelek spaliła się, lakier pokrył
bąblami i częściowo zwęglił.

– Oho – powiedział cicho Sadko. – Miałeś rację.
Ciągle tu siedzą... Albo i leżą martwi. Tak czy siak, trzeba będzie te drzwiczki wyłamać lub kiszką prochu wysadzić, bo tak mnie życie nauczyło, że gdzie stal wejścia
broni, tam i ciekawe lub cenne rzeczy znaleźć można.
Jak myślisz, jeśli dychają jeszcze, czy mogą nas widzieć?

– Chyba nie.

Pod sufitem wisiała kamera, lecz jej obudowa była
opalona i pokryta grudkami stopionego tworzywa, zaś
obiektyw rozsypał się. Kabel też zwisał przepalony.

– Ciężko będzie – skrzywił się Kozak. – Zawiasy
ukryte pod kamieniem. Nijak dźwigni o próg zaczepić...

– A może tym? – Chłopak potrząsnął pęczkiem kluczy znalezionym przy zastrzelonym Chińczyku.

Najdłuższy wydawał się pasować do zamka. Konus
przymierzył. Wyglądało na to, że trafnie odgadli.

– Maksym, szykuj wielopał. Borys, siekiera. Ty się
odsuń. Tu trza doświadczonych zabójców. – Uśmiechnął się lisio, wyjmując z pochwy krótki, ale szeroki nóż.

Staszek przylgnął do ściany. Drobny Rosjanin wsunął klucz w zamek i ostrożnie zaczął obracać. Nieoczekiwanie szczęknęły rygle, drzwi się uchyliły. W szparze błysnęło ostre elektryczne światło. Borys szarpnął potężnie za klamkę, urywając łańcuch. Sadko wskoczył przez szparę do wnętrza. Dwukrotnie huknął strzał, kula gwizdnęła gdzieś w ciemność, krzesząc długą iskrę na granicie ściany. Borys pobiegł za bratem. Z wnętrza dobiegło jakieś charczenie i łomoty.

Staszek ostrożnie zajrzał do środka. Rosjanie kończyli krępować Chińczyka leżącego na podłodze. Wił się jak piskorz, ale widać było, że sprawa już przegrana...

– Drzemał – powiedział Sadko. – Tośmy go zaskoczyli, nim swego wielopału dobrze użyć zdołał.

Trzymał pistolet za lufę dwoma palcami, niczym zdechłego szczura za ogon.

– Generał Wei – zidentyfikował powalonego chłopak.

– Jesteś pewien? – zapytał Sadko?

– Naturalnie.

– Pan Wilków we własnej osobie – mruknął Maksym, stając za plecami Staszka. – Ciekawe, jakiego koloru jest jego krew? – Uśmiechnął się drapieżnie.

– Sprawdzimy – obiecał konus. – Żeby to dziwadło wystrzeliło, należy wpierw jak w kuszy czy w krócicy za spust pociągnąć? – zwrócił się do chłopaka.

– Tak. Ale jeśli chcesz go zabrać ze sobą, lepiej zabezpieczyć... – Wskazał przełącznik.

Sadko zabezpieczył broń z trzaskiem, Staszek sprawdził, czy spust jest zablokowany, po czym Rosjanin troskliwie ukrył swą zdobycz w sakwie.

– Trochę łapki pobolą i posinieć mogą, ale nie martw się – gderał dobrodusznie Borys, zaciskając pęta na nadgarstkach dowódcy. – Za godzinkę albo dwie będziesz już wisiał...

Chłopak rozglądał się po kryjówce. Agregat musiał ulec zniszczeniu, bo generał siedział przy lampie zasilanej z akumulatora. Kilka monitorów stojących pod ścianami było ciemnych. W kącie drzemał wielki sejf.

– Wydaje mi się, że pożar go zaskoczył – powiedział do towarzyszy. – Zamknął się tu, bo to jakby zapasowa centrala dowodzenia... Można stąd wydawać rozkazy głosem, którego nie słychać. – Wskazał mikrofon podłączony kablem do sporej skrzynki.

– Albo rozkazy pożogi. Nie dbał widać, że poświęca swoich ludzi. – Sadko splunął na jeńca.

Borys opukał sejf.

– Co to takiego? – zapytał. – Widzi mi się, że jakby skrzynia... A że z żelaza, to znaczy, iż zawartość jej przed takimi jak my została zabezpieczona.

– To kasa pancerna... Eeee... Taka szafka na szczególnie cenne przedmioty.

– Szczególnie cenne – powtórzył konus i zaczął przeszukiwać kieszenie generała.

Wyjął pęk kluczy kodowych i podał Staszkowi.

– Ty wiesz lepiej, jak takie zamki działają.

– To może być jakoś zabezpieczone – dumał chłopak. – W razie czego uciekajmy natychmiast.

Wsunął klucz w dziurkę i przekręcił. Rygle się przesunęły. Chłopak obwiązał pokrętło linką.

– Cofnijmy się aż na korytarz – polecił. – Boję się, że może wybuchnąć albo stanie się coś nieprzewidywalnego.

Wykonali posłusznie jego rozkaz. Skrępowanego generała zabrali ze sobą i rzucili na podłogę. Staszek pociągnął sznur. Poczuł niewielki opór, akurat taki, jaki powinny stawiać zawiasy. Nic nie wybuchło. Nie zawył alarm. Nie syknął gaz. Chłopak zajrzał ostrożnie, a potem niepewnie przekroczył próg bunkra. Sejf stał otworem.

Patrzył, nie mogąc uwierzyć w to, co widzi. Kiedyś, dawno temu, był na wycieczce w Narodowym Banku Polskim. Pokazano im wtedy „mydło" – kilogramową sztabkę złota. Tu takich sztabek były dziesiątki. Wyżej leżały cegły odlane ze srebra. Na najwyższej zaś półce zgromadzono jakieś papiery.

– Ooo – szepnął Borys. – Tyle tu tego... Wezwij Suongila – polecił Kozakowi.

Staszek jak zahipnotyzowany podszedł do kasy pancernej i wyjął jedną kostkę żółtego metalu. Złoto. Kilogram kruszcu. Fortuna... Potęga. Ile wszelakiego dobra można za to kupić? Podrzucił w dłoni. Podrzucił raz jeszcze, ale nim upadła, schwycił ją Sadko. Zważył w ręce i odłożył na miejsce.

– Poczekaj na podział łupu – powiedział surowo. – Wtedy dostaniesz swoją część.

Wrócili Maksym z Lapończykiem. Przynieśli skórzane worki. Przyszło też kilku wojowników, by zabrać jeńca.

– Co z tym lochem? – zapytał Borys. – Lepiej zapewne, aby nikt tu nie wchodził... Bo jeszcze jakiś mór rozwlecze.

– Zasypcie wejście i zawalcie na nie mury – doradził Staszek. – Ale najpierw weźcie kilku silnych mężczyzn z oskardami i wykopcie pomiędzy ruinami parę szybów w głąb ziemi.

– Myślisz, że mogą być jeszcze jakieś kryjówki? – spochmurniał olbrzym.

– Nie wiem. Nigdy nie miałem okazji, ani żeby rozejrzeć się po wnętrzu, ani żeby policzyć, ilu ich tu jest.

– W zgliszczach odnaleźliśmy jak do tej pory resztki dwunastu ludzi – zameldował jeden z Lapończyków.

– Czyli ten, którego dorwaliśmy w kopalni, kłamał – zadumał się Sadko. – Bośmy sądzili, że tylko ośmiu zostało.

– Sprawdzimy, czy masz rację. Lepiej niczego nie zaniedbać – powiedział wódz do Staszka. – Jeśli są tu inne lochy, odnajdziemy je. A to miejsce będzie strzeżone pewnie aż do wiosny. Może nie wszyscy byli w twierdzy? Może jeszcze któryś z nich wróci?

Reszta przedpołudnia upłynęła Staszkowi jak w sennej malignie. Przywódcy lapońskich klanów siedzieli przy stole w największym namiocie. Jego i Kozaka Maksyma też zaproszono, choć nie mieli tam kompletnie nic do roboty. Na blacie rozłożono mapy. Zagadkowe papiery znalezione w sejfie okazały się szwedzkimi aktami własności. Co dziwne, wystawiono je na okaziciela. Suongil zdecydował rozdzielić je pomiędzy plemiona.

– To cenniejsze niż kruszec, który znaleźliśmy – wytłumaczył chłopakowi. – Do tej pory byliśmy jak obcy we własnym kraju. Dziś mamy czarno na białym, że to nasza ziemia. Nikt nas już stąd nie przegoni...

– Nigdy byśmy takich pieniędzy nie zdołali zgromadzić – dodał wódz innego klanu.

Potem nadeszła pora, by podzielić sztabki. Po długich naradach ustalono, że każde plemię dostanie część złota uzależnioną od liczby rodzin, a także srebro za ludzi zabitych przez Pana Wilków. Hanza za udzieloną pomoc dostała dwunastą część złota. Staszka narada zmęczyła. Wyszedł przejść się po obozie. Generał Wei, nadal związany i zakneblowany, siedział w klatce pilnowanej bez przerwy przez sześciu strażników. Trząsł się z zimna, bo ubrany był tak jak w chwili, gdy go złapali, jedynie w cienki mundur. Skrępowane dłonie posiniały. Na widok Staszka wyraźnie się ożywił.

– Dogadajmy się – powiedział po chińsku.

– Co?

– Masz rewolwer. W kieszonce kabury jest tłumik. Zastrzelisz tych sześciu. Drzwiczki klatki związali tylko rzemieniami. Przetniesz i uwolnisz mnie. Moi ludzie pojechali do kopalni śniegołazem. Te dzikusy nie umieją go prowadzić, ale przyciągnęli maszynę do obozowiska. Kabina jest kuloodporna. Wskoczymy i wywiejemy.

– I co dalej? – prychnął Staszek.

– Pewien kupiec w Gdańsku ma sporo naszych pieniędzy. Z głodu nie zdechniemy.

– A twoi?

– Co: moi?

– Ci, którzy cię wysłali. Przylecą na inspekcję i zobaczą, że wszystko przesrane.

– Nie przylecą. Stacja odbiorcza wehikułu czasu była tu, spłonęła. Zbudowanie nowej instalacji zajmie im wiele lat.

– Naprawdę sądzisz, że mam na to ochotę? Po tym wszystkim, co zrobiłeś mnie i tym lapońskim dzieciakom?

Na twarzy generała Wei odmalowała się złość.

– Ja i tak się wywinę – warknął. – Nie z takich opresji wychodziłem cało. Możesz iść ze mną jako przyjaciel albo zginąć jako mój wróg.

– Ty już nigdzie nie pójdziesz.

Staszek stanął przed nim i milcząc dłuższą chwilę, patrzył w ciemne skośne oczy, aż zmieszany Chińczyk spuścił wzrok.

– *Sic transit gloria mundi* – mruknął chłopak. – Wyjaśnij mi chociaż: dlaczego?

– Co: dlaczego? – prychnął jeniec.

– Tych nieszczęśników zamkniętych w piwnicach zarażaliście i testowaliście na nich leki. Ale my, na powierzchni, do czego byliśmy potrzebni?

– Do karmienia królików. – Generał wzruszył ramionami. – Moi ludzie mieli ważniejsze zadania.

– Ale dlaczego trzymaliście nas nocami w tak potwornym zimnie?

– Lapończycy to prawie zwierzęta, wytrzymują to. Jakby nie wytrzymali, żadna strata. Była wolna komórka, a gdybyście chcieli zwiewać, wilki trzymały straż.

– Nie wierzę ci. W tym był jakiś sens.

– No dobra, był – warknął Wei. – Dodawaliśmy wam do żarcia antybiotyki i patrzyliśmy, jaka ich ilość jest potrzebna, żebyście nie zdechli na zapalenie płuc.

– Gadasz dokładnie to, co wtedy, gdy wezwałeś mnie na przesłuchanie. A ja sądzę, że łżesz.

– I co z tego? – Wei znowu prychnął.

– A te wszystkie akty własności? Planowaliście tu założyć kolonię? Początkowo wszystko musiałoby być w miarę legalne i dopiero gdybyście sprowadzili kilkadziesiąt tysięcy swoich osadników z przyszłości, rozwinęli przemysł i okrzepli... To miał być wasz przyczółek do podboju Europy?

– Naszej rasie pisane jest panowanie nad światem – odparł butnie generał.

– Jeszcze jeden naród wybrany? Żydzi, Polacy i Chińczycy – parsknął Staszek.

Jeniec nie odpowiedział.

– A tak właściwie z jakich czasów przybyliście?

Wei nadal milczał. Staszek westchnął. Ech, gdyby tak mieć trochę tego narkotyku, który mu zaserwowali na początku.

– Wieczorem boczków mu przypieczem – odezwał się wesoło Kozak. – Wtedy się wszystkiego dowiemy.

Odeszli, zostawiając więźnia w klatce.

– Gadałeś i gadałeś, coś ciekawego powiedział? – zapytał Maksym.

– Przekupić mnie chciał. Umyślił sobie, że strażników wystrzelam i ucieknę razem z nim.

– Oni tak zawsze. Jak Turka czy Tatara w łyka Kozacy wezmą, to istny miód z jego ust rzeką płynie. Są ludzie, którzy nie rozumieją, że krew przelana cenniejsza dla mścicieli niż złoto. Czemu to tak? – Pokiwał głową. – Wedle własnej miary nas oceniają czy co?

– Mówiłeś, że Hela i Markus mają się dobrze?

– W Gdańsku siedzą – wyjaśnił. – Panienka Helena, gdym ją na szlaku do Bergen spotkał, z tęsknoty usychała. Bardzo liczyła widać, że wiosną się spotkacie.

– Ach tak... – Staszek poczuł ciepło na sercu.

Wiosną? Czyli co, liczyła, że uda się odzyskać jego scalak i łasica zrobi co trzeba? Cholerna Ina... Dlaczego go nie odnalazła?

– W Bergen przyjaźń nasza okrzepła. Potem gdy Rosenkrantz kantor zlikwidował i noc ciężka nastała, myślałem, że Duńczycy ich ubili, ale zbiec zdołali „Srebrną Łanią", a panowie Sadko i Borys szczęśliwie przez Bałtyk ich przeprawili.

– A... – zaczął i urwał.

Do diaska, przecież nie zapyta o łasicę...

– Co się zaś tyczy pewnego irytującego zwierzęcia – Kozak był domyślny jak diabli – na statku się objawiło, a potem popłynęło z nimi na Bornholm, gdzie do blaszanego kociołka wlizło i tam utknęło może na wieki. Alem przy tym nie był, o to trzeba ich zapytać.

Jak na zawołanie między namiotami pojawił się Sadko.

– Tu się ukrywacie? Wasz udział! – Wyłowił zza pazuchy dwa skórzane mieszki. – W dukatach wam wyliczyliśmy, zechcecie w Sztokholmie przezimować, pieniądz poręczniejszy niż kruszec w sztabach.

Staszek podziękował. Zważył w dłoni woreczek. Ile tego może być? Co za to można kupić?

– Po czterysta dukatów dla każdego – wyjaśnił Rosjanin.

– *Błagodarstwuju*. – Maksym ukrył swoją część łupu w sakwie u pasa. – Zatem nie tylko zadanie wykonałem, ale i bogaty do dom wrócę. Szkoda jeno mej klaczy, co na wieczny wypas tu, w tych zimnych i ponurych lasach, pozostała – westchnął ciężko. – Choć czy tu, czy na stepie, jednako karmą dla wilków wcześniej albo później stałaby się – rozważał. – Może i dobrze, kozackiemu konikowi nie godzi się w stajni ducha ze starości oddać. Podobnie i dla Kozaka hańbą w łożu życie kończyć.

– Będziemy torturować generała Wei? – zapytał Staszek. – Trzeba ustalić, czego chcemy się dowiedzieć, przygotować listę pytań...

– Nie. Lapończycy chcą go tylko zabić. To ich jeniec. Niedobrze, nie dowiemy się, czego ci poganie tu szukali. A mam bardzo złe przeczucia – westchnął konus.

– Podzielisz się domniemaniami? – zagadnął Kozak.

– Znaleźli w tych górach miedź zawierającą wiele srebra oraz nawet domieszkę złota. Umieli kruszce od miedzi oddzielić, co dla nas trudnym wielce, a często i niemożliwym. Warzyli bardzo silne leki i sprzedawali je za złoto w wielu miejscach. Zarobili wielkie pieniądze, kupili szmat ziemi. Być może przygotowywali ją, na wypadek gdyby zapragnęło ich tu przybyć więcej... A lud Saami mordowali, by ziemia ta była pusta. By nikt się nie upomniał o prawo do swych gór, jezior i lasów.

Staszek spojrzał na niego zaskoczony. Człowiek Hanzy, żyjący cztery stulecia wcześniej niż on, wyciągnął identyczne wnioski.

– Kolonizacja... Testowanie leków, aby zabezpieczyć ich ludzi przed chorobami – rozważał na głos.

– Tak, przyjacielu. Pokrzyżowaliśmy im wiele planów. Ale sprawy będzie trzeba dopilnować. Coś mi się wydaje, że kolejni jeszcze przybyć tu mogą. Tym razem udało się, bo atak z zaskoczenia zawsze jest silniejszy i ciężki do odparcia. Ale nie zawsze tak będzie. Bo za nimi stoi siła straszna. Spójrz, dwunastu ich raptem było. Przy kopalni jeszcze czterech ubiliśmy, Maksym trzech do ziemi złożył. Generał Wei dwudziestym się jawi. Aby dwudziestu skośnookich obejrajców życia pozbawić, ludzi mrowie przywiedliśmy... I choć ostrożności nie zaniedbaliśmy, po naszej stronie także trupów nie brak. Gdy zaś skośnoocy napadali lapońskie zimowe leża, broń mieli ze sobą i wilki. Pięciu ich wystarczało, by wieś z ziemią zrównać, a ludzi wygubić. Przeciwnik to straszny.

– Może gdy ci zginęli, następni już nie przybędą...

– Obyś miał rację!

– Rozmawiałem z nim...

– Widziałem. Przekupić cię próbował?

– Tak. Ale i ciekawe rzeczy gadał. Uciekać chciał. Twierdził, że w Gdańsku jakiś kupiec ma więcej pieniędzy należących do niego. I odgrażał się.

– Kupca warto by odszukać – mruknął konus. – A pogróżkami się nie przejmuj. Dziś jeszcze wisiał będzie.

Zbliżał się wieczór. Staszek i Maksym siedli w szałasie. Przyszła Taavi, wystrojona w dziwny długi kubrak z miękkiej skóry, przystrojony frędzelkami i ozdóbkami kutymi z cyny, a może i srebra? Przyniosła im w koszyku kolację – podpłomyki i wędzony ser.

– Jesteś teraz wolna – powiedział Staszek.

– I bogata – dodała z uśmiechem. – Każdy klan chętnie mnie przyjmie. Każdy myśliwy z radością weźmie za żonę. Wiosną ruszam na włóczęgę, na północ za reniferami. Od śmierci do życia. Uratowałeś mnie i nie chcesz nawet pocałunku w nagrodę... Myślałam, że ci dobrą kurtkę uszyję, bo to dziwne wdzianko to nie na nasze mrozy, ale widzę, że już masz. Może choć to przyjmiesz? – Odpięła od paska pochwę kryjącą szeroki nóż. – Mężczyzna powinien chodzić z bronią.

– Dziękuję.

Wziął podarunek z rąk dziewczyny. Taavi uśmiechnęła się, spuściła wzrok, a następnie wstała i wyszła z namiotu. Maksym odprowadził ją spojrzeniem.

– Miła dziewczyna – stwierdził.

Chłopak w zadumie obracał kozik w dłoniach, wreszcie przysznurował sobie pochwę do pasa.

– Dziwne to jakieś – powiedział.

– No, co takie dziwne? Nóż jak nóż, do krojenia przeznaczony, a nie dla dziwności...

– Nie, ja o czym innym myślałem. Ten człowiek, Sadko, czy jak go wołają, nie jest zwyczajny. Chodzi, ogląda. Jakby go wszystko interesowało i nie interesowało zarazem. Czasem prosi, żeby coś wytłumaczyć, i znowu milczy. Niczego nie notuje...

– Zastanawiałeś się kiedyś, chłopcze, czym właściwie jest pamięć i jak się jej używa? – zapytał Maksym.

– No, pamięta się różne rzeczy... – Zmiana tematu zaskoczyła Staszka. – Nasz mózg zapisuje różne rzeczy, zdaje się, białkami pamięciowymi, tworzą się połączenia między neuronami... – urwał.

Kozak nie mógł przecież zrozumieć. Ten człowiek zapewne nie wie nawet, że to mózg odpowiada za procesy uczenia się.

– Spróbuję zapytać o rzecz inną, ale tak samo ważną. – Jego towarzysz nie przejął się skomplikowanym wywodem. – Jak sądzisz, czy pamięć jest darem, czy sztuką?

Staszek zadumał się.

– Chyba jak z różnymi talentami. Czyli jest darem, który należy rozwijać. Każdy ma jakąś tam pamięć, lepszą lub gorszą, lecz jeżeli musi dużo zapamiętywać, to ją ćwiczy, przez co staje się coraz lepsza. Słyszałem też, że są specjalne treningi, które pozwalają ją poprawić. Sztuka... raczej nie.

– Treningi – Kozak podchwycił nieznane słowo.

– No, ćwiczenia.

– Opowiem ci, co mnie prawił o tym pewien Wenecjanin we Lwowie. W italskiej ziemi umyślili sobie, by uczynić z pamięci niedościgniony kunszt. Dlatego też tworzą w głowie wyobrażenia pałaców. Potem w myślach wędrują przez ich sale i korytarze. Sprzęty oraz obrazy, których obecność w głowie sobie ułożyli, pociągają nici pamięci, co pozwala choćby treść ksiąg przytoczyć. My coś pamiętamy, bo pamiętamy. Oni w myśli wchodzą do biblioteki i patrzą na wyimaginowaną mapę. Wszystko w duszy własnej. Rozumiesz? Dzięki temu potrafią na przykład trzysta ksiąg uczonych co do słowa zachować w głowie...

Chłopak gwizdnął w duchu. Kolejny zapomniany sekret dawnych epok. Kozak podał niewiele szczegółów, ale nawet to, co powiedział, brzmiało niezwykle intrygująco.

– Inni pamięci pomagają w ten sposób, że supełki różne na sznurze wiążą, które dla nich tylko znaczenie posiadają – ciągnął Maksym. – Weźmie taki człowiek sznurek z węzełkami albo naszyjnik z kawałkami drewna nanizanymi, popatrzy i już pamięć mu się odtyka. Jeszcze i tak bywa, że kto nawet niepiśmienny symbole sobie na desce węglem zrobi, a po latach deskę taką ze skrzyni wyciągnie i ze szczegółami zdarzenia opowie.

– Środek mnemotechniczny... – zamyślił się Staszek.

Towarzysz znowu nic z tego nie zrozumiał.

– Niewiele słyszałem o podobnych technikach – wyznał chłopak – ale wydaje mi się, że to może być ciekawe i skuteczne zarazem. Choć ja bym to, co ważne, po prostu zapisał na papierze.

– Książkę w przygodzie stracić można, a *baszka* zazwyczaj na karku zostaje. Jeśli zaś z karku spadnie, to i książka zbyteczna, bo jak nieboszczyk niby mógłby czytać? – Maksym roześmiał się z własnego porównania.

Hm, coś z racji w tym było.

– W Rzeczypospolitej pacholęta uczy się wierszy, by państwu deklamowali, dzieci szlacheckie poznają koligacje swych rodów i ośmiu pokoleń wstecz sięgające... – podjął Kozak. – Uczyć tego trzeba, nim umiejętność pisania i czytania posiądą, gdyż papier zapisany od myślenia i wysilania głowy odwodzi. Pamięć niezwykłą miewają też niekiedy ślepcy. Nasz bandurzysta potrafi nawet dwie setki dumek i *bylin* w głowie zachować. Tyle, jeśli chodzi o sztukę. Czasem rodzi się człowiek, który jednakowoż pamięć dobrą ma wrodzoną. Takiego warto uczyć dalej. Bywa, że jak szlachcic jest dobry, zawezwie dzieci chłopskie do swego dworu, tam portrety przodków swych okaże i o nich opowie. A potem z lekcji tej przepyta, by zbadać, kto zapamiętał najwięcej. I taki pacholik nie zginie, bo pan mu naukę opłaci lub na księdza nawet wykieruje.

– To bardzo szlachetne z ich strony.

– I korzyści oprócz chwały też przynosi. Chłopak taki z dobroczyńczą swoim w przyjaźni dozgonnej pozostaje, a przyjaźń człeka uczonego i w chorobie przydatna, i gdy majątek nieszczęścia trapią, jest gdzie rady zasięgnąć. A i jam wszak podobnie los w ręce pochwycił... – Zadumał się.

– Też cię wybrano?

– No, niezupełnie. Ja mam łatwość przyrodzoną w robieniu szablą, a i obce mowy szybko poznaję. To ważne niezwykle, gdy się w dalekie kraje pojedzie. Ale wybrali mnie na służbę przy atamanie, bo rymy dobrze klecę.

– Jak?

– Ot, ataman kazał, bym opowiedział wierszem dzieje jednej wyprawy, tom usiadł, pomyślał tyle, ile trza na wypicie kubka miodu, i już snułem opowieści z rymem i rytmem.

– Sztuka improwizacji – zdumiał się Staszek.

– To wielu u nas umie. Inni to zapamiętują i czasem te najlepsze na papier przenoszą. Tak się nasze pieśni rodzą – rzekł Maksym z dumą. – Potem się tego ludzi wyuczy i już chwałę dzielnych wojów po wszystkich karczmach głoszą, na Podolu i w Wołoskiej Ziemi, od Morza Czarnego po Kraków, na wschód, gdzie Moskale żyją, na północ, gdzie chłopi w lasach siedzą, a łapcie z kory wyplatają...

Jeszcze jedna umiejętność, o której zapomnieliśmy, pomyślał Staszek z goryczą. Oni to potrafią. Wymyślić na poczekaniu wiersz...

– Ale bywa też, choć niezwykle rzadko, człowiek, którego pamięć jest niczym skalna opoka – Maksym wrócił do tematu. – Takowy rzuci tylko okiem na mapę, by lata całe potem ze szczegółami ją z pamięci narysować, nigdzie nie pomijając ni jednej kreseczki. Bywa, że do komnaty wejdzie, skrzynię sztuką złodziejską otworzy, tajne dokumenty przejrzy i chyłkiem się wymknie. Kraść ich nawet nie musi, bo treści ich w głowie uniósł. A bywają i tacy, którzy nawet języka obcego znać nie muszą, gdyż z pamięci narysują każdą literkę i każdą kreskę na mapie, by mądrzy ludzie to odczytali komuś na zgubę, a sobie na pociechę. Takich się jak ze świecą szuka, bo wartość ich nieoceniona.

Staszek aż gwizdnął w duchu. A to spryciarze. Nie mają aparatów fotograficznych, ale robota szpiegowska trwa w najlepsze. Zamiast mikrofilmu – człowiek z pamięcią absolutną.

– Sądzisz, że Sadko to jeden z nich? – zrozumiał, do czego przez cały czas dążył jego towarzysz.

– Tak. On z tobą rozmawia, a trzeba będzie, to za rok nawet słowo po słowie powtórzy, dajmy na to, syndykowi Hanzy Sudermannowi.

🐿 Patrzyłem na zmyślne zwierzątko. Wiewiórka siedziała w klatce, obskubując sobie szyszkę. Czy zimą nie powinny zapadać w sen? Cholera, po prostu tego nie wiedziałem. Ale widać nie, ta w każdym razie była pełna wigoru. Żyliśmy w tym zakichanym dwudziestym pierwszym wieku zbyt daleko od przyrody, pomyślałem. Nie znam zwierząt... Nie wiem, jakie mają obyczaje. Nie rozpoznam tropów, które zostawiają na śniegu. Nie rozróżniam ziół i nie mam pojęcia o ich właściwościach. Ba, nawet drzew zidentyfikuję tylko kilka podstawowych gatunków. Trzeba się uczyć. Od Heli, od Grety...

Wiewiórka zwinęła się w kłębek w kąciku, wsuwając pyszczek pod ogon. Najadła się i poszła spać.

Po co jej ta obróżka? – zadumałem się. Znak, że oswojona, żeby ktoś nie upolował i nie przerobił na futerko? A może na wypadek gdyby się zgubiła?

Płomień świecy zapełgał. Hela i Greta spały głęboko, ciasno w siebie wtulone. Wyglądały tak niewinnie i naturalnie, że nawet mój diabeł powstrzymał się od złośliwych komentarzy. Słuchałem ich równych oddechów, a potem nalałem sobie jeszcze odrobinę wina. Westchnąłem na wspomnienie ponętnej wdówki. Ciekawe, co porabia teraz? Milcz, serce, za wysokie progi.

Czułem się nieludzko wręcz zmęczony, a jednak nie chciało mi się spać. Sam nie wiedziałem, na co mam ochotę. Spojrzałem na worek kryjący w swoim wnętrzu przeklęty kociołek. Jeszcze trochę, pomyślałem. Jeśli łasica nie zmartwychwstanie, nadejdzie koniec. Implanty detonują. Umrę. Tym razem na amen, na zawsze, na śmierć. Odejdę. Wszystko się skończy. A po tamtej stronie czyściec czy piekło? Nie byłem w stanie nawet zliczyć, ilu ludzi zabiłem. I po co? I tak umrzemy...

Spojrzałem na śpiącą Helę. Dla niej. Dla niezbyt ładnej, rudej nastolatki. Dla dziewczyny, która nie jest moją krewną, wobec której nie miałbym żadnych zobowiązań, gdybym sam ich na siebie nie przyjął. Z którą nie można się nawet przespać... Co kazało mi stanąć w jej obronie? Dlaczego dwaj siepacze i mordercy Sadko oraz Borys nie tylko odbili ją lensmannowi, ale i przywiedli całą i zdrową do Bergen? Czemu Staszek oddał życie, by ją chronić? Z jakiego powodu Maksym w jej obronie zaatakował przerażającego zdechłego konia? Ba, nawet ten wypierdek mamuta, kosmiczny nomada Skrat, uratował ją dogorywającą na poddaszu płonącego dworu. Co nami wszystkimi powodowało? Honor? Poczucie przyzwoitości? Wewnętrzna niezgoda na zło i niesprawiedliwość? W tym świecie, gdzie kobietami się handluje jak bydłem? Gdzie można nieletnią służącą gnać do roboty przez całą zimę za marny wikt i kąt do spania? A może...?

Ująłem świecę i podszedłem do łóżka dziewcząt. Powieki Grety drgnęły, nie spała, ale nie poruszyła się. Patrzyłem w milczeniu na przybraną córkę i wróciłem do swego kąta izby. Bóg? Opatrzność? Przeznaczenie? Może stoi za tym jakaś siła? Może z jakiegoś powodu to dziewczę ma żyć niezależnie od ceny, jaką przyjdzie nam wszystkim za to zapłacić?

Zmrok zapadł wcześnie. Całe obozowisko tętniło jednak życiem. Wyprawa wojenna zakończona... Lapończycy ściągali ze wszech stron, by świętować zwycięstwo. Do tej pory w obozie przebywali niemal wyłącznie mężczyźni, teraz dołączyły kobiety i całe stada dzieci. Na łąkach obok spalonego dworu rozstawiono dziesiątki namiotów oraz szałasów. Wszędzie widać było gromady podrostków, objuczone konie i renifery. Płonęły ogniska, nad którymi piekły się mięsiwa.

Staszek czuł się już zupełnie dobrze. Chodził, podziwiając rzeźbione siodła, ozdobne drążki namiotów i hafty na strojach. Panny na jego widok zasłaniały twarze chustami, chichotały zalotnie. Pomiędzy wozami ćwiartowano niedźwiedzia. Ciekawe, gdzie go upolowali. W gawrze dopadli czy co? Rozglądał się za Taavi, ale nigdzie nie mógł jej wypatrzyć. Po obozie wałęsały się całe watahy psów. Chłopak już wcześniej zauważył, że zwierzęta mają na szyjach dziwne obroże najeżone kolcami wyklepanymi z gwoździ. Zawrócił ku centralnemu placykowi obozu, gdzie spotkał Rosjan. Raczyli się jakimś napojem, grzejącym się w glinianym garnku koło ognia. Staszkowi też zaraz ktoś wcisnął kubek do ręki. Siorbnął. Grzaniec z jakiejś nalewki? Dobry.

– Po co te dziwne obroże? – zapytał.

– To przeciw wilkom – wyjaśnił Sadko. – W twoich czasach już ich nie stosowano? Gdy psy bronią stad owiec, potrzebują takiej ochrony, gdyż w walce wilk za gardło zawsze wpierw chwycić próbuje.

– Nie mieliśmy już prawie wilków. Przetrzebiono je na dziesięciolecia przed moim narodzeniem. Ojciec mój w lasach opodal wsi, skąd dziadek pochodził, ostatniego widział wiele lat temu. A i stad owiec w zasadzie nie wypasaliśmy. Tylko w górach trochę...

Pokręcili zdumieni głowami.

Z wolna wszyscy zebrali się obok placu obwiedzionego częstokołem. Zapłonęły dziesiątki pochodni. Pośrodku stała już przygotowana szubienica. Najpierw powieszono dwa basiory. Widać ranne w starciu wzięto żywcem.

– Dlaczego tak uczyniliście? – spytał chłopak przybyszów z Nowogrodu.

– To stary obyczaj, w tych stronach złodzieja lub rozbójnika zawsze wiesza się wraz z jego psem. Ten psów nie ma, to wieszają, co jest pod ręką... – wyjaśnił Borys. – Jakby martwe wszystkie były, toby martwe zawisły.

Generała Wei przyciągnięto po chwili. Wlókł się na miejsce egzekucji popędzany razami nahajki. Staszek spodziewał się, że Chińczyk będzie kompletnie przerażony, ale w oczach generała nadal połyskiwała buta. Wreszcie stanął pod szubienicą. Tu dopiero stracił pewność siebie. Toczył wokół błędnym wzrokiem, nogi zaczęły mu się trząść.

– Boi się – bąknął Staszek. – A wyglądał na wyjątkowo twardego łajdaka.

– To tchórz. – Kozak wzruszył ramionami. – Powinieneś go przejrzeć od razu, w chwili pierwszego spotkania.

– Nie rozumiem?

– Opowiadał mi chłopak, który był z tobą uwięziony. Ten skośnooki lubił zadawać ból. Wysyłał nadzorcę, by was bił. Czasem zabierał sobie dziewczynę do zgwałcenia, a potem patrzył, jak wilki ją rozszarpują. Wiesz, po co to wszystko?

– Był zły.

– To też. Ale bał się waszego buntu. Jeśli pojawiał się przy więźniach, zawsze z wilkami albo kilkoma ludźmi ochrony. Bał się i dlatego robił wszystko, abyście bali się jeszcze bardziej. Zna to uczucie. Wie, jak gorzko smakuje własny strach, i uwierzył, że lęk jest najlepszą drogą do zapanowania nad drugim człowiekiem. A teraz sam widzisz. Wilki ubite, ludzie wystrzelani lub upieczeni w ogniu. Jest sam, zupełnie sam, tylko z nami. I nic już go nie chroni przed własnym lękiem... O, popatrz, w gacie się poszczał nawet.

– Ręce miał związane na plecach, to może nie ze strachu, tylko potrzeba go naszła – mruknął chłopak.

Kilku wodzów wystąpiło na środek.

– Panie Wilków, za swoje zbrodnie popełnione przeciw ludowi Saami zostałeś skazany na śmierć! – oznajmił gromkim głosem Suongil. – Twoi słudzy zabijali też ludzi w Norwegii i na dalekich stepach, skąd przybył towarzysz nasz Maksym. Za te mordy także skazujemy cię na śmierć jeszcze dwa razy! Wedle obyczajów tego kraju masz prawo do ostatniego słowa.

– Wiem, gdzie w tych górach jest srebro! – krzyknął Chińczyk po szwedzku. – Złoża rudy srebra. Tyle kruszcu, że staniecie się najbogatszym ludem Europy! Wypuśćcie mnie, a wskażę wam miejsca, gdzie kuć sztolnie.

– Dlaczego mając stryczek na szyi, zawsze mówią o pieniądzach? – zadumał się Borys.

– Bo nie mając honoru, uważają, że i inni go nie posiadają – zawyrokował Sadko. – Pewnie trochę racji mają, wszak są ludzie, którzy za śmierć rodzonego brata okup wezmą i jeszcze na jego mogiłę z radości naszczają. A co do tych złóż srebra, o których gada, to... Pamiętasz mapę, która w sejfie była?

– Pamiętam. – Jego brat skinął głową.

– Sądzę, że warto by te sztolnie wykuć na miejscach, które na niebiesko zaznaczyli. Bo tam, gdzie kopalnia, którą zdobyliśmy, znaczek taki właśnie fikuśny był narysowany.

Generał Wei stał już na pniaku.

– Wiem, jak zrobić lekarstwa na wszystkie wasze choroby! – krzyczał. – Wiem, jak... – słowa przeszły w charkot.

Rzemienna pętla zdusiła gardło. Staszek patrzył, jak oczy dawnego Pana Wilków wyłażą z orbit, jak twarz staje się czerwona, a z ust wysuwa się posiniały język. Przez ciało przebiegały konwulsje, zrazu silne, potem stopniowo coraz słabsze. Wei wierzgnął jeszcze kilka razy i z wolna znieruchomiał. Życie opuściło go definitywnie.

– Jest wasz. – Suongil skłonił się przed Rosjanami.

– Wasz? – nie zrozumiał Staszek.

– Śmierć dopiero jedną mu zadano, a wszak powiedziane było, że na trzy go skazują. – Borys dobył kordu.

Podszedł do nieboszczyka i z rozmachem pchnął go prosto w brzuch. Pociekło trochę krwi. Sadko spojrzał na Kozaka.

– A ja mu wybaczam – rzekł Maksym z uśmiechem. – Żadna przyjemność pastwić się nad trupem.

Nad żywym co innego. Choć tak dumam, może głowę trza odciąć i atamanowi zawieźć?

– Po co? – zdumiał się Staszek.

– Kielich by zrobić czy co... Rzecz taka by była Kozakom dla nauki, a wrogom naszym ku przestrodze. Ale żeby czaszkę wyczyścić, mrówek trzeba albo młodych węgorzy, a tu jak na złość zima. Tedy niech w lesie ten czerep zostanie.

Kobiety i dzieci rzucały w wisielca kamieniami. Staszek ruszył do swego namiotu. Miał dość tej ohydy.

⚜ Wstawał późny zimowy poranek. Ogień huczał w piecu, za oknem panował mróz. Podwórze pokrywały zaspy, między nimi szuflami ktoś odgarnął ścieżki do wygódki, obórki, kurnika i drewutni. Żurawia przy studni oblepiły sople, wiadro i drewniana cembrowina również były oblodzone. Zamarznięte kałuże dookoła ktoś posypał popiołem z pieca. Z kurnika dobiegało gdakanie, dalej, z ulicy, przytłumione parskanie koni oraz gwar rozmów.

Greta wypuściła oknem wiewiórkę, by ta pobiegała sobie po śniegu. A sama usiadła w kąciku przy oknie, otworzyła książkę i zaczęła czytać. Leżąc jeszcze w łóżku, obserwowałem ją kątem oka. Kartki szeleściły, gdy je przekładała. Czytała dość szybko, można się było zorientować, że lubi to zajęcie. Chwila lektury, pół godzinki tylko dla siebie, zanim pani wstanie i trzeba będzie jej usługiwać. Pochłaniała książkę z wypiekami na twarzy, z emocji przygryzała nawet końcówkę warkocza.

Całkiem gruby tomik z żywotami rozmaitych świętych przestudiowała już co najmniej do połowy. Ile czasu jej to zajęło? Tydzień? Coś koło tego. Hela miała rację. Greta się przydawała. Całe mieszkanie było zawsze zamiecione, drewno na rozpałkę leżało w równiutkim stosiku. Gotowała naprawdę nieźle, zmywała... Do tego czytała całkiem płynnie.

Nie pytałem, skąd się wzięła. Nie pytałem nigdy, gdzie się tego nauczyła. Wyobraźnia podsunęła mi kilka rozwiązań. Szlachcianka albo córka kupca, która nieszczęśliwie zakochana zwiała z domu? Nie, co za bzdura... Za młoda. No i dłonie miała duże, zniszczone. Wszystko, do czego się zabrała, robiła szybko i wprawnie. Robota dosłownie paliła jej się w rękach. Żadnego wahania, żadnego zbędnego ruchu. Ktoś kiedyś przyuczył ją do prac domowych. Chłopskie dziecko, przywykłe do roboty od małego. Przypomniałem sobie Hansa poznanego w Bergen. Była do niego w pewien nieuchwytny sposób podobna.

Wygrzebałem się spod ciepłej narzuty. Greta z widocznym żalem oderwała wzrok od książki, ale gestem nakazałem jej czytać dalej.

Wciągnąłem portki i przeszedłem do „kuchni". Ukroiłem sobie chleba, pajdę posmarowałem odrobiną smalcu. Ech. Pół życia za kubek gorącej herbaty... Albo chociaż kawę... Gdzie to draństwo rośnie? U Arabów chyba. Zbożowej nie lubię, dziadek wspominał, że w czasie okupacji palili żołędzie i z nich parzyli napój. Może warto spróbować?

Służąca narzuciła na plecy pelerynę, ujęła cebrzyk i wyszła. Stuknęły zamykane drzwi. Hela otworzyła oczy.

– Staszek – mruknęła półgłosem.

– Śnił ci się?

– To chyba tylko... Jak myśl biegnąca przez morze. Ale czuję spokój. Albo jest wolny, albo nie żyje... – westchnęła. – Całe napięcie jakby nagle ze mnie uszło.

Telepatia? Łączność radiowa? Cholera wie... Spojrzałem na worek kryjący w sobie miedziany kociołek. Ina. Co poszło nie tak? Czy te przebicia to jakiś efekt uboczny? Czy w pyle na dnie garnka zachodzą jakieś procesy wzmacniające sygnał scalaka?

– Pani? – Greta, wróciwszy z wodą, stanęła obok swojej chlebodawczyni, najwyraźniej oczekując rozkazów.

Moja towarzyszka siadła na zydlu, pozwalając, by mała Niemka rozczesała jej włosy kościanym grzebieniem i zaplotła w warkocz. Zachciało mi się śmiać. Wyglądały jak dwie aktorki amatorskiego teatru, grające panią i jej pokojówkę. Wiedziałem, że to rzeczywistość, a nie przedstawienie, jednak mimo wszystko mój umysł nie był w stanie tego zaakceptować.

– Czy wiesz, gdzie tu można nabyć kądziołkę? – zapytała Hela. – I ze dwa worki surowej wełny?

– Wiem. Mam iść, pani?

– Pójdziemy razem. Po śniadaniu.

Jakiś czas później przytargały coś w rodzaju kołowrotka i wielki wór owczego runa. Nie wtrącałem się do ich roboty, choć z podziwem popatrywałem, jak zręcznie przerabiają zwały kudłów na cienką wełnianą przędzę.

Epoka prafeministyczna, śmiał się mój diabeł. Kobiety do roboty, a ty sobie odpocznij... Jeżeli sprzedadzą te motki, to i na żarcie będzie.

Powlokłem się do karczmy. Miałem nadzieję, że może dotarły jakieś nowiny od moich przyjaciół, lecz szynkarz zagadnięty o nie tylko rozłożył bezradnie ręce. Zupełnie nieoczekiwanie dla siebie poczułem, że po prostu muszę golnąć jednego głębszego. Pół butelki lekkiego wina powinno być w sam raz.

Nalałem sobie do kubka i popatrzyłem na nieruchomą powierzchnię cieczy. W ciemnym wnętrzu oświetlonym jedynie kilkoma świecami wydawała się niemal czarna. Z zamyślenia wyrwał mnie dźwięk jakiegoś instrumentu podobnego do lutni. Rozejrzałem się. Mężczyzna w brązowym płaszczu skupił wokół siebie grono słuchaczy.

– Roku Pańskiego tysiąc pięćset dwudziestego i czwartego heretycki pomiot nadciągnął kupą ku Świętej Lipce. Broń i kije nieśli, a i prawo nieludzkie przez księcia odstępcę dane po ich stronie było. – Szarpnął za struny, wydobywając żałobny akord. – Tedy do kaplicy się wdarli, wiernych srodze poturbowali, a drzewo lipy święte zrąbali toporami. Posąg zaś Pani naszej, łaskami i cudami na kraj krzyżacki, Warmię i Mazowsze słynący, w odmęty jeziora cisnęli, gdzie po dziś dzień spoczywa. Wreszcie kaplicę złupiwszy, ogień podłożyli. Tak i dziś gdy kto szlakiem z Reszla na południowy wschód bieży, ujrzy na przesmyku zwaliska budowli ongi rękami naszych dziadów wzniesionej, a w miejscu, gdzie cudowna lipa rosła, szubienica stoi na przypomnienie, co katolikowi grozi, gdy się w ruinach pomodlić zechce.

Ileż jeszcze podobnych historii usłyszę? Co za obrzydliwa, chora epoka. Znów przypomniał mi się ksiądz Jon. Co ludziom przeszkadza, że ktoś modli się po swojemu? Dlaczego jedni i drudzy wyrzynają się wzajemnie? Dopiłem, choć wino nagle przestało mi smakować, i wyszedłem.

❧ Maksym i Staszek szli ulicą, spoglądając na mijane kramy. Do Sztokholmu przywlekli się poprzedniego dnia wieczorem. Wynajęli pokój na obrzeżach miasta. A dziś z rana ruszyli po drewnianym moście na Gamla Stan rozejrzeć się, gdzie tak właściwie rzucił ich los. Kamienice stolicy Szwecji tłoczyły się ciasno, jakby napierały na siebie. Zaułki cuchnęły, rynsztoki dawno już zablokował lód, wszelkie nieczystości wyrzucone lub wylane oknem zamarzały tam, gdzie upadły. Wiosną dopiero spłyną do kanału portowego.

– Jaki świat jest piękny, gdy człowiek ma pełną kieszeń – stwierdził z zadowoleniem Kozak. – Nawet w dzień ponury słońce nie jest potrzebne, bo każdy dukat niczym małe słoneczko ci się w sakiewce uśmiecha. Ledwie go w karczmie wyjmiesz, od razu widzisz, jak twarz szynkarza rozjaśnia się radością. A gdy jeszcze krzykniesz: „Miodu dla wszystkich!", cały świat na moment ci przyjacielem, a stu chłopa za tobą w ogień skoczy, przynajmniej póki kubków nie opróżnią.

Staszek uśmiechnął się, słysząc ten wywód. Ale Kozak rację miał. Z pełną kieszenią świat wydawał się lepszy, a i miasto nie przypominało Trondheim. Wąskie uliczki były brukowane, kamienice wznosiły się czasem nawet na cztery piętra. Większość okien oszklono płytkami w kształcie rombu, łączonymi na ołów, gomółki należały do rzadkości. Ba, nawet kilka witraży wypatrzył.

Szli, mijając grupki bogato odzianych mieszczan. Jakaś dziewczyna na ich widok zachichotała zalotnie i umknęła za róg. Przeszli z portu pod mury zamku królewskiego, potem zawrócili w stronę mostów.

– Tak sobie i myślę, ty, zdaje się, szlachcicem polskim jesteś? – zagadnął Kozak.

– Przodkowie należeli do szlachty. Kiedyś – wyjaśnił Staszek. – Dziadek mi o tym opowiadał. Jednak w moich czasach nie miało to już żadnego znaczenia. Prawa i obowiązki wynikające z urodzenia wygasły.

– No to i jesteś, nawet jeśli krew nie do końca czysta. – Puścił do niego oko. – W walce dowiodłeś męstwa i odwagi. To tak myślę, że powinieneś sobie strój godny sprawić, a i szablę kupić.

– Godny strój?

– Żupanik zacny z karmazynowego sukna, kontusz z wyłogami, pas z takich, które Ormiany we Lwowie tkają, delię na chłodne dni, buty wysokie... Coby panienka Hela życzliwszym okiem spojrzała. Zresztą i tak życzliwie spojrzy.

– Ale gdzie ubiór taki nabyć? – zafrasował się Staszek. – To Szwecja przecież.

– A bo to mało kramów? Powiesz, o co chodzi, miarę zdejmą, w dwie niedziele uszyją. Polacy tu bywają, więc krawiec z pewnością sobie poradzi. Jeno nie wiem, czy tkaniny tu odpowiednie mają... Ale kłopotu być nie powinno.

Zatrzymali się akurat przed warsztatem płatnerza. Nad wejściem wisiał okazały miecz, nieco już stoczony przez rdzę.

– Mógłbym sobie kupić na przykład szabelkę – zadumał się Staszek.

– Mężczyzna powinien z bronią u boku chodzić! – Maksym uderzył po rękojeści swojej szaszki.

– Problem w tym, że nie umiem walczyć. Raz tylko miałem szablę w ręce, gdy wilki nas w górach opadły...

– Wchodzimy! – Maksym stanowczo ujął go za ramię.

Skrzypnęły zawiasy i weszli do kantorku. Staszek zadziwił się, widząc taką ilość narzędzi służących do siekania bliźnich. Nawet arsenalik pana Nilsa w Trondheim nie mógł się równać z tym sklepikiem. Miecze, kordy, halabardy... Było tu wszystko. Niektórych egzemplarzy nie potrafił nawet nazwać.

Płatnerz na widok klientów ukłonił się i gestem wskazał porozkładany na półkach towar.

– Czym mogę panom cudzoziemcom służyć? – zapytał.

– Towarzysz mój szabli potrzebuje, takiej jak w Polsce i południowych krainach noszą – wyjaśnił Maksym po szwedzku.

– Ależ oczywiście! – Sprzedawca sięgnął bezbłędnie do odpowiedniej skrzyni i podał im broń.

Kozak obejrzał ją krytycznie, a potem złapał klingę w dłonie i wygiął. Gdy puścił, głownia pozostała zgięta. Uśmiechnął się sarkastycznie.

– Licha – orzekł i wygiąwszy ją ponownie o kolano, naprostował. – I zahartować lepiej trzeba, bo od wiatru się złamie.

Płatnerz wydał z siebie sapnięcie.

ANDRZEJ PILIPIUK

– Wybaczcie, panowie, marny strój mnie zmylił i pomyślałem, że broń najtańszą kupić chcecie.

Poczłapał na zaplecze i wrócił z kolejnym egzemplarzem. Kozak wyciągnął oręż ze skórzanej pochwy.

– Widzę, że spod ręki ormiańskich płatnerzy ze Lwowa wyszła. – Popatrzył na cechy wybite przy rękojeści. – Próbę chcę zrobić – zwrócił się do sprzedawcy.

– Proszę. – Mężczyzna przytoczył z zaplecza pieniek, a następnie przyniósł pęk drutów różnej grubości.

Maksym położył na pniaku najgrubszy, na oko pięciomilimetrowy, a potem, złożywszy się do ciosu, przerąbał go na pół.

Obejrzał oba kawałki, położył je obok i uderzył ponownie. Teraz dopiero, oparłszy szablę o przedramię, uważnie przyjrzał się ostrzu.

– Nic się nie wygięło ani nie wyszczerbiło. To dobra broń, na całe życie wystarczy i synowi będzie co przekazać – zapewnił rzemieślnik. – W niejednej przygodzie posłuży godnie.

– Srebrem pociągnąć jeszcze można – mruknął Kozak. – To i rdzewieć nie powinna.

Sądząc z obrażonej miny sprzedawcy, celnie trafił.

– Oliwą wystarczy raz na pół roku przetrzeć, nawet plamki nie będzie – burknął mężczyzna.

– Weź do ręki. – Maksym podał broń Staszkowi.

Chłopak niepewnie ujął rękojeść. Ułożyła się w dłoni jak zrobiona na obstalunek. Drewno było gładkie i ciepłe w dotyku. Poczuł, że przyjemnie się ją trzyma.

– No, machnij – zniecierpliwił się jego towarzysz.

Zadał cięcie w powietrzu.

– Teraz ósemkę wytnij – polecił sprzedawca.

Klinga cięła powietrze z cichym świstem. Okazała się lżejsza, niż sądził, sama chodziła w ręce.

– Dobra – mruknął Kozak. – Wyważona nieźle, a i przyjacielowi memu podpasowała. Broń powinna słuchać ręki, a ręka broni.

– Ty powiedziałeś. – Płatnerz ukłonił się.

– Ile, dlaczego tak drogo, co można utargować? – Kozak przeszedł do konkretów.

– Osiemdziesiąt dukatów.

– Drogo – warknął Maksym. – We Lwowie za pół tej ceny kupię.

– Do Leopolisu daleko. Ale jeśli waść wolisz taniej kupić, to trzeba do wiosny poczekać, Bałtyk przebyć, a potem już tylko trzy, może cztery tygodnie na końskim grzbiecie i będziecie.

– Czterdziestu niewarta.

Jego rozmówca poczerwieniał z oburzenia.

– Twoja chyba! – parsknął.

Kozak obojętnie wyciągnął swój oręż i położył przed nim. Mistrz ujął ostrożnie kozacką broń i długo, w skupieniu podziwiał głownię. Dziesiątki drobniutkich wyszczerbień nie uszły jego uwadze.

– Dziwer... Piękny rysunek, jak słoje drewna. Raz tylko taką widziałem – mruknął. – Lat ze dwadzieścia będzie. – Z szacunkiem wsunął ją do pochwy i zwrócił właścicielowi. – Naprawdę znasz się, panie, na ostrym żelazie – pochwalił. – Cena mojej wynosi osiemdziesiąt dukatów, ale dla tak znamienitych rycerzy trochę opuścić mogę.

Zaczęli się targować, w końcu stanęło na sześćdziesięciu trzech. Staszek sięgał już po sakiewkę, ale Maksym powstrzymał go gestem i odliczył należność ze swoich.

Po chwili szli ulicą.

– Taki zwyczaj u nas na Ukrainie – wyjaśnił. – Broni dla siebie kupować nie wolno. Kozak do pierwszego boju rusza z dzidą i w walce oręż zdobywa. Wyjątek jest jeden, gdy ktoś się bohaterstwem wykaże, od przyjaciela lub starszyzny szablę w podarku otrzymać może. Podobnie w Polsce miecz od dziada lub ojca odziedziczysz, a jeśli brat starszy u ciebie, on w obowiązku młodszego zaopatrzyć.

– Dziękuję.

Zawiesił sobie broń u pasa, usiłując możliwie jak najlepiej naśladować towarzysza. Kozak poprawił paski pendentu.

– Lepiej, żeby się między nogi nie zaplątała, bo jajca można stracić, a i zębów wybitych w upadku szkoda – zażartował. – Dziś późno już, jutro z rana sobie pomachamy.

🐿 Portowy złodziejaszek Konrad wszedł do zadymionej tawerny. Mijający tydzień okazał się wyjątkowo kiepski. W poniedziałek zdołał zwinąć w tłumie przed bramą sakiewkę jakiejś chłopki. Niestety, okazało się, że zawierała tylko kilka cienkich monet. Na targu ukradł dwie gomółki sera i kawał wędzonego boczku.

Trza przepić resztę pieniędzy, a od jutra lepiej się przyłożyć, pomyślał.

Pomocnik karczmarza już go zauważył i znaczącym ruchem położył dłoń na trzonku noża wbitego w blat. Złodziejaszek skulił się w sobie. No tak, w karczmie lepiej nie ryzykować kradzieży, bo za to mogą go wrzucić do piwnicy, żeby zdechł jak pies...

Usiadł z kubkiem najpodlejszej gorzałki. Przy sąsiednim stoliku odpoczywał potężnej budowy nosiwoda. Pił już drugi kufel piwa. Nieoczekiwanie do wnętrza weszli dwaj tragarze i widząc znajomka, dosiedli się.

– No, coście tam dziś zarobili? – zagadnął olbrzym.

– A łajno takie – mruknął ten w wystrzępionych portkach. – Z Elbląga transport przyszedł, tośmy rozładowywali, osiemnaście beczek soli na trzecie piętro magazynu. Zarobek marny, a robota sami wiecie. W dodatku jedna beczka nam pękła. Soli część uratowaliśmy, ale i tak nam dziad potrącił. Skąpe bydlę.

– Sól – mruknął nosiwoda. – Też mi interes. I beczkę rozwaliliście, to czegoście się spodziewali?

– Kupiec bogaty i interes zrobił, mógł nam choć na wódkę kilka groszy dać.

– Interes na takim łajnie? Dworujecie sobie chyba ze mnie! – prychnął.

– Nie na soli, na wozie były jeszcze dwa worki skórek. I na każdym ruska litera napisana. Widno z Nowogrodu albo Pskowa fracht.

Konrad nadstawił uszu.

– Na dwu workach wiewiórek też fortuny nie zrobi – powiedział wielkolud. – A w każdym razie nie tak, by ponad umówioną stawkę coś dorzucić. Jaka praca, taka zapłata. Mówiłem, żebyście ze mną wodę nosili.

– A ty wiesz, co w tych workach było? – zapytał tragarz. – Prawdziwe gronostaje.

– Chybaś się szaleju najadł albo wina opił.

– Prawdę gada – powiedział drugi. – Jak nikt nie patrzył, zajrzeliśmy do środka.

– Krucafuks... To faktycznie mógł wam coś dorzucić.

– Skąpy, jak mówiłem. W magazynie nawet strażnika nie ma, mówi, że starczy ten, co całej Wyspy Spichrzów pilnuje.

Oj, żeby się nie przeliczył, złodziejaszek uśmiechnął się w duchu.

Dopił swoją gorzałkę i ruszył na nabrzeże. Po drugiej stronie zamarzniętego kanału w zapadającym już półmroku widział wyraźnie ściany spichlerzy, a przed jednym z nich ślad katastrofy, rozległą plamę śniegu rozpuszczonego przez sól oraz parę klepek ze zniszczonej beczki.

Zmrużył chytrze oczy. Trzeba zapamiętać, który to budynek. Wróci tu po północy z odpowiednimi narzędziami.

❧ Zimowa noc przyszła wcześnie. Wraz z nią przyszła zadymka. Biały śnieżny całun opadł na Gdańsk. Cel leżał po drugiej stronie Motławy. Złodziejaszek Konrad, wiosłując cicho, przemknął łódką między zacumowanymi na kanale statkami. Okręty stały ciche, jak wymarłe, ale dobrze wiedział, że nie warto za długo się tu kręcić. Przez niektóre okienka migotało żółte światło. Członkowie załóg lub wynajęci strażnicy pilnowali kryp. Nierzadko trzymali też psy tresowane do obrony przeciw takim jak on.

Raz jeszcze przepowiedział sobie w pamięci treść rozmowy usłyszanej w karczmie. Poprawił kord tkwiący za pasem i ostrożnie ruszył nabrzeżem. Musi odszukać budynek należący do pazernego kupca. Potem wystarczy pokonać zamki w drzwiach i... będzie bogaty.

Gronostaje, tłukło mu się po głowie. Drogocenne skórki, pewnikiem na wagę srebra sprzedawane. W takie nawet król się odziewa.

Ukradnie oba worki, dobrze schowa, a potem poszuka chętnego albo wiosną po cichutku sprzeda marynarzom z jakiegoś dalekiego portu. Czuł się trochę niepewnie, taki skok powinien zgłosić starszyźnie złodziejskiego cechu i odprowadzić stosowny procent. Winien też dobrać sobie na wspólnika bardziej doświadczonego złodzieja i oddać mu dwie trzecie łupu... Lecz ileż można żywić te nienasycone pijawki? Że niby nauczyli go fachu i ma to odpracować? Wydął pogardliwie wargi. Zasady są dla hołoty niezdolnej do samodzielnego planowania swej przyszłości. On właśnie uczynił pierwszy krok na drodze fortuny. Jeszcze trochę wysiłku i stanie się bogaczem.

Dotarł do nabrzeża Wyspy Spichrzów. Wspiął się niczym wiewiórka po oblodzonych belkach. Gmerk w kształcie podwojonej litery W? Jest. Gdzieś w ciemności rozległy się kroki strażnika. Konrad przyczaił się w bramie. Na wszelki wypadek dobył kordu, ale dozorca, klnąc pod nosem na zadymkę, nawet nie spojrzał w tym kierunku. Ciemności nocy i śnieg ukryły wszystko.

Portowy złodziejaszek splunął na szczęście, a potem, wyjąwszy zza pasa drucik, przesunął go ostrożnie przez

szparę w drzwiach. Namacał zasuwę. Ciąć skobel, roz-
piłować drzwi czy spróbować otworzyć po ciemku zamek? Zdecydował się na skobel. Z worka wyjął piłę. Za-
zgrzytał metal.

Świeczka z trupiego sadła by się przydała, westchnął
w duchu. Bo ktoś tego jednak może pilnować. A tak by
się nie zbudził, póki płonie...

Drzwi były tak ciężkie, że dopiero za trzecim szarpnięciem udało się je uchylić. Cwaniaczek wśliznął się do
środka i przymknął je za sobą. Skrzesał ognia i zapaliw-
szy świecę, ukrył ją częściowo za połą płaszcza. Teraz należy tylko spenetrować magazyn, odszukać pakę z gro-
nostajowymi skórkami i czmychnąć z łupem...

Nagle coś miękkiego, ale ciężkiego uderzyło go
w głowę. Zrobiło się ciemno. Stracił przytomność.

Doszedł do siebie przywiązany rzemieniami do czegoś, co wyglądało jak katowska ława.

– Jeszcze wody! – rozkazał ktoś.

Chluśnięto dobre pół wiadra. Ból ciemienia trochę
osłabł. Konrad rozejrzał się. Umieszczono go w jakimś
magazynie, nad głową miał przesklepiony strop. Piwnice na wyspie? Pomieszczenie przedzielono kotarą. Przy
nim stało dwóch mężczyzn w weneckich maskach kar-
nawałowych na twarzach. Złodziejaszek na ten widok
omal nie poszczał się ze strachu.

Najstraszliwsze złodziejskie opowieści stanęły mu
przed oczyma... Hanza posiada tajną strukturę do li-
kwidowania najgorszych swoich wrogów. Jej członkowie żyją na co dzień jak zwykli kupcy, ale gdy hansatag
wyda na kogoś wyrok, zakładają na twarze porcelanowe

lub papierowe maski i idą sami wymierzyć sprawiedliwość. Robią to tylko w naprawdę wyjątkowych przypadkach, nie częściej niz raz na kilka lat. Ale kto w ich
łapy wpadnie, żywy nie ujdzie. Czasem któregoś wypuszczą, aby innym ostrzeżenie przekazał, lecz i on ciało ma tak okrutnie w czasie tortur popsowane, że długo
już nie pożyje...

– No i co my tu mamy – zaczął wyższy z oprawców. –
Oto i młodzieniec żądny przygód i mamony. Niestety,
matka nie nauczyła go w porę, czym grozi podbieranie
dóbr należących do bliźniego, tedy na nas obowiązek
udzielenia tej nauki spada – zakpił.

– Przypadkiem dostrzegłem uchylone drzwi... –
zakwilił Konrad. – Nie miałem złych zamiarów, jeno
sprawdzić chciałem, czemu otwarte. – Sam się zdziwił,
słysząc, jak nieszczerze to zabrzmiało.

– Gronostajów się zachciało? Na co ci futro, skoro jutro na rynku wyrok ci odczytają? – zapytał drugi z mężczyzn, dotąd milczący.

Chłopak szarpnął się w więzach, ale nic to nie dało.

– Jednakowoż – roślejszy splunął – sądy teraz w nie-
zrozumiałą łagodność popadają i bywa, że jak złodziej
młody, a wcześniej sędziom nieznany, to miast głowę
ścinać, dłoń odrąbać nakazują lub pozbawiwszy stopy,
sprzedają takiego, by rękami pracował... Może lepiej
zatem samemu w piwniczce sprawiedliwość wymierzyć
wedle odwiecznych praw Hanzy?

Konrad nerwowo przełknął ślinę. Maski... Gdyby
tylko oddali go normalnym sądom. Rękę straci, piętno mu na policzku wypalą, ale przynajmniej będzie żył.

– Głowę odcinać to banalne i prostackie poniekąd, teraźniejszość nasza epoką postępu się jawi, tedy sądzę, że z duchem czasów iść należy... – Oprawca skinął na swego pomocnika.

Ten odsunął kotarę zasłaniającą pozostałą część pomieszczenia. Stało tu jeszcze kilku zamaskowanych mężczyzn. Pomiędzy nimi złodziejaszek ujrzał drugą katowską ławę. Przywiązano do niej, zadkiem do góry, jakiegoś nagiego człowieka. Spomiędzy pośladków skrępowanego sterczał kawał grubego sznura lontowego. Konrad ku swojemu zdumieniu rozpoznał Freda, starszego złodzieja, specjalistę od otwierania okutych kufrów.

– Wyimaginuj sobie, młodzieńcze, że nocy dzisiejszej zadymka w połączeniu z plotką o skórkach gronostajowych istną puszkę Pandory otworzyła... – ciągnął przywódca zamaskowanych. – Ten tu pół wachty zaledwie przed tobą zamek w drzwiach złodziejską sztuką otworzył, by mienia naszego uszcznąć. Gdyśmy jednak w obronie magazynu stanęli, walczyć z nami chciał i towarzysza naszego ranić próbował... Tedy pomyśleliśmy, że bezczelność taką w szczególny sposób ukarać należy, miastu na pożytek, a tobie na naukę.

Fred szarpnął się w więzach i spróbował coś powiedzieć, ale dławiący go knebel spełnił zadanie, z gardła dobył się jedynie niewyraźny bełkot.

– Jak już mówiłem, z duchem postępu idąc, egzekucję taką umyśliłem. W odbyt wsunęliśmy mu kiszkę prochem napełnioną i teraz pozostało tylko zakład obstawić, czy siła wybuchu pójdzie w przód, wyrywając jelita z brzucha, czy może w kierunku naturalnych otworów wewnątrz ciała i wątroba gardłem mu wyskoczy... Możliwość też i taka, że flaki twarde się okażą i nogi mu jedynie urwie lub siła w tył rzuci, odbyt rozdzierając. Nikt tego wcześniej chyba nie próbował, tedy ciężko ocenić, jak być może. Szkoda, że pieniędzy przy sobie nie masz, też mógłbyś obstawić. Patrz zatem, jak w dymie prochowym postęp w nauce i sprawiedliwości wymierzaniu się rodzi.

Wyjął z kieszeni krzesiwo i obojętnie przypalił długi lont niknący pomiędzy pośladkami skrępowanego.

Fred wył jak zwierzę, szarpał się, kręcił zadem, zaciskał uda, ale solidna dębowa ława tylko lekko zadrżała.

– Z drugiej jednakowoż strony – oprawca chwycił lont palcami i zręcznie zdusił ogień – eksperyment ten ciekawość jeno naszą zaspokoi, a wartości szczególnej nie przedstawia. Ponadto uczeni juryści twierdzą, iż kara, nawet okrutna, powinna dawać szanse poprawy.

– Panie! – wychrypiał Konrad. – Litości! Poniechaj nas, przecież my cenne usługi oddać możemy.

Fred nie mógł mówić, ale energicznie pokiwał głową.

– A po co nam wasze usługi? – Mężczyzna w masce wzruszył ramionami. – No chyba że... – Udał, że się namyśla.

– Panie! – Fred zdołał wypluć knebel. – Każdy ma swoje problemy, wrogów, magazyny, z których towar w sekrecie przed wspólnikami trzeba wynieść i z dymem je puścić, konkurentów, którym statki zatopić się opłaca. Powiedz tylko, kogo sprzątnąć, a my się tym natychmiast...

– Milcz, psie, nie wiesz, do kogo mówisz. On, jeśli zechce kogoś sprzątnąć, to armię sobie wynajmie, a po wroga swego choćby do Hiszpanii pośle – warknął ktoś.

Serce Konrada uderzyło tak mocno, że poczuł nagły ból w piersi. Nie wiedział, jaką rolę pełni taki człowiek, ale i tak treść jelit rozpaczliwie usiłowała wyrwać się na zewnątrz. Maski na twarzach, wynajęcie armii... Hanza. A jeśli to jeden z tajnych plenipotentów Związku?

– Myślę, że jest pewna robota, do której człek dobrze znający miasto i jego rynsztoki może być pomocnym. Ale tu chyba ten chłopak wystarczy. – Wódz oprawców ponownie zapalił lont.

Nieludzkie wycie wstrząsnęło lochem. Zamaskowany stał obojętnie, czekając, aż płomień zacznie dobrze przypiekać pośladki złodzieja, i dopiero wtedy go zgasił.

– Tak sobie myślę, przyjaciel mój i podopieczny, mistrz Markus, przybyły do nas ostatnio z Bergen, stracił pewien przedmiot. Nie mam jeno pewności, czy uronił rzecz wraz z sakiewką, idąc przez miasto, czy może ktoś ją w ścisku z kieszeni wyciągnął lub z mieszkania porwał.

– Jaki to przedmiot? – zapytał Konrad drżącym głosem.

– Nic szczególnego ani cennego. Krążek z zielonego kamienia, przypominający szmaragd lub ciemnozielone szkło. Wielkości półtalarowej monety, jednak znacznie od niej grubszy.

– Kamień, jeden z tych, o których służące plotkują, że magią jest przesycony i śmierć właścicielowi oraz zatracenie duszy przynosi? – wyszeptał Fred.

– O, widzę, że wiecie nawet, o co mi chodzi. Dobrze, żeśmy się tak od razu i w pół słowa zrozumieli. To współpracę znacznie ułatwi.

– Dlaczego nas, panie, podejrzewacie? – jęknął Konrad.

– Was? – Mężczyzna wzruszył ramionami. – Ależ ja nikogo nie podejrzewam ani nie obwiniam. Nic obchodzi mnie, czy krążek ten zgubiono, czy skradziono. Ja go po prostu chcę mieć. Jeśli dostarczycie mi zgubę najpóźniej za dwa dni w południe, to pomyślimy, co dalej. Może tym razem obędziemy się jeszcze bez kiszek prochu i innych nowomodnych wynalazków. – Obrócił w palcach krzesiwo.

– Przyjmujemy, panie, twą wspaniałomyślną propozycję – powiedział Fred. – Miasto przekopiemy i jeśli tylko przedmiot ten wpadł w ręce kogoś z gildii złodziei...

– Nie zrozumieliśmy się. – Krzesiwo znieruchomiało w palcach. – Może nieprecyzyjnie się wyrażam, ale środek nocy minął, a senność i zmęczenie wymowności nie sprzyja. Mnie nie interesuje, czy kamień ten jest w waszych rękach, czy nie. Bo i nie zakładam nawet, że go skradziono. Może w błoto upadł i jakiś żebrak podniósł? Może sroka do gniazda porwała? Wszystko to nieważnym mi się zdaje. Ja tylko chcę go otrzymać. Wypuszczę chłopaka, niech wiadomość waszej starszyźnie przekaże. Jeśli list chcesz napisać, nawet jedną rękę ci uwolnimy.

– A jeśli... – wykrztusił Fred.

– Po twej śmierci nowych zakładników weźmiemy i czynić tak będziemy póty, póki artefakt ten odnaleziony nie zostanie. Przekaż waszej starszyźnie, że tym razem to nie przelewki – zwrócił się do Konrada. – Jeśli trzeba, i pięćdziesięciu z was w tej piwnicy ducha odda. My czas mamy. To wam wypada się spieszyć.

Dwa pacierze później złodziejaszek wiosłował rozpaczliwie na drugi brzeg Motławy. Za pazuchą miał kartkę od Freda do starszych cechu złodziejskiego. Trzeba natychmiast zawiadomić mistrza gildii. Niech zaalarmuje wszystkich swoich ludzi. Odnajdą przeklęty kamień, choćby mieli wszystkie rynsztoki i kloaki przekopać. Hanza nigdy nie łamie danego słowa. Jeśli obiecali, że ich wymordują, zrobią to. Ale jeśli obiecali, że wypuszczą Freda, też można im zaufać.

🦋 Małe podwórko było zasypane śniegiem. Z ulicy dobiegał turkot kół na bruku. Staszek sprawdził klingę opuszkiem palca. Uuuu... Jak brzytwa. Przełknął ślinę. Maksym dobył swojej szabli i czekał spokojnie. Naga stal hipnotyzowała...

To tylko ćwiczenie, pomyślał chłopak. Przecież tym razem nie ma się czego bać.

Uniósł broń.

– Stań bokiem – polecił Kozak. – Jedna noga z tyłu, druga lekko wysunięta do przodu. Tak się zastawiasz przed ciosami. – Pokazał trzy podstawowe bloki.

– No to spróbujmy... – westchnął Staszek.

Maksym zasypał go gradem ciosów. Próbował je blokować, ale szło mu to wyjątkowo kulawo.

– Na początek całkiem nieźle. A teraz tak samo, z tym że trzy razy szybciej.

Kozacka szabla zaśpiewała w powietrzu... Staszek odbił tylko kilka uderzeń, cała reszta bez trudu omijała niezdarne próby parowania.

– Uuu... – westchnął Maksym. – Dużo się musisz nauczyć.

– Widzę...

– W twoich czasach nie ćwiczono młodzieńców w robieniu bronią? Panienka Hela lepiej do tego przyuczona... A tak po prawdzie – Maksym mimochodem wybił chłopakowi oręż – szermierka takowa w zwadach karczemnych przydać się może i w bitwie, jednak sztuka, którą bezwzględnie opanować musisz, to umiejętność zadania ciosu nagłego, miażdżącego, którego sparować ni uniknąć nie można. Bo gdy dwóch naprzeciw siebie stanie, ten zwycięży, kto szybciej broni dobędzie... Podnieś.

Staszek stanął ponownie naprzeciw Kozaka. Próbował zadać kilka ciosów, bronić się, nawet dwa sparował.

– Tu miesięcy potrzeba – westchnął Staszek.

– Rzecz najważniejsza to siła i wytrzymałość. Brak ci i jednego, i drugiego – powiedział Maksym. – Słabyś był, gdyś w ręce skośnookich wpadł, a praca w głodzie tylko siły ci odebrała, miast do okrzepnięcia ciała prowadzić.

– Poćwiczę i dojdę do jakiejś formy.

– To drew narąb do pieca – polecił Maksym. – Tam kłoda i siekiera leżą...

Stanął obok i patrząc, jak przybysz z przyszłości nieporadnie wali siekierą, uśmiechnął się pod nosem.

– Szabla to przedłużenie twego ciała. Musisz nauczyć się jej ufać. Musisz poczuć ducha, który drzemie w metalu. Musicie stanowić jedno. Tak, abyś władał nią jak każdym innym narzędziem. Swobodnie, nie myśląc o tym nawet – klarował. – Musisz patrzeć na nią jak na rękę własną, posłuszną wszelkim rozkazom rodzącym się w głowie. Tak jak dziecko uczy się palcami przebierać, tak ty musisz krok po kroku władzę nad nią przejąć. Aż z czasem wiernie służyć ci w każdej przygodzie będzie.

– Służy do zabijania...

– Tak. Ale nie tylko. I ziemię nią zruszasz, by przyjaciela pogrzebać, i łozy tniesz, by szałas wznieść, i dzika nią zaszlachtujesz, i zwierza ubitego oprawisz, i zioła na *uzwar* posiekasz. Tak więc nakarmi cię, dach nad głową zapewni, w powrocie do zdrowia pomoże i w ostatniej przysłudze przydatna bywa. Pamiętasz, co ci kiedyś mówiłem? O stadach, wilkach i psach?

– Jesteś owczarkiem... A ja...

– Tedy rozumiesz, że w potrzebie szabla i kły zastąpi.

🐾 Było późne popołudnie. Siedzieli przy ciepłym piecu, racząc się grzanym winem. Staszek rozcierał przedramię. Nawet nie wiedział, że ma tam mięśnie, a teraz proszę – zakwasy... Kozak milczał, jakby nad czymś intensywnie dumał.

– Co cię trapi? – zapytał wreszcie chłopak.

– Rozważam słowa, które *batko* ataman dał mi na drogę. I widzę, że rację miał. Hanza jest jak płomień – powiedział Maksym. – Kto stanie na jej drodze, ten zgorzeje. Kto podejdzie zbyt blisko, opali sobie brwi. Gdy znajdziesz się w odległości odpowiedniej, ciepło i przyjemnie się robi, jednak gdy zaśniesz, żar szparko ku twoim nogom podbiegnie. Hanza zaś może zażądać od swoich ludzi wypełnienia każdego zadania z wyjątkiem takiego, które jest sprzeczne z ich poczuciem honoru.

– To pół biedy...

– Oczywiście pozostałe zadania też zostaną wykonane, tylko powierzy je innym ludziom. Tym, dla których honor jest tożsamy z interesem Hanzy.

– Rozumiem – powiedział Staszek.

– To, co ataman umyślił i co z porywu serca wybiegło, wykonałem. Przyjaciel mój pomszczony. Wolny tedy jestem, lecz duszno mi. – Kozak wykonał gest, jakby rozpychał rękoma niewidzialne mury.

– Duszno? To poddasze jest dosłownie wiatrem podszyte.

– Ciasno może... – Poskrobał się komicznie po głowie. – Braknie mi swobody. Podwórze, ulica, plac, inne ulice. Wszędzie ludzi pełno. Wszędzie mury, ściany, bruki. Duszno. Ciasno... Nie umiem tego nazwać. Czuję niewidzialne więzy. Jakbym w beczce smoły utkwił. Pożądam przestrzeni. Traktu zdeptanego przez końskie kopyta, łanu traw lub zmrożonej ziemi aż po horyzont. W żyłach trawi mnie gorączka wędrówki. Ruszyć w drogę. Tak, by więcej nie składać głowy po raz drugi w tym samym miejscu. I jeszcze Hanza. Jest jak szubieniczny stryczek o trzynastu splotach. Niczym wnyk w lesie zastawiony, nawoskowana pętla z konopnego sznura. Zaciska się wokół nas.

– Sadko i Borys zostali w Dalarnie.

– Naprawdę sądzisz, że są niezbędni, by kontrolę nad nami sprawować? Za bardzo w ich sprawy się zagłębiłem. To jak w trzęsawisko wdepnąć. Pora się od czadu pludrackiego uwolnić i płuca powietrzem Dzikich Pól napełnić. Jedziesz ze mną? – W oczach Kozaka błysnęły iskierki.

– Dokąd?

– Ja do Kijowa. A ciebie po drodze w Polsce ostawim. W Gdańsku, gdzie druhowie twoi siedzą.

– Jak niby mamy się wybrać do Polski? Kupimy sobie konie i objedziemy Bałtyk dookoła? To miesiące drogi. No i oczywiście trzeba się jeszcze przeprawić przez cieśniny duńskie.

– A po co tak? Styczeń mamy. Lód na morzu mocny. Prosto na południe ruszyć można. Pora jeszcze wczesna, zaraz po kupcach pobiegnę produkta różne kupić. Przygotować się zdążymy. Tylko żupana już nie zamówisz. Ale to w Gdańsku łacno się nadrobi.

– Pora... Jutro chcesz ruszać? – Staszek zbaraniał.

– A w czym jutrzejszy dzień od innych gorszy? – zdziwił się Maksym. – Świtem w drogę iść można, a kto wie, chyba niedziela nie minie, jak ukochaną w ramiona weźmiesz.

– Oszalałeś!

– *Batko* ataman niejednokrotnie mi to powtarzał – przyznał Kozak. – Jednak jak do tej pory wyszła mi najmniej połowa z tych rzeczy, które sobie zamyśliłem.

Chłopak wolał nie pytać o te, które nie wyszły. Liczne blizny zdobiące ramiona, tors i czaszkę jego towarzysza świadczyły, że niejeden raz znalazł się w prawdziwych opałach.

– Jesienią próbowałem przez góry przejść. Już tamto było straszne... – powiedział Staszek. – Jako człowiek ze stepów powinieneś wiedzieć, jak trudno jest wędrować zimą.

– Wiem, ale na morzu zmrożonym łatwiej, bo ni przcłęczy wysokich, ni skał, a i śniegu mniej będzie. Bywa od lat kilku, że ludzie i konno jeździć po Bałtyku próbują. Tak w Gdańsku mówili.

– Ale...

– Nie myśl sobie, że dla mnie pierwszyzna. – Kozak wzruszył ramionami. – Zimą na Ukrainie rzeka drogą najlepszą. Od wsi do wsi biegnie, równa jak stół, wiatr śnieg z niej precz przegoni. Łatwiej wędrować niż po stepie porośniętym trawą lub pogorzeliskiem po jesiennych pożarach.

– Ale rzeka ma brzegi, na których można obóz rozbić – zgłosił obiekcje Staszek. – Tam można znaleźć chrust i ognisko rozpalić. W ostateczności w razie jakiegoś nieszczęścia ludzi odszukać i poprosić o pomoc. Na morzu jest się samotnym.

– Prawda. Tedy umyśliłem rzecz taką. Sanki lekkie a rozłożyste weźmiemy, na to skórę końską rzucimy i słomiane maty gęsto plecione. Do tego rzemień gruby a długi, by ciągnąć było wygodnie, bo konia nie mamy, a kupić nie warto, bo w tych pludrackich krainach za byle chabetę majątku żądają. Koń zresztą ciężki, po lodzie cienkim człowiek przejdzie jeszcze, a zwierzę może utonąć. Gdy przyjdzie nam noc spędzić, na sanie wleziemy i w workach ze skór słomą nakryci od mrozu się schronimy. By zaś wiatr lub śnieg nie dokuczył, namiot się jeszcze rozepnie.

– Ale jak drogę znajdziemy?

– Busolę mam – pochwalił się jego towarzysz. – Najlepszą, niczym norymberska, a kijowskiej roboty. *Batko* mi podarował, gdym ku pludrackim krainom ruszał. Zresztą od płastunów uczyłem się drogę znaleźć podle stron świata i gwiazd na niebie.

– Płastunów? – Staszek nie zrozumiał.

– To kozaccy zwiadowcy, co w stepie na wschód od Zaporoża, daleko na Kubaniu, siedzą. Dziksi od nas i życie całe spędzają, to górali z Kaukazu rabując, to Tatarów nękając. Wiele o stepie wiedzą, więcej niż my...

Staszek zerwał się i przespacerował po izbie. Jeśli tu zostanie, przyjdzie mu czekać do kwietnia albo i maja na otwarcie sezonu żeglugowego. Czyli zobaczy Helę gdzieś za sto dni. A kto wie, może ona i Marek ruszą gdzieś?

– W górach szybko przemoczyłem buty...

– Sztylpy ze skór namoczonych w oliwie przed śniegiem nas ochronią. Buty w patynki wsadzimy, by śnieg ich nie moczył ani mróz od spodu podeszwy nie kąsał.

Patynki? Ach tak, chłopak przypomniał sobie to słowo. Chodziło o coś podobnego do japońskich sandałków na drewnianej podeszwie, noszono je jako zabezpieczenie obuwia przed błotem.

– Stalowymi hakami je podbijemy, by na lodzie gładkim się nie ślizgały. Sprawdzony to sposób u tych, którzy zimą po bagnach ptactwa szukają... – kontynuował Maksym.

– Raki...

– Tak wynalazek ten w Polsce nazywają. Twarze osłonimy maskami ze skóry. Trza je dobrze smalcem natrzeć i twarze takoż, coby nosa w tej przygodzie ni uszu nie stracić.

– Czyste wariactwo...

Zamyślił się. Czytał kiedyś, że w srogie zimy jeżdżono do Szwecji saniami. Czytał też niejedno o wyprawach polarnych. O tym, jak Nansen i Johansen miesiącami wędrowali w stronę bieguna, a potem jak szukali Ziemi Franciszka Józefa. Przebyli tysiące kilometrów. On ma przed sobą zaledwie kilkaset. A tam, w Gdańsku, czekają na niego przyjaciele: Marek i Hela...

– Idę z tobą.

Kozak poszedł po zakupy. Wrócił dopiero o zmroku. Przydźwigał worek różności.

– Ruszamy jutro z rana – potwierdził. – Zrobiłem zapasy. Mamy wędzoną słoninę, nie jest tak dobra jak ukraińska, ale cóż począć...

– Słoninę?

– Kozak, który ma zapas *sała*, jest jakby w połowie nieśmiertelnym – stwierdził górnolotnie. – Trzeba też inne rzeczy przyszykować. Sanki kupiłem lekkie, zaraz je opatrzę. Mapę też mam.

Maksym przygotował rakiety śnieżne i patynki podbite metalowymi rakami. Potem wyciął z grubej skóry klinowate płaty i polecił Staszkowi wydłubać w nich dwa rzędy dziurek. Zrobili z nich sztylpy. Dobrze namaszczone łojem miały chronić przed śniegiem oraz lodem, mogącym ranić nogi przy pokonywaniu zasp.

Chłopak przypomniał sobie przygotowania przed opuszczeniem Trondheim.

Wszystko wraca, myślał, kładąc się na spoczynek. Tylko że tym razem idę w towarzystwie człowieka, który wie, jak zjeść tę żabę...

🦋 Za oknem wstał już zimowy poranek. Leżałem, podrzemując jeszcze. Hela siedziała w balii, a Greta, przewiązana w talii zgrzebnym ręcznikiem, polewała jej plecy wodą z dzbanka.

Jak się nie ma kabiny prysznicowej, trzeba sobie radzić średniowiecznymi sposobami, pomyślałem leniwie.

Kotara była lekko rozchylona, wszystkie ponętne szczegóły dziewczęcej anatomii miałem jak na dłoni. Zamknąłem oczy i czekałem, aż skończą.

Otwieraj ślipia, telewizji nie masz, a tu taaaki pornos leci, kusił diabeł. Dwie gołe nastolatki dokazują przy kąpieli, zakonnika by skusiło...

I właśnie dlatego mam zamknięte, żeby mnie nie skusiło, wyjaśniłem diabłu cierpliwie.

Wreszcie skończyły. Podpatrywałem, jak Hela się ubiera. Giezło, na to gorset, trzy spódnice, bluzka... Mnie ten strój wydawał się kompletnie idiotyczny, za to z pewnością był ciepły. Dziewczyny zaczęły szykować śniadanie. Zwlokłem się z łóżka i wyniosłem cebrzykiem wodę. Dzień wstawał ładny, lecz mroźny. Lekko prószył śnieg. Odetchnąłem pełną piersią. Przyzwyczaiłem się chyba. Gdzieś daleko na wieży uderzył dzwon. Niedziela...

Po powrocie do pokoju wygrzebałem z worka moją koszulę, pamiątkę jeszcze z XXI wieku. Trzeba się godnie odziać. Poszliśmy do kościoła. Miasto skute mrozem i przysypane śniegiem wyglądało nawet po ludzku. Wiatr przegonił nieco smród rynsztoków.

Ksiądz tym razem nawiązał do postaci patronki tego dnia, świętej Agaty. Nie słyszałem nigdy wcześniej jej dziejów. Kazanie roiło się od drastyczności. Ochrzciła się w tajemnicy przed rodziną, postanowiła żyć w cnocie, odmówiła więc ręki konsula Sycylii. Za to najpierw oddano ją do burdelu, potem wsadzono do więzienia, a jakby tego ścierwom było mało, odcięto piersi. Duchowny zręcznie dopiekł przy okazji protestantom, wspominając o kaźni, którą luteranie i zwolennicy Kalwina zgotowali siostrom zakonnym na zajętych przez siebie terenach. Potem wspomniał o cudzie, gdy rozpostarta zasłona z grobu męczennicy powstrzymała lawę płynącą z Etny.

Słuchałem zadumany, popatrywałem też wokoło. Kościół bowiem dosłownie roił się od dzieci. Nikt o tym nie myślał. Maluchy słuchały koszmarnej opowieści, jedne znudzone, inne z zainteresowaniem.

Na zakończenie poświęcono sól zebraną w wielkiej miedzianej misie. Lud, nie bacząc na świętość miejsca, runął po nią, niemal tratując słabszych.

– Nie dopchamy się – westchnęła z żalem Hela.

– Poświęcimy sobie sól, kiedy na Wielkanoc przyjdziemy ze święconką – zauważyłem.

– To nie to samo. – Pokręciła głową.

– Nie znam tego zwyczaju – westchnąłem.

– Sól świętej Agaty do morza rzucona fale uspokaja, ciśnięta w ogień sprawia, że pożar gaśnie... Choć mądre babki na wsi mówiły, że aby naprawdę pożar zdławić, potrzebna jest sól, którą poświęcono siedem razy, przez siedem lat z rzędu.

Zdziwiłem się. Chodziłem ze święconką, chodziłem na procesje w Boże Ciało, w Niedzielę Palmową święciłem palmy. Ale nawet nie kojarzyłem dnia świętego Marcina czy dzisiejszych obchodów. Tak daleko odeszliśmy od tradycji?

Greta znalazła się obok nas.

– Pani – rozchyliła dłoń, pokazując odrobinę soli – pochwycić kusoczek zdołałam – pochwaliła się.

– Dobrześ się spisała. – Chlebodawczyni pocałowała ją w czoło. – Trzymaj uważnie, w domu przesypiemy do czegoś.

Dreptaliśmy w kierunku naszego mieszkania, buty skrzypiały nam od mrozu. Popatrywałem na plecy Grety.

Cóż za niezwykle sprytna mała lisiczka, dumałem. Wszędzie się wkręci. Wszystko potrafi. Szkoda jej na służącą.

❧ Wyruszyli z miasta jeszcze przed świtem. Szli długo traktem. Ruch na szlaku był spory, ciągle trafiali na świeże ślady ludzi i zwierząt, odciski płóz i kół wozów. Potem sunęli po lodzie zamarzniętej rzeki. Wreszcie późnym popołudniem minęli ostatnią wioskę rybacką, osiągając brzeg morza. Przy lądzie tafla była strzaskana, musieli umówić się ze starym rybakiem, który za niewielką opłatą przewiózł ich przez kilkudziesięciometrowy pas wody.

– Do Visby podążacie? – zagadnął. – Oj, chodzą ludzie, tak raz na trzy dni ktoś na Gotlandię rusza... Nie mogą na zadach w chałupie usiedzieć, co ich pcha w taką pogodę za horyzont?

– Tak, do Visby – zełgał Staszek.

Im więcej fałszywych tropów, tym lepiej. Tym bezpieczniej...

Spodziewał się wielkiej, gładkiej tafli. Wyobraził sobie coś na kształt niekończącego się lodowiska, tymczasem zamarznięte morze okazało się zupełnie inne. Szli po grubym, nierównym lodzie, od czasu do czasu mijając całe pagórki spiętrzonych brył. Czasem pojawiały się pęknięcia, które trzeba było przeskakiwać lub obchodzić. Kozak szedł przodem. Niósł długą żerdź i co jakiś czas uderzał nią w lód.

– Musiało zamarznąć, potem kra popękała i zamarzła raz jeszcze co najmniej kilka razy – zgadł Staszek.

– Takaż i moja wiedza – przyznał Maksym. – Lód to młody, niezdatny do topienia...

– Topienia?

Ach, tak. Teraz dopiero uświadomił sobie, że nie zabrali ze sobą najlichszego nawet bukłaczka z wodą.

– Ale śnieg na nim soli ni goryczy nie ma, bo z nieba opadł – wyjaśnił jego towarzysz. – Tedy spożywać go możem.

Raz jeden z nich ciągnął sanie, potem drugi... Nie były ciężkie, lecz i tak spowalniały marsz. Na szczęście wiatr ucichł. Szwedzki brzeg zamienił się w wąską, ciemną kreskę na horyzoncie, a potem w ogóle znikł. Jeszcze przez długi czas mijali niewielkie skaliste wysepki.

Zwariowałem, myślał Staszek. Idę ot tak po zamarzniętym Bałtyku w towarzystwie jakiegoś ukraińskiego świra, którego znam od niespełna dwu tygodni. Tak jak wtedy w górach, bez GPS-u, z busolą i mapą odbitą z drzeworytu, na której morze jest zupełnie innego kształtu, niż pamiętam. Nie mamy nawet głupiej komórki, by w razie czego wezwać pomoc... Zresztą tak daleko od brzegu nie złapałaby zasięgu. Jeśli coś pójdzie źle, nikt nie będzie nas szukał, nikt nawet nie dowie się, jak przepadliśmy.

– Szkoda, że Morze Czarne nie zamarza – odezwał się Maksym. – Poszłoby się ku Carogrodowi, zrabowało, co się da, zapakowało na konne sanie, a gdyby pościg za nami ruszył, wystarczy lód prochem skruszyć...

– Carogrodowi?

– Mieście, które dawno temu świętego Kościoła sercem było, póki go bisurmańcy nie zabrali i po swojemu Istambulem nazwali.

– Mówicie o Konstantynopolu?

– A jakże!

Na szczęście nie było wiatru, lecz ziąb i tak przenikał do kości. Na gładkich powierzchniach raki sprawowały się wcale nieźle. Szli równym, miarowym krokiem, wpatrzeni w szarą kreskę horyzontu. Sanie co jakiś czas utykały, jednak kilka szarpnięć najczęściej pozwalało je uwolnić. Marsz rozgrzewał, krew żywiej krążyła w łydkach i udach, chroniła przed zimnem. Dłonie, gdy nie były potrzebne, wtykali pod pachy.

Jeszcze mogę zawrócić, dumał Staszek. Dziś, może jeszcze jutro. Szmat drogi będzie trzeba przebyć, ale mogę się wycofać. I nie będzie to tchórzostwo, tylko zdrowy rozsądek.

Obserwował towarzysza wędrówki. Maksym szedł po lodzie zupełnie spokojny, z tyczką w dłoni. Jego nogi poruszały się rytmicznie, widać było, że przywykł do długich pieszych marszów. Na butach osiadł śnieg, wiatr szarpał nogawki szarawarów, łopotał płaszczem. Skórzany kubrak przewiązany pasem dobrze chronił przed mrozem, ale koszulę pod szyją Kozak miał rozchełstaną. Co jakiś czas zdejmował papachę i ocierał pot z czoła.

Oczy przybysza z Ukrainy wpatrywały się w dal. Co kilkaset kroków oglądał się to przez lewe, to przez prawe ramię.

– Sądzisz, że ludzie Hanzy ruszą za nami w pościg? – zapytał wreszcie Staszek.

– Powiedzieli nam, że jesteśmy wolni. – Wyszczerzył zęby. – Poza tym czemu mieliby nas ścigać, skoro i tak wiedzą, dokąd idziemy? Boję się raczej wilków.

– Myślisz, że ktoś mógł ocaleć i wyda im rozkazy?

– Raczej, że same z siebie ruszą naszym, a właściwie twoim tropem. Nawet jeśli będą martwe – wyjaśnił. – Widziałem martwego konia, który szedł chyba śladem Markusa, a który poczuł najwyraźniej bliskość Heli. Różnie może być, trzeba nam zachować ostrożność.

– Ludzie... – mruknął Staszek pod nosem. – Ci, których zabili Chińczycy, mieszkańcy Północy...

– No co z nimi? Sądzisz, że ta magia mogła ich ożywić? – zafrasował się Kozak. – Nawet jeśli, to dobrze ich trupy w podziemiach przywaliliśmy, nie wylezą.

A gdyby wyleźli, to zaciukamy ich przecież. – Ze zdumiewającą szybkością odzyskał poprzednią beztroskę.

– Zaciukamy – powtórzył Staszek w zadumie.

Mimowolnie wsunął dłoń za pazuchę i dotknął kolby rewolweru. Sześć kul. Spluwa dawała niezwykłe poczucie spokoju i bezpieczeństwa.

Maszerowali. Mróz szczypał w policzki, ale buty ukryte w sabotach i spodnie chronione sztylpami były suche.

Muszę wymyślić sobie wiarygodną legendę, rozważał Staszek. Na przykład mogę podać się za kupca. Tylko że to w sumie łatwo sprawdzić. Zapytają, z jakiego miasta przybywam, wezwą kogoś, kto tam bywał... Kupiec z Trondheim? Tam nikt nie pływa. Jest szansa. A jeśli zażądają jakichś dokumentów? Nie, zaraz. Jakich dokumentów? Przecież ci ludzie nie znają paszportów. Licencja kupiecka? Zezwolenie na handel? Świadectwo, że zakończyłem naukę i mogę ruszać w morze?

Nie miał pojęcia, jak to jest w tej epoce zorganizowane.

To może lepiej podać się za szlachcica? „Lepiej nie żyć, niż szlachcicem nie być. Lepiej szlachectwo utracić, niż wolności odstąpić". Strój się w Gdańsku kupi, szabelkę mam. Tylko co będzie, gdy mnie zapytają, skąd wywodzi się mój ród? I jaki mam herb? Albo z kim jestem spokrewniony? Herb to nie problem, w sumie niech będzie Ślepowron, przynajmniej wiem, jak wygląda: ptaszydło na podkowie z kółkiem w dziobie.

Ale resztę mogą szybko sprawdzić. Poza tym mówię inaczej niż oni. Nie ten akcent, nie te słowa... Może cudzoziemca udawać? Albo na przykład skłamać, że ojciec zmarł w pludrackich krajach, gdy jeszcze byłem dzieckiem, i teraz dopiero do ojczyzny wracam? Tylko znowu zapytają, gdziem się tyle lat chował. No i czego w tej Polsce szukam. Bo jeśli krewnych, to muszę wiedzieć gdzie. Tak źle i tak niedobrze. Może powiem, że jestem z Mazowsza? Tam było dużo biednej szlachty. Nikt nie dojdzie. Dojdą. Nie mam pojęcia choćby o zwyczajach przy stole...

Zresztą Marka trzeba spytać, on na pewno coś poradzi. Przecież i Hela ma podobny problem. Nazwisko i herb, tylko rodzina nie wie o jej istnieniu, bo się biedaczka urodzi dopiero za kilka stuleci...

Na ich drodze wyrosła kolejna wysepka. Latem odwiedzali ją rybacy, teraz jedynym śladem ich pobytu były przekrzywione żerdzie, służące zapewne do suszenia sieci.

– Szkoda, że szopy żadnej, zanocowalibyśmy – mruknął Kozak. – I krzewy do ostatniego wyłamali, ogniska nie rozpalimy. Zatem w dalszą drogę nam trza, póki słońce na niebie.

– Zmęczony jestem – mruknął chłopak. – Kiedy zrobimy popas?

– Gdy się ściemni. Na razie chcę jak najdalej od lądu odejść. Zmęczeniem się nie przejmuj. Walcz z nim. Spośród zwierza wszelakiego człowiek najmocniejszym.

– Chyba nigdy cię koń nie kopnął. – Staszek wzruszył ramionami. – A na przykład w polu orząc, sam pług ciągniesz czy zaprzęgasz konia lub wołu? – zakpił.

– Nie powiedziałem najsilniejszym, tylko najmocniejszym.

– Nie rozumiem.

– Człek zbudzi się o świcie, słońce pozdrowi i traktem ku Kijowowi ruszy. Szedł będzie dzień cały, potem noc zapadnie i znowu słońce wstanie, a on ustanie dopiero i sen go zmorzy.

Iść równą drogą dwadzieścia cztery godziny? Chyba wykonalne, pomyślał Staszek. Zamęczy się, ale chyba jakoś wlokąc nogę za nogą...

– No, od świtu do zmierzchu raczej, bo nocą iść niełatwo – rzucił. – Co z tego?

– Koń raptem pół dnia iść będzie i zmęczony stanie. Gdy bata nie pożałujesz, jeszcze czwartą część przebytej drogi przejść może, po czym padnie, przewróci się na bok i ducha odda. A gdy galopować zechcesz, szybciej jeszcze padnie. Tedy bywa i tak, że jeśli sposobność jest, czasem konia porzucić warto, by ujść pościgowi.

– Chcesz powiedzieć, że jestem w stanie przejść pieszo większą odległość niż koń?!

– Niż jakikolwiek zwierz. Gdy ujrzysz dziką kozę lub sarnę w stepie, idź za nią. Uciekać będzie, ale siły ją z czasem opuszczą tak dalece, że nim słońce nieboskłon przebędzie, gołymi rękami ją pochwycisz. Gdy uciec chcesz, a wróg konia dosiada, wysforować się musisz, gdyż koń chyżej od człowieka biegnie. Gdy jednak odległość znaczną przebędziesz, nie dościgną cię nigdy.

Staszek milczał, ważąc w głowie kozackie mądrości. Wszystko to wydawało mu się zupełnie niewiarygodne.

– I sądzisz, że w kilka dni dojdziemy po lodzie do Gdańska?

– Jeśli tylko otwarte morze nie zagrodzi nam drogi. A jak nie w pięć, to w osiem, w dziesięć choćby...

Zmierzch nadszedł powoli. Słońce opadało, w twarz dmuchnął im ostry, nieprzyjemny wiatr. Chłopak czuł narastające znużenie i ssanie w żołądku. Warto by coś przekąsić. Pogoda psuła się, chwilami nawet prószył śnieg.

– Pora miejsce na spoczynek znaleźć – powiedział wreszcie Maksym. – Tak, by od wiatru nas osłoniło.

Zaklinowane bryły kry wznosiły się na jakieś dwa metry, tworząc półłuk długości kilkudziesięciu metrów. Za nim było nawet zacisznie. Kozak ujął żerdź i ostukał lód, słuchając dźwięku. Wreszcie uspokojony kiwnął głową.

– Gruby i zdrowy, nie sprawi nam niespodzianki – powiedział. – Tu zalegniemy do rana.

Unieruchomili sanie. Wetknęli kije w rogi i rozpięli na nich płótno namiotu. Opadło aż do ziemi. Krawędzi nie było jak przybić do lodu, więc przygnietli je kawałkami kry.

Zrobiło się już zupełnie ciemno.

Czytałem wspomnienia Nansena i jeszcze ze dwie książki o jego wyprawach, rozmyślał Staszek. Jedną napisał nawet Centkiewicz, też przecież wieloletni, doświadczony badacz Arktyki. A jednak nie oddają one rzeczywistości. Tego ohydnego mrozu, kataru, pieczenia skóry na nogach. Nigdzie nie napisano, że od długiego marszu skurcze łapią nie tylko łydki, ale nawet uda.

– *Nu szczo dumajesz*? – Maksym dał mu przyjacielską sójkę w bok. – Hela nie zajączek, nie ucieknie, czeka lisiczka na ciebie, czeka...

– Lisiczka?

– Tak pomyślałem, bo ruda.

– Mnie się kojarzyła z wiewiórką. – Parsknął śmiechem. – Nawet nie wie, że żyję – westchnął.

– Tym lepiej. Ucieszy się bardziej, niż gdyby wiedziała. Nu, kłaść się pora. Dużo dziś przeszliśmy, ale jutro kto wie co nas czeka...

Kozak zapalił dwa kaganki, by choć trochę nagrzać wnętrze schronienia. Namiot oświetlony od środka przypominał w półmroku dziwny lampion. Staszek wszedł do wewnątrz i starannie opuścił za sobą klapę. Wydało mu się, że pod płótnem jest ciepło jak w chacie. Z ulgą ściągnął chroniącą twarz skórzaną maskę. Zrobiła się sztywna, lecz spełniła swoje zadanie. Nie odmroził nosa ani policzków. Rozsupłał sznurki, aby uwolnić nogi z nagolenników. Odczepił patynki i zzuł buty. Wzorem towarzysza przetarł stopy śniegiem, a następnie wciągnął czyste, suche skarpety.

– Dzień za nami, a i przeżyć się udało – powiedział z zadowoleniem Kozak. – Pomódlmy się przed snem, na wypadek gdybyśmy rana nie doczekali...

– Na wypadek? – wykrztusił Staszek.

– Lód mimo wszystko pęknąć pod nami może. A i nie wiadomo, jaka gadzina po pustkowiach morskich wlecze się w takie noce. Jednak tuszę, iż poskromić ją zdołamy.

Słomianki były lodowato zimne, połowę rozścielili na dnie sań, resztą planowali się nakryć. Wpełzli w śpiwory.

– Tak zdrowo – wyjaśnił Maksym – aby w ciało ciepło było, a powietrze pić zmrożone niczym woda z potoku. Kto chłodem dycha, ten płuca oczyszcza z wszelkich jadów i brudów, które z dymu i kurzu się rodzą. To nawet i od suchot wybawić może.

– Leczycie gruźlicę zimnem? – zdumiał się Staszek.

– Jak kto krwią pluć zaczyna, rada taka: w step jedziemy, gdzie śpi w mróz, jeno skórami grubo okryty, a za pożywienie chleb i psi smalec, a do picia *uzwar* dostaje. Jak silny, to mróz chorobę zniszczy, a człowiek do zdrowia powraca.

– A jak słaby?

– Cóż, i tak bywa, że nocą mróz w pierś wejdzie i suchoty galopujące wywoła, to dni trzy lub pięć i do Boga idzie. Tak dobrze i tak nie najgorzej, bo męczył się już przecie nie będzie, a czasu jeszcze trochę jest, by sakramentami go opatrzyć.

– Wielu do zdrowia wraca?

– Tak jeden na dziesięciu, ale czasem nawet dwóch na piętnastu. Tylko żywić trza dobrze...

Maksym wydobył z zawiniątka chleb zmarznięty na kamień i kawał wędzonki. Odgryzali niewielkie kęsy i trzymali w ustach, by zmiękły. Staszek czuł, jak pożywienie powoli wypełnia mu żołądek. Rozgrzewał się. Przypomniał sobie wędrówkę z Helą, tamte noclegi w górach... Wtedy mieli przynajmniej porządny ogień. Hela. Miła, trochę sztywna, ale ciepła. Spętana konwenansami i obyczajem swojej epoki, a jednocześnie pełna wewnętrznego światła.

To dla niej, pomyślał. Dla niej idę przez lód. Ryzykuję życie, zamiast czekać wiosny. Jestem bałwanem. Zaślepia mnie miłość, którą sobie ubzdurałem. Bo przecież nie wiem, co ona czuje. Nie wiem, co o mnie myśli... A dla mnie? Kocham ją naprawdę, czy tylko dlatego, że to jedyna fajna dziewczyna, która była obok?

I znów powróciło inne wspomnienie, niechciane. Tamta noc, gdy strzęp osobowości Estery wziął górę. Widok prawie nagiego ciała, gładka skóra pod palcami...

Wiatr świszczał wśród zwałów kry. Czasem jego podmuchy łopotały płótnem namiotu. Trochę tak jak wtedy.

Zło, pomyślał. Wtedy bałem się, że złe myśli i złe czyny mogą otworzyć drogę demonom. A teraz...?

Wyobraził sobie śnieżne pustkowie. Maksym miał rację: w taką noc na lodzie mogą się dziać różne rzeczy. Przypomniał sobie twarz zastrzelonego Chińczyka. A jeśli powróci jako duch? Jak się przed nim zabezpieczyć? Chłopak nie miał nawet krzyżyka na szyi. Żadnego materialnego znaku swojej wiary. Niczego, czym mógłby powstrzymać atak zjawy. Westchnął.

– Ech, nie ma to jak ciepła ziemianka, głęboko w ziemi mej wykopana – Maksym przerwał ponure rozważania Staszka. – W noc taką dobrze z przyjaciółmi siedzieć, krotochwile opowiadać i syconego miodu pociągnąć kubek lub dwa...

– Miodu nie mamy, ale coś na rozgrzewkę się znajdzie... – Chłopak pogrzebał w worku z zapasami i wydobył kamionkową flaszkę samogonu.

Podał Kozakowi, a potem sam pociągnął łyk. Alkohol spłynął do żołądka. Dawał złudne, choć przyjemne poczucie ciepła.

– No, tośmy sobie dogodzili – westchnął Maksym. – Teraz opowieścią jaką warto by ducha przed snem rozweselić, by złe mary odpędzić...

A więc i on rozmyślał o czymś ponurym? Może o przyjacielu pogrzebanym w stepie? Może o wszystkich trupach, którymi usłany był jego szlak?

– Opowiadaj zatem – poprosił Staszek.

– Wiesz zapewne, że wśród ludzi wolnych, Kozaków, najważniejszym jest ataman.

– Ataman Bajda – chłopak przypomniał sobie wcześniejsze rozmowy.

– Jak ojciec dzieciom, tak on głową wszystkich ludzi w stepie żyjących. Sami go wybieramy, by potem murem za nim stawać. Bo to wódz naszej krwi, spośród nas wszystkich wybrany, jak to w łacinie mówią, *primus inter pares*, pierwszy wśród równych. A wiesz ty, skąd się atamanowie na Rusi wzięli?

– Pojęcia nie mam.

– Lat temu będzie z siedemdziesiąt albo może i dawniej jeszcze, za mongolskiego najazdu, jechał Kozak do domu, wioząc łupy z dalekich krain. Na wzgórze wyjechał i ujrzał przed sobą pole bitwy, a na nim trupy kilkudziesięciu Tatarów, srodze mieczem posiekane. A za nimi legł też porąbany trup *bohatyra*, olbrzyma-mocarza, jak Ilija Muromiec czy Dobrynia Nikitycz. Takich tylko dawna Ruś rodziła – westchnął Maksym jakby z żalem. – I oto ostatni legł w tym polu... Podjechał Kozak do głowy mocarza, która odrąbana z boku drogi leżała, i tak się nad nią zadumał: „Wojowałaś ty bujna i taki oto koniec cię spotkał". Na to głowa oczy otwarła i rzecze: „Nie twoja to rzecz.

Wojowałam i jeszcze wojować będę". Rozgniewał się Kozak, zebrał dwie *ochapki* gałęzi, obłożył ją chrustem i spalił.

– Co wydarzyło się potem? – zapytał Staszek, słusznie domniemywając, że to dopiero początek historii.

– Stał Kozak nad węglami, pociągnął nosem i cudną woń w powietrzu uchwycił. Zabrał tedy trochę popiołu w węzełek i ku domowi pojechał. A gdy na miejscc dotarł, legł na piec spocząć. Córka zaś jego juki rozpakowała, skarby oraz łupy do skrzyń włożyła i znalazła chustkę z popiołem. Ją też zapach cudny w zachwyt wprawił. Pomyślała, iż to przyprawa jakowaś drogocenna i szczyptę na język położyła. A miesięcy dziewięć minęło i dziewicą przedtem będąc, syna porodziła. Chłopaka pięknego nad podziw, tylko głowa jego dwa razy większą była niż u innych dzieci... – Roześmiał się jak z dobrego dowcipu.

Staszek oczekiwał jakiejś mocniejszej puenty, ale Kozak najwyraźniej już skończył opowieść.

– Nie liczy się wielkość głowy, ale to, jak wszystko w środku poukładane – mruknął. – My mamy niewielkie...

– Żaden z nas godności atamana nie dostąpi – powiedział Maksym i nieoczekiwanie posmutniał. – Do tego trzeba wielkiej wiedzy i wielkiej mądrości. Nam obu tych przymiotów nie brak, ale więcej by się zdało.

Wreszcie sen ich zmorzył. Maksym wstawał parokrotnie, by dolewać oliwy do kaganków, Staszek spał jak zabity aż do rana...

⚜ Ostrożne stukanie do drzwi wyrwało Mariusa z zadumy. Wyjrzał przez okienko. Na widok portowego złodziejaszka stojącego na nabrzeżu przed magazynem uśmiechnął się krzywo, założył maskę i naciągnął na czoło kaptur. Jego sługa Anzelm wpuścił „gościa" do sieni.

– Przyniosłeś? – zapytał.

– Oczywiście, panie – w głosie chłopaka zabrzmiały nutki takiej służalczości, że Kowalik aż chciał splunąć z obrzydzenia.

– Pokaż – polecił.

Ujął podany mu mieszek i wydobył ze środka kamień. Spojrzał nań pod światło, skinął głową.

– Całe miasto przeszukaliśmy. Przyjaciel pański, jadąc przez Gdańsk, uronił sakiewkę... – zaczął tłumaczyć cwaniaczek, zaniepokojony przedłużającym się milczeniem.

– I ktoś ją pochwycił, nim zdążyła w rynsztok upaść i powalać się błotem – parsknął kupiec z pogardą. – Dotrzymaliście układu, to i ja dotrzymam. Choć lepiej byłoby karki wam skręcić. Uwolnić tego drugiego! – krzyknął w stronę wejścia do piwnic.

– Jeśli możemy ci, czcigodny panie, jeszcze jakoś pomóc... – Konrad płaszczył się, aż przykro było patrzeć.

– Jeśli będę kiedyś potrzebował waszej pomocy, to po prostu zażądam – uciął.

Po chwili złodzieje zwiewali aż się kurzyło. Kowalik wydał dyspozycje i ze swoim łupem powędrował do pracowni. Ze skrzynki stojącej na stole ostrożnie wydobył leżący w niej wolumin. Podszedł do okna, by skorzystać z lepszego światła, a następnie otworzył „Księgę Łasicy" w założonym miejscu.

Kamień, który słudzy Łasicy w głowach noszą, podobny jest do szmaragdu, jeno twardszy. Jedynie diament zdolny jest zarysować jego powierzchnię.

Wytrząsnął z woreczka zielony krążek. Powierzchni nie szpecił żaden ślad. Była gładka niczym lustrzana tafla.

Średnica jego o cal większa niż grosza praskiego, grubość piętnasta część średnicy. Sam w sobie martwy jest, jednak myśli człowieka, który go nosił, pozostają w nim zapisane, tedy gdy na ręce go długo potrzymasz, w głowie twojej ożyć mogą. Rzecz to niebezpieczna, bowiem opętać człowieka może całkowicie, a zanurzenie się w cudzej pamięci nie bez wpływu na zmysły nasze pozostaje. Kamień na czole położony trans długotrwały i przykry przynosi...

– Wiedza – szepnął Marius, przerywając lekturę. – Wiedza, którą niesie przyszłość... Wiedza, jedyna wartość obok wiary i praw Hanzy, za którą jestem gotów oddać życie.

Obrócił kamień w palcach. Poczuł dreszcz na karku. Trochę już przywykł do myślenia o technice przyszłości. Obejrzał broń zdobytą przez Borysa i Sadkę w Norwegii. Analizował rysunki, które wykonali. Jednak wielopał, choć wspaniały, nie wydawał mu się niczym szczególnym. Ot, urządzenie, które powstało na drodze ulepszeń ze zwykłego muszkietu. Teraz miał przed sobą coś, czego nie rozumiał. Wytwór techniki kojarzący się raczej z magią.

Czy naprawdę warto podjąć ryzyko? To, co opowiadali obaj marynarze, nie brzmiało zachęcająco. A jednak spróbować trzeba.

Ułożył się wygodnie na sienniku. Ujął kryształ w dwa palce i znowu obejrzał go uważnie. Kamień nie wyglądał podejrzanie, nie budził lęku. Nic nie wskazywało na to, że może być w nim uwięziona dusza sługi łasicy.

– Cudze myśli zaklęte w kryształ. Wspomnienia człowieka, który nie żyje. Najgorsza odmiana czarnej magii – szepnął. – Nekromancja. Budzenie zmarłych. Ale przecież wiem już, że to nie magia. To wiedza, tyle że od naszej odmienna i odległa. Nauka, niczym medycyna i jatrochemia. Wiedza od magii może być groźniejsza, ale zarazem rozum posiadając i moralność, zapanować nad jej pokusami można...

Marius wziął głęboki oddech i położył sobie kryształ na czole. Powierzchnia dotknęła skóry. Oderwał drżące jak w febrze palce. Nic się nie stało. Kamień leżał, początkowo chłodny, potem coraz cieplejszy. Wizje nie pojawiły się. Odetchnął z ulgą, choć poczuł też nieliche rozczarowanie.

– Nic z tego – westchnął. – Nie działa...

Jakby na zawołanie gdzieś przed jego oczyma zaczęły gromadzić się dziwne cienie. Przymknął oczy. Nagle obcy świat zalał go niczym wezbrana fala. Zobaczył ulicę, po której poruszały się niesamowite pojazdy, coś jak furgony, tyle że wykonane z metalu i pozbawione zaprzęgów konnych. Zobaczył drogę wiodącą pod górę, zobaczył domy, niektóre wysokie nawet na siedem pięter.

Malá Strana – sam nie wiedział, skąd nazwa dzielnicy pojawiła się w jego głowie. Patrzył na dziwacznie poubieranych ludzi, zdumiewała go czystość i równy bruk na ulicy. Chłonął obcy świat, jego barwy, kształty, zapach...

Z największym trudem uniósł rękę i oderwał kamień od swego czoła. Wszystko zgasło niczym zdmuchnięta świeca, pozostawiając uczucie pustki i oszołomienia.

– O dobry Boże – szepnął wstrząśnięty i przerażony. Spojrzał na klepsydrę. Z trudem wstał, aby podejść do stołu. Odłożył scalak w bezpiecznej odległości, a następnie, ująwszy w dłoń pałeczkę ołowiu, zaczął szkicować. Najpierw narysował budynki. Potem, na oddzielnych kartach, trzy podstawowe typy dziwacznych pojazdów. Wreszcie to, co najmniej ważne – sylwetki ludzi w ubiorach z dalekiej przyszłości. Zawahał się. Szczegóły jednak mu umykały. Może warto zajrzeć raz jeszcze?

Znowu legł na sienniku. Teraz już bez lęku położył kryształ na czole. Gdańsk odpłynął w niebyt. Marius chciał dokładniej rozejrzeć się po ulicy, lecz ku swemu zdumieniu znalazł się zupełnie gdzie indziej. Wtłoczony do ciasnego wnętrza pojazdu pędził gdzieś do przodu. Przez niespotykanych rozmiarów szybę widział piaszczystą, rozjeżdżoną drogę. Na poboczu poniewierały się resztki roztrzaskanych pojazdów, padła koni i szczątki jakichś pak. W jednej chwili zrozumiał, że stało się tu coś strasznego, że drogę w pośpiechu uczyniono znów przejezdną, usuwając z niej wszystko, co przeszkadzało w ruchu. Siedzący na fotelu obok mężczyzna najwyraźniej kierował pojazdem. Wciskał dźwignie sterczące z podłogi, kręcił kołem. Dźwięk pojawił się z niewielkim opóźnieniem. Równomierny huk, jakby waliły pioruny. Muszkiety? Coś rozerwało się z błyskiem na

poboczu, grad odłamków załomotał po ścianach fur-
gonu. Następna eksplozja była bliżej. Marius zadrżał,
czując, że za chwilę stanie się coś strasznego. Kierujący
pojazdem szarpnął kierownicą, Kowalik ujrzał kolejny
oślepiający błysk...

Zerwał feralny kamień z czoła. Odetchnął głęboko. Odłożył krążek do woreczka, a następnie zamknął
skrzynię, by choć drewnem odgrodzić się od straszliwej
mocy artefaktu. Przeglądając się w zwierciadle, zauważył
bladość swej twarzy, a na czole okrągłe zaczerwienienie.
Ubranie okazało się przemoczone potem.

– Co to było? – szepnął. – Wojna... Straszliwa wojna prowadzona przy użyciu środków zniszczenia, które powstaną dopiero za stulecia. Przy nich wielopał to
tylko zabawka...

Wiedza? Patrzył na skrzynkę. Zagryzł wargi. Czuł,
jak bardzo zmieniło go to doświadczenie. Czuł dręczącą
pokusę, by natychmiast po raz trzeci zanurzyć się w obcy
świat, ale jednocześnie widział, jak wiele kosztowały go
te wycieczki. Drżał niczym w febrze, w ustach miał zupełnie sucho, a w skroniach pulsował ból... Trzeba odpocząć. Odzyskać spokój ducha. Pomodlić się dla oczyszczenia duszy.

Nie martwił się, czy znajdzie w sobie dość siły, by
ponownie podjąć próbę wyprawy w przyszłość. Wyprawy po wiedzę. Obawiał się, że nie znajdzie siły, by powstrzymać ciekawość.

Wstał dzień. Kozak zawiesił swój krzyżyk na tyczce
namiotu, pomodlili się, spakowali i ruszyli. Wiatr roz-

gonił mgły. Zimne powietrze było niezwykle klarowne. Staszek zaczął odkrywać, że wędrówka po lodzie sprawia mu przyjemność. Osłaniali twarze przed wiatrem, mróz kąsał wściekle, ale mimo wszystko podobała mu się ta wycieczka.

– Spójrz! – krzyknął Maksym, pokazując mu coś na samym horyzoncie.

Chłopak przyjrzał się uważnie i dostrzegł ciemniejszy pasek. Wał lodowych torosów, czy może jednak stały ląd? Serce zabiło mu mocniej. Czuł, jak krew żwawiej krąży w żyłach. Żałował, że nie ma lornetki.

– Polska? – zdziwił się. – Tak szybko?

– No jakże? – Kozak uśmiechnął się z politowaniem. – Gotlandia zapewne. Kto wie, może wieczorem przyjdzie nam głowy złożyć nie w śniegu, ale w karczmie lub zajeździe miasta Visby.

– Prosto w paszczę lwa...

– Jakiego tam lwa. – Wyszczerzył zęby w koszmarnej parodii uśmiechu. – Toż twierdzili, że są naszymi przyjaciółmi.

– Idziemy po płaskim – rozważał Staszek. – Jak byłem w Gdańsku na wczasach, to z plaży nie było widać Helu...

– No to co? – nie zrozumiał Maksym.

– Zastanawiam się, ile drogi przed nami.

– A to ważne?

– Co?

– Będziemy szli, to dojdziemy. Będziemy w południe, to dobrze, bo wieczorem piwa grzanego wypijemy. Będziemy wieczorem, to gorzej, bo znalezienie miejsca na nocleg czas jakiś zająć może, a i bramy miasta nocą zamknięte. Będziemy jutro na rano, też źle nie będzie. A ty się na zapas martwisz.

– Gdybyśmy znali odległość...

– Można by iść wtedy szybciej albo wolniej. A najważniejsze to iść równo. Daleka droga przed nami, a krocząc stałym rytmem, najmniej z sił opadasz.

– Hmm...

– Tu nie ma co mędrkować po próżnicy.

Wczesnym przedpołudniem natrafili na ślady, co najmniej kilkunastoosobowa karawana przeszła tędy parę godzin wcześniej.

– Podróżni, może kupcy z towarami idący na targ do miasta. – Kozak badał odciśnięte ślady. – Mieli sanie i pędzili kilka kóz, ale konia nie zaprzęgli, widać nie ufają grubości lodu.

– Dziwne to jakieś...

– Za twoich czasów pewnikiem machinami jakowymi podróżowali, jak ta, którą przy kopalni zniszczyliśmy?

– Za moich czasów Bałtyk zimą wcale nie zamarzał. Cieplej było, śnieg w grudniu się pojawiał, w lutym topniał.

– Gadają, że i dawniej tak bywało – powiedział Kozak. – Że dopiero dziesięć lat mija, od kiedy lód gruby na tyle, by można iść daleko. Wcześniej kto szedł, życiem ryzykował, a czasem i kra tylko leżała na wodzie, a pancerz z lodu się nie tworzył. Takoż i w czasach dziadów moich pod Sandomierzem winnice rozkoszne były, potem zim przyszło kilka ostrych i do cna winorośl wymarzła.

– Klimat się zmienia.

– Klimat? – Maksym powtórzył nieznane sobie słowo.

Staszek poświęcił dobre pół godziny na wyjaśnienia. W tym czasie wiatr rozproszył trochę mgły i ląd zarysował się wyraźniej.

– Tak czy inaczej, przy solidnym ogniu i na twardym gruncie dziś spoczniemy – ucieszył się Maksym.

Kiedyś grałem w lotto i marzyłem o tym, co będę robił, gdy już zostanę bogaczem, dumał Staszek, żując kawałek wędzonki. Wtedy rozmyślałem i martwiłem się o byle drobiazg. A dziś? Dziś jest we mnie tyle radości... Teraz cieszy wszystko. Niemal każde uderzenie serca.

Wyspa okazała się znacznie większa, niż początkowo sądził. Z daleka widzieli lasy. Nad kilkoma samotnymi zagrodami unosiły się mgiełki dymów. Ale miasta ani śladu. Nie skręcali w stronę lądu, po zamarzniętym morzu szło się znacznie wygodniej niż przez śnieg.

W zasadzie to kompletnie irracjonalne, rozmyślał Staszek. Przecież idziemy po lodzie twardym jak najlepsza autostrada. A jednak po kilku dniach takiej wędrówki człowiekowi marzy się, by poczuć pod stopami ziemię, skałę, bruk, cokolwiek, byle nie zastygłą wodę...

– Visby! – zakrzyknął Maksym, pokazując coś na horyzoncie.

Chłopak zmrużył oczy. W czystym zimowym powietrzu unosiła się jakby mgiełka.

– To dymy z kominów?

– Z całą pewnością. Jak zimą ode stepu ku Kijowowi wędrujesz, tak samo wygląda.

– Może to jakieś inne miasto? Albo i duża wioska...

– Na mapie tylko Visby zaznaczono – uśmiechnął się Maksym. – A znasz taką anegdotkę? *Batko* ataman mówi, że to bzdura wierutna, ale wesoła krotochwila, zatem posłuchaj. Był sobie Kozak ociężały na umyśle, który umyślił złupić miasto Synopę. Brzegiem popłynął i ujrzawszy wieś turczyńską znaczną, wpadł do niej z towarzyszami wiernymi i do cna złupił. Ale już poniewczasie spostrzegł, że to do Synopy niepodobne, tedy kazał wszystkich mieszkańców do nogi wyrżnąć, by o jego pomyłce nie mogli zaświadczyć.

Staszek westchnął w duchu. Opowieści Kozaka były jak na jego gust zbyt krwawe i ponure.

– Słyszałem o tym, ale trochę inaczej... Wódz normański umyślił sobie złupić Rzym, ale nie wiedział, że to miasto leży nie na brzegu morza, tylko w głębi lądu... – zaczął opowiadać.

Im bliżej byli miasta, tym więcej śladów pojawiało się na lodzie. Najwyraźniej niejeden wędrowiec spieszył tam, dokąd oni.

– Gdzie się zatrzymamy? – zagadnął chłopak.

– Obaczym. Może będzie jakiś zajazd, a jak nie, w lesie zaobozujemy. Chyba że... – zmrużył oczy tknięty nagłą myślą – złożymy wizytę Peterowi Hansavritsonowi i poprosimy o gościnę.

– Czy to...

– Sadko i Borys, których ja poznałem w Bergen, a ty w Szwecji, to jego zaufani ludzie. Wieści mu przekażemy, pewnie ich ciekaw. A przy okazji mam listy od atamana do niego skierowane. Musisz wiedzieć jeszcze jedno – dodał Maksym jakby niechętnie. – Ten człowiek... Udaje prostego kupca, ale w rzeczywistości w jego dłoniach splatają się liczne nici... Niewiele intryg Hanzy odbywa się bez jego udziału. Likwidacja Pana Wilków to jego pomysł.

– Szara eminencja?

– Kto? Przecież nie jest kardynałem...

No tak, pomyślał Staszek. Termin „szara eminencja" wywodzi się od kapucyna, ojca Josepha, który był doradcą i zausznikiem kardynała Richelieu. A do epoki trzech muszkieterów to nam brakuje kilkudziesięciu lat...

– A więc kapitan Hansavritson to ważna, choć tajna persona Hanzy, przełożony naszych niechcianych druhów, a my ot tak wpadniemy do niego z wizytą? – Uśmiechnął się.

– A dlaczego nie?

– Mieliśmy wyparować ze Sztokholmu po to, by zniknąć z pola widzenia jego ewentualnym podwładnym. A tymczasem proponujesz...

– Oj tam. – Wzruszył ramionami. – Przecież nas nie zje. Mam ochotę przespać się w cieple.

– Marudziłeś też ostatnio, że miasto ci się nie podoba...

– No, nie podoba – przyznał. – Ale to nowe miasto i ciekawość je obejrzeć. Przy tym raport muszę dla atamana sporządzić, a pisze się lepiej przy stole niż w szałasie. A i Peterowi grzeczność wyświadczyć możemy, zapewne nie wie jeszcze, jak sobie jego słudzy z Panem Wilków poradzili. Przysługa przysługę zrodzić może. Z ludźmi trzeba dobrze żyć.

– Szaleństwo.

– Czym byłoby życie, gdyby wszystko było przewidywalne i łatwe?

Gdy dotarli wreszcie do Visby, zbliżał się już wieczór. Na brzegu wznosił się szary kamienny mur. Co kilkaset kroków wyrastały z niego baszty. Na południu Staszek zauważył obwarowania zamku. Dachy domów i katedr kryte były dachówką, a gdzieniegdzie nawet miedzianą blachą. Nad zabudową wznosiły się też kamienne ściany kilku spalonych kościołów.

– Pożar mieli? – zdziwił się chłopak.

– Mieszczanie z Lubeki pokłócili się z nimi jakieś trzydzieści lat temu – wyjaśnił Kozak. – No i spalili miasto... trochę. Lutry widać o domostwa zadbali, ale nie są skłonni świątyń odbudować. Albo pieniędzy im braknie.

Zmierzchało się... Przeszli przez bramę. Dwaj strażnicy pilnujący przejścia obrzucili ich wzrokiem, ale nie zatrzymali. Sanki, choć wypakowane, też nie wzbudziły zainteresowania. Wędrowcy zagłębili się w plątaninę zaułków.

– Jak zamierzasz znaleźć dom Hansavritsona? – zapytał Staszek.

Czuł się coraz bardziej zmęczony, powłóczył nogami. Próbował trochę wziąć się w garść, jednak wyczerpanie zwyciężyło. Miasto wydawało się ciemne i wrogie. Ulicami hulał wiatr. Tylko szyby w oknach, rozjaśnione blaskiem świec i kaganków, świadczyły, że ktoś tu jednak żyje.

– Zaraz rozpytamy ludzi – odparł Maksym.

Zaszedł do jakiegoś otwartego jeszcze sklepiku z tkaninami i rozmawiał przez chwilę.

– No i znam kierunek – powiedział ucieszony. – Znajdziemy.

– Kierunek?!

– No, w którą stronę się udać. Wiem, jak wygląda jego gmerk kupiecki, będzie pewnie nad drzwiami albo na szyldzie. Jak we Lwowie. Wszędzie po miastach obyczaj jednaki, choć czasem jak kamienica znaczna, to ma rzeźby na frontonie i od nich nazwę bierze, albo i ród w niej na tyle znany, że i pytać nie trzeba, bo domyślić się można.

No tak, dumał Staszek, drepcząc za nim. W tym szalonym świecie nie mają nawet tak podstawowych wynalazków jak numery domów. Trzeba prosić kogoś, aby odprowadził, albo szukać po szyldach. Paranoja.

Maksym, nie przejmując się niczym, ciągnął sanki. Mgła opadła, z każdą chwilą robiło się ciemniej i zimniej.

A jeśli nie znajdziemy? – zastanawiał się Staszek. Co wtedy? Nie pójdziemy spać na ulicy, bramy na noc zamykają. Za włóczęgostwo nas zamkną czy co? A może w jakimś spalonym kościele rozłożymy się na nocleg? Przecież nie będzie zimniej niż na zamarzniętym morzu, mury od wiatru osłonią. Nie, co ja bredzę, przecież mamy forsy jak lodu! Zajazdu się poszuka albo gospody...

– No i jesteśmy! – oznajmił Kozak wesoło, wskazując gmerk namalowany na ścianie wprost nad drzwiami.

Tu niby ma mieszkać ten wielki kombinator? – zdziwił się Staszek.

Dom wyglądał marnie. Wyraźnie widzieli, że najlepsze lata ma już dawno za sobą. Korniki stoczyły deski szalunków. Szyld prawie całkowicie oblazł z farby. Okucia drzwi pokryła kaszka korozji. Budynek był piętrowy. Na podwórze prowadziła sień zaopatrzona w bramę. Chłopakowi przypomniał się dom kata w Trondheim.

– Ktoś nawet i jest w środku. – Kozak wskazał okienka na piętrze.

Teraz dopiero Staszek zauważył, że od wewnątrz podświetla je nikły blask świecy.

– Na pewno wiesz, co robisz?

– Jasne!

Ujął w dłoń ciężką kołatkę i zastukał donośnie. Brama nie była zamknięta. Jej skrzydło uchyliło się z cichym zgrzytem.

– Włazimy – ucieszył się Maksym. – Skoro nie zamykają, widać każdy gość im miły.

– No nie wiem. – Staszek niepewnie przekroczył próg. – Tak wchodzić bez zaproszenia na czyjeś podwórze...

– Furda, najwyżej nas wygonią na ulicę.

Ciągnąc sanki, weszli na mały dziedziniec otoczony szopami i przybudówkami. Walały się po nim puste beczki i paki. Wszystko przyprószone było śniegiem, ale ścieżki świeżo wysypane popiołem wskazywały, że ktoś tu jednak mieszka.

– Hej, jest tu kto? – zawołał Maksym wesoło po niemiecku. – Goście przyszli zdrożeni, włóczęgą po lodach
zmęczeni, nowiny przynosimy, o nocleg prosimy... – nawet w tym języku potrafił klecić rymy.

W tym momencie coś dźgnęło Staszka w plecy.
Obejrzał się i zmartwiał. Drogę ucieczki odcinało im
dwóch rosłych marynarzy uzbrojonych we włócznie.
Skrzypnęły zawiasy i już kolejny z kuszą w ręce celował
z otwartych drzwi.

– Aj – westchnął Maksym.

– Czego tu szukacie? – zapytał wysoki mężczyzna,
który dotąd stał w cieniu między komórkami.

– Maksym Omelajnowicz i Stanisław do kupca Petera Hansavritsona. – Kozak dumnie uniósł głowę. –
O gościnę prosić. Listy od atamana Bajdy przenosimy
i wieści ze Szwecji mamy.

Zakapior stojący w drzwiach opuścił kuszę i zdjąw-
szy bełt, zwolnił cięciwę. Także marynarze odstawili
włócznie pod mur. Najwyraźniej to wyjaśnienie im wystarczyło, by poniechali morderczych zamiarów. Staszek
odetchnął z ulgą.

– Jestem Hulier Hansavritson – odezwał się wysoki. – Medyk, a kapitana Petera brat rodzony. Sanie zo-
stawcie tutaj, zapraszam do kantorku.

Odwrócił się na pięcie. Ruszyli za nim. Już w chwili,
gdy przekroczyli drzwi, Staszek poczuł, że coś jest nie
tak. Nie podobał mu się zapach panujący we wnętrzu
budynku. Przez dominującą woń stęchlizny przebijało
się coś paskudnego. Kozak też węszył.

Jak owczarek... – pomyślał chłopak.

– Krew – mruknął cicho Maksym. – Dużo krwi, która wsiąkła w deski i kilka dni w cieple kisła. Działy się tu niedobre rzeczy... Niedawno. Bardzo niedawno.

Weszli do pomieszczenia, które dawniej było zapewne biurem. Teraz wokół nich roztaczał się obraz nędzy i rozpaczy. Połamane meble, rozrzucone listy i inne papiery. Dziury wybite w ścianach. Zasiedli na trzech ocalałych fotelach. Gospodarz przejrzał list od atamana, po czym bez słowa oddał go Kozakowi.

Weszła służąca, przyniosła drewniany talerz z pajdami chleba, faskę smalcu ze skwarkami i kubki. Po chwili dostarczyła też kamionkową butlę z winem.

– Strudzeni drogą jesteście, a i głodni zapewne. – Doktor Hansavrtison gestem wskazał poczęstunek. – Posilcie się, proszę, wpierw, potem dopiero relację złożycie.

– To mi wygląda, jakby ktoś tu czegoś szukał – zauważył Staszek, nadal rozglądając się po pomieszczeniu.

Sprawcy przeryli kompletnie wszystko. Nawet deski podłogowe leżały luzem, wszystkie zostały oderwane...

– Wybaczcie, panowie, to, co się tu wydarzyło, to już nasza sprawa – powiedział Hulier.

– *Nu, da, toczno* – speszył się Kozak. – Jeśli jednak pomóc jakoś możemy... Ludzie kapitana wielką przysługę nam oddali, tedy obowiązek na nas spoczywa, by...

Medyk zadumał się na chwilę.

– Co tu się stało? – nie wytrzymał chłopak.

– Nie bardzo wiemy – westchnął doktor Hansavritson. – Jacyś ludzie wdarli się do domu i zabili wszystkich. Tylko służąca Helga napaść przeżyła, ale z głową rozbitą pałką nic nie zdołała powiedzieć ani do rozumu nie wróciła, nim zmarła. Wymordowano wszystkich, większość w łóżkach jeszcze we śnie zaskoczono. Nieliczni opór stawiać próbowali. Kapitana napastnicy uprowadzili.

– Tak, to krew – powiedział Kozak, patrząc na zbrązowiałe już rozbryzgi zdobiące ścianę. – Te ślady wyglądają, jakby tryskała z rozciętej szyi lub innego miejsca, gdzie szybko i silnie żyłami cyrkuluje. Przypuszczacie, panie, że wasz brat przeżył tę napaść?

– Jego ciała nie było wśród innych. Dlatego sądzę, że żyje, choć sam nie wiem, co gorsze... Sprawę odkryto na trzeci dzień dopiero, gdy klient do kantorku zaszedł, a nie mogąc się dowołać, w głąb budynku wkroczył i jęki dogorywającej posłyszał. Ja dwa dni potem na wyspę przybyłem i tu mnie wieść ta zaskoczyła. Ciał dwu rękodajnych Rosjan też nie znaleźliśmy, może więc całą trójkę porwano? A może i dotrzeć jeszcze na wyspę nie zdołali, bo wiem tyle, że ludzie ci po ucieczce z Bergen przekazali „Srebrną Łanię" Heinrichowi Sudermannowi i cumuje ona obecnie w Bremie.

– Panowie Borys i Sadko są w Szwecji – wyjaśnił Staszek. – Spotkaliśmy ich w Dalarnie.

Maksym pokrótce opowiedział, jak wyglądała rozprawa Lapończyków z Panem Wilków. Nie wspomniał jednak o złocie ani aktach własności.

– Ciekawe – podsumował doktor, lecz widać było, że krąży myślami zupełnie gdzie indziej. – Panowie, noc już głucha, a przybyliście tu zapewne z myślą o wygodnym noclegu.

– Byle szopa nas zadowoli – zapewnił Kozak.

– Ja jestem w tym mieście jeno gościem, wędrownym lekarzem. Ale pan Per przenocuje was u siebie. Zamierzacie zostać tu, w Visby, na zimę? Wyszukamy wam jakieś lokum...

– Spieszno nam dalej. Rano ruszamy w drogę – wyjaśnił Maksym.

– Wypijmy zatem jeszcze jednego za spotkanie. – Dolał wina do kielichów.

&. Kupiec Per mieszkał blisko zamku, w południowej części miasta. Dowiedziawszy się, że Maksym był w Bergen w chwili, gdy Rosenkrantz ogłosił likwidację kantoru, zasypał go pytaniami o rozmaite szczegóły. Chciał też poznać losy kilku przyjaciół. Kozak kojarzył tylko jednego, ale nie miał pojęcia, czy ten pozostał w mieście, czy może zbiegł na pokładzie „Srebrnej Łani".

– Źle się dzieje na naszych morzach – westchnął Per, gdy znaleźli się na dziedzińcu jego domostwa. – Tu panowie mogą noc spędzić. – Wskazał przybudówkę. – A jeśli dni kilka odpocząć chcecie, to też rad będę z towarzystwa...

W przybudówce mieścił się niewielki pokój gościnny z dwoma łóżkami i piecem. Zaraz też gospodarz dostarczył wiązkę chrustu, a jakaś kobieta, zapewne żona kupca, przyniosła poduszki i grube pierzyny. Sanie wciągnęli do szopy. Staszek z ulgą zdjął buty i wyszedłszy na dziedziniec, przetarł stopy śniegiem.

– Dziwne to jakieś – powiedział Maksym, wygodnie wyciągnięty na łożu.

– Ta sprawa?

– Tak. Rozumiem samotny dwór czy chutor w stepie... Tam różnie być może. Źli ludzie napaść mogą i do nogi wybić, złoto i srebro zrabować... Ale tu? W samym środku miasta? By ludzi kilku w łóżkach wyrżnąć, trza sporej grupy twardych łajdaków.

– Może są tu jakieś portowe rzezimieszki?

– Może. Ale coś mi się widzi, że kupcy wiedzieliby, kogo podejrzewać. A potem zaprosiliby jednego z drugim do piwniczki i boków przypiekli, ażby po pajęczej nitce do samego środka sieci dotarli.

– Co zatem przypuszczasz?

– Albo ktoś przybył z daleka, zbrodnię popełnił i do dom uszedł. Wydaje mi się to niezbyt prawdopodobnym, bo grupka taka, przez bramy miejskie przechodząc, zwróciłaby uwagę strażników, a potem łatwo by ruszyć za nimi w pościg. Może też doktor wie, kto to zrobił, lecz sprawiedliwości nie wymierzy, bo ręce za krótkie? Na zamku na ten przykład szwedzki namiestnik siedzi.

– Myślisz, że to jego sprawka?

– Kto wie? Ale tak być może. Oj, nie lubią Szwedy Hanzy, nie lubią... Cóż, pomoc Hulierowi ofiarować naszym obowiązkiem było. Jeśli jednak jej nie chce lub wydaje mu się zbyteczną, to nic tu po nas. Śpij już, jutro znowu przez lody ruszamy. Droga przed nami daleka i dużo czasu na rozmyślania mieć będziemy...

🦟 Znów szli po lodzie, zarysy wyspy powoli znikały na horyzoncie.

– Zastanawiam się, kim jestem – Staszek przerwał milczenie. – Nie umiem zabijać... To... obrzydliwe.

– Owszem. Robota i przykra, i brudna. Przerywasz łajdakowi nić życia, a dusza jego na potępienie wieczne idzie. Lepiej zawsze, by egzekucja się odbywała wedle obyczaju, w lochu czas na pokutę zbrodniarzowi dać i pozwolić z Bogiem się pojednać. W każdych czasach trafiają się ludzie, którym nie można pozwolić żyć. Różni bywają obłąkańcy. Jeden lubi chłopaczka zgwałcić i kark mu skręcić, inny umyśli sobie z ludzkiego szpiku alchemiczne dekokta warzyć lub sztuką trucicielską sąsiadów niszczy. Gdy takowego się wykryje, kat go bierze na męki lub innymi sposobami sprawę wyjaśnia, wreszcie sąd wydaje wyrok i na rynku głowę niegodziwcowi odcinają.

– No, mieliśmy takich – potwierdził Staszek.

– W miastach władza jest na miejscu. W miastach człeka takiego, co jak wilk wchodzi między owce, pochwycić łatwo. Gdy jednak zbrodzień siedzi gdzieś od władzy daleko, a jeszcze otoczy się bandą jemu podobnych złoczyńców, już nie pachołków magistrackich, ale uzbrojonych sąsiadów trza, by go z nory wykurzyć i przed sąd zawlec lub w lesie zaciukać. Tam zaś władza była daleko i Bóg wysoko, a za zbrojnych mieliśmy jedynie grupkę ludzi, którzy czytać ni pisać nieuczeni, oręż jedynie przeciw dzikim zwierzom wznosili. Pan Wilków niczym udzielny władca panował, a od najgorszego tyrana był gorszy, bowiem nie myślał, jak mądrze majątek swój i ludu pomnażać, przeciwnie, niczym Mongoł czy bisurman Tatarzyn lud wyniszczał, by swoim pobratymcom zrobić tu miejsce. Tedy sprawiedliwości wymierzenie na tych spadło, którzy łotrostwa ścierpieć nie mogli.

Na takich jak ty czy ja, którzy korzyści nijakich w tym nie widzieli, a jednak poszli szuje zabijać.

– Korzyść odniosłem. I to nie byle jaką. Przeżyłem – mruknął Staszek.

– Ale gdybym tamtego stojącego w oknie nie trafił, nie przeżyłbyś. Gdybyśmy się o pół dnia spóźnili, panience Heli jeno bym o pogrzebie twoim mógł opowiedzieć.

– Tak... Ale potem złoto dostałem. Tyle złota, że bogaczem jestem. Takiej sumki nikt z mojej rodziny nie oglądał zapewne przez ostatnie sto lat.

– Ja takoż, ale przecież nie po kruszec w bój poszliśmy. Złoto objawiło się nam niespodzianie w tej skrzyni żelaznej. Aniśmy o jego istnieniu nie wiedzieli. Zabiłeś z niezgody na zło, a nie dla nagrody. Nawet nie by życie ratować, boś strzelać zaczął w chwili, gdy mocni jeszcze się wydali i śmierć pewna za czyn ten była ci pisana. Dzieweczkę chcieli pohańbić i zdławić, a tyś człek prawy i szlachetny, więc w duszy porywie żeś broń chwycił, przekładając sprawiedliwości wymierzenie nad życie swoje. Dobra krew się w tobie odezwała, ot co! – zakończył wesoło Kozak. – Pomódl się za nich, jeśli poganie ci w ogóle dusze posiadali.

Krok, potem kolejny i jeszcze jeden. Krok po kroku, naprzód, na południe, ku Polsce... Do Heli.

Morze mnie sprawdzi, pomyślał Staszek. Lód, mróz, pustka i odległość, którym przeciwstawić mogę jedynie spryt, wytrwałość i siłę woli. Gdy stanę na brzegu po tamtej stronie, okaże się, że jestem innym człowiekiem. W Trondheim byłem jeszcze chłopcem. Bałem się, zawierzyłem Markowi. Wykonywałem jego polecenia z oddaniem, ale i z lękiem. W górach musiałem przejąć kontrolę nad biegiem wydarzeń. Musiałem planować i decydować. Samodzielnie, choć z pomocą Heli. Teraz jest podobnie. Idę przez zamarznięte piekło. Nie sam, ale jestem jak samotny.

Przeszli tego dnia spory odcinek, nie napotykając na większe przeszkody. Kilka razy trafiali na kiepski lód podeszły wodą, omijali jednak takie miejsca bez trudu. Słońce świeciło jasno i zrobiło się nawet ciepło. Raz przecięli czyjeś ślady. Grupa ludzi przeszła tędy kilka dni wcześniej, dążąc ze wschodu na zachód. Pragnienie, by zawrócić, słabło, aż wreszcie całkiem zanikło. Staszek uwierzył, że to, co robią, jest może niezwykłe, ale wykonalne...

※ Marius Kowalik ze szlochem zerwał kamień z czoła. Otworzył oczy i mrugał dłuższą chwilę. Te straszne i fascynujące zarazem obrazy wypadków odległej przyszłości ciągle stały mu przed oczyma jak powidok.

Całe ciało spływało lodowatym potem. Koszula lepiła się do pleców. Wstał z łoża, zatoczył się i zwymiotował do nocnika. Dzbanek zimnej wody, postawiony zawczasu przy oknie, pozwolił mu dojść do siebie.

– Ostatni raz – szepnął. – To był ostatni raz...

Umieścił kamień w skórzanej sakiewce, a tę z kolei wrzucił do skrzyni. Zatrzasnął wieko, by znów choć okutym drewnem odgrodzić się od zniewalającej mocy klejnotu.

– Kowalik – szepnął. – Jestem Marius Kowalik, kupiec i obywatel miasta Gdańska.

Czar zielonego kryształu sprawiał, że czasem po przebudzeniu z transu nie był pewien, kim jest i gdzie się znajduje. Miał wrażenie, jakby coś obcego zbrukało mu duszę, lecz jednocześnie czuł wartość, niewyobrażalną wartość wiedzy, którą pozyskał w czasie tych wizji.

Usiadł nad szkicownikiem. Rysował z pamięci szalone obrazy. Niezwykłe lampy stojące wzdłuż ulicy i człowieka, który je zapalał przy pomocy długiej tyczki ze świecą. Płonęła w nich nie oliwa, lecz jakieś specjalne powietrze płynące rurami. Ogromne domy, wysokością dorównujące wieżom kościelnym. Dziwaczne powozy konne, a niektóre nawet koni pozbawione. Wielkie witryny sklepowe, w których pyszniły się masy nieznanych mu towarów.

Narysował ulicę pokrytą kostką. Przyjrzał się szkicom budowli, dodał rynny. Pociągnął linie na margines i zaostrzywszy pióro, zanotował uwagi.

– Ostatni raz – warknął. – To był ostatni raz... Niezależnie od tego, ile wiedzy przepadnie, nigdy więcej nie wyruszę na wędrówkę w przyszłość. Lepiej Markusa wypytać o szczegóły, niż zgubę wieczną lub szaleństwo ryzykować.

Wypił miarkę wina. Siniak na czole podszedł mu krwią, przyłożył więc doń leżący na parapecie nóż. Lodowate ostrze dawało ukojenie. Już nie myślał o dziwnym, obcym mieście. Ta podróż po ścieżkach ducha, wyprawa do wspomnień innego człowieka, już się zakończyła. Teraz musi być po prostu sobą, aż czar minie. Do tej pory zawsze mijał. Za każdym razem wolniej.

Pochylił się nad kubkiem i długo wdychał opary z resztek alkoholu pozostałych na dnie. Tak długo, aż zabiły wspomnienie zapachów dalekiej przyszłości.

⚜ Włóczyłem się zaułkami Gdańska. Podeszwy skrzypiały od mrozu. Obok katedry zakutani w jakieś łachmany siedzieli trzej żebracy. Miałem garść drobnych, rzuciłem każdemu po miedziaku i przyspieszyłem kroku. Wyszedłem przez bramę na brzeg Motławy. Zimno było... Wpaść gdzieś na miarkę grzańca?

Wpadnij, wpadnij, kusił mnie diabeł. Marskość wątroby lub pijacki sen na mrozie to świetny sposób, by szybko i definitywnie opuścić tę epokę.

Puściłem jego podszepty mimo uszu. Nie. Za dużo ostatnio piję. Poza tym piję, żeby poprawić sobie nastrój, a to już zdecydowanie śliska ścieżka. Nieoczekiwanie przy krowim moście spostrzegłem znajomą rudą delię. Nikodem, niedawno poznany szlachcic, też mnie spostrzegł. Uściskaliśmy się.

– Cieszę się niezmiernie, że waści spotkałem – powiedział. – Tak rozmyślałem o waszej zgubie i postanowiłem języka zasięgnąć. Tedy do wójta żebraczego zaszedłem, z którym już wcześniej gadać mi przyszło, czyby kto z podległych mu dziadów w moich włościach osiąść nie zechciał.

– Wójt żebraczy? – nie zrozumiałem.

– Od lat kilku, by w mieście porządek panował, nad żebrakami władzę ustanowiono – wyjaśnił. – Tedy wójtów swych mają, którzy im miejsca pod kościołami wyznaczają, a dbają przy tym, by jak kto zdrowy a silny, pracy szukał, miast miejsca kalekom i starcom zajmować.

– Przednia idea – pochwaliłem.

– Jeno z jej praktyką gorzej – westchnął. – W zeszłym roku trzech ugadałem, z czego jeden ubieżał, w tym roku wyrobnicc dwie mi naraił, z których może i pożytek będzie... Ale żebracy to oczy i uszy miasta, więc za język go pociągnąłem i ciekawą rzecz mi powiedział. Ktoś już takich kamieni zielonych szukał. Powiadają, że czasem się takowe znajduje, nie jest to jednak rzecz bezpieczna, bo czarownikom do sztuk magicznych zdatna... Wy zaś na maga ani alchemika nie wyglądacie.

– To pamiątka po przyjacielu – wyjaśniłem. – Kto kamienia szukał?

– Tego mi zdradzić nie chciał, mniemam jednak, że ktoś z gildii złodziejskiej. Tak mi to wyglądało. Żebracy często się z rozmaitą hołotą zadają. – Splunął.

Zaskoczył mnie. Ktoś szuka scalaka? Jakaś lokalna mafia? Co, u diabła? Ukradli mi to, a potem pogryźli się o łup? Nie, to kompletnie bez sensu.

– Dziękuję waści za pomoc. – Skłoniłem się grzecznie.

– Taka tam pomoc. – Wzruszył ramionami.

– Pomysłu nie miałem, gdzie szukać tego artefaktu – westchnąłem.

Doszliśmy do Żurawia. Wielki dźwig, pokryty gęsto soplami lodu, odpoczywał po sezonie.

– Jakie to zmyślne. – Mój rozmówca, zadarłszy głowę, podziwiał koła kieratowe, przekładnie, liny i łańcuchy. – Odrysowałem sobie nawet na karcie pergaminu, jak podobny wykonać.

– W majątku przyda się zapewne? – zagadnąłem.

– Gdzie tam. Towarów u mnie niewiele, i stu łasztów ziarna nie będzie. Tyle, co pola i las zrodzą, chłopi na tratwę w workach przeniosą. Ot, wosku kilka kamieni, miodu parę garnców, skórek worek lub dwa... Osada nasza biedna. Teraz żem kazał las pod nowe pola karczować, a z rzeki koryta muł dobywać i na wysoczyźnie rozrzucać, coby piach zakryć, a glebę pod zboże przysposobić, jak to w krzyżackiej ziemi czyniono. Brat mój radzi, by drewno na węgiel wypalać, a z popiołu potaż robić. Gdyby tak biedaków choć z dziesięciu ugadać, bo lasu pod karczunek po horyzont... Taaaką wieś bym postawił, choć dla dzieci by było.

– Życzę, by marzenia te szczęśliwy finał znalazły – powiedziałem poważnie.

– Tak narysowałem, bo od dziecka, gdym młyn wewnątrz pierwszy raz obaczył, nieustanna ciekawość mnie do różnych maszyn bierze... – wrócił do tematu.

– Chwalebnie. Powiedzcie mi jeszcze, czy są tu w Gdańsku Żydzi?

– No ba... Kilkunastu, kilkudziesięciu może nawet. Czemu waść pytasz?

– Może do nich warto mi zajść? – rozważałem. – I do tych, którzy lichwą się trudnią, i do tych, co skupują starzyznę...

– Takich tu waść nie znajdziesz. Po wsiach może i miastach niedużych, ale tu Żydzi kapitałami wielkimi obracają i handel zbożem ich interesuje, nie zaś drobne grosze biedaków, z którymi więcej zachodu niż zysku. Jak który pieniądze pożycza, to kwoty wielkie, w grube tysiące talarów idące.

Czyli kolejny trop mi się urwał.

– A zwykli lichwiarze są? – zapytałem.

– Są. Ale to źli ludzie. Bezwzględni. Lepiej jak psa wściekłego omijać. Jeśli kamień pochwycili w szpony, to już go waść nie odzyskasz. Sprawa to ogólnie trudna – westchnął.

Zagryzłem wargi. Czułem, jakbym się ze ścianą zderzył. Rozstaliśmy się i wróciłem do domu opowiedzieć wszystko Heli.

🙦 Dobra passa skończyła się trzeciego dnia po opuszczeniu Visby. Najpierw niespodziewanie trafili na rozległy obszar wody, przecinający pola lodowe jak wielka rzeka. Drugi brzeg tafli widniał w odległości nie większej niż kilkaset metrów, ale równie dobrze mógłby znajdować się na księżycu. Wielka szara foka leżąca na krawędzi, słysząc ich kroki, pospiesznie czmychnęła do morza.

– A cóż to takiego było? – zdumiał się Maksym. – Sobaka jakaś pludracka – odpowiedział sam sobie. – Może zeżreć by się ją dało? Takiego bydlęcia jeszczem w życiu nie spożywał.

– To foka – wyjaśnił Staszek. – Zwierzę, które żywi się rybami. Eskimosi na nie polują.

– Eskimosi?

– Lud żyjący daleko na północy, na terenie północnej Kanady i na Grenlandii. Nie znasz tych ziem.

– Za wyspą Thule? Tam jeszcze jakieś lądy...?

– Na północ od Islandii jest ogromna wyspa pokryta lodem. Podobnie północny skrawek Ameryki... Nowego Świata.

– W pierony daleko – zafrasował się Maksym. – Ale może wartałoby to zobaczyć. Kozak powinien świat poznawać i raporta atamanowi dla nauki towarzyszy złożyć, bo kto wie, dokąd los rzuci.

Milczał zadumany. Staszek mierzył wzrokiem kanał. Woda stała spokojnie i nieruchomo. Wydawała się czarna.

– Co robimy? – Wskazał przeszkodę.

– Ano jest to psikus nie lada – zafrasował się Kozak.

– Nie mamy łódki...

– Furda, i tak byśmy jej tu nie dowlekli. A może byśmy i dowlekli, ale na ósmy dzień, nie na trzeci. Płynąć by można, lecz głębia to zdradliwa, zimna okrutnie i siły może odebrać szybko, zresztą sanki porzucać szkoda. Kozacy, gdy tratwy nie ma jak zrobić, takie przeszkody pokonują na dmuchanych bukłakach. Tak źle, a tak jeszcze gorzej. Przepłynąć trudno. Rzeczy nasze w dalszej podróży niezbędne. Pławić ich nie możemy, bo namokniętych wysuszyć się już nie da. Zapasów na dni parę tylko mamy – dodał. – Prosto nie pójdziemy, czekać, aż zamarznie, do następnej zimy by trzeba. Problem tedy – w prawo czy w lewo się udać... Prawa strona lepsza, bo w prawicę broń ujmujesz. Lewa też niczego sobie, wszak po lewej serce w piersi bije. Losować by można, monetę rzucić. Albo pomodlić się, może dobry Bóg wskazówkę jaką ześle?

On nie wie, co robić, uświadomił sobie ze zgrozą Staszek. Nadrabia miną, a może i przywykł do tego, by ignorować problemy nierozwiązywalne, jednak widać, że nie ma pojęcia, jak z tej kabały wybrnąć. A może jest jeszcze gorzej? Może humor go nie opuszcza, bo ten świr niczego w życiu nie bierze poważnie? Może nawet w obliczu pewnej śmierci będzie sobie robił jaja?

Poszli na zachód.

– Tak dumam – odezwał się Kozak jakąś godzinę później – jak to morze zmrożone step przypomina. Gdyby konie dobrze podkuć kolczastymi podkowami, można by po nim wędrować niczym po Dzikich Polach.

– I stworzyć specjalny oddział kozaków lodowych, którzy podczas roztopów ginęliby do ostatniego... – zakpił Staszek. – A po co?

– A bo to mało powodów? Sztokholm złupić opłacalnym mi się wydaje. Sam widziałeś, ile tam wszelakiego dobra. A nie spodziewają się ataku zimą. Albo Visby ograbić, które wszak jest bogatsze... Można by wojnę przeciw lutrom urządzić... Przodkowie nasi i do Ziemi Świętej nieraz zbrojno z krucjatami docierali. Tak i tu, w Szwecji, groby świętej Brygidy i Katarzyny w Vadstenie warto oswobodzić albo i do Nidaros ruszyć, by relikwie świętego Olafa uczcić. Może i jakich innych błogosławionych ta ziemia zrodziła, a jak nie, to w zgliszczach smalandzkich wiosek kości męczenników zbierzem tyle, że kościoły w połowie Polski zaopatrzym.

Zatrzymał się nieoczekiwanie w pół kroku. Tupnął stopą i długo nasłuchiwał.

– Lód tu jest inny – mruknął. – Słabszy i cieńszy.

Wiatr dmuchnął im w twarze śniegiem. Podjęli marsz, ale teraz Maksym szedł dużo ostrożniej i często opukiwał lód. Wreszcie zatrzymali się przed rozległym polem kry.

– No to klops – bąknął Staszek. – Trzeba się cofnąć w głąb i łukiem obejść.

– Nie... Bo jak raz się cofniemy, to jeszcze przyjdzie nam do głów idea taka, że i do Sztokholmu wrócić się można.

Nakazał mu gestem pozostać w miejscu, a sam, przeskakując z kry na krę, oddalił się spory kawałek. Wrócił podobnie, pokonując susami szczeliny.

– Przepłyniemy na tafli lodu, jeśli uda się ją od reszty pola oddzielić – oznajmił.

Przerażenie odjęło Staszkowi mowę, więc postanowił nie protestować.

Zdążył przywyknąć do tego, że idzie po lodzie. Zdążył oswoić się z myślą, iż tylko cienka warstwa oddziela go od głębiny. Do tej pory lód pod stopami był twardy niczym granit. Można było mu zaufać. Teraz... Przełknął ślinę. Poczuł, że cały jest zlany potem. Lęk nadchodził falami. Gdzieś wewnątrz ciała narastał dygot. Nogi nieoczekiwanie stały się ciężkie, nie mógł zrobić nawet kroku. Ciarki wędrowały mu po plecach.

– No, nie ma co dumać. – Maksym przeciągnął się jak kot. – Do dzieła.

Niemoc ustąpiła. Trochę. Staszek z trudem zrobił pierwszy krok. Wolał się nie odzywać, nie chciał, by Kozak usłyszał lęk w jego głosie.

Przeciągnięcie sanek na chybotliwą krę było trudne. Odepchnęli się drągami i wiosłując, w ciągu dwu godzin szczęśliwie przebyli rozpadlinę. Lód po drugiej stronie okazał się słaby, a wzdłuż brzegu ciągnął się wał zamarzniętych kawałków. Najpierw długo szukali miejsca, w którym mogliby wylądować, potem omal nie stracili całego sprzętu, gdy tafla zaczęła się kruszyć i pękać pod nogami. Z trudem tylko dotarli do w miarę bezpiecznego miejsca.

– Trza było ze dwie niedziele wcześniej wyruszyć – skwitował Kozak. – Wszystko wtedy zamarzło fest, teraz już mięknąć zaczyna i wodą podchodzi.

– Dwie niedziele temu byłem niewolnikiem Pana Wilków.

– Zatem należało wcześniej cię uwolnić. Początek lutego już mamy. A może i ku połowie miesiąca podchodzimy? – Zafrasował się. – Jak człek samotny, a do cerkwi nie chodzi, łatwo się w kalendarium pogubić.

Dalej trafili na rozległe pola torosów, znowu stracili masę czasu na ich ominięcie. Wreszcie na zakończenie dnia zaczął sypać śnieg. Rozłożyli pospiesznie obóz. Nie było już czasu szukać dobrego miejsca. Unieruchomili sanki, rozstawili namiot.

– Ile dziś przeszliśmy? – zapytał Staszek.

– Bóg raczy wiedzieć – westchnął Maksym. – Ale ze szlaku nie zboczyliśmy, chyba że wiatr lody zepchnął na wschód lub na zachód. Gdybym miał astrolabium i tablice, tobym może i wyliczył, gdzie jesteśmy. Ale tak mi się wydaje, że jeszcze ze trzy dni albo i pięć i zobaczymy polski brzeg. A jak zboczyliśmy, to inflancki choćby.

Wleźli w śpiwory i długo szczękali zębami, nim świece i oddechy choć trochę nagrzały wnętrze.

– Cięższa ta droga, niż myślałem – przyznał Maksym. – Trza mniej jeść, to na dłużej wystarczy. Bo widzi mi się, że jak znowu kanały napotkamy, to i niedziel kilka możemy tu spędzić.

Staszek jęknął w duchu.

– Żyje się – powiedział Maksym pozornie bez związku.

– Jeszcze się żyje – mruknął ponuro chłopak.

– Strach i niebezpieczeństwo dodają naszej wyprawie smaku, podobnie jak szczypta soli i ziarnko pieprzu poprawiają smak nawet mdłej polewki – filozofował.

– Za dużo soli smak psuje, miast poprawiać.

– Jeszcze opowiesz o tym tej swojej rudej lisiczce.

– Albo i nie opowiem...

– Jak to nie? – zdziwił się mężczyzna. – Jak nie teraz, to po tamtej stronie, gdy kiedyś wszyscy spotkamy się w niebie.

Staszek miał szaloną ochotę jakoś się odgryźć, ale po prostu nie znalazł w sobie dość poczucia humoru. Coś mu mówiło, że towarzysz powiedział to zupełnie poważnie.

„Życie to tylko chwila, drobna jak mgnienie oka wobec wieczności" – z głębin pamięci wypłynęło mu zdanie wypowiedziane kiedyś przez szkolnego katechetę.

– Morze nas sprawdza – odezwał się znów Kozak. – To ciemna dolina, ale przebędziemy ją, bo mamy swoje cele... Ja mam swoją kobietę, ty masz swoją dziewczynę. No i jeszcze to drugie. To, co chcesz zanieść Markusowi. Może i ważniejsze niż życie nas wszystkich.

– Co? – Staszek popatrzył na niego zdezorientowany.

– To świństwo, z którego Chińczycy leki warzyli. To, któregoś w ruinach szukał, nie bacząc na nic.

O cholera. No tak, widzieli, jak wykopuje fiolkę z ziemi. Potem pewnie zapytali Taavi. Dziewczyna opowiedziała im o wszystkim. Wywiad pierwsza klasa.

– Myślisz, że i ty będziesz umiał lek z tego zrobić? – zaciekawił się Kozak.

– Tak mi się wydaje. Z Marka pomocą powinniśmy tego dokonać. Najważniejsze, że mam odpowiedni szczep pleśni. Resztę osiągniemy metodą prób i błędów.

– Choroby dotykają przeważnie ludzi słabych duchem. Komu *baszka* dobrze pracuje, ten zdrów jak ryba. No chyba że ranny w bitwie będzie, ale i wtedy mężny a pobożny do zdrowia wróci, a który w przerażenie wpadnie, temu i rany się paskudzić będą.

– To jak w takim razie wyjaśnisz choroby zaraźliwe, choćby syfilis? – prychnął chłopak.

– Też ze słabości się bierze, kto pokusie ulegnie i zgrzeszy, zbyt słabym jest, by do zdrowia wrócić, tak go i choroba w lat kilka stoczy i uśmierci – powiedział z niezachwianym przekonaniem.

– A trąd?

– Poganie twierdzą, że to przypadłość, która początek ma w duszy. Czyli też w głowie wpierw zrodzić się musi, nim ciało człowieka opanuje i sił pozbawi. A pojawia się wszak bez przyczyny, tedy z człeka na człeka przenosić się nie może. Choć są i tacy, którzy mówią, że choroba ta jednak z człowieka na człowieka przeskakuje, jednak lat wiele toczy go cichcem, by wreszcie na skórze wybić. A co wy o niej wiecie?

– W moich czasach w Europie już nie występowała. Chorowali na nią w Azji, w Afryce, daleko od nas. Jest zaraźliwa. Ale okres inkubacji... Eee... Bardzo długo dojrzewa w człowieku, nim uderzy – znalazł wyjaśnienie zrozumiałe dla towarzysza. – Nawet siedem lat może minąć od zarażenia do chwili, gdy pojawią się jej symptomy.

– Zdumiewające.

– Penicylina to lek, który wyleczy wszystko. No, prawie wszystko – dodał.

– Może wyrzuć to lepiej – zaproponował Kozak. – Bo mi się widzi, że to do straszliwego zniewieścienia ludzi doprowadzi.

– Co?

– Słabi duchem, miast umrzeć w porę, jeszcze dzieci napłodzić zdołają. Ród ludzki nie będzie się przez to oczyszczał ze złej krwi, tylko przeniesie się ona z pokolenia na pokolenie. Będzie chorych więcej i więcej, aż cały naród skarleje ciałem i duchem.

– A kobiety?

– Co: kobiety?

– Są silne duchem czy nie?

– *Żinky dowhe wolossja majut', a rozum – korotkyj* – Maksym zacytował przysłowie swojego ludu. – U nas bywają prawdziwe wilczyce, które w jasyr nie pójdą, w walce pola Tatarowi nie ustąpią. Które przez Moskali gwałcone gardła lub żyły szyjne im w miłosnym uścisku przegryzają. Ale niewiele takich, bo kobieta do czego innego stworzona i ni krwiożerczości, ni zajadłości męskiej nie ma. Duch ich silny, ale w dbaniu o dom i dzieci. Tedy opieką je otaczać trzeba, nie w przygodzie narażać.

– Czyli chorują częściej. I umierają częściej. Zwłaszcza z powodu powikłań po porodzie. I mężczyzn wielu pewnie samotnie po świecie wędruje. A tu jest lek, który z każdej gorączki wybawi.

Maksym milczał, trawiąc jego słowa.

– Może i słuszność masz, może nie masz, ale gadasz gładko jak prawdziwy jurysta – pochwalił niechętnie. – Może to i słuszne, by mężów rannych, nawet jeśli słabsi są duchem, więcej do zdrowia wróciło na kozactwa chwałę, a Turkom na pohybel...

– A dzieci? – Staszek podpuszczał go dalej. – Wszystkie są słabe duchem. Bezbronne. Ile ginie przez pierwsze dziesięć lat życia, zanim duch okrzepnie, nie osiągnąwszy dorosłości?

– No, połowa może – powiedział Kozak po chwili namysłu. – Bo i na choroby piersiowe umierają, i z gorączek, które z bagna się rodzą, i czasami też z przyczyn innych.

– Teraz wyobraź sobie, że wszystkie, no, prawie wszystkie dożyły wieku dorosłego.

– Toż... Dwa razy więcej dorosłych Kozaków będzie w kolejnym pokoleniu! – zapalił się. – Nie tylko Azow, ale i Istanbul siłą taką wziąć można!

– A widzisz. Albo starcy. Umierają i tracicie mądrość, którą przez całe życie zebrali. A tak dłużej pożyją i radą mogą wam służyć.

– Nowe to dla mnie myśli i we łbie mi mieszają.
Spać chyba pójdę – mruknął Maksym. – A twoja lisiczka Hela...

– Tak?

– Są ludzie, w których duch płonie jasno jak cerkiew-
na świeca. Ona z takich. I do szabli ręka u niej prędka,
i dzieci urodzi.

– Hmm...

– I tyś silny. Hela jak narowista klacz hulać lubi. Zechcesz ją małżeńskim węzłem związać, wierzgać będzie.
Ale gdy z miłością do niej podejdziesz, siły jej niespoży-
te na pociechę sobie obrócisz. Bo razem i chutor zbudu-
jecie, i wrogów do ziemi położycie, a zajdziecie w życiu
tak daleko, jak zechcecie, i nikt was nie wstrzyma przed
osiągnięciem tego, coście sobie umyślili.

Odwrócił się do ściany. Po chwili chrapał już donośnie.

To prosty człowiek, dumał Staszek, próbując zasnąć.
Po prostu nie trafia do niego to, o czym mówię. Rozumie
słowa, zdanie, chwyta sens... Ale w jego umyśle nie ma
ścieżek, na które moje słowa mogłyby trafić. Jego świat
to szybkie konie, ostra broń, twardzi mężczyźni i piękne, silne kobiety. I śmierć, która nieustannie im towarzyszy. Trzeba zabić? Zabije. Trzeba zginąć, osłaniając
odwrót kumpli? Zginie. A kiedyś i tak wszyscy spotkają
się w niebie. Fanatyzm religijny? Nawet nie. To raczej
cudownie spójna, prosta, czarno-biała wizja świata. Jesteśmy my i poganie. My za obronę wiary idziemy do
nieba, poganie i heretycy do piekła. I nikt jeszcze nie
wymyślił tu agnostycyzmu czy ateizmu...

Hela.

Stepowy psycholog za dychę. A może? Maksym widział ją w chwili zagrożenia. Widział, co robi na widok martwego konia. Spędzili razem kilka dni, przedzierając się do Bergen. Może ma rację? Ostatecznie ona bardziej pasowałaby do jego epoki niż do mojej. Kozak z zachowania dziewczyny wydedukuje więcej niż ja.

🐿 Zapadał wczesny wieczór. Greta poszła po drewno. Siedziałem, czytając Biblię w świetle świecy, gdy wiewiórka zaskrobała pazurkami w szybkę. Uchyliłem okno. Zwierzątko wskoczyło do ciepłego wnętrza. Strzygło zabawnie uszkami, puszysty ogon pokryty był szybko tającymi gwiazdkami śniegu.

– Ciekawe, jakim cudem drogę tu znajduje – zadumała się Hela.

– Mądre zwierzątko.

– Wiewiórki są głupiutkie.

W jej ustach nawet ten epitet zabrzmiał elegancko.

– Czemu tak myślisz?

– Główka malutka, mniejszy rozum pomieści niż u kota. Zresztą w moich czasach bywało, że uczniowie trzymali oswojone. To się i napatrzyłam. Są miłe i zwinne, ale trudno je czegoś nauczyć.

Wiewiórce nie spieszyło się widać do klatki. Skoczyła mojej towarzyszce na kolana i zaczęła mościć sobie legowisko w fałdach sukni.

– Panie Marku? – szepnęła nagle Hela.

Podniosłem głowę.

– Tu jest...

Podszedłem. Hela, głaszcząc zwierzątko, odsłoniła obróżkę. Teraz i ja spostrzegłem wsunięty pod nią zwitek szarego, nawoskowanego papieru.

Wymieniliśmy zaskoczone spojrzenia. Spróbowałem go wyciągnąć i odkryłem miniaturowy zatrzask. Co, u licha...? Wreszcie uwolniłem karteczkę. Rozprostowałem ją. Ktoś, używając ołowiu, skreślił jedno zdanie po niemiecku: *Kontynuuj obserwację.*

– A niech mnie – szepnęła.

Skrzypnęły drzwi. To Greta wróciła. Dostrzegła wiewiórkę i kartkę. Zrozumiała natychmiast, bo zbladła jak upiór. Sprężyła się do ucieczki, lecz nie zdążyła nic zrobić. Dopadłem ją jednym susem. Wyjąłem nóż i przyparłszy dziewczynkę do ściany, przyłożyłem go jej do gardła. Tępą stroną, ale i tak zadrżała, czując chłód metalu na szyi.

– Kto kazał ci nas szpiegować?

Jej spojrzenie było czyste i odważne. Nie bała się. Czuła na gardle ostrze, przed sobą miała rozwścieczonego mężczyznę, a jednak nie czuła lęku. A może czuła, ale potrafiła nad nim mistrzowsko zapanować?

– Nie oczekujecie chyba, panie, że odpowiem – rzekła cicho.

– Zarżnę cię jak prosiaka – wysyczałem.

– Zarżnijcie, panie – zgodziła się potulnie. – To wasze prawo.

No, do roboty, zaśmiał się diabeł stróż. Upuść jej krwi. I nie zapomnij o zgwałceniu. Każdy sąd cię uniewinni.

Otrząsnąłem się. Co ja wyrabiam?! Puściłem dziewczynkę i usiadłem ciężko przy stole.

– Hanza... Pracujesz dla Hanzy – powiedziałem wreszcie.

Nie odpowiedziała. Masowała gardło – chyba ciut za mocno ją ścisnąłem... Drzwi za nią, nadal uchylone, lekko kiwały się w zawiasach. W zasadzie mogła spróbować ucieczki, ale chyba się bała.

– To było do przewidzenia – odezwała się Hela. – Sadko, Borys, Marius Kowalik, kapitan Hansavritson, syndyk Sudermann... Zobaczyli potęgę łasicy. Jesteśmy dla nich śmiertelnym zagrożeniem. Uratowałeś im życie, to stawia ich w sytuacji... niezręcznej. Powinni nas zabić, ale nie wypada. Mimo to nie lekceważą nas. Obserwują.

– Dlatego wpakowali nas prosto w pułapkę – parsknąłem. – Nic nie było przypadkowe, może poza walką z grabieżcami wraków. Miałem... mieliśmy trafić do Gdańska. Sadko po przyjacielsku doradza nam oberżę i my jak głupi idziemy pod ten adres. Tam dostajemy namiar na ładne mieszkanko do wynajęcia. Potem podsuwają nam dziewczynkę, samotną i zagubioną, która wzbudzi uczucia opiekuńcze, którą zatrudnimy jako służącą, zwłaszcza że za ciężką pracę oczekuje jedynie kąta do spania i odrobiny pożywienia, by przetrwać zimę. I która zna kilka języków, więc rozumie wszystko, o czym mówimy. Która czasem zapewne udaje tylko, że śpi...

– Zdrada chlebodawcy... – zadumała się Hela. – Ciężki grzech. Przewina, która...

– Pani – odezwała się Greta – moja lojalność wobec
was jest niczym wobec obowiązków względem Hanzy.

– A jakie ty możesz mieć obowiązki względem tych
ludzi? – Wzruszyłem ramionami.

– Nasz dom spłonął, ziemia była pana. Miałyśmy iść
na poniewierkę jako dziadówki. Skończyłabym na ulicy,
gdyby ktoś się na moje marne jeszcze wdzięki połakomił,
moja siostra zaś nie przeżyłaby pewnie zimy. Wtedy dłoń
pomocną do nas wyciągnięto. Hanza dała mi życie, wy,
panie, tylko pracę.

– Jakie to proste – mruknąłem. – Bierzemy dwie
zagubione dziewczynki, które nie mają rodziców, majątku i bez pomocy zdechną gdzieś pod płotem. Dajemy
im ciepłą strawę, ładne sukienki, uczymy czytać i pisać.
Uczymy obcych języków, obiecujemy, nie wiem, mieszkanko na poddaszu kamienicy, może posag, by kiedyś
mogły wyjść za mąż za czeladników. Wydatek to niewielki, kilkadziesiąt dukatów. Hanza nawet tego nie
poczuje, a one z wdzięczności wykonają każde zadanie.
Będzie trzeba kogoś w łóżku zarżnąć, to zarżną, będzie
trzeba oddać życie, to oddadzą...

– Oddam – potwierdziła. – I zarżnę. – Zaczerwieniła się.

I, cholera, nie miałem najmniejszych powodów, by jej
nie wierzyć. Peter Hansavritson, czy kto tam wymyślił
ten system, postawił na właściwą kartę. Z takimi jak ona,
z takimi jak Kowalik czy dwaj Rosjanie można rzucić
wyzwanie każdemu. Lensmannowi Trondheim, królowi
Danii czy nawet demonowi w postaci łasicy...

– A twoja siostra jest gdzie?

– Pracuje jako opiekunka do małych dzieci w Visby.

– A ile ma lat?

– Dziewięć.

– Młodszej dajemy zajęcie lekkie i przyjemne, starsza da się za takich dobroczyńców pokroić żywcem na plasterki. I koniecznie trzeba brać osierocone lub porzucone rodzeństwa, bo takie dzieciaczki mają nawzajem tylko siebie. Tak niewielkim kosztem mamy na każde zawołanie ludzi, którzy gdy trzeba, z radością na rzęsach staną za sprawy Związku. Oddadzą życie, cnotę, zabiją kogo trzeba, okręt zatopią, ogień podłożą... Nie zdziwiłbym się, gdyby mieli po kilka takich w każdym mieście. Nawet trudno mieć do Grety pretensje – filozofowałem.

Schowałem nóż do pochwy i rzuciłem na stół. Hela odłożyła wiewiórkę do klatki.

– Nie zabijecie mnie, panie? – Służąca nadal była przestraszona, ale w jej głosie pobrzmiewała determinacja.

– A po co? – Wzruszyłem ramionami.

– Zatem do roboty! – Moja przybrana córka wstała z ławy. – Ja ją potrzymam, ten stołek będzie chyba odpowiedni...

– Co? – spytałem zaskoczony.

– Wlepimy jej ze dwadzieścia solidnych batów na gółkę i odprowadzimy do oberży. Niech wraca do siostry czy gdzie tam ją w kolejną misję wyślą.

– Na gółkę...? – powtórzyłem.

– Tak, pani. – Greta uklękła przy stołku, a potem zadarła spódnice i giezło, pokazując gołą pupę. – Bijcie, proszę, nie trzeba mnie trzymać. Postaram się nie krzyczeć...

Włożyła koniec warkocza do ust i zacisnęła na nim zęby. Cała złość nagle mi odeszła. Patrzyłem na wypięty zadek, ozdobiony pieprzykiem na lewym półdupku, i niespodziewanie zrobiło mi się wesoło. Cywilizacja, psiamać, nawet majtek nie noszą...

– Ubierz się! – rozkazałem. – I szykuj kolację! Potem podłogę umyjesz, popiół wyniesiesz i możesz iść spać.

– Ja bym jej przylała – zaprotestowała Hela. – Dla naprostowania charakteru. I oczywiście wygnała od razu, a nie rano.

– I tak nie naprostujesz, a służąca nam się przydaje. – Wzruszyłem ramionami.

– Nie wyrzucisz jej?

– A po co? Jak znam życie, gospodarze tej kamienicy i połowa lokatorów też są na żołdzie naszych przyjaciół. Wygonimy ją czy nie, nic się nie zmieni. I tak każdy nasz krok będzie obserwowany. Niech pracuje dalej, pal diabli, niech nawet pisze swoje raporty. I tak nic z nich nie wynika. Nasz błąd. Daliśmy się koncertowo zrobić w konia, i to takiej smarkuli.

Hela fuknęła ze złością. Widać znowu użyłem niecenzuralnych określeń...

– Zresztą podobna jest do ciebie. – Ująłem towarzyszkę pod brodę i spojrzałem jej w oczy. – Obie wobec wroga musiałyście udawać. Po prostu teraz to my jesteśmy dla nich wrogiem. Albo potencjalnym wrogiem...

– To prawda. – Spuściła wzrok. – Będziesz od dziś spać sama! – rozkazała Grecie.

– Tak, pani.

Wygonienie z łóżka chlebodawczyni jako element kary. Znowu zachciało mi się śmiać.

– Jak niby ma spać sama, kiedy miejsca nie ma? – zapytałem. – Ja jej do swego łoża nie wezmę. A ławka za wąska i za krótka, by na niej pościelić.

– To niech śpi na podłodze, co za problem?

– Zimno jej będzie, strasznie od drzwi ciągnie – błaznowałem. – Zachoruje i jak wtedy obowiązki wypełni? A jeszcze za medyka i medykamenty będziemy musieli płacić.

– To jak mam ją ukarać? – warknęła.

– Za włosy mnie, pani, wytargaj, zaraz serce się uspokoi. – Greta z poważną miną usłużnie podała chlebodawczyni koniec warkocza.

Nie wytrzymałem. Ryczałem ze śmiechu, dostałem totalnej głupawki. Łzy ciekły mi ciurkiem. Wreszcie Hela też zachichotała. Tylko Greta stała zawstydzona.

Nad ranem spadł mokry śnieg. Nawoskowane płótno namokło, wszystko zrobiło się wilgotne. Zwinęli obozowisko i ruszyli naprzód. Brnęli przez rozmiękłą breję. Rakiety sprawowały się jako tako. Ziąb przenikał do kości. Sanie posuwały się ciężko, grzęzły. Lód, choć gruby, zaczynał się topić.

Koło południa śnieżyca wróciła. Rozciągnęli mokry płócienny daszek i kryjąc się przed opadem, przeczekiwali. Pokrzepili się kilkoma łykami gorzałki, lecz obrzydliwa mikstura rozgrzała ich na krótko.

– Czas podjeść to, co na czarną godzinę odłożyłem, by w potrzebie sił nam dodało – powiedział Maksym, wyciągając z worka dwa kawałki wędzonego mięsiwa.

– Golonka jakaś? – zdziwił się Staszek.

– Gdyśmy wtedy szturmem wzięli twierdzę Chińczyków, poprosiłem naszych przyjaciół z ludu Saami, by z ubitych wilków kilka co lepszych kawałków mi wykroili, zasolili i uwędzili. Otóż je mamy.

– Wilka jeść?! – jęknął chłopak.

– Polacy gadają, że wilk smakuje jak stary pies. Coś z racji w tym chyba i jest – mruknął jego towarzysz. – Choć psa dawnom nie spożywał, to i w pamięci się zatarło. Ale gdy głód przyciśnie, pożywienie takie niespodziewanie smacznym się zdaje.

– Ale...

– Jemy je czasem, w okolicznościach szczególnych. My, Kozacy, szanujemy wilki, jeśli idziemy po nie, to w równym boju walczymy, aż dostaniemy. Jeśli Kozak wilka samotnika pokona, wtedy kły mu wyrwie i jako talizman na szyi nosi. Ponoć oberech taki przed strzałą tatarską chroni, na bok ją odciągając.

– Czemu zatem...

– Te, które służyły generałowi Wei, straciły wolność i honor, takoż i my nie walczyliśmy z nimi, tylko je wybiliśmy. Ale coś z mocy w nich zostało. I teraz, spożywając ich serca uwędzone, siłę weźmiemy, by jak wilcy mróz i głód przetrwać.

– Serca...
– Z nich siła życiowa najmocniej bije. Bez powodu tego nie jemy – powiedział Maksym. – Gdybyśmy mieli więcej paliwa, rosołu bym ugotował, ale i to powinno siły nadwątlone nam przywrócić...

Staszek przemógł się. Wyjął z kieszeni kozik i ukroił sobie plaster. Serce wilka pachniało wędzonką. Ot, wędlina jak każda inna.

– Mięso ich cudowne właściwości posiada, do rany przyłożone goi ją. Jak febra ogarnie, rosół na wilku gotowany wygnać gorączkę może. A gdy stare rany się odezwą lub boleści w stawy wlizą, wtedy rozgrzana nad parą skóra wilka za opatrunek dobry robi i ból uśmierza.

Staszek zacisnął zęby i powoli przeżuł kęs. Mięso było twarde, łykowate, rozgryzione trąciło czymś nieprzyjemnym. Ale pusty od dawna żołądek przyjmował z radością najgorsze nawet pożywienie.

– Powiadasz, smakuje jak stary pies? – mruknął ponuro.

– No, trochę podobne. Ale czy tak do końca? Chyba nie – odpowiedział Maksym sam sobie. – Bo pies przecież smaczniejszy, mięciutki jak cielęcina.

Chłopak milczał, powstrzymując mdłości.

– *Uzwaru* jeszcze popijmy. – Maksym podał mu butelkę.

Staszek spodziewał się alkoholu, toteż zdziwił się, czując na podniebieniu słodko-gorzki ziołowy syrop.

– Trzy łyki, nie więcej! – ostrzegł go towarzysz.

Siły wracały. Chłopak poczuł się lepiej. Osłabienie dręczące go od kilku dni mijało. *Uzwar* podziałał jak mocna herbata, rozbudził. Znowu byli gotowi maszerować.

Czy sprawiło to mięso, czy ta kozacka mikstura? – zamyślił się Staszek. Z ziół pędzone, może zawierać jakieś alkaloidy... Może to zwykła kofeina? Przecież występuje nie tylko w kawie.

Po pobycie w tym chińskim gułagu powinienem przez dwa tygodnie leżeć do góry brzuchem, dobrze się odżywiać i odpoczywać, rozmyślał chłopak. Lecz gdybyśmy ruszyli dwa tygodnie później, już byśmy pewnie nie przeszli...

Powoli zapadał zmierzch.

– Chyba jesteśmy niedaleko lądu – rzucił Maksym, intensywnie węsząc w powietrzu.

– Czemu tak sądzisz? – Staszek z nadzieją uniósł głowę.

– Tak mi się wydaje... Zapach. Tak pachnie śnieg, który leży w lesie. Tak pachnie ziemia.

Chłopak pociągnął nosem. Czuł tylko mróz i morze. Zawył w duchu. Znowu zanosiło się na śnieg. Niebawem trzeba będzie się zatrzymać. Znaleźć kawałek twardego jeszcze lodu...

I nagle daleko na horyzoncie ujrzeli nikłe światełko.

– Ludzie – mruknął Kozak.

– Ląd?

– W każdym razie ludzie. Dobrzy lub źli. Ano cóż, sprawdzimy jacy. – Pogładził dłonią rękojeść szabli. – Dobrych oszczędzimy, złych zabijemy. Niczym psy pasterskie, gdy wilka spotkają.

– A jeśli będzie ich więcej?

– Umrzemy albo uciekniemy – wyjaśnił pogodnie.

Podjęli marsz. Maksym, nie myląc nawet kroku, wydobył z juków samopał i nabijał go sprawnymi ruchami.

– Umiesz się z tym obchodzić? – zapytał Staszka.

– Niestety...

– A z wielopałem?

– Mogę spróbować. – Odruchowo dotknął kabury swojego rewolweru. – Jak blisko podejdą, trafię chyba.

– Bo powiedziałem prawdę, ludzie mogą być różni, a sprawdzić musimy. Żywności już prawie nie ma, oliwa i świece też się kończą. Jeśli szybko na ląd nie wyjdziemy, będzie źle. Jeśli to brzeg, to dobrze. Jeśli wędrowcy jak my, o drogę wypytamy. Pieniędzy mamy tyle, że wieś całą kupić by można, tedy żywność nabyć możemy. Ale złoto to i pokusa dla słabych duchem...

– Lepiej go nie pokazywać?

– Ty powiedziałeś.

Szli i szli, coraz bardziej zmęczeni. Światełko było słabe, lecz cały czas widzieli je gdzieś na horyzoncie. I naraz lód skończył się jak ucięty nożem. Stali na brzegu szerokiego na kilkaset metrów pasa wody. Przed sobą widzieli niewyraźnie majaczący brzeg i plamę światła.

– Ogień, może świece w chacie na wydmach – zawyrokował Staszek. – Okno rozświetla. Możesz mi podać kałacha? No, wielopał...

– Strzelać chcesz? – zdziwił się Kozak, zdejmując broń z ramienia.

– Nie, ale ma lunetkę. Przez nią szczegóły dojrzeć można.

– A toś chwat, nie pomyślałem o tym!

Staszek przyłożył celownik do oka i pstryknął przełącznikiem, przechodząc na podczerwień. Obraz stał się zielony, widział teraz prawie wszystko.

– Przysiółek rybacki albo coś takiego – powiedział. – Cztery chaty, jakieś szopy, sieci się suszą.

– Mają łodzie?

– Widzę jakieś czółna wyciągnięte na brzeg. Szerokie, długie, chyba na kilku wioślarzy.

Zwrócił broń towarzyszowi. Ten spojrzał ciekawie. Obraz z noktowizora musiał nim głęboko wstrząsnąć.

Mruknął coś, czego scalak nie przetłumaczył.

– Jakie to zmyślne. Istotnie łodzie mają, nawet do naszych kozackich czajek trochę podobne...

Wydobył z juków latarkę. Osadził w niej świecę i zapalił. Potem zdjął z szyi róg i przyłożywszy do warg, wydobył niskie, ponure buczenie. Po dłuższym czasie drzwi chaty otworzyły się. Staszek zamachał latarką, próbując zwrócić na siebie uwagę mieszkańców wioski.

Ludzie z brzegu wsiedli na dwie łódki i powiosłowali w ich stronę, najwyraźniej zaciekawieni, kto przywędrował przez morze. Kilka minut później dobili do kry.

– Witôjcë! – odezwał się najwyższy, uzbrojony w harpun.

Staszkowi z wrażenia opadła szczęka.

To kaszubski, uświadomił sobie.

– Witajcie, dobrzy ludzie – powiedział po polsku. – Ze Szwecji po lodach idziemy, prosimy pięknie, byście na ląd nas przewieźli.

– Wsiadajcie – mężczyzna zaprosił ich do łodzi. – Kąt jakiś na noc i miska kaszy też się znajdzie, a wy nam nowiny z dalekiego świata opowiecie – mówił po polsku z dziwnym akcentem, ale zrozumiale.

– Z przyjemnością – ucieszył się Kozak.

– Zrobiliśmy to – szepnął Staszek z niedowierzaniem. – Przeszliśmy Bałtyk po lodzie.

– No i co z tego? – Maksym spojrzał na niego zaskoczony. – Ludzka rzecz wędrować. Za dni parę w Gdańsku będziemy. Może pojutrze nawet...

– Pojutrze to do Elbląga zajść można. Do Gdańska jeszcze co najmniej dzień drogi liczyć trzeba – odparł Kaszub.

🙠 Po porannej mszy poszliśmy sobie na Długi Targ. Widziałem, że sporo rodzin wpadło na ten pomysł. Zwyczaj taki czy co? Dzień wstał ładny, choć mroźny.

– Może się napijemy grzanego wina? – zaproponowała Hela. – Ziąb taki.

Zawahałem się. Perspektywa była kusząca, ale... Hela... Miała raptem szesnaście lat. Greta? Trzynaście czy coś w tym guście... Z drugiej strony ile alkoholu mogło być w tych sikaczach? Trzy procent?

– Chodźmy.

Byłem w dobrym humorze, nawet lokal wydał mi się jakby mniej syfiasty, niż do tej pory uważałem. A może po prostu posprzątano? Podłogę wysypano świeżym piaskiem, stoły wyszorowano, kwaśna woń wędzonki i piwa jakby trochę wywietrzała. Zamówiłem wino dla trzech osób. Hela skrzywiła się demonstracyjnie, widząc, że zamierzam poczęstować też małą zdrajczynię.

Chłopak karczmarza przyniósł nam kubki, z których wydobywała się przepyszna woń. Korzeni nie pożałował.

– Wasze zdrowie! – Skinąłem głową dziewczynom i upiłem łyk niebiańskiego napoju.

Skrzypnęły drzwi, chłodny podmuch wdarł się do izby. Podkute buty stuknęły na deskach podłogi.

– Witaj, Markusie. – Przybysz, zamiatając ławę połą płaszcza, usiadł po drugiej stronie stołu.

No tak. Zapomniałem. W tej epoce jest siła, która będzie radośnie wtrącać się w moje życie, ograniczać wolność, śledzić każdy krok i dyktować, co mam robić. Hanza.

– Pan doradca we własnej osobie – mruknąłem.

– Ja też się cieszę, mogąc waćpana widzieć... Jeśli mogę prosić... – Wskazał gestem Helę.

O co mu, u diabła, chodziło? A... Zapewne chciał, żebym go przedstawił. Kulturalny, psiamać.

– Heleno, to jest Marius Kowalik, wspominałem ci o tym bydlaku. Mariusie, to moja córka Helena. Jeśli tylko ośmielisz się krzywo na nią spojrzeć, gały ci drewnianą łyżką wydłubię i soli w oczodoły nasypię, a dopiero potem powieki dratwą zaszyję. Następnie rzyć wiekiem skrzyni przytrzasnę, kinol drzwiczkami pieca zgniotę, czy co tam mi do głowy przyjdzie. Panienkę Gretę zapewne...

– Oczywiście, że znam. – Skłonił głowę. – Cieszę się, że dobrze ją traktujecie, widzę, rumiana jak pączuszek róży, a i ciała na buzi nabrała. Zresztą robotna jest, czysta i posłuszna, więc chyba nie gniewacie się zbytnio, że wam taką służącą wybraliśmy?

Powinienem dać temu cwaniaczkowi solidnie po mordzie, ale nie mogłem – dusiłem się z tłumionego śmiechu.

– Do meritum zaś przechodząc – ciągnął – pogadać chciałbym.

– Sadko i Borys czekają za drzwiami, czy może nowych konfratrów od tortur sprowadziłeś? – zakpiłem. – Otóż wyimaginuj sobie, waćpan, że pod stołem celuję ci z wielopału prosto w jajca. Krzykniesz na swoich pomagierów, to cię jedną kulą wywałaszę, a potem dopiero wystrzelam im w czołach dziury takie, że kościelną świecę wetknie.

– Paschał – podpowiedziała Hela.

– Po przyjacielsku pogadać – zachmurzył się.

Odruchowo przesunął się nieco na lewo, by zejść z domniemanej linii strzału. Kolana też chyba ścisnął.

– Poprzednio mówiłeś o tej przyjaźni, jak mi paznokcie na twój rozkaz szczypcami wyrywali.

– Nie moja wina, żeś łgał i łgał... – Marius obraził się. – Ale tamto minęło.

– Jeszcze do końca nie odrosły. A kiedy idzie na zmianę pogody, coś mnie w palcach strzyka...

– Zważ, że działanie moje miało na celu uchronienie ludzi przed zagładą, jaką zgotować im mogła łasica! Wrogiem naszym byłeś, ot co! Ale przeprosin chcesz, to przeproszę. Dziś i ty, i ja jednako jesteśmy ludźmi Petera Hansavritsona. Choć ty wolny już chyba od tych przysiąg jesteś – westchnął.

Spojrzałem na niego pytająco.

– Ślubowałeś, Markusie, oddać życie i oddałeś. Kula z „Wilka" wystrzelona trafiła cię w głowę. Padłeś na pokład bez życia.

– Co mówisz?

– Nogi ci w agonii biły. Wyciągnąłem pocisk z rany. Wybrałem kawałki kości. Założyłem opatrunek i wtedy przestałeś oddychać. Przyłożyłem dłoń do twej szyi, ale serce już nie biło. Peter dał rozkaz, by pogrzebać cię na lądzie. Jednak gdym później zaszedł do kasztelu ciało obmyć i przyodziać godnie, ty oddychałeś. Medyk w Bergen strzaskany kawałek czaszki oczyścił i cieniutką blachę ze złota tam wprawił, jak się to w krajach Południa czasem praktykuje. Szans nie dawał żadnych, że przeżyjesz, ale udało się.

– Śmierć kliniczna – mruknąłem.

Nic z tego oczywiście nie zrozumiał.

– Zatem twierdzisz, że gdy umarłem...

– Wszystkie twe przysięgi ważność straciły, bo śmierć jest ostateczną granicą zobowiązań – wyjaśnił. – Nasi przodkowie, zasady te stanowiąc, nie przewidzieli sytuacji tak złożonych...

Mariusowi też przyniesiono wina.

– Dlaczego mi to mówisz?

– Chcę zagrać czysto. Jesteś wolny i nic nam się winien. Co więcej, jak widzę, rozgryzłeś nasz podstęp. – Wskazał Gretę. – Jeśli chcemy z tobą rozmawiać, musimy uznać, żeś jest zbyt silny, byśmy zmuszać cię mogli.

Nie wiedziałem, czy łże jak pies, czy może mówi prawdę.

– Zbyt silny...

– Tu nie chodzi o to, co tam w kieszeni ukrywasz, choć broń to wielce zacna. Twój umysł, Markusie. Zwycięża się dzięki sile charakteru. A ty pokazałeś nam swoją.

– No to chyba nie mamy o czym rozmawiać? – Popatrzyłem na niego spode łba.

– Mamy. Posiadasz wiedzę, której ja pożądam. Wiedzę, która może pomóc Hanzie. Jesteśmy gotowi ją kupić.

– Na przykład za kawałek kotwicy ze „Srebrnej Łani"? – zakpiłem. – Czy może za dom w Visby? Albo statek, żebym mógł popłynąć gdzie mnie oczy poniosą?

– Najcenniejszym dobrem tego świata jest informacja – powiedział Kowalik poważnie. – Gotowi jesteśmy na wymianę.

– Nie macie informacji, które mogą mi się przydać.

– Założymy się? – Przyozdobił twarz zjadliwym uśmiechem.

Spojrzałem w jego ślepia. Nie spuścił wzroku. Czułem, że rzeczywiście ma jakiegoś asa w rękawie. Co mógł wiedzieć? Nie, to tylko blef. Chyba.

– Nic nie wiesz – prychnąłem. – Nie masz niczego, co mógłbyś zaoferować. Ja zresztą też nie.

– Wypijmy zatem za interesy, które Hanza prowadzi w kraju Dalarna. W ciekawej krainie, gdzie siedzą ludzie skośnoocy i żółci na twarzach. Gdzie z wielopałami biegają lub za pomocą machin dziwacznych w przestworza niczym ptaki się unoszą. – Uniósł kubek.

– Co powiedziałeś?! – wykrztusiłem.

– Twierdziłeś, że nie mam informacji, które mogłyby ci się przydać. – Dopił jednym haustem i wstał od stołu. – No to pora mi się zbierać, by czasu twego nadaremnie nie zajmować.

– Siadaj, waszmość – warknąłem. – Wygląda na to, że jednak będziemy musieli pogadać jak przyjaciele... Choć palce u mych nóg podpowiadają mi zgoła inne rozwiązanie.

– Palce i palce – prychnął. – Łgałeś, to paznokcie straciłeś. Spójrz na to logicznie, a wyciągniesz sobie z tego cenną naukę na przyszłość.

Westchnąłem.

– Pogadajmy zatem o tej Dalarnie – zaproponowałem. – A jeśli dojdę do wniosku, że łżesz, to rzeczywiście nauka o paznokciach może mi się w życiu przydać...

– Nie tutaj. Jeśli pozwolicie, odwiedzę was dziś po zachodzie słońca.

– Adres oczywiście znasz? – Znowu poczułem przypływ humoru.

– Zapraszamy – ubiegła mnie Hela.

Kowalik przybył, gdy tylko zapadł zmierzch. Wręczył Heli w prezencie kościany grzebyczek. Przyniósł zapieczętowany dzban reńskiego wina. Usiedliśmy przy stole, a dziewczęta zabrały się do swoich robótek.

– Dalarna to ziemia położona na północ od Sztokholmu – zagaiłem. – Sądzę, iż...

– Zacznijmy od tego. – Wyjął z kieszeni skórzany mieszek.

Domyśliłem się natychmiast.

– Scalak Alchemika – syknąłem. – A więc...

– Greta jest niewinna, choć oczywiście jej zadaniem było go wam wykraść – przyznał. – Na czas jakiś tylko, abym mógł krążek zbadać. Poinformowała mnie jednak, że kamień zaginął. Został skradziony zapewne jeszcze pierwszego dnia. Odzyskałem go z rąk miejscowego cechu złodziei i właścicielowi prawowitemu zwracam. – Pchnął mieszek w moją stronę. – Dni kilka przedmiot ten badałem...

– Z jakim rezultatem?

– Poznałem trochę twoje czasy. Niewiele, ale i tak mi się od natłoku myśli we łbie miesza.

Spojrzałem na niego zaskoczony.

– Moje czasy? Jak...

– Od dawna już wiemy, że kamień ten przyłożony do czoła pozwala zajrzeć w inne światy...

– No jasne! – przypomniała mi się rozmowa z Sadką na pokładzie „Jaskółki".

Wyjął z torby kajet – kilkanaście kart papieru spiętych razem. Rozłożył je przede mną.

No nieźle... Samochody z początku dwudziestego wieku, szkic ulicy. Zbliżenia detali, latarnia, skrzynka na listy, słup ogłoszeniowy i inne takie. Umiał, szelma, rysować.

– To nie moja epoka. – Wzruszyłem ramionami. – Alchemik Sebastian, czyli Ivo, urodził się ze sto lat wcześniej niż ja. Opowiedz o Dalarnie.

– Skośnoocy to przybysze z Kitaju, czyli Chin. Tak jak ty, goście w tej epoce. A raczej nie goście. Najeźdźcy.

Położył szkic przedstawiający śmigłowiec.

– To ich machina, taka jak zniszczona przez Kozaka Maksyma opodal Bergen. A może i ta sama.

– Helikopter.

– Widywano go nad Szwecją. Huk czyni nieznośny, ale przeważnie pod osłoną nocy latali, tak że lud zabobonny hałas uznawał za gniew Boży lub sprawkę szatana. Mieli też wielopały. Broń, z którą nasza równać się nie może.

– Do diabła... A więc wiecie, gdzie siedzą.

– Tak.

– Stanowią zagrożenie – powiedziałem. – Dla mnie, dla Heli, ale także dla was. Tak sądzę. W mojej epoce myśleliśmy o podróżach w czasie. Nie potrafiliśmy tego, ale rozważaliśmy. Powstawały na ten temat książki. Wszyscy autorzy bali się, że taka podróż może zmienić bieg dziejów. Zakładali, że podróżnicy będą musieli zachować ostrożność szczególną, a jeśli tego nie uczynią, zmiany sprawią takie, iż nie uda się im już wrócić. Stanie się tak, gdyż świat się zmieni, a oni nie poznają już miejsca i czasu, z którego wyruszyli. Rozumiesz?

Marius zmarszczył brwi, wyraźnie układał sobie wszystko w głowie.

– Wydaje mi się, że tak. Inne wojny, inne losy wielkich rodów i małych rodzin... Tymczasem oni mordują kogo popadnie – uzupełnił. – Zatem zmiana może być ich celem. Może nie tylko zmiana? Może podbój? Może chcą unicestwić to, co dla was jest przyszłością, zapisać na nowo karty kronik, na razie jeszcze białe?

– Może. Tak czy inaczej, trzeba ich powstrzymać. Zabić.

– Zatem ucieszy cię myśl, że Peter Hansavritson spojrzał na ten problem w podobny sposób. Nasi najlepsi towarzysze zostali wysłani, by z tym skończyć.

– Tam trzeba całej armii...

– Dlatego wysłaliśmy obu.

– Chcesz powiedzieć, że do walki z bandą świetnie uzbrojonych i wyposażonych łajdaków wysłaliście aż dwóch ludzi? – Złapałem się za głowę.

– Poradzą sobie, a dwóch wystarczy. Zresztą poznałeś ich.

– Aaa... Tych dwóch – zrozumiałem wreszcie.

– Chińczycy zabili mojego przyjaciela – odezwała się Hela. – Zabrali kryształ z jego głowy. Gdyby udało się go odzyskać... Choć mam nadzieję, że Staszek żyje.

– Otrzymali rozkazy, by na kamienie łasicy zwrócić szczególną uwagę. Jeśli się uda jakiś zdobyć, przywiozą mi go.

– Tobie?

– Mnie. – Kowalik uśmiechnął się bezczelnie. – Zwrócę wam kryształ, rzecz jasna, z tym że... – strzepnął sobie niewidzialny pyłek z ramienia – nie od razu.

Poczułem ulgę.

– No i oczywiście nie za darmo – domyśliłem się.

– Ty powiedziałeś.

– Po cholerę mamy się targować – prychnąłem. – Powiedz zwyczajnie, co chcesz wiedzieć.

– Tematów jest wiele. – Wskazał rysunki. – Ale jeszcze zdążymy sobie o nich podyskutować. Podstawowy problem, z jakim się borykam, to przesyłanie wiadomości. Na ten przykład list ze Lwowa do Gdańska w dni czternaście idzie. Trza iść na rynek, odszukać kupca, który w drogę ma ruszyć, dać parę groszy i zapieczętowane pismo zostawić. Jeśli posłańca zamiecie i lute mrozy zatrzymają, bywa, że nie dwie, a trzy niedziele jest w drodze. W drugą stronę takoż. Rozwiązanie to i zawodne bywa, i dla swej uciążliwości powolne, tedy lat kilka nazad umyśliłem, by wzorem Niemców i Italczyków przesyłać wieści poprzez gołębie. To rozwiązanie wadę ma taką, że gołąb jedynie do gniazda leci...

– Rozumiem.

– Największą zaś przeszkodą Bałtyk... Ot, jak teraz. Ja siedzę tu, Peter w Visby, jego ludzie w Szwecji. Gdy sezon, co dzień ktoś rusza w morze i listy weźmie, czy to do Sztokholmu, czy do Bremy. I do Londynu okazją oddać można... Jednak gdy zima przyjdzie, kuso. Nikt nie żegluje, gołębie nie polecą. Ani rozkazów posłać, ani informacji zdobytych.

– Rozumiem.

– Tak sobie umyśliłem dwa rozwiązania. Pierwsze, by zbudować strzałę ogromną a lekką, wewnątrz wydrążoną, którą z balisty można by miotnąć za morze.

Popatrzyłem na Mariusa jak na wariata.

– Tak, wiem – burknął. – Nie udało się. Siła jakaś sprawia, że strzała choćby z najpotężniejszej kuszy wystrzelona, na ziemię spada najdalej tuż za horyzontem... Bariera jakowaś, co śmiałość myśli ogranicza.

– Dwie siły – wtrąciłem.

Podniósł głowę, patrząc na mnie pytająco.

– Pierwszą jest opór powietrza – wyjaśniłem. – Jak by to wyjaśnić... Szedłeś kiedyś pod wiatr? Czułeś, jak ciężko się idzie?

– Tak.

– Gdy strzała w powietrzu szybko leci, podobny opór odczuwa.

– A siła druga?

– Grawitacja.

Spojrzał na mnie bezradnie. No tak, zasypuję go fachowymi terminami, a tymczasem Newton jeszcze się nawet nie urodził...

– Ziemia, którą mamy pod stopami, przyciąga nas. Tak samo przyciąga strzałę. Nawet gdyby nie było oporu powietrza, wcześniej czy później to, co wystrzelone, spaść musi.

– Ptaki nie spadają. Czy dlatego, że siłą swych mięśni pracując, mogą te dwie siły na czas jakiś pokonać, zaś strzała siły własnej nie posiada? – domyślił się.

– Tak właśnie jest. W moich czasach mieliśmy maszyny zdolne przelecieć nad morzem. Zresztą wiesz już o helikopterze – przypomniałem sobie.

Oczy mu zabłysły.

– Umiesz takowe urządzenie zbudować?

– Niestety. – Rozłożyłem ręce. – Zaraz... A może balon? Wyobraź sobie wielki pęcherz...

– Wypełniony ciepłym powietrzem?

Opowiedział o eksperymentach, które kiedyś robił.

– Czyli wystarczy zbudować taki sam, tylko ogromny, i można by nim polecieć nad morzem do Szwecji... – rozważał. – Ale z czego zrobić powłokę?

– W moich czasach mieliśmy odpowiednie tkaniny. Choć wcześniej robiono podobne aerostaty z jedwabiu.

– Z jedwabiu? – jęknął. – Za drogo... Pomysł jeszcze jeden miałem – wyznał.

– Jaki? – zaciekawiłem się.

– Foki oglądałem i myśl taka mnie naszła... Z mordy zwierzę to do psa jako żywo podobne...

– No, trochę może i tak. Uszu nie ma...

– Tedy umyśliłem sobie, że może gdyby bydlę takie wytresować, mogłoby pływać z listami do Szwecji i z powrotem. Ale nie idzie... – westchnął. – Do psa może i podobne, jednak głupsze o wiele... Ano czas na mnie. – Podniósł się z ławy. – Niejedna jeszcze okazja będzie, by pogwarzyć, może teraz z rewizytą do mnie zajdziecie?

– Zgoda. Kiedy i gdzie?

– Na Wyspie Spichrzów mam mieszkanie. Przyślę wiadomość przez wiewiórkę. – Błysnął zębami, jakby rozbawiło go to, co właśnie powiedział.

Greta poszła na targ. Wydobyłem z worka przeklęty kociołek. Minęło już tyle czasu. Spojrzałem na datownik zegarka. Jeszcze pięć, może sześć dni i ukryte w głowach ładunki nas zabiją. Co będzie potem? Ktoś znajdzie scalaki, oszlifuje, a następnie zrobi z nich tłoki pieczętne? Albo moja dusza utkwi w medalionie na piersiach jakiejś matrony? A może energia strzaska krążki i wszystko się skończy. Odejdziemy tam, gdzie reszta ludzi... Czy powinniśmy poprosić Kowalika, by odrąbał nam głowy i wydobył scalaki, zanim dojdzie do wybuchu? Tylko co dalej? Poleżą w jakichś szufladach, aż przyjdzie znowu dwudziesty pierwszy wiek i planeta eksploduje? Bo wskrzesić nas może jedynie Ina, a ona... Ona jest prawdopodobnie martwa.

– Panie Marku? – odezwała się Hela.

– Tak?

– Czy ona już nie ożyje? Zostały nam ostatnie dni życia... – Myślała o tym samym.

– Nie wiem... – Wzruszyłem bezradnie ramionami.

Przez twarz dziewczyny przemknął cień, w oczach wyczytałem naganę. Ach tak, wzruszanie ramionami w jej czasach było impertynenckie. Nigdy chyba się nie nauczę...

– Coś jest nie tak – powiedziałem. – Nie wiem co. Może kiedy Sadko uderzył w kociołek, coś uszkodził?

– Zepsuło się od wstrząsu?

– Kto wie? Może zresztą nie dlatego. Może uderzenie siekierą o miedź spowodowało indukcję impulsu elektrycznego, który...

Nie rozumiała, ale słuchała mnie z uwagą.

– A gdyby tak użyć prądu raz jeszcze? – podsunęła. – Może tamten coś rozłączył, a nowe uderzenie naprawi?

– Nie sądzę, żeby to działało w ten sposób.

– Zatem musimy poszukać spowiednika i przygotować się na śmierć. Z tego, co mówiła Ina, głowę nam rozerwie?

– Tak.

– Będę okropnie wyglądała w trumnie...

To nie był wisielczy humor. Rzeczywiście była gotowa umrzeć i naprawdę martwiła się szczegółami oprawy pogrzebu.

– Może tylko tak gadała, żeby nas postraszyć? – zasugerowałem.

– Ona nie kłamie. Czasem się myli albo coś przemilcza, ale chyba nigdy dotąd nas nie oszukała – powiedziała Hela cicho.

Zmarszczyłem czoło, próbując przypomnieć sobie wszystkie rozmowy z łasicą. Może dziewczyna miała rację?

Zdjąłem pokrywę z feralnego kociołka. Uniosłem świecę, by zbadać zawartość. Warstwa srebrnego pyłu na dnie. W nim na wpół zanurzone zielone krążki scalaków i jakieś kryształowe sześciany. Przechyliłem garnek. Przedmioty na dnie nie przesunęły się ani o cal.

– Pole czasu stojącego – mruknąłem.

– O czym mówicie, ojcze?

– Wtedy na pokładzie „Srebrnej Łani". Gdy uratowała nam na zatoce Vågen życie. Pamiętasz?

– Wszystko znieruchomiało. Okręt nagle zatrzymał się jakby w połowie ruchu.

– Kule wystrzelone w naszą stronę zawisły w powietrzu. Myślę, że otoczyła nas strefą, w której czas przestał biegnąć lub niezwykle zwolnił – tłumaczyłem. – To samo zjawisko zachodzi w tym naczyniu.

– Wyłączyła czas i zapomniała go włączyć? Albo wyłączyła, lecz nie może włączyć, bo gdy jest w środku, nie potrafi tego zrobić?

– Myślę, że to prawdopodobne.

– Ina nie jest głupia. Uważam, że musiała jakoś się zabezpieczyć – rozważała Hela.

– Co masz na myśli?

– Radio. Niesłyszalny głos, o którym kiedyś opowiadaliście. To on miał ją uwolnić.

– Nie rozumiem?

– Jeśli od środka się nie da, to trzeba z zewnątrz podziałać.

– Mylisz się. – Pokręciłem głową. – Czas w garnku nie miał się zatrzymać, bo jak odtworzyłaby swoje ciało?

– Myślałam o tym. – Zabawnie zmarszczyła nos. – Zrobiła bąbel dla bezpieczeństwa. Otoczyła się strefą stojącego czasu. Wszystko, co w nią uderzy, już tak zostanie. Jak kula, która wbiła się w mur, nie dosiągłszy wnętrza twierdzy, tak i obraz więźnie niby mucha w pajęczynie. Dlatego jest zatrzymany, jakby nic się nie działo. Dagerotyp. Widzieliśmy nieruchome statki, a przecież Duńczycy z pewnością nadal płynęli w naszą stronę. Tylko że powierzchnia stojącego czasu odbija wszystko niczym nieruchoma woda.

– Zaraz. – Ruchem ręki powstrzymałem dalszy wywód Heli. – Sądzisz, że widzimy obraz utrwalonej jakoś chwili, gdy bąbel zaczął działać?

– Tak. Poruszasz, ojcze, kociołkiem, pył powinien się przemieścić, a tkwi nieruchomo. Nie widzimy tego, co jest wewnątrz. A łasica jest w środku, pod spodem, w bąblu, zapewne całkiem już odtworzona, tylko nie może wyjść.

Patrzyłem na dziewczynę zdumiony. Kropla wosku ściekająca ze świecy sparzyła mi palce, ale nie zważałem na to.

– Garnek – wyszeptałem. – Miedziana blacha działa jak ekran...

Hela wdzięcznie przechyliła główkę, w milczeniu oczekując na wyjaśnienia.

– Fale radiowe słabo przechodzą przez blachę. Masz rację... Odblokowanie następuje z zewnątrz!

– Ten głos... Liczyła, że powstanie z martwych na wyspie albo w pobliżu. Czy jest dość silny, by przebyć morze? Czy to urządzenie, które zapewne gdzieś tam ukryła, nadal wysyła rozkaz? Nadajnik? – przypomniała sobie odpowiednie słowo.

– Podaj mi, proszę, tasak! Sprawdzimy!

– A jeśli woda się wyleje?

– Cebrzyk.

Mimo że miedziana blacha nie była gruba, zdzierałem ją z wysiłkiem. Bąbel nie wypełniał kociołka dokładnie, koło ścianek w kilku miejscach było trochę luzu. Wreszcie naszym oczom ukazała się kula wody, twarda i upiornie gładka w dotyku.

– Aaaaach... – Dziewczyna nabrała powietrza.

Obraz był identyczny. Odsłoniłem dwie trzecie kuli, jednak od którejkolwiek strony i pod jakimkolwiek kątem bym nie spojrzał, widziałem to samo – zatrzymany niczym stop-klatka obraz pyłu leżącego na dnie. Figura niemożliwa... Dwuwymiarowy obraz na trójwymiarowej kuli, w dodatku zawsze frontem do widza. Sam mózg reagował na ten widok ostrzegawczym bólem głowy.

– Co teraz? – zapytała Hela.

– Potrzebujemy anteny, spróbujemy jakoś wzmocnić i wyłapać sygnał... Albo...

Dotarłem właśnie do rozcięcia, które pozostawił topór Rosjanina. Na powierzchni kuli tkwił niewielki krążek ciemnej substancji. Generator pola? Konus, waląc w kociołek, drasnął jego krawędź. Pochyliłem się nad nim.

– Proszę. – Hela podała mi szkło powiększające.

Skąd je wytrzasnęła? Nie było czasu pytać.

– Dziękuję. – Zabrałem się do oględzin.

Jakieś uzwojenia przypominające korzonki roślin, zatopione w półprzejrzystej masie. Wyraźnie widziałem przerwaną ścieżkę, czy może raczej kabelek.

– Mogę prosić o szpilkę?

Helena podała mi igłę. Wytarłem ją o spodnie i ostrożnie wetknąłem w pęknięcie, łącząc zerwany obwód.

Nie sądziłem, że to może być tak proste. Nie wierzyłem, że zadziała. A jednak. Kula znikła z cichym trzaskiem. Na stół chlusnęła woda, a naszym oczom ukazała się mokra łasica. Coś zamigotało, twarze owiał nam ciepły wiaterek. Zwierzę i stół były już suche. Woda w jakiś sposób ścięła się w srebrzysty pył.

– Pani. – Hela dygnęła.

– Dziękuję wam – odezwała się Ina.

Przechyliła głowę i zamarła. Coś sprawdzała, ale ja wiedziałem jedno: będę żył. I naraz poczułem nienawiść do samego siebie. Przypomniałem sobie chłopca okrętowego zastrzelonego przez lensmanna, przypomniałem sobie kupca ciskającego syczącą bombę w odmęty morskie. Jestem ścierwem... Tylu ludzi zaryzykowało lub oddało życie, broniąc Oka Jelenia, a ja dla ratowania swojej marnej egzystencji wypuściłem demona z magicznego więzienia.

– Pani...? – powiedziała ponownie Hela, tym razem pytająco.

Łasica przechyliła głowę w oczekiwaniu.

– Staszek! – pisnęła dziewczyna. – Chińczycy mają jego scalak – ostatnie słowo wymówiła jakby z przesadną starannością.

– Odnajdźcie ich i zabijcie – poleciło zwierzę. – Niezależnie od wszystkiego ich eliminacja jest priorytetem. Kozak wam pomoże.

– Maksym? – zdziwiłem się. – Skąd wiesz?! Nawet go nie spotkałaś!

Nie zaszczyciła mnie odpowiedzią. No tak, pewnie zobaczyła go w moich wspomnieniach...

– Miałem wizje, że Staszek żyje – zacząłem.

– Scalak umożliwia przejęcie kontroli lub wydanie rozkazu na odległość – wyjaśniła. – Wyłapałeś szczątkową falę radiową. Nastąpiło przebicie. Żyje – potwierdziła. – Znajduje się w odległości około sześćdziesięciu kilometrów.

Wymieniliśmy zdumione spojrzenia.

– Jeśli odzyskacie scalak Iva, możecie spróbować ożywić również jego.

– Mam scalak. Ale jak? – Wytrzeszczyłem oczy. – Ty...

– Potrzebna jest energia i sygnał. Zapis DNA oraz szczegóły budowy ciała są wgrane w scalak. Musicie zgromadzić odpowiednią ilość materii organicznej. Potem użyjcie tego. – Wyjęła z brzucha coś w rodzaju zapalniczki.

– Energia... Do tego potrzeba jest energia, masa energii, tak mówiłaś.

– Zbierz pozostałą ciężką wodę.

– Co?

Wskazała pył.

– To jest ta woda? – Hela zaczęła zgarniać proszek na stosik.

– Upchnięta w nanorurki. Posypcie tym surowiec. Na mnie czas.

– Zaczekaj! – Spojrzałem na łasicę dziko. – My...

– Wesołej Chanuki.

Osiem świeczek jednocześnie strzeliło płomieniem. Smyrgnęła prosto w uchylone drzwiczki piecyka. Przez komin się chciała wydostać czy jak?

– Jakiej znowu Chanuki? – jęknąłem.

– To nasz żydowski zwyczaj – mruknęła Hela w jidysz. – Osiem dni. Osiem świateł. Trzeba mieć lampę chanukową na oliwę albo świecznik. Codziennie zapala się o jeden płomyk więcej. Każdego dnia dzieci dostają drobne prezenty... Ale ona się myli. Chanuka już była.

– Helu...

Przebłysk obcej osobowości na szczęście już się cofał. Dziewczyna spojrzała na mnie prawie normalnym wzrokiem.

– Znowu – szepnęła.

A potem wróciła do zmiatania dziwnego proszku. Wyszukałem w kuchni skórzany mieszek, żeby mogła go napełnić. Ciężka woda wciśnięta w nanorurki... Ekstra. Bombę wodorową mogę sobie zbudować. Obróciłem w palcach przedmiot, który mi zostawiła. Płaskie pudełeczko z szarego metalu zaopatrzone w niewielki przycisk. Westchnąłem.

– Panie Marku – Hela spojrzała na mnie bardzo poważnie – może wyjaśni mi pan to wszystko bardziej przystępnym językiem?

– Większość waćpanna sama pojęłaś – zażartowałem. – Wydaje mi się, że sprawa wygląda tak, jak podejrzewaliśmy. Ziemia nie uległa całkowitej zagładzie. Przeżyli Chińczycy. Potem przylecieli nomadzi. Dopadli Skrata i postawili przed sądem. Być może został stracony. Później nomadzi odlecieli i...

– Odlecieli bez Oka Jelenia.

– Skąd wiesz?

– Chińczycy wyruszyli w przeszłość już po ich odejściu, a nadal szukają kamienia. Tylko po co im on?

W duchu zgrzytnąłem zębami.

– Sama wymyśl – mruknąłem. – Mnie nic nie przychodzi do głowy. To znaczy – poprawiłem się szybko – jest kilka możliwości. Pierwsza to sczytanie zawartych na nim danych.

– Sądzi pan, że na scalaku jest coś jeszcze poza duszą tamtego?

– Chyba tak. Zresztą nawet zbadanie wspomnień tak niezwykłej istoty może dać ogromną wiedzę. Nie chodzi nawet o sekrety umarłych planet, lecz o drobiazgi. On może znać prawa fizyki, które popchną naszą wiedzę o dziesiątki lat do przodu... Które pozwolą nam sięgnąć do gwiazd.

– Sądzę, że może być inne wyjaśnienie – powiedziała w zadumie. – Czy myślał pan nad tym, co tak właściwie ci ludzie tu robią?

– Co masz na myśli?

– Mają gdzieś swój obóz, zapewne położony w okolicy niedostępnej i dobrze pilnowany. – Zagięła jeden palec. – Mają maszyny umożliwiające bardzo dalekie podróże. – Zagięła drugi. – Pojawili się w pobliżu Kijowa i w pobliżu Bergen. – Zagięła trzeci. – Maksym trafił na jakiś ich ślad w Sztokholmie. Produkują niezwykle silne leki swojej epoki, które pomagają zwalczyć większość, jeśli nie wszystkie choroby tych czasów. I sprzedają je za niewyobrażalne sumy.

– Co sugerujesz?

– Szykują się do kolonizacji.

– Co?!

– To przyczółek. Gromadzą złoto i zapewne kupują za nie ziemię. Niebawem przybędą tutaj kolonizatorzy. Z bronią, której nikt nie potrafi się oprzeć. Przybędzie ich tu kilka, może nawet kilkadziesiąt tysięcy – podjęła przerwany wątek. – I po nas. Nikt nie będzie zdolnym, by dać im odpór... Podporządkują sobie Europę i będą tu żyć aż do zagłady, całkowicie zmieniając historię naszej cywilizacji. Niewiele wiem o tym, jacy są. Ale pan...

– Wiem...

Szaleńczy ustrój będący mieszanką najgorszych cech komunizmu i kapitalizmu. Obozy pracy, wszechwładza urzędników, przymusowe aborcje, eksterminacja całych narodów, zakaz praktyk religijnych, praktycznie przywrócenie niewolnictwa i bezlitosny wyzysk, wyzysk, wyzysk...

– Wiedzą o istnieniu Oka Jelenia – wróciła do sedna sprawy. – Planują wojnę i podbój kontynentu, muszą rozważyć wiele wariantów. Hanza mogłaby ich powstrzymać. Ale siła Hanzy opiera się na skupieniu sił czterystu miast na jednym kierunku natarcia. Bez Oka to niemożliwe. Chińczycy muszą je zniszczyć. To optymistyczny wariant.

– A jaki jest pesymistyczny?

– Siłę Hanzy można osłabić albo wykorzystać. Jeśli przechwycą Oko i znajdą wspólnika, który odegra rolę dyktatora Związku, to może mamy szansę ukryć się na antypodach. Staszek...

– Jest sześćdziesiąt kilometrów stąd – powiedziałem w zadumie. – Możliwości są dwie. Wyrwał im się albo wloką go tu jako zakładnika, by się z nami rozmówić.

– Jesteśmy gotowi powitać ich tak, jak na to zasługują – powiedziała w jidysz. – Trzeba tylko ustalić, które z nas będzie strzelać.

※ Obudziłem się we własnym łóżku. We własnym! Kawalerka na Mokotowie... Zerwałem się z pościeli i rozejrzałem wokoło. Mieszkanie. Moje mieszkanie. Co, u diabła?! Odwala mi? Uroiłem sobie to całe Oko Jelenia? Ubrdało mi się kilka miesięcy w przeszłości? Nie, to niemożliwe. Nie istnieją narkotyki wystarczająco silne, by wywołać taką jazdę. Nie znam choroby psychicznej mogącej dać podobny efekt. Zatem co? Naprawdę tam byłem?

Więc dlaczego jestem tutaj? Ktoś mnie cofnął? Uratował? Wyciągnął? Kto? Cholera wie. W każdym razie znowu jestem w dwudziestym pierwszym wieku.

Poczułem ulgę i zaraz po niej dojmujący żal. To, że tu jestem, oznacza chyba, że już nigdy nie zobaczę Heli i Agaty...

Spokojnie. Wyjrzałem przez okno, przeszedłem do kuchni. Otworzyłem lodówkę. Wszystko wyglądało normalnie. Zagotowałem wody, zaparzyłem herbaty. Tego mi właśnie trzeba. Spojrzałem na zegarek. Szósta dwadzieścia siedem. Godzinka do wyjścia. Odpaliłem komputer. Wyświetlił się obszar roboczy. Spróbowałem ściągnąć pocztę. Figa, program w ogóle nie ruszył. Internet też leżał. Wróciłem do kuchni i włączyłem radio. „Bolero" Ravela. Trzeba znaleźć jakąś stację podającą wiadomości... Skakałem po kanałach coraz bardziej zaniepokojony. Na wszystkich nadawano wyłącznie muzykę. Kuźwa, czyli to, co się dzieje wokół, prawdziwe chyba nie jest...

Telewizor? Pstryknąłem w pilota, ekran zaśnieżył, ale wszystkie kanały były puste.

– Panowie informatycy, matrix znowu mi się sypie! – zażartowałem gorzko. – Proszę pilnie przełączyć na Nowy Jork.

Herbata? Pociągnąłem łyk ze szklanki. Płyn był przejrzysty, na dnie leżały fusy, pachniał herbatą, ale smakował jak kawa.

– Nie dość, że to kawa, to jeszcze z cukrem – poskarżyłem się, usiłując zjadliwą ironią pokryć smutek.

Podszedłem do regału i wyciągnąłem pierwszą z brzegu książkę. Wszystkie kartki były czyste. Zrozumiałem. To symulacja. Niedoskonała symulacja... Zacząłem przeglądać po kolei wszystkie pozycje. O dziwo, nie wszystkie książki były niezapisane. W niektórych znalazłem literki.

– Obraz półki ściągnięty jest z mojej pamięci – rozważałem. – Treść niektórych pozycji łasica ma zapisaną na twardym dysku, więc te książki odtworzyła. Innych nie potrafi... Ina – odezwałem się głośno. – Nie męcz mnie już. Wyłącz to.

Obraz mieszkania prysł jak mydlana bańka. Leżałem na swoim łóżku w szesnastowiecznym Gdańsku. Łasica siedziała na kołdrze.

– I po co to wszystko? – warknąłem.

– Nagroda. Dla ciebie. Dobrze służyłeś. Premia motywacyjna.

– Wsadź sobie w rzyć taką nagrodę – burknąłem.

– A Heli się podoba. – Wzruszyła po ludzku łapkami.

Wyskoczyłem z łóżka i rozchyliłem zasłony. Hela spała ze słodkim uśmiechem na twarzy, widziałem ruch jej gałek ocznych pod powiekami. Obok drzemała Greta.

– Twoja podopieczna spaceruje sobie po ogrodzie ze swoim dziadkiem – powiedziała łasica. – Stężenie endorfin wskazuje na...

– Wyłącz jej to, zanim się obudzi – rozkazałem. – Niech myśli, że to tylko sen.

– Dlaczego?

– Wyobraź sobie, że wracasz na Czitę. Że wracasz do życia, które pędziłaś, zanim waszą planetę spotkała zagłada.

– Nie umiem włączyć sobie takiej symulacji.

– Wyobraź sobie, że to potrafisz. I że musisz to od-
rzucić. Wyłączyć. Wygasić. Że po pobycie tam musisz
wrócić tu i dalej wypełniać zadania Skrata.

Zamyśliła się.

– Sądzisz, że takie wizje mogą spowodować wasze
uzależnienie? – Przechyliła główkę.

– Tak. Są jak narkotyk.

Umilkła.

– Rozumiem – powiedziała wreszcie. – Na planecie Czita nie znaliśmy tego problemu. Żadne substancje chemiczne nie sprowadzały na nas transu ani wizji.

– Farciarze.

– Staszek już wyruszył – zmieniła temat. – Jeśli za-
chowa tempo dni poprzednich, powinien koło południa dotrzeć do miasta od wschodu. Udacie się razem
na Gotlandię. Pożegnam was. Zobaczymy się może za
dwadzieścia dni. Realizujcie zadanie. Zostaniecie surowo rozliczeni.

– Czekaj...

Zwierzę zwinęło się dziwacznie, rozsypało na kilka dwuwymiarowych kolorowych przekrojów i znikło.
Oddech Heli uspokoił się. Spała, tym razem bez snów...

Staliśmy z Helą na trakcie zdeptanym kopytami
zwierząt. Za plecami mieliśmy fortyfikacje miasta, przed
sobą kilka chałup i drogę biegnącą przez zaśnieżone pola
ku horyzontowi. Dochodziło południe, gdy na tle odleg-
łego lasu spostrzegliśmy dwie sylwetki. Staszek! W to-
warzyszu chłopaka z radością rozpoznałem Maksyma.

Patrzyłem na cudem ożywionego przyjaciela. Schudł, twarz spaliły mu zimowe wiatry i słońce. Sylwetka wyprostowała się, okrzepła. Był jakby starszy, a w jego oczach malowała się powaga. Trzy miesiące temu w Nidaros pożegnałem chłopca, teraz przede mną stał mężczyzna. Jego spojrzenie wyostrzyło się, stwardniało, choć nadal błyskała w nim dawna życzliwość wobec całego świata.

Hela rzuciła się Staszkowi na szyję, złapał ją i okręcił w powietrzu, aż suknia zafurkotała, czepek spadł, a kitka rudych włosów rozmazała się w smugę. Poczułem delikarne ukłucie zazdrości.

  Stara Marta, uśmiechając się bezzębnymi wargami, mrużyła z zadowolenia powieki. Nie musiała nawet patrzeć swym jedynym okiem, wystarczyło, że czuła w dłoniach ciężar monet. Z lubością przesuwała stwardniałymi opuszkami palców po gładkiej powierzchni dukatów, nasłuchiwała kojącego uszy brzęku srebrnych talarów. Sapnęła, wstała z trudem i poczłapała w stronę skrzyni. W jej dnie branek zrobił kiedyś zmyślną skrytkę na kosztowności. Sękatymi paluchami niezgrabnie przekręciła mechanizm. Nie zdążyła jednak włożyć monet. Deska trzasnęła pod czyimś butem. Staruszka poczuła silne uderzenie w głowę, krew brysnęła na ścianę. I zapadła ciemność. Już na zawsze.

  Na piętro prowadzą wąskie, skrzypiące schody, na podeście dwoje drzwi. Pierwsze wyłamano całkowicie. Drugie kołysza się na jedynym ocalałym zawiasie.